U0945905

【读鉴小说轩】

東晉帝國

万乱之中苦撑半壁的正统大业

『八声甘州』：望大江东去聚风云，一笔写春秋。忆钟山迷草，秦淮残梦，衣冠难留。是处朱愁翠苦，莺歌几时休。唯见金陵驿，堂燕孤舟。怎堪八公山下，尽千年草木，投鞭断流。问台城旧事，何事惹哀愁？有乌衣、兰亭顾盼，笑几回，挥袖断吴钩。东山早，有芝兰处，独上石头。

司马皇族大权旁落，
王、庾、桓、谢四大家族交替掌政，
或精诚团结、共赴国难，
或各怀私心、相互倾轧，
或觥筹交错、风流俊赏。
他们以智慧与铁血
苦撑江南半壁，
与北方的氐秦、慕容鲜卑集团
争斗、利用、妥协、搏杀，
共同铸就了
不逊于东周或三国的
乱世风流与耀眼的辉煌。

何宙樯 著

華夏出版社
HUAXIA PUBLISHING HOUSE

图书在版编目（CIP）数据

东晋帝国 / 何宙樯著. --北京：华夏出版社，2016.6
ISBN 978-7-5080-8806-8

Ⅰ. ①东… Ⅱ. ①何… Ⅲ. ①长篇历史小说－中国－当代 Ⅳ. ①I247.5

中国版本图书馆 CIP 数据核字(2016)第096468号

东晋帝国

作　　者　何宙樯
责任编辑　高　苏

出版发行　华夏出版社
经　　销　新华书店
印　　刷　三河市万龙印装有限公司
装　　订　三河市万龙印装有限公司
版　　次　2016 年 6 月北京第 1 版
　　　　　2016 年 6 月北京第 1 次印刷
开　　本　720×1030　1/16
印　　张　16.75
字　　数　319 千字
定　　价　35.00 元

华夏出版社　网址:www.hxph.com.cn　地址:北京市东直门外香河园北里 4 号　邮编:100028
若发现本版图书有印装质量问题，请与我社营销中心联系调换。电话：（010）64663331（转）

十年栉风沐雨，书写一个时代

（代序）

刘宸写

当我得知老友宙檣居然花数年时间，钻进故纸堆，如抽丝剥茧一般，细细整理出一段段不为大多数人了解的历史，然后，以小说的形式将它呈现出来时，说实话，我是有点震惊的。

"白话说史"的讲坛文化风靡一时，历史"嗖"的一声飞出尘埃落定的岁月，变得不再端庄厚重。一夜之间，研究历史的专家学者将呕哑嘲哳的文言文转化为风趣浅易的大白话，无形中降低了学习历史的成本和门槛。需求的降低导致这条生产线从研发到生产的各个环节，变得不再那么高大上，似乎只要有点文化，又会互联网基本运用，都可以成为"历史研究者"。

但是，真的是这样吗？

至少，我从宙檣和他写的这本历史小说《东晋帝国》身上，读出了另一种味道。

就我有限的历史知识来看，东晋这个朝代，表面看上去风平浪静，实则暗藏激流；表面上流于清谈，实则云波诡谲。论百花齐放，它不如春秋战国；论波澜壮阔，它不如秦汉；论杀伐争雄，它不如三国；论雍容华丽，它不如盛唐；论传奇精妙，它不如两宋；论人事纷争，它不如明清。普遍印象中，这是一段阴柔的、惨淡的，甚至有些醉生梦死的岁月，中华的主流文明被压缩在长江以南，自斟自饮。

东晋芸芸众生，生活在一个四不像的时代，多少风流人物挫骨扬灰，空留故纸堆中毫无温度的名姓……关于这段历史，我们很难在浩瀚的阅读材料中找到一本佳作。幸好，宙檣以他的才情和笔力，及时填补了这个空白。

关于宙檣，有必要多说两句。

我依稀记得十多年前的一个夏日，彼时我还在山城跑文化。在一次奥运冠军的活动间隙，邂逅了时为青年体育记者的宙樯。行话讲，文体不分家，我二人就此结缘。

逐渐，我发现这个略小的兄弟虽看上去文弱，内心却无比强大。他有一个最大的，在我看来也是最优秀的特质，就是坚持。

大概在2005年，一帮志趣相投的江湖文骚墨客组建了"重庆森林"QQ群，并推举我为群主。每次组局，我总不忘打电话邀宙樯出来一叙。可十次有八次，他总在说"忙，哥子你们慢慢喝"。剩余两次，不是说"我在写稿子"，便是悄悄告诉我："我在写小说。"

媒体圈里有才情的人多如牛毛，想要靠写字混出个名堂，真的要看运气。我从未上心，想过宙樯终有一天会初心不改，成就自己。

人事音书，辗转浮沉。就这样一晃近十年，我兜了一圈儿之后回到原点，从事文化娱乐研究和影视制作的工作。至于宙樯，也从媒体江湖悄然退隐，成为一个美其名曰的自由职业者，安静而沉默地耕种着自己不为人知的三分田地。

十年，"重庆森林"的主要联络阵地早已从QQ群转移到微信群。今年年初，为庆祝"重庆森林"成立十周年，一帮昔日弟兄齐聚畅饮。在大家的再三"拷问"下，游离多年的宙樯自爆"我的小说处女作快出版了"。一时，众皆惊愕，特别是当他告诉我们所书首部小说是冷门的历史小说时，我们都觉得不可思议。可又一想，十年磨一剑，这不正符合宙樯一贯的为事风格吗？陶渊明曰："此中有真意，欲辩已忘言。"他多像从他写的那个东晋年代缓步走来的一位心怀天地的人物。

歌德说："历史给我们的最好的东西就是它所激起的热情。"希望宙樯的这本不算长的《东晋帝国》能够打开你我内心的一扇门，兴趣盎然地推开它，披星戴月，走入那个去日已久、星汉灿烂的时代。也希望宙樯继续坚持他的文学理想，让心头那撮微小却又疯狂的火苗，扑哧扑哧，烧个不停。

刘宸写（资深娱乐策划人、电影制片人）

目录

第一卷　建康风云

第二卷　桓温专权

第三卷　淝水雄风

第四卷　夕阳天远

第一卷　建康风云

一　南渡南渡！风云际会大业兴

“急报！急报！”东都洛阳还有半个时辰就要宵禁，一骑快马突然从南边宣阳门疾驰而入。

晋永兴之年(304)，入秋的第一场雨刚刚收住，地上的水花又一次被溅开来。道旁正在拾掇铺子的小贩一脸麻木。对他们来说，午夜前后御街上突然跑过传送军情的驿卒或甲士早已不稀罕——皇帝成了摆设，朝臣忙于清谈，野心家们纷纷亮相，他们挥舞刀剑，瞄准了昔日的手足，为了权力，大肆杀戮，差不多每年都要死掉几位亲王。在过去的十四年里，宣皇帝司马懿、文皇帝司马昭的五位兄弟及子孙已送掉了性命。

杀归杀，闹归闹，这些亲王基本的规矩还是要讲，尽管宝座上那位皇帝，脑袋不是太灵光。

这位全身铠甲的武士径直来到司空府上。身为司空的司马越好像一直在等这个人，迫不及待迎了上去：“邺城可有消息？”

“皇太弟近日愈发放肆，时有僭越之举，车驾仪从已超过天子。”

“好，好得很！只一条就可定他的死罪。”司马越双掌相击，“我明日就上奏天子，定他个谋逆之罪。”

“可皇太弟坐镇邺城，就是为了避刀剑而遥控京师，他肯束手就擒？”送信人有一丝犹疑。

“我奉天子之命以问罪诸侯，顺应天理，他岂敢违抗？”司马越摸着颌下浓密的胡须，有些得意。

司马越，本是宣皇帝之弟司马馗之孙，高密王司马泰之子，授爵东海王，加司空，又因擒拿长沙王司马乂有功被封为尚书令。皇太弟，即成都王司马颖，武帝司马炎第十六子，在赵王司马伦之乱中施行仁义，不居功，颇得朝野推崇，实力日渐雄厚，日子一长，逐渐目无朝廷，有了野心，引起各路亲王的不安。司马越对这个依着辈分来说还得管自己叫“叔”的年轻人一直很忌惮，故在其驻地邺城安插了眼线。

次日早朝，司马越第一个上奏，向当朝皇帝司马衷大谈了一通“放皇太弟外镇，无异于养虎喂狼，若等其羽翼丰满，则难以剿除，不如先发制人，以‘僭越天子当问罪’为名讨之”。司马衷双目无神，一脸无辜，未置可否。

这时，官拜太宰的河间王司马颙走上前来：“东海王所言极是，皇太弟数月来

的所作所为的确有负圣恩,发兵问罪势在必行。"

"且慢!"有人提出了反对意见,司马越一看,是太常郭璞。此人极善占卜,颇有名头。"据臣所知,皇太弟在邺城深得人心,且兵精粮足,京师驻军劳损经年,贸然出兵只怕胜算不大,恐徒伤士气。另,臣这些天还无意听到了一首童谣'五马浮渡江,一马化为龙',心内忐忑,只怕要应在皇室宗亲身上。"

"哼,太常此语莫非是要助长叛逆之心?陛下以万金之躯亲临前敌,又有司空东海王统军,皇太弟不过一乳臭未干小儿,必束手就擒。"司马颙斜眼看了看郭璞,"陛下,太常郭璞质疑圣聪,听信市井妖言,分明是叛逆一党,请降旨问罪。"

"嗯,太宰所言不虚,那……"皇帝冷不丁冒了句正常的话,倒让满朝大臣深感意外,台阙下的司马越早年曾入宫服侍过司马衷,知道他是有时清醒有时糊涂,没个准儿,若不乘着他明白的时候把话说完,之后就真的是对牛弹琴了。他赶紧奏道:"陛下,郭太常之言虽不中听,但念其忠心为国,累日主掌祭祀有功,权且记下此过。"

话一出口,司马越便后悔了,他知道司马衷简单地回答"好"或"不好"没问题,若让他判断是非则太难了。果然,傻皇帝呆在了那儿,咧着嘴,瞧瞧司马越,又看看司马颙。

司马颙发话了:"陛下有好生之德,既如此,将郭璞削职为民,即日离京。讨伐皇太弟一事,由司空东海王全权处理,陛下将御驾亲征。"

司马越恨得牙根疼。螳螂捕蝉,黄雀在后,司马颙居然擅自专断让皇帝御驾出征,分明是想坐收渔利,可他身为太宰,可统管家族事务,当初力主封成都王为皇太弟的是他,如今要问罪的也是他,翻雨覆云可见一斑。

三日后,讨逆大军开拔,司马越任大都督,司徒王戎、吴王司马晏、豫章王司马炽、襄阳王司马范、右仆射荀藩、右卫将军陈眕等护卫着傻皇帝,领军十五万杀奔邺城。

出兵当晚扎营,司马越请来尚书仆射王衍、散骑常侍琅琊王司马睿等亲信饮酒。几杯酒下肚,司马越说出了自己的心事:"夷甫(王衍)、景文(司马睿),有一件事我老是放不下,你们来替我想想。郭璞数日前曾在朝堂上说有童谣唱'五马浮渡江,一马化为龙',将应在皇室宗亲身上,这作何解释?"

二十九岁的司马睿是宣皇帝第五子琅琊王司马伷的嫡长孙,是世袭的王爵,尊贵程度盖过司马越,然而由于其父司马觐早亡,琅琊王这一支显得默默无闻,自十五岁继承王位以来,司马睿鲜于露脸,再加上自身恭谨谦卑,喜怒不形于色,很得宗室赞许。因琅琊国和东海国邻近,司马越也格外重视这个侄子,但凡有饮宴总爱拉司马睿来作陪。当然,司马越也有自己的心思,他是远亲,要想在洛阳谋得一席之地,必须得有皇帝的嫡亲为他撑腰,其他近亲,眼角都挑得高高的,不拿正眼瞧他,唯独这个司马睿,见到他很是亲热,这让司马越心里逐渐有了底。不过,在司马越面前，司马睿毕竟是晚辈，不好直接作答，他很乖巧地看了一眼王衍，这也是司马越很欣赏他的地方。

王衍一向以清流自居，好讲玄理，人称“口中雌黄”，又仗着资历，颇为自得，他微呷了一口酒：“殿下，虽是小儿胡话，却也有些道理，‘五马’不正应在此次出征的诸王身上？加您一共五位。‘渡江’者，奔建邺也，化为‘龙’，乃称霸之道。您可要三思啊！”说着，他向着司马越微微一欠身。“臣还听说，太康年间，江南有童谣‘宫门柱，且当朽，吴当复，在三十年后’，还说‘鸡鸣不拊翼，吴复不用力’，这一切统统指向江南会有变数啊！”

“哦？”也许是王衍说出了自己内心想说但不便说的话，司马越不由自主地叫了起来，愣在那里。一旁的司马睿也觉得头皮一紧，埋下头不作声。

“皇族宗亲甚多，怎知就一定应在我身上？景文倒是更合适啊！”司马越半开玩笑地说。

“哎呀，王叔吓煞小侄了，我只求旦夕苟活，焉有非分之想？”司马睿冷汗直流，伏地便拜。司马越见状大笑，赶紧扶起司马睿：“一句玩笑，景文何必如此？”

“殿下，世间之事，天命固不可违，更兼人为。今您领兵讨伐皇太弟，正是建功之际，何不伺机而动？既有童谣相传，南方之事不妨早作打算，或先遣一二心腹渡江做准备。依臣看，不仅皇太弟，太宰河间王也是暗藏杀机，中原干戈一两年内不会停息；北方匈奴刘渊亦非久居人下之辈，一向虎视中原。居建邺则可依大江天险，不失为孙仲谋霸王之业。”

别看王衍平时尽说些玄之又玄的义理，今日对大势的一番纵论却让司马越频频点头，他压低了声音：“若我为孙仲谋，卿当是鲁子敬。”

邺城，皇太弟的府上早乱成了一锅粥，司马颖瞧了瞧身边的谋士武将，连连摇头：“唉！是我失于计较了，以为远在邺城就可控制我那个白痴哥哥，没想到平日里两个浑浑噩噩的老头子（司马颙和司马越）竟要起兵伐我，邺城怕是保不住了！”

“殿下，就算我们再有理，如今是天子亲征，刀兵相向乃是大逆不道，只有缟素出迎，请求天子从轻发落才是正理。”说这话的是正在邺城守母丧的东安王司马繇，论辈分，他是正在司马越军中的司马睿的亲叔叔。

“从轻发落？我那皇兄若清醒，我自是无碍，就怕他糊涂！况且有人正要害我，怎会让他清醒？听说你侄子也随军而来，该不是你也有二心了吧？”司马颖猛然想起这一档子事，正好把气撒到司马繇身上。

司马繇回邺城已近两年，这半年来与皇太弟时常接触，发现此人平素还算正常，深得河北民望，但犯起浑来九牛难拽。深知皇太弟秉性的他连声言道：“不敢，不敢。”赶紧退下。

司马颖麾下多是热血之士，主战的占多数，他便安排奋武将军石超统兵出战。

永兴元年(304)七月，两军相遇在荡阴(今河南汤阴)，司马越统率的王师中了埋伏，一败涂地。

战前，司马睿想立些军功，主动请缨上阵，司马越思索再三，安排他与豫章王司马炽一道担任救应。怎奈前军溃散，司马睿不能禁止，只好拉着司马炽一道收拾残兵往下败。这位豫章王是先帝第二十五子，自幼懦弱胆小，自打一上了疆场，脚脖子就直打战。一听要后撤，第一个掉转了马头。他们正在打听各路败兵的逃向，右侧一阵大乱，一彪人马杀到，看旗号，是石超手下的精锐，个个矫健。司马炽正愁没个借口溜掉，赶紧一甩鞭子："要命啊，琅琊王兄，我先走了。"说罢，一打马屁股，蹿出老远。

司马睿表面平静，心里也有些发憷，司马炽跑得比兔子还快，他现在成了这支接应部队的唯一统帅，要是他也逃了，司马家族的脸面何存？司马睿平日也习过骑射，甚至和手下较量过剑术，但那都是走走过场，何况手下还让着自己，而今天眼前这些如狼似虎的甲兵，手里都端着明晃晃的钢刀长枪，他的手顿时有些不听使唤，想拔出佩剑，试了几次都不成功。

有个甲兵瞧准了司马睿，见他的动作僵硬，认定是个嫩角，一声狞笑，长枪径直刺了过来。拔剑迎敌来不及了，司马睿急中生智，双腿狠命一夹马的腹部，那马感觉下腹部一阵酸痛，迈开四蹄，竟"突突突"地朝着对方撞了过去。

那甲兵没料到司马睿会直冲过来"送死"，马到跟前，他慌了神，身子下意识地一让，闪开一条道，司马睿连人带马冲了过去，直奔邺城。

甲兵回过神来，见司马睿居然跑向邺城，大喜过望，招呼同伴紧追不舍。司马睿在前头跑了一阵发觉方向不对，一打马想奔向另一条道。那马前蹄站住，后蹄撒开，就地转了大半圈，待再要迈步，蹄子一软，整个身子扑在了地上，司马睿也被扔了下来。

追兵就在不远处，司马睿顾不得疼痛，猛地起身，拖着伤腿往前奔，一瞬间，力气和胆量都上来了，他拔出佩剑，半转身横在身前自卫。

"琅琊王，赶快上马！"耳畔传来一个声音，司马睿抬起惊恐的眼睛四望，发现左侧一片茂密的松林边上有一骑马奔了过来，速度极快。"这人怎么认得我？"司马睿怀疑自己听错了。

那人转眼到了眼前，甩镫下马，递过马鞭，"请王爷赶快骑上我的马！"这声音里居然带有一丝不在乎。"那你……"司马睿有些迟疑，他注意到来人面色白润，头戴卷梁冠。"您就别管我了，我这是'踏雪飞燕'，日行八百里的宝马。"追兵迫近，司马睿不再推托，从那人手中接过马鞭，翻身上马，甩手一鞭，那匹马如流星一般划过原野。

跑了好一阵，司马睿觉得身后没有了马蹄声，才让座下马放慢了节奏，他只觉得随着马的节奏,身子不断摇晃,眼前直冒金星,赶紧跳下马。站定后,头倚在马鞍桥上,长出了一口气。

司马睿这才注意到,这匹马除了四蹄末端各有一撮白毛,两肋下各一处条纹状的花斑,其余地方都是乌黑一片。“难怪叫‘踏雪飞燕’,妙哉!奇哉!”司马睿也是爱马之人,但凡见到一匹良驹便不忘夸赞品玩一番。突然,他又想起那位借马之人:“跑得匆忙,忘记问那人姓名,只怕已是凶多吉少。”司马睿不免有些伤感。

前面不远处已是洛阳军队的营垒,司马睿见到了司徒王戎、吴王司马晏、豫章王司马炽几位,一问才知道,傻皇帝被石超虏进了邺城,东海王司马越等人也不知去向。

几位亲王正在为傻皇帝的生死而焦虑,有邺城甲士带来了皇帝的诏书,大意是让双方停止交战,都进邺城回话。大家心里明白:这是皇太弟的主意。不过诏书上有玉玺,不去就是抗旨不遵。回想起半个月前出洛阳时那股志在必得的劲儿,现在谁也提不起精神了。

进入邺城,皇太弟根本没接见诸位宗室,只是安排他们集中住在驿馆。在驿馆,司马睿意外地见到了借给他马的那位先生,他还是一副沉稳的样子,面带微笑,手里梳理着细长的胡须。司马睿几步上前纳头便拜:“若不是先生,司马睿这条命就算搭上了,请受我一拜!”

“琅琊王快快请起,举手之劳耳。”

“敢问先生大名,怎的认得小王?在借马给我后又如何逃离虎口?”司马睿这时的内心,一半是受宠若惊,一半是如坠云雾。他觉得这个书生模样的人居然可以在两军阵前潇洒来去,简直是神人一般,所以很好奇,追问个不停。

“在下王导王茂弘,官拜东海王参军。”

“哦?莫不是被誉为‘将相之器’的琅琊王阿龙?”

“‘琅琊王阿龙’正是,‘将相之器’岂敢!”王导连连摆手。

“久闻先生贤名,景文早想一见,不料今日在这般情形下两度相见,实乃上天眷宠。”司马睿口称表字,以示对王导的尊敬,按理他应该先说自己的爵位。

王导大受感动,深施一礼:“茂弘何人,敢劳琅琊王如此抬爱。说起来,臣与殿下还是同乡呢!”

王导这一不寻常的幽默,逗乐了司马睿。一论年庚,二人同岁,越发亲密。按说司马睿贵为一藩之主,应该不会对郡内贤士陌生。只因他与其他藩王不同,每日想的不是广结高士,招兵买马,只是一味地恪守儒家仁义,克己复礼,交游寥寥,故而并无多少亲信幕僚。王导早年成名,遵循家族大业,认定入仕这条路,司马家族这帮子弟在王导心中一如酒囊饭袋,却唯独看好同在琅琊的司马睿,此番义借良驹助其脱险,正是他的巧妙安排。至于皇太弟,素知琅琊王家的大名,是断然不敢为难王导的。

荡阴一战，王师惨败，皇帝做了俘虏，皇太弟乐上了天。回过头来他又嫉恨起曾劝他投降的东安王司马繇，竟暗里处死了他，还打算问罪司马睿。

司马睿有点缺心眼，王导可不是糊涂蛋，他断定皇太弟没安好心，劝说司马睿连夜逃回了自己的封地琅琊国。

回过头再说司马越，荡阴之败并未打击到他的有生力量。半年后，他卷土重来，抓住皇太弟与河间王的内耗，各个击破，并毒杀了傻皇帝司马衷，立豫章王司马炽为帝，一时权倾朝野。

这时，已官拜太尉的王衍，又一次向司马越提及"渡江"一事："固然您已官居丞相，都督六州军事，关东、中原名士争相来投，但中原之势已败，若想成霸业，实是困难。某之前劝说王爷移驻建邺，仅是一策，不如东连滨海青州，西连江汉荆州，与建邺成犄角之势，可控大江。"王衍挥动着一根麈尾慢条斯理地说。

"话虽如此，我若轻动，只怕中原要乱啊，而且你也知当今天子对我很是忌惮。"司马越皱起了眉头，"以我之见，莫如派遣一人南渡大江代我兴事，只是仓促之间，我在哪里找这个人啊？"

"人倒是有的。"王衍的小眼珠转了一下，"我弟王澄，族弟王敦足可领任荆州、青州。"剩下半句王衍没说，司马越听出他这是要自荐前往建邺，心里不禁暗骂："你想狡兔三窟，都安插上你们王家的人？休想！"不过脸上还是很平静，"夷甫果然高见，容我再想想。"

王衍吃了个闭门羹，心头不悦，回到住处喝闷酒，叫王澄、王敦来作陪，几杯酒下肚，王衍把自己的想法一股脑儿都说了。王敦是个精明的人，当时满口应承，立誓"定不负太尉"，他转回头就去找与自己关系最好的族弟王导商量。

"这事咱们得好好计划一下，太尉的意思让我去青州，我总觉得此地孤悬于外，刘渊、王弥等辈无不觊觎，还是下扬州的好。"

王敦比王导大十岁，在家族同辈人中颇有见识，但他对更年轻的王导格外欣赏，有什么事总爱找他商量。

王导看了一眼族兄："看来你我弟兄不谋而合，扬州以建邺为根本，在建邺站住脚，依仗江南富庶之地，招贤纳士，又有天堑，足可成就一番事业。太尉推举你去青州，是他自己眼红建邺罢了。"

"哎哟，这么说好处都让他占了？"

"无妨，依丞相的个性，断然不会立刻答应，这正是你我兄弟的机会，不过……"

话音未落，有人推门而入："好哇，你们居然在这里图谋不轨，待我去向丞相、太尉自首去。"

二王吓了一跳，王敦立时拔剑在手，借着灯光才看清是堂弟王旷。

“贤弟吓死我了，这种话怎能喧哗出来？”王导赶紧关上了门。

“哈哈，既做大事，何必胆怯？”王旷笑道，“反正这事我是知道了，算我一份如何？”

王导尚在犹豫，王敦“砰”的一声将拳头砸在几案上，半跪下，压低声音说：“如果你尚念及同宗情谊，告诉我，你听到了多少？”

王旷没接王敦的话，转过头反问王导：“茂弘兄，下建邺一事，非得请出司马家的人不可呀？”

王导知道王旷曾做过丹阳太守，熟知江南人情，便叹了口气，双手握在一处：“看来，贤弟已明白我的想法，但不知是哪个？”

“琅琊王司马睿！”王旷话一出口，王导“哎呀”一声左手扯住王旷，右手拉出王敦，“我王家的富贵生死，在此一举！”

数日后的一个上午，洛阳的丞相府上来了一匹“踏雪飞燕”马。这时节，丞相上朝去了，来的人找谁呢？

里间，年轻的丞相夫人、东海王妃裴氏正抚弄着一只白色的小猫，客席上一人探身而坐，正说着什么。

“景文啊，难得你一片孝心，王爷也常念叨你，只是你知道妇孺概不议论国政，我贸然向王爷举荐你前往建邺，似有不妥。”

“哦，这里还有四只鲜卑的大参，前些日子托了并州刘琨购得，景文不敢独享，知丞相为着国事昼夜操劳，夫人也跟着操心，一并送来孝敬丞相和夫人。”

“这如何使得，景文太客气啦。”裴妃嘴上推托，还是接过了礼盒，“这事不能直接说，你也知丞相是个直脾气，待我找个别的机会与你试试。”司马睿连忙起身行礼。

丞相府门外，司马睿擦了擦汗，这才发现里衣已湿透，这种事儿他是第一次做，尽管面对的是王妃，还是紧张得不行。他从袖子里掏出那枚几乎把玩了一天的龟壳，这是五日前王导托人带到下邳（琅琊国治所）给他的，他琢磨了半晌，才悟出“归来”的含义。

第二天，他就赶往洛阳，与王导兄弟见面，定下了裴妃这条门路。

也亏得平日里司马睿奉行孝道，裴妃对他印象不错，再加上几分厚礼，几阵枕旁风。三日过后，诏书下，以皇帝的名义，加司马睿为安东将军，都督扬州江南诸军事；王敦受封扬州刺史，一同前往建邺（扬州的治所），募集江南勇士，伺机北上勤王。

清晨，瓜洲渡口，几条大船正停泊在此，司马睿和幕僚谢裒立在船头，欣赏着初秋的晨晖。

“唉！你我如今就像这奔流入海的大江，怕是今生再难回中原。”司马睿一阵感慨。

“殿下何故如此悲伤？想这次渡江南下，定是丞相的重托，我等当立住脚跟，厉兵秣马，积草屯粮，日后北上勤王，大功一件哪！”谢裒不解。

“你哪里知道，丞相是让我先为他在建邺打前站，日后中原若事有不济，他则做孙仲谋。对于江南，我一无所知，若不是王茂弘兄弟诸人……唉！茂弘还在洛阳呢！”司马睿一阵失落。

正在这时，江面划来一只小舟，上面有一人正挥手致意：“琅琊王，等一等，王导来也！”

司马睿没想到远在洛阳的王导会突然出现在江上，喜出望外，赶紧让人将船迎上去。

王导上得大船，二话不说，先掏出一纸绢帛：“殿下，丞相有密诏，让您到建邺后，先联络豪门大族，征集钱粮，专供洛阳之用，征兵一事可暂缓。”

“这……江南高门，素昧平生，想我不过一镇藩王，张口就向人家要钱要粮，只怕不妥。”

王导从容地收好诏书：“殿下，丞相此番让您南渡，真可谓困龙入海，莫若就此以建邺为家，另立一方基业。”

“万万使不得，当今天子尚在洛阳……”

“哎呀，时机已到，这正是上天赐江南于您，王导兄弟愿终生相随，请王爷开船！”王导往后一招手，仿佛一个手势，王敦船上顿时旌旗挥舞。王敦站在船头，拱手行礼：“殿下，处仲为扬州刺史，手下兵马听任差遣！”说罢，各船将士齐齐跪下。

司马睿不再言语，他系上谢裒递过的披风，向前抬了抬手，恰好刮过一阵风，船上大旗猎猎而起。

不久，自称汉王的匈奴贵族刘渊正式称帝，派遣大将石勒、皇子刘聪兵进山西，掀开了永嘉之乱的序幕。一些有先见之明的中原大族纷纷举家南迁，这便是有名的“永嘉南渡”。

还是在瓜洲渡口，一条大船上，汝南周顗、颍川庾琛、谯国桓彝，他们齐齐望着南方的天际，脑海中涌起无限遐思。

二　乌衣阳谋，一马化为龙

当最后一丝暑气褪尽，雨水畅快地撒向大地，又一季的秋来到了江南。

司马睿安顿好家眷，熟悉了建邺的环境后，已是中秋后一个月了，看着江南士人趁着秋高气爽往来拜访，他有些羡慕。但是自己府上却门可罗雀，少人问津。回想起中秋赏月那日，城内有头脸的人，如顾荣、纪瞻、贺循等倒是来过一次，留下名帖，此后却再也不曾见。司马睿只好每日呆坐内室饮酒，他的酒量本不错，再加上参军谢哀近日寻得几瓮本地佳酿，他便越发地杯不离手。

这一日，王导上门探访，司马睿已是面色微酡，伏在条案上，双目微闭，甚是满足。

“殿下又饮酒了？”王导的口气有点责备的意思。

“唔，是阿龙啊，来来来。”司马睿懒洋洋地起身，打算给王导腾出位置。他想用手支撑起身子挪动一下，各个部位却不听使唤，像发出的命令被全数打回一样，整个人像弹簧一样又坐了回去，缩成一堆。

王导见状，几步向前，将司马睿搀扶着坐好。

“琅琊王可清楚这次到建邺为着何来？”

“为何？不是替……替丞相在江南各郡征集钱粮，以备皇室之需？”司马睿还没有醉到思维混乱。

“唉！”王导叹了口气，“看来茂弘那日在江上说的那番话，您并没有放在心上啊。”

这话像一面锣，“咣”的一声击醒了司马睿的醉梦。

“这话从何说起？我对茂弘可是言听计从啊！你从皇太弟那里把我解救出来，又告知丞相欲渡江的消息，还帮我打通裴氏王妃的关节，今天我能安坐安东将军府，都是你的功劳啊！”

“殿下过誉了。”王导直起身来，“茂弘不过一参军，先有丞相垂爱，后蒙琅琊王青眼，但求天下安宁，百姓安居，安敢强迫王爷？只是，我实在不忍见殿下消沉至此，以至贻误良机，终生后悔。”说到这里，王导情绪有点激动，“丞相为人好猜疑，再加上渡江的首选之人并非殿下，我族兄王衍必定不满，在丞相耳旁煽风点火，若丞相亲下江南，兵临城下，您只有拱手让出安乐窝，前景委实堪忧啊！”

司马睿脸上红一阵、白一阵，有心分辩两句，却见王导两眼正盯着自己，心里也有些惭愧。“今日之事，殿下当主动交好吴地世族大家，使其为您所用，就算日后不能称霸天下，也可偏安一方。”王导斩钉截铁地说。

一听此话，司马睿哈哈大笑，大叫一声：“上酒！”他硬拉着王导一同坐下：“来，茂弘，今日我们一醉方休！”说罢，端过杯来一饮而尽。王导一语不发，也陪他干了一杯。

约莫喝了十来杯，一瓮酒就见了底，司马睿面庞红赤，他笑着看着王导。王导面无表情，左手摇着麈尾，右手将手放在案上。

司马睿猛然起身，“哗”地一下推开条案，将桌上的酒杯、酒壶尽数撒于地：

“景文从此不再饮酒！”说着，对王导一揖到底。

顾荣，吴郡吴县人，孙吴名臣顾雍之孙，本地门生故吏众多，他的府门前一向车如流水，求他办事的、邀请赴宴的、没事套近乎的人快踏破了门槛。然而这天，司马睿到得门前，却被门吏拦下：“什么琅琊王？我得问一下我们家主有闲会客否。”说着，“砰”的一声关上了府门。不大一会儿，这个干瘦的门吏探出头来：“抱歉，家主今日偶感风寒，实不能待客，您带来的东西，还请带回吧。”他不等司马睿回答，又“砰”地关上了门。司马睿张口结舌，傻在那里。

贺府在长干里，家主贺循是会稽人，孙吴名臣贺邵之后。荡阴之战前曾在洛阳为官，后退归林下，每日只好与友人饮酒作文。司马睿要拜访的第二个对象就选择了他。

“呵呵，我已不问政事久矣，只图下半辈子清净，也给子孙留份安稳基业。”

“景文初到建邺，久闻宝地风物俊朗，很是倾慕，急于一见，非为政事，贺公不要误会。”司马睿觉察出贺循有点不欢迎自己，赶紧赔笑。

“哎，琅琊王贵为帝胄，又是宣皇帝的直系子孙，应当为社稷苍生为念，怎能一味追逐些玩乐之事呢？”贺循反客为主，“将”了司马睿一军，让他哑口无言。

出得贺府，司马睿一声长叹，正准备上车，忽听身后的幕僚谢裒大喝道：“什么人，敢在这里觊觎？”

司马睿赶紧回身，却见贺府大门右侧一条里弄里跑出去一个身着玄色衣襟的人，谢裒正准备追上去。

“那是什么人啊？”司马睿叫住了谢裒。

“我方才出来招呼车马，却见那人半藏着身子躲在大门右侧石坊后，两只眼睛直愣愣地盯着府门，见我走出，慌了神转身便跑，我疑心有奸人欲害殿下。”

“哦？”司马睿疑惑地抬眼望去，玄色衣襟的人已跑出里弄，穿入长干里的腹地，追是追不上了。

暮色西沉，司马睿回到府上。恰好去薛兼、闵鸿等人府上下书的人都回来了，几个人垂头丧气地告知司马睿，几位被邀请之人都回绝了过府赴宴之事。司马睿面无表情，一边解去外衣，一边问谢裒：“王阿龙出的好主意，这帮人像事先商量好的一样，客客气气地听你把话说完，客客气气地赶你出门，我这安东将军就这么不值价？”

谢裒皱起了眉头，小心地说：“我倒觉得江南大族必有心事，在他们背后，一定有什么力量阻止着他们与殿下往来。”

“哦？有谁呢，莫非是我的仇家？”司马睿有些糊涂。

“不知您还记得陈敏这个人吗？数年前以军功起家，后以‘疏通南方漕运’为由任广陵相，丞相一度用为右将军。”谢裒回答。

“你这一说,我倒有些印象,不知陈敏与江南大族有何关联?”

“如果我没记错,他现在就扎住在历阳,离建邺不远,您可知丞相封其为右将军的用意?”

“或许是见他有些才干,有心提拔。”

“非也,陈敏的角色与您一样!”谢裒微笑着摇着手指。

“你是说他也是过江来替丞相征兵集粮、广结人气?”

“不如此,丞相怎愿赏识一寒族?陈敏勇略过人,的确不凡。但是他也有野心,率重兵到江南后不直接入建邺,而是驻扎在咽喉要道历阳,虎视建邺,一旦时机成熟,他便可以顺江而下,不战而霸,怎不让江南大族战战兢兢?”

“既如此,我当如何应付?此地士人均不接纳我,我又无根基,到时怕只有束手就擒。”司马睿颓然道。

“殿下不必担心,杀陈敏易如反掌,我保管您坐稳江南半壁!”说话间,王导推门而入,司马睿一个冷战,忙站了起来:

“茂弘,你都听到了?如何处之,愿听高见。”司马睿诚惶诚恐。

“我本是为着另一事来与殿下商量的,方才无意中听到谢公与您的对话,此事正好将计就计,一举两得。”

“茂弘成竹在胸,何不说与小王听听?”司马睿半信半疑。

王导故作神秘地掩上门窗,压低声音对司马睿和谢裒说了几句。

“哎呀呀……以前常听父辈谈及诸葛武侯有治国安邦之才,今日茂弘一番话,足可匹敌孔明呀!”司马睿兴奋地握住了王导的手。

乌衣巷纪瞻府门外,王导走了出来。他故意放慢了脚步,东张西望,这一次,他终于发现大门左侧下马牌坊的阴影里半蹲着一人,四目一打照面,那人起身想溜,却发现身后早已站着两条大汉,四只手伸过来摁住了他的肩膀。王导满意地点点头,小声吩咐:“带走!”

历阳。陈敏的府邸,一个身着玄色外衣的人正长跪于地,双肩不停地颤抖。

“王导真是这样说的?”陈敏紧握剑柄的手松了下去。

“小人不敢说谎,家主说渡江之前丞相有安排,让琅琊王到建邺后与您见面,广积钱粮,时机一到,他便渡江南下,另立一方江山。”

“那司马睿为何先不来找我,反而背着我主动结交高门大族?”

“王导说那是司马睿怕人多心杂,先去摸摸各家的底细。”

“哼,这个呆子,他怎知我屯兵历阳的用意?”陈敏一脸的不屑。

“王导还说,数月之内必有动作,到时必先告知将军。”

“王茂弘还算明白事理!”陈敏充满戒备的脸上终于有了一丝笑意。

这天是三月初三，上巳节，按照江南的规矩，无论士族还是庶民皆将做“修禊”——在水边祭祀祈福，消灾避祸。一大早，以顾荣、纪瞻、贺循、薛兼、闵鸿等为首的江南名士，三三两两来到石头城外的大江边，行着祖先传承至今、年复一年的仪式。

陈敏是两天前从历阳出发的，昨日夜间到得建邺城外的白鹭洲。他接到了王导的密信，让他三月初三到建邺赴“修禊”，司马睿将要当面请教他。“请教”这个词用得恰到好处，让陈敏很是受用，脸上洋溢着春色，他仿佛看到了自己一飞登天的身影。

从白鹭洲赶到石头城，已是巳时，陈敏骑在马上放眼望去，这一带江边的官道已被黑压压的人群占据。此刻正值春暖花开，是踏青的好时节，整个建邺城的人似乎都涌到了这里。陈敏不禁倒吸一口凉气，担心会发生什么事，他突然有些后悔轻信了王导的话。

在江岸的一处凉亭上，有几位衣着雅致的老者，因时辰未到，闲来无事，正围着一张桌子饮酒赏玩。

“顾公今日为何不携琴而来，借这春光春水弹奏一曲？”

被称作顾公的人正是顾荣，他笑着一挥手：“思远（纪瞻），春色固然美好，老夫却无这个心情。”

“顾公何出此言？”这次说话的是一个身形瘦削的中年人，看岁数比其他几位年轻。

“季鹰（名士张翰表字）啊，我等祖居江南，自王浚楼船破吴后，故土升平日久，我辈辞官不做也要从洛阳返回，无不是念着家乡的一杯浊酒、一尾鲈鱼。”顾荣有些动情，“只怕从今日起，祸事至矣。”

此话一出，在座诸人都默不作声。少顷，那位被称作“季鹰”的中年人开始引吭高歌：“秋风起兮木叶飞，吴江水兮鲈正肥。三千里兮家未归，恨难禁兮仰天悲。”众人合着拍子跟着一起唱，场面很是动人。

就在这时，通往建邺城方向的大道上一片喧哗，亭上众人的注意力都被吸引了过去。

只见一队人马缓慢行来。为首有八名身着软衣软甲的卫士开道，紧接着是一队华丽的皇家仪仗。自孙吴亡国后，江南士子有近三十年没见到过皇室威仪，这一下大开眼界，人群里“哗”地爆发出一片赞叹之声。接下来，是八位青衣软帽的仆人抬着一乘肩舆，上面端坐一人，面色白皙、容颜俊朗、气度不凡，正是琅琊王司马睿。远处骑在马上的陈敏是第一次见到司马睿，也不由得暗自称赞。

再往后看，陈敏目瞪口呆，他发现跟在肩舆后面有十数位衣冠华丽、举止潇洒的士人，他们两两比肩，并辔缓缰，紧随司马睿。为首一人，陈敏还记得数年前在洛阳东海王府里见过，正是王导！

不单陈敏，此刻顾荣、张翰、纪瞻等人也是异常震惊，他们发现除了王导，王敦、周顗、庾琛、桓彝、刁协等南渡诸人均在队列中。特别是王敦，八尺的身躯骑跨在他那匹玉面玲珑兽上，一脸谦恭，着实有些不可思议。

“哎，我等眼拙了，这才是真龙啊！”顾荣不由得失声叫了出来，说着，快步走下凉亭，拨开人群，大声高呼：“祥瑞于天，维春至善。五马渡江，一马达显！”说罢，拜伏在地。

顾荣是江南头号名士，他的这一不同寻常的举动，感染了在场所有人，大家纷纷效仿，陈敏见状，使出吃奶的劲挤到了前排，“扑通”伏在地上。刚才还人声鼎沸的江边大道，顿时一片肃静。

这时，坐在肩舆上的司马睿庄严地捋了捋胡子，却不急着让众人平身，他用低沉平和的腔调说道：“佳木奇花，有春乃发。龙行至此，鬼魅速下。”

此话一出，跪拜在地上的顾荣不由得周身一震。司马睿做了一个手势，一旁王导朗声言道：“陛下口谕，右将军、尚书令陈敏，不思报国，私吞钱粮，觊觎扬州，蛊惑视听，着琅琊王、镇东大将军(新近加封)司马睿依律查办，钦此！”

早有几位甲士走出，拽住了陈敏的两只胳膊，他这才明白中了计，被王导赚到了建邺，脑海里“嗡”的一声，他想为自己辩解两句，一时竟找不到合适的措辞，而且口谕里说的几条“罪状”他都有涉及现场并无一人为他说情。直到被甲士拖出去十来米，他才如梦方醒地大叫：“琅琊王，切莫听信谗言，我还有话说。”

司马睿闭着眼睛，王导叫道：“推到燕子矶上，斩首！”

不大一会儿，陈敏人头献上。朝廷大员，瞬间身首异处，司马睿做得干净利落，震住了顾荣等人，他们始终不敢抬起头。

司马睿在侍从的搀扶下，走下肩舆，将顾荣、纪瞻、贺循、张翰等人一一扶起，他环顾四周说：

“小王至此，本是为了一方安宁，陈敏包藏祸心，欲割地自立，幸被天子知晓，着小王即刻法办，今已授首，从人罪责概不追究！今日上巳节，我当与万姓同祭！”

四下里，众人齐声唱“喏”。

三日之后，镇东将军府变得门庭若市，各大望族的头面人物纷纷上门来与司马睿相叙，司马睿也广开恩惠，顾荣被任命为军司，加散骑常侍；纪瞻为军谘祭酒；贺循为吴国内史；其余人各有任命。

不到半年，在王导、王敦兄弟的努力下，原先人心惶惶的江南诸郡稳定了下来。但是跟着司马睿过江的官员，再加上各自家眷、宗族奴仆，有近三千人，全都入驻建邺，使得给养出现了困难。其余南渡士族、流民再想进入建邺，已不可能。王导献策，开辟广陵、京口、晋陵、义兴多处为北来众人的聚居地。

一日，司马睿因早间与顾荣议事，耽搁久了，便留下顾荣一同进膳。不大一会儿，奴仆端上两大盘猪肉，司马睿一看，不是自己最爱吃的大腿肉，而是猪脖子下的那一部分肉,心下不悦:“今日就吃这个吗?”

奴仆赶紧跪倒:“殿下有所不知,半月前托人从义兴购得的那头猪,已按您的吩咐与僚属分食殆尽,谢参军常说猪脖子这点肉最好吃,让小人事先割下给您预备着。”

司马睿无奈地挥挥手让奴仆退下,招呼顾荣继续吃饭。

酒过三巡,顾荣放下碗箸,躬身道:“臣有罪,没想到王府如此俭省,改日我叫人送些厨下必备之物来。”

司马睿也停止了进食:“于我而言,建邺毕竟是他乡,蒙父老垂怜接纳,我不能为父老分忧,反为一些琐事叨扰,实在有愧。”

顾荣推开桌子,郑重言道:“殿下能舍中原之繁华而择江南之凋敝,足可见胸有大志,王者当以天下为家,望能从此振作,我等誓死相随!”

“顾公!”司马睿握住了顾荣的手。

一晃又是两年。这一日,司马睿正与王导、顾荣、纪瞻等人在府上议事,骑都尉桓彝匆匆走入,面色慌张。

“茂伦,发生了什么事?”司马睿问道。

“殿下,原丞相府典军参军、济阴太守祖逖到府门外了!”

一时,堂上诸人无不露出惊讶的神色,司马睿心头不禁一紧:“快请!”

很快,身材魁梧,留着浅浅络腮胡的祖逖快步走上堂来。令众人吃惊的是,他竟然挂着孝!

“殿下,洛阳陷落了!”祖逖一开口就是这句话,如晴天霹雳一般。

“士稚,究竟怎么回事?”“将军,陛下莫非……”“匈奴人是否已南下?”大家七嘴八舌慌了手脚。

原来,早在三个月前,汉国大将石勒在截杀了护送已故东海王司马越灵柩回乡的王衍等人后,汉主刘聪(彼时刘渊已死)觉得可乘洛阳空虚一鼓作气拿下,便派遣大将军呼延晏、始安王刘曜兵发洛阳。不出所料,皇帝司马炽等人束手就擒,被解往平阳。一路上,晋室君臣故土难忘,一路号哭,惹恼了刘聪,才到达平阳,便将司马炽杀害。

“洛阳城破之时,士稚尚在东海,手下无一兵一卒,只得坐视匈奴人猖狂。又听说琅琊王在建邺,便召集宗族子弟千余人至淮阴,今携众渡江而来,请琅琊王发兵北上,为陛下血恨!”祖逖强忍悲痛。

“哦!”司马睿的声音有些颤抖。最初他是看不上懦弱胆小的司马炽的,但血脉相连的情感让他为之动容,王导等人也是泣不成声。

次日,石头城外的江边,搭起了灵棚,司马睿亲自主祭,为故皇帝司马炽举哀。

望着随风摆动的招魂幡,司马睿有些发呆。皇位虚席以待,他隐约觉得机会到了，但具体怎么做，他没有一丝头绪。这时，祖逖大步上前，半跪在地：

“今中原沦陷，皇室蒙难，黎民受辱，据逖所知，各地豪杰久有反击之志，殿下若能借此机会，举兵北伐，拥护者众，则国耻可雪！”

司马睿不是没想到借助北伐这张牌，既可以收获中原人心，又能顺理成章地成为皇室领导者的角色，但他手下可派遣的嫡系人马不足三千，扬州的军权都掌握在王敦手里。

见司马睿未置可否，祖逖进一步说：“如果殿下不弃，祖逖愿领此任，肝脑涂地，在所不惜！”

这时，一旁的王敦说话了：“士稚将军，拳拳之心可敬！当初洛阳危急时，琅琊王就有勤王之意，然而我等到江南不久，军马稀少，给养不足，实不足以供北伐大计，莫若休养生息数年，一鼓作气，可平定北方。”

“王扬州此话差矣，天子屈死，中原人心惶惶，石勒、刘曜等辈如狼似虎，倘坐视不管，任其长驱直入，则长江以北必落入匈奴人之手。阁下亲朋也有在北方的，难道也坐视不救？”祖逖对王敦的一番拿腔拿调表示了不满。

“江南不比洛阳，琅琊王只是受故东海王之命到此招兵买马，岂可擅自出兵？将军有报国之心，着实可钦，只是也要替琅琊王想想。”王敦的话已有些以势压人。

祖逖看不惯王敦的架势，索性不再理他，直接走到司马睿身前：“据臣所知，殿下素有天下之志，北伐当是机会，逖虽不才，数年来对中原大势却是一清二楚，愿为前驱，就算没有兵马，也要北渡，望琅琊王助我！”这几乎算是祖逖绝望的要求。

司马睿心潮澎湃。他怎么会不清楚祖逖的良苦用心，但在王敦面前，他几乎说不上话。和两年前刚到建邺时比，司马睿的威望增加了不少，可发号施令的权力逐渐被掠夺。王敦主军务，王导主政务，司马睿内心的不满日益增加。不过，他也知道离开王氏兄弟，他这个琅琊王就是孤家寡人。

如今，司马睿的确被祖逖打动，但实在说不出那个“可”字，无奈之下，他开口道：“将军情真意切，孤王岂有不知？但是王扬州所虑也极是。这样吧，孤王封将军为奋威将军、豫州刺史，再给你千人粮饷、三千匹布帛以充军费，其余士卒、军器只有靠将军自行解决了。”

祖逖总算看清楚了建邺的形势，对司马睿能提供的这点儿帮助，他无话可说，只好叩谢。王敦的脸上露出了一种傲气和得意。

与王敦执掌建邺军务盛气凌人不同，王导主管政务则是和蔼诚恳。

这一日，王导从乌衣巷自家府邸出来，带着一位年轻的下属，沿着秦淮河南岸向东而行，巡查商贾贸易之事。行至南塘，负责官员走上前来向王导禀报过往三个月的入仓货量。王导接过账本，却见上月有几日的账目为空白。

“这是何意？”王导指着空白处问。

“这个……实在有些……”那官员吞吞吐吐有些说不出口。

“但说无妨！”

“是，上月初七、初八二日夜间，来了一伙蒙面之徒，将从西域转幽州至海路送过来囤在河岸库房里的珠宝和裘皮长袍抢了十数件……”

“为何不早报？”

“唉！大人有所不知，截货的匪徒留下名姓说是祖豫州的人，特来借几件货物充当军资，他们还说自会去您那儿说清楚。”

“哦？”王导听到这里，哑然失笑，他回头看了看骑在马上的那位年轻人，“元规，你如何看此事？”

被称为“元规”的年轻人稍加思索道：“祖豫州明知越货有罪仍然动手，是在向我们示威啊，或许他在发泄不满……只是不久他就要北去，且让他戴罪立功吧。”

王导点点头，交过官员，小声地说：“此事暂且压下，也不准对人说我知晓，连左将军（指王敦，加封为左将军）也不能说。”

“是、是！”官员应诺而退。

这个元规，就是颍川庾家的庾亮，年方二十四岁，他的妹妹刚被司马睿长子、东中郎将司马绍选为妃子。

转眼已是初夏，建康城（随着新皇帝司马邺在长安继位，为了避讳，建邺更名为建康）西郊的青溪之畔，正是围猎的好去处。这一日，司马睿兴致甚好，邀约王导、王敦、刁协、刘隗、周顗、桓彝、庾亮等人，前往游猎。

在地毯一般的草皮上，壮硕的猎犬正追捕矫健的野兔、野鹿，司马睿看中一只花色杂糅的野鹿，连射数箭都不中，未免有些泄气。身后的王敦不由得大笑，司马睿反感地瞧了他一眼，王敦毫不在乎，拱拱手说：“殿下，处仲替你一射如何？”

“处仲武将之风，但射无妨。”司马睿话虽如此说，却没像当年汉献帝把御弓递给曹操那样将自己的弓箭交给王敦。王敦的脸色有些不好看，环顾四周：“哪位借弓与我一用？”其实他的腰带上挂着一只弓。

此时的王敦，因先后除掉不肯顺从司马睿的江州刺史华轶、盘踞长沙的流民杜弢有功，加都督江、扬、荆、湘、交、广六州诸军事，开府仪同三司，封汉安侯，权势蒸蒸日上，就连王导也要礼让这位堂兄三分，建邺的高门士族多不想招惹是非，今日听王敦这么一咋呼，无人应答。

正在这时，右边人群中传来一个清脆的声音：“喏，我给你弓箭。”

众人大吃一惊，循声望去，却是与中书郎桓彝同坐马上的一个小孩在说话，这小孩眉清目秀，骨骼清朗，脸上不见丝毫胆怯之色。

王敦暗自称奇，信马由缰挪到桓彝跟前：“你是谁家小孩啊？”

“此乃不肖子桓温。”桓彝生怕王敦见怪，抢着回答。小桓温没被吓住，反而望着王敦笑起来。王敦对他已有三分喜爱。

“那好，既是令郎之意，想来桓中郎也不会介意我用你的弓箭吧？”

“哪里哪里，大将军要用，拿去便是。”

王敦面带微笑看着桓温，接过桓彝递过的弓，张弓搭箭，只一箭就命中了那头野鹿，他身后的亲随齐声喝彩，桓温也兴奋得直拍手。

“还是桓中郎的弓顺手，令郎也没看错人哪！”王敦微笑着把弓归还给了桓彝，双手却顺势从桓彝身前将桓温抱了过来，放在自己的马鞍上。

“不知你可愿做我的义子？”

还没等桓彝说话，桓温突然用手扯住了王敦浓密的胡须，一个劲儿地轻轻往下捋，还大叫：“可儿好胡须，可儿好胡须！”

这个动作就像摸了老虎屁股：“大胆！”王敦身后的从人一拥而上，想拉住桓温，桓彝也赶紧跳下马来，跪倒在王敦马前：“犬子年幼无知，冒犯大将军，望恕罪。”

王敦先是一皱眉，继而大笑起来：“哎呀，看来我这‘可儿’的小名已是世人皆知了！也罢，这个义子我收定了！”

见儿子还在嬉笑，桓彝也顾不得失礼，强行将桓温从王敦的马上扯下来，摁在了地上磕头，桓温像明白过来什么似的，大声叫道：“见过义父。”

王敦已是乐得合不拢嘴了。

京口外的江面上，五十多条战船扬帆并进。回望着建康的方向，头船上的祖逖叹了口气。

由于王敦的阻拦，祖逖并没有从司马睿那里要到一兵一卒，他只好率领之前与他南下的宗族部曲百余家，从京口渡江北归。尽管没有现成的兵马，但从司马睿那里得到了承诺，对祖逖也是一种安慰。

战船行至大江中间，看着眼前茫茫江水，祖逖从士卒手中拿过一只船桨，狠狠地砸向万顷波涛，顿时浪花四溅。

祖狄目光投向浩浩水天，大喝道：“此行若不恢复中原，有如大江！”他高高举起了船桨。其他战船上应和：“誓复中原！誓复中原！”

这声音在大江上极其雄壮，传得很远、很远……

两年后，长安再度被匈奴军队围困，城内粮尽，人以人相食，国库仅剩下了酿酒用的麦曲，十八岁的皇帝司马邺哭着写了降书，袒露上身，嘴衔玉玺，把棺材装上牛车出降。

临投降前，司马邺派特使下书江南，要司马睿统摄国政，收复旧都。

于是,在王导等人的劝说下,琅琊王司马睿于317年三月在建康称晋王,改元建武,行皇帝权力。

三　危机四伏,王马共天下

这日午后,王导、王敦正在乌衣巷的宅里闲坐喝茶,奴仆前来禀报:"庐江的大爷回来了。"话音未落,一阵急促的脚步声逼近,只听"哗啦"一声,门槛被踢折了,紧接着见一人身形趔趄,摔了进来,直接瘫坐在地上:"茂弘、处仲,可要为我做主啊!"

下人们口中的这位大爷,乃是王敦同母兄长王含,时任庐江太守。王敦看了看这位慌里慌张的哥哥,眉头一皱,吩咐下人扶将起来,让其落座;王导看到王含的脸色,心里已有了八分明白,他知道这位族兄到庐江上任不到三个月,就一气举荐了二十多名亲信充当幕僚和郡辖下的县吏。晋王司马睿刚任命了刘隗为司直,下到各州郡巡视,此人性格刚正,一向不把以王家为代表的过江豪族以及本地望族放在眼里。"只怕我们那位族兄应付不了。"王导告诫过王敦。

言犹在耳,王含就惊慌失措地从庐江跑回了建康,可见事情并不简单。王含战战兢兢地告诉他们,刘隗以"任人唯亲、公器私用"为由,在司马睿面前弹劾了他。

"晋王有旨,让我回建康问话,这不,我想了想还是先来找你们商量商量。"王含喝了一口茶,继续添油加醋地说,"这个刘隗,参了我也就罢了,还点咱王家名,说乌衣巷的门脸都是从皇帝马屁股后挣来的!"

"哦?"王敦强忍怒火,脸色极为难看,王导的心里也不痛快,却异常清醒:必是王含理亏在先,被人抓住把柄,刘隗固然强硬,也不至于口出狂言。他有心责备王含几句,又看到王敦的脸已成铁板一块,只好把刚到嘴边的话咽了回去。

"茂弘,这才多大会儿工夫,刘大连(刘隗表字)越发地狂妄,还有那个尚书令刁协,酒量甚是了得,每每在酒肆里喝开了骂咱们家。晋王用此等人,的确失之聪明。"王含阴阳怪气地说。

王导明白这是司马睿晋爵后,故意压制王家。渡江已近十年,王家的确给予了司马家族很大的帮助。可皇帝毕竟是皇帝,共苦不能同甘,特别是像司马睿这种多少还有些中兴气度的皇帝,他起用刘隗、刁协,正是一种制衡的策略。

"兄长无须担心,这事我来处置,只是你得马上赶回庐江,将你幕僚中的亲信一一遣返。"王导平静地说。

一句话说得王含脸色通红。在这件事上，王敦也觉得王导这个办法是上策。不过他又突然想到了另一件事，便让王含退下，他凑上几步，眼睛直勾勾地看着王导：

“茂弘，臣为君所疑，只怕祸事不远了。”

“呵呵，大将军有话不妨明说。”王导笑吟吟地答道。

王敦没说话，只是顺手往后一划拉，将几案上的一个盛满茶水的杯子划到了地上，茶水撒了一地。

王导的心倏地紧了，他看着神色镇静的王敦，确定他不是在说笑，不免有些惊慌：“此乃国家大事，岂是我二人私下能决断的。”

“我刚得到消息，皇帝被匈奴人囚禁，生死未卜，中原各州郡都把头偏向了南方，瞅着咱们建康呢，宗室之中，西阳王和南顿王也是昔日永嘉南渡诸王，论辈分还是晋王的叔叔，最近也正忙于劝进；另外，北边也来人了，青州曹嶷、司州李矩、冀州邵续的劝进表不日将送到；辽东鲜卑慕容廆还专程派人从海路送来了羊皮帛书。”王敦的情报工作做得很出色，“晋王是人心所向，咱们若不先发制人，则受制于人哪！”

王导摸着胡须，轻轻点着头：“我也听说了，并州刘琨的特使大概此刻也正在石头城通往太初宫的路上哩。”

太初宫本是东吴孙权所建，如今已有些破旧，司马睿称晋王后暂用作王府。今天殿上热闹非凡，文武官员都知道来自并州的特使送来了劝进表，所有人都想看一看据传雄姿英发的刘越石(刘琨表字)将会派出什么样的人物到建康来。结果，看到殿上站着一个六尺挂零、面色黝黑的丑陋之人，顿时一片哗然。

司马睿心里也有些别扭，他一直盯着来人，眼神却游离在外。

那人丝毫不露怯，清了清嗓子：“温峤此次南下并非为与江南诸公清谈斗口，乃奉刘司空(长安沦陷之前，刘琨被封为司空)之命献上劝进表，执掌晋室江山的非晋王殿下莫属！”看这意思，这位温峤刚才上殿之前曾与几位高士理论了一番。听了他最后一句话，司马睿心下才有些满意，吩咐给他预备了座位。

“公是刘司空麾下何人，现居何职？”司马睿很好奇。

“刘司空是在下姨丈，惜无甚才学，权且充当军前司马。”

这句话掷地有声，仿佛抽了不少人一记耳光，大殿上顿时响起一阵“嗡嗡”的议论声。

温峤没管这些，反问司马睿：“如今中原涂炭，胡人横行，殿下真能安坐江南半壁无忧乎？”

没等司马睿答话，他继续说：“刘司空比之诸公，可谓势单力薄，孤悬于外，尚能不忘宗庙，与石勒、刘聪决一高下。如今他虽寄人篱下(刘琨在前一年被石勒击

败，放弃并州，投奔了幽州的段匹磾），仍不忘早年与祖士稚闻鸡起舞之旧事。他每晚都要把长剑枕着入睡，为的就是要收复中原。如今，我奉刘司空之命来到建康，也是为了替他完成一个心愿！”

温峤话不多，却义正词严，让司马睿极为震动，他又想起了祖逖在大江边未能带走一兵一卒而黯然离去的背影，不免有些惭愧。他站起身，走到温峤跟前，躬身施礼：“若能得温太真，则兴复中原有望！”

这时，军谘祭酒纪瞻突然上前一步：“圣位空虚已近两年，刘聪不过匈奴小辈，也敢僭越称帝。中兴晋室乃万姓之盼，望殿下不必再推让了！”

司马睿惊讶地望着纪瞻，正准备返回王座，却发现王座已被换成了金光灿灿的御座，司马睿想让侍卫撤走，纪瞻大叫道：“帝座上应星宿，敢动者斩！”朝臣们见状，“刷”的一声齐齐跪倒，齐声高呼：“陛下！”

王导看到这一幕，向着王敦轻轻地摇了摇头。

318年三月初十，春日的第一道暖阳冲破料峭的寒意，温柔地摩挲着建康城。南郊的祭祀坛上，司马睿身着祭天的衮冕，庄重地行过礼，立白旗白衣（晋以金德，尚白色），宣布即皇帝位，改元大兴。半月之前，被俘虏的司马邺在平阳被汉主刘聪杀害，司马睿又追赠其谥号为“愍皇帝”。

回到太初殿，朝臣们两班站定，正待行礼，司马睿却不着急落座，他径直走到王导跟前，拉着他的手一齐走向御座。王导大惊，也顾不得礼仪，扯住司马睿的袍袖，连声叫道：“陛下恕罪，臣是断断不敢坐上去的。”

“茂弘，你是我晋室中兴大功臣，在寡人看来，你应受百官朝拜。”

“陛下！”王导用力挣开司马睿，规规矩矩重新跪下，“如果太阳与世间万物一模一样，万姓将如何面对日光普照啊？”

“这……”司马睿尚在犹豫，台阶之下诸位大臣全数叩拜于地，高呼：“陛下，请登御座！”司马睿无奈，这才回身端坐。

朝臣队列中的王敦，目睹了刚才这一幕，眼里扫过了一丝寒光，他的眼睛眯缝成了一条线，跪拜的动作也比别人稍迟。这个举动很细微，却被谢裒看在了眼里。

新皇登基，少不了给臣下加官晋爵，司马睿下诏：文武官员都提升二等。王敦升侍中，拜大将军、江州刺史；王导拜骠骑大将军，晋位司空、开府仪同三司，领中书监，封武冈侯。

对于刘琨，司马睿更是心怀感激，除了加封他为太尉，还命人取出琅琊王祖传的湛卢宝剑，交给温峤：“你可派人将此剑交予太尉，愿他好自为之。”温峤明白，这是皇帝不让他走了。

建康城欢宴三天庆贺新皇登基，大殿之上觥筹交错，司马睿略有几分醉意，无意中看到一头金发的长子司马绍正与黄门侍郎庾亮、尚书左仆射周顗热聊。在他心里，一直对这个恭谨孝顺、敬贤爱士、长于武略的长子不太中意，觉得他文治不足，难以守成，他更中意的是聪明可爱的皇四子武陵王司马晞。

司马睿借着酒劲，挪到王导桌前，亲自与他把盏，王导赶紧伏下身，双手将酒杯举过头顶。却不料司马睿并未斟酒，他顺势蹲了下来，在王导耳边轻声问道："鲜卑儿可立太子乎？"

关于立嗣，王导在之前无意中曾听司马睿说过此事，当时就隐约觉得他不太喜欢长子，王导便格外留了个心眼，没想到皇帝居然在登基之时提出来。王导意识到这是皇帝还没下定决心，废长立幼本是国家大忌，况且司马绍并没有什么过错，皇帝对他的成见，与其说是不满他的文弱，毋宁说是更在意他的出身——司马绍的生母荀氏是一个鲜卑族宫人，只因被当时还是琅琊王的司马睿宠幸，有了身孕，恃宠放纵，被王妃虞氏责罚，荀氏心怀怨言，后被遣送出王府，改嫁他人，留下司马绍、司马裒两个儿子被虞氏收养。不久，虞氏也故去。爱屋及乌的关系，司马睿对两兄弟，特别是司马绍，带有一丝偏见。

王导考虑再三，说出来却只有一句话："愿陛下早定后宫之主！"

司马睿虽有几分醉意，这话的弦外之音还是明白的，他目前最宠爱的妃子是郑氏，尚未有喜。至于武陵王，他的母亲是王才人，也不大受司马睿待见。"也许郑妃能给我生下一个皇子呢？"想到这里，司马睿笑了。

这日，从荆州传来消息，原荆州刺史陶侃（现已转任广州）的旧部联名弹劾现任刺史王翼，王翼本是王敦的族弟，也是司马睿的姨弟，两头沾亲带故，却有个贪婪好杀的坏名声。朝野一时也奈何他不得。这一次却是下面的人率先闹将起来，司马睿也不能不管了。

他拿着奏章看了半天，以目示王敦，发现王敦也正偷眼瞧他呢，便说"王翼在荆州太不像话了，还是召回建康吧，荆州牧一职，大将军权且兼任。"

王敦怀疑自己是否听错了。按理，现在司马睿正疑心自己，没被削弱兵权已属万幸，居然还能把荆州要地的军政大权交付自己。想到这儿，王敦有些不自信地跪倒："啊，陛下，臣德薄才疏，怕难堪此任。"王敦说这话多加了一百二十个小心，他内心其实是很想要这个荆州牧的。

"处仲，江南新创，大局未稳，正值用人之际，卿切勿辜负寡人一番用意！"

看来皇帝是真的无人可用了，王敦大喜过望，整整衣冠，重新磕头谢恩。

朝堂之上，刘隗和刁协二人对视一眼，脸上都露出一种莫可名状的神情。

入夜，凉风习习，声乐悠扬，秦淮河畔的沉香阁，几位衣着华丽的贵客正举杯畅饮。

"大将军，今番又加官晋爵，可见陛下对您的恩宠呀！"一个细细的声音在拍

着马屁。

“是啊,放眼这建康城,有几家能比得了咱王家,武冈侯主于内,大将军掌于外,天下……”另一个人的话还没说完,就被王敦把嘴捂住。

“放肆！这是什么地方？竟如此大声喧哗!”王敦皱起了眉头。

“哎呀,二叔,现在外面都在传‘王与马,共天下’,可见是众望所归,您有何担心?”

“混账,这是市井那些个无知狂徒随口生谣,你也信得?”

“听说那天,陛下真要让司空大人同榻而坐？这可太长脸了。”

王敦没有反驳这句话,他端起一杯酒,呷了一口:“是又如何？哼,‘王与马,共天下’,王可是在前面呢!”说着,不由得纵声大笑起来。这次轮到其他人目瞪口呆了。

笑罢,王敦拿起自己最爱的玉如意,往唾壶上“咣”的一下,唱了起来:“神龟虽寿,犹有竟时。腾蛇乘雾,终为土灰。老骥伏枥,志在千里。烈士暮年,壮心不已。”他唱一句,将如意在唾壶上敲一下。

四周的歌伎都停止了演唱,人家用一种诡异的目光注视着王敦。

王敦的得意劲头还没维持多久,刘隗和刁协就上书举荐年近六旬的广州刺史陶侃,司马睿加封陶侃为平南将军,都督交州诸军事。用意很明显,在荆州外围给王敦施加压力。

当使者把这个消息带往岭南的时候,陶侃正在户内屋外热火朝天地搬着砖头。他擦了擦身上的汗,接过那封被岭南温润的雨水浸得有些发黄的书帛,他没拆开看,只是自言自语道:“建康从此要乱啊!”

陶侃说得没错,至少从某些野心家的立场来说,结交外援是最好的“乱局”方式。

瓜洲渡口。一个行色匆匆的人下了船来到驿馆,交割完文书,拉过一匹马,不停歇地上了大道……

祖逖渡江后,以淮阴为大本营,冶炼军器,招募士卒,两月不到已有三千人的规模,他便率领这支军马北上,三年时间,将黄河南岸各处坞堡全数收归麾下,用作抗击匈奴人的眼线和壁垒。

已在襄国自立为赵王的原汉国大将石勒,此前屡屡失机于祖逖,闻之不觉骇然:“祖士稚谋略过人,他不轻易攻城略地,动辄联络坞堡,这是要做长久打算啊。”

心腹大将桃豹想了一想说:“吾观豫州诸郡,唯蓬陂坞(今开封)是个缺口,若被祖逖抢了先,则将与淮北打通,我再要南下便不易了。”

石勒望着他,说:“非智勇双全者不能守蓬陂坞,将军与我起于微末,肯替我走一遭否?”

桃豹昂首而立:“愿效死命!”

却说这蓬陂坞有东西两城,桃豹动作神速也只占了西城,东城已被祖逖部将韩潜捷足先登。桃豹行军匆忙,军中粮草不足,时间一长,便不能坚持,他寄望石勒能运粮而至,不曾想石勒正被祖逖的一支人马绊在了陈留,不能南下,桃豹只得枯守孤城。

又过了一个月,城中粮草殆尽,汉军只好推墙掘土挖田鼠、打麻雀充饥。

这一日,有士卒报:东城晋军正将数十担粮草源源不断送入城中,护送军马不多。桃豹欣喜不已,当即率领一队人马悄悄绕到东城外的密林,突然杀出,押粮的百十号晋军一声喊,都散了。桃豹让士卒将粮车尽数打开,见里面果然都是白花花的大米,桃豹不由感慨道:“祖士稚真神人啊,竟弄到这许多米!”手下士卒也议论纷纷,连呼“怪事”。

回到西城,桃豹下令将粮米尽数拆开,竟发现粮袋里除去表面是一层米,下面全是沙土。一时三军大哗,有的士卒索性把佩刀解下,说:“费了这许多气力,连饭都吃不饱,不打了!”“对,咱们回乡种地吧!”……

城内闹成一锅粥,桃豹费尽九牛二五之力才稳定住众军,他不得不再次向石勒修书求救。

又过了三日,午后时分,有细作报与桃豹:大将军石勒遣人送粮将至,速速派人往汴水接应。

桃豹喜出望外,招呼一帮饥饿之师,拾掇上马。将近汴水,果然远远瞧见一队人马拉着辎重行来,桃豹大喊:“来的可是我赵国压粮之军?”对方高声应答:“正是!”话音刚落,一支雕翎箭射了过来,不偏不倚正中桃豹左肩。

“不好,有诈!”桃豹醒悟过来,他来不及包扎,忍痛招呼众军回撤。四周杀声不断,两队赵国军队杀到,逢人便砍,只是这帮“自己人”一个个矮鼻梁、小眼睛,都不是匈奴族的面孔。桃豹醒悟过来,拼死杀开一条血路,撤往蓬陂坞西城。

到得城下,已是黄昏,正要叫门,忽见城楼上一片喧闹,举起无数火把,正中间一人身形魁梧,头戴金盔,他手指城下:“桃豹,此时不降,更待何时?”

桃豹认出是祖逖,他不由得恍然大悟:祖逖派人先截了石勒送过来的军粮,让晋军乔装改扮引诱自己出城接应,接着乘虚袭占了西城。

四下里晋军密如蝼蚁,有的还穿着杂色号衣——皆是邻近各坞堡赶来增援的。桃豹长叹一声,挥刀抹向了脖子……

祖逖智取蓬陂坞后,又进驻雍丘,牢牢控制住了豫南,让石勒不敢轻易南下。

秋高气爽,祖逖在雍丘郊外摆下宴席,款待十数位当地父老。席间,祖逖端起酒杯,站起身来:“士稚经略豫州已有三年,多蒙父老相助,才有今日局面。军旅艰辛,无甚款待,特备薄酒,聊表寸心!”

两位白发长须的老者,也颤巍巍地端起了酒杯:“我辈不知几世修来的福分,年逾花甲,尚能被待之如父母,死而无憾矣!”说着,热泪盈眶。

酒到酣处,几位老者用沙哑的嗓音唱起了中原大地辈辈相传的歌谣:“幸哉黎民免俘虏,三辰既朗遇慈父。玄酒忘劳甘瓠脯,何以咏恩歌且舞。”

……

这时,有士卒入帐禀报:“大将军王敦有书信送到!”祖逖一愣,随即抛下载歌载舞的人群,走入大帐。

太初宫大殿上,朝臣们刚行礼完毕,只见一个身着重孝,头戴高帽,手拿哭丧棒的矮子一路哭,一路踉踉跄跄来到殿内,扑倒在地,放声大哭,他几乎是膝行往司马睿的御座挪来。

满朝文武无不吓了一跳,司马睿也吃惊不小。等得那人到了跟前,才认出是温峤。司马睿一看他这身打扮,心里“咯噔”一下。

果然,温峤带来了姨丈、太尉刘琨在幽州被段匹磾害死的消息。司马睿的脑袋“嗡”的一下,一片空白。好半天,他才被温峤哽咽的话语拉回了现实。

温峤又献上两样东西,一是半年前因刘琨劝进有功,司马睿赠予他的湛卢剑;另一件是一纸书帛,上面有刘琨临终前作的一首诗:

……
功业未及建,夕阳忽西流。
时哉不我与,去乎若云浮。
朱实陨劲风,繁英落素秋。
狭路倾华盖,骇驷摧双辀。
何意百炼钢,化为绕指柔。

读到此,司马睿痛惜不已,不禁为这位忠直之士掉下了眼泪,接着下令追封刘琨,谥号为愍。

追封刘琨的诏书发出,王敦闻听,心头掠过一阵阴影。他想起前些时日,驻扎在雍丘的祖逖拒与自己结交的事。本来刘琨也是一个拉拢对象,没想到突然故去。王敦很是无奈,他不得不暂且考虑放弃“外援”,转而在自己的大本营——荆州囤积势力。

石头城外,刚升任太常卿的谢裒正为兄长谢鲲送行,谢鲲是新任荆州牧王敦的长史,将随行前往武昌。

“贤弟不必再送了,弟妹将要生产,你还是快些回去照料要紧。”

“此事自有人料理,兄长此去只怕再见不易啊!”

“为何这样说？”谢鲲很是不解。

谢裒苦笑一声：“兄长还不曾觉察吗？大将军是以退为进，此前在建康，尚要顾及朝臣和各高门，有所收敛；此番下荆州，则必定要与建康分庭抗礼，那时节，谁也奈何不了他。”

谢鲲无奈地点头：“自古君臣内斗最是无解的，我在大将军身旁也是束手无策，或许只有王茂弘能阻止这场灾祸。”

“那王茂弘惧内还来不及呢，有何空闲管这档子事？”说到这儿，谢裒笑了起来。他指的是王导夫人曹氏因其私藏小妾而大闹乌衣巷，带领下人到小妾的香闺兴师问罪，王导用麈尾驾着牛车前往阻止。这段风流韵事如今已闹得满城风雨，连司马睿闲时都忍不住要调侃一下王导。

谢鲲也笑了：“你呀，怎么突然想到这上面来了？”哈哈一乐，兄弟惜别的哀伤瞬间消失。

正在这时，谢府的丫鬟一路小跑而来：“大人，夫人生了！生了！”

“哎哟哟！”谢裒连连拍头，告别了兄长，连车也不坐了，直接往乌衣巷跑。

谢府上下此时一片喜悦。谢裒为人风流，一生共娶了六位夫人。目下已生有两子：长子谢奕字无奕、次子谢据字据石。这次，三夫人庄氏又产麟儿，谢裒乐不可支。

几个下人嚷着要他给三公子取名，谢裒想了一会儿，说：“此子平安产下，莫如就取一个单字‘安’，表字嘛……”谢裒一阵犹豫，“哎，上月，我谢家郡望之地陈郡阳夏突降陨星，斗大的石头从天而降，世人都说不吉，我却以为此乃大吉之兆！表字就叫安石！”

家人纷纷点头，都在口中反复念叨着：“谢安，谢安石。”

转眼，谢安已满两岁，时而露出些聪慧过人的光景，被谢府上下视作珍宝。

恰好这日，王导下朝归来，路过谢宅门口，正见小谢安在自家门口玩耍。因王谢两家相距不远，王导颇为好奇谢家几时有了这么个小孩，在街上旁若无人地玩耍。

王导轻轻走近谢安，发现这个长相清秀的小孩正在地上捡沙包，小手抓得极稳，然后准确地投入墙角的一只瓦罐中，如是者三，几无虚发。

王导看得兴致盎然，不由得轻咳一声，小谢安机警地回过头，瞧着王导，脸上似笑非笑。

王导仔细端详着，不住地点头。这时，家人从门首闪了出来：“三公子，该回家了，夫人在叫你呢。”谢安顺从地跟着家人往回走。王导忙叫住家人：“你们三公子姓甚名谁？”家人认得王导，忙回道：“回司空大人的话，我家三公子谢安，表字安石。”

“此子灵秀，日后想必也是一代人杰啊！”王导望着谢安蹦蹦跳跳的背影，自言自语道。

四 血雨腥风，王敦兵下石头城

“砰……哗啦啦……”襄阳的梁州刺史府里，刺史周访把桌上的一堆玉珊瑚、玉碗全都推到了地上。

“王处仲！你真当我是街头小贩，想用这些破烂货封我的口？”周访怒吼道。边上的下人想过来把地上拾掇干净，被他叫住。

周访面前还跪着一人，浑身战栗：“大人，小人仅仅是传个话，您可别……”

“哼，我不杀你，你且回武昌告诉你家主人，荆州之地，我压根儿看不上，我杀杜曾不过是为民除害，望他自重！”周访一字一顿地说。

原来，王敦到荆州不久，盘踞在武当山一带的豪强杜曾便时时到各郡县骚扰，有时甚至直抵江陵一线。王敦坐镇武昌，不能不防，为此，他给毗邻的梁州刺史周访许了个人情：“若能擒住杜曾，便举荐你为荆州刺史。”梁州自然不如荆州富庶，周访也眼红这块宝地，欣然允诺，费了九牛二虎之力杀了杜曾，把人头送到武昌。哪知王敦反悔，派人送了些珠宝玉器来表示谢意，绝口不提举荐一事，惹得周访大动肝火。他一边加紧训练兵马，一面派人到建康觐见天子，表明自己与王敦势不两立。司马睿正欲联络各地势力制衡王家，自然是一百个乐意。

皇长子司马绍却表示担忧，他以为利用周访来钳制王敦，太过招摇，只会打草惊蛇。司马睿不耐烦地让儿子退下，内侍们也都退了下去。

大殿上空无一人，司马睿倚着柱子，望着殿头的匾额，又一次犹豫起来。他想起两岁的琅琊王司马昱（郑妃所生）那活泼可爱的样子，为了此事，他私下里又一次问过王导，和上次一样，王导依然没有正面作答，还是让他先立皇后。但司马睿与已故原配虞氏情深意笃，发誓今生虚设正宫，郑妃即便得宠也不能坏了名分。

相较于王导的圆滑，周颉则是极力推崇司马绍，这让皇帝有些不快。很快，他还是找到了“支持者”：尚书令刁协、御史中丞刘隗——这两个极力维护皇权的人。他们用一种极端的思想来当作行事的圭臬：但凡王家支持的事情，他们就反对。

司马睿心里有了底，决计快刀斩乱麻，便以议事为名召集王导、纪瞻、周颉、刘隗等重臣入宫，重病在床的贺循也被抬来了。但是私下里，司马睿安排刁协先将拟好的诏书带出了宫。

王导、周顗二人先到。司马睿为了稳住他们，让二人先到偏殿休息。周顗没多想，转身想走。

“伯仁且慢！”王导叫住周顗。

“既然是陛下急着召我们入宫，必是大事，听说连贺太傅（贺循是太子太傅）都到了，一定是东宫之事，不可莽撞！”王导胸有成竹地对周顗说。

内宫太监见状，连忙说：“司空大人，陛下让您与仆射大人先候着，无旨意不得……”

话音未落，王导一把推开了他，直接往内殿就闯。

司马睿正握着一张纸帛，若有所思，王导几步已到跟前。司马睿大惊失色，想将纸帛揉成一团，没拿稳，掉在了地上。

王导抢上前拾起来又还给了皇帝。就在那一瞬间，他看到了上面的几个字：“今太子暗弱，有负圣恩。”

王导眼珠一转，问道：“不知陛下为何要召臣入宫？”

司马睿心中有愧，一时竟不知从何说起，片刻，才把那张纸帛拿起来撕了个粉碎。“也没什么事，就是……哦，来人哪，速速去请刘隗、刁协二位大人来。”

王导见状，心里暗笑不已。

不多时，几位重臣都聚齐了。司马睿看了看大家，高声说：“今日召集诸卿，是寡人想赐太子《韩非子》一部，要他刻苦攻读，以备日后治国之需。卿等以为如何？”

刘隗抢先应道：“陛下圣明，但不知太子是何人？”

司马睿脸色很难看，很不情愿地说道：“长子司马绍，德行昭著，谦恭谨慎，当立为太子！”

刘隗大惊失色，不知所措地望着刁协，刁协的衣袖里还揣着那道未发的圣旨，他猜到了：皇帝改变了主意！

“陛下圣明！”半躺在榻上的贺循带头高呼，众人也跟着山呼起来。

一场闹剧结束，周顗回到自己府上，家人告知广陵戴渊已等候多时。周、戴二人自渡江后关系密切，常有来往，引为莫逆之交。

“今日入宫为着何事？”戴渊已从家人口中知道了周顗的行踪。

“哎，平日里我常说王茂弘不如我，今天才发现是我不如王茂弘啊！”周顗忍不住叹道。

接着，他又把刚才在内宫发生的事说了一遍。

“看来，兄现在是很受陛下的器重，立储君这样的大事，可不是谁都有资格谏言的。”戴渊赞许地点着头。

“若思(戴渊表字)是这样认为的?”周𫖮反问道,“此事远不像你想的那般简单。”

见戴渊充满疑惑的目光,周𫖮继续说:“现刁协、刘隗之辈的所作所为都是陛下授意,可二人并非望族,三年不到便身居高位,其中蹊跷你还不明白?王家势力太大,陛下能依仗的人太少了。”

“现在不是也在依仗伯仁兄?”

周𫖮摇了摇头:“我等这些为臣的,荣华富贵不过是君王一张口一闭口的事,来去如浮云,王家扶主有功,自然可以一人之下万人之上。然功高必震主,衰败亦可期。刁、刘此番得宠不假,却未必不是下一个王处仲。我等这些人处在中间,要做到不偏不倚,难啊!”

“如此看来,伯仁兄当初果然看得长远。”

“你是说拜辞荆州牧一事?呵呵,不错,王翼事发后,陛下的确曾当着王茂弘的面提及让我接替州牧,王茂弘当时不发一语,我觉察出此事非同一般,直接在陛下面前推辞掉,然后追到乌衣巷口,拦住王茂弘的车,向他表明心迹:‘我固然能长歌于世,又岂能舍弃明公,而效仿当年的阮籍、嵇康呢?’”

“高明!这话王茂弘一定爱听!”戴渊赞赏不已。

“爱听是不假,得到他的谅解是另一回事。哎,此人若无家族牵绊,必可与我相善,可惜啊,我与王茂弘,得逢其人,难逢其时啊!”周𫖮话里有话。

“对了,虽说陛下有意钳制王家,于你而言,未尝不是一个机会,我正准备保举你呢。”周𫖮转换了话题。

“蒙伯仁兄照应,这事只怕会让王家不乐。”

“为国举贤,何错之有?”

一个月后,诏书下来了,戴渊被拜为征西将军,都督兖豫司冀雍并六州诸军事、假节,封司州刺史,加散骑常侍,调发一万军马出镇合肥;同时,刘隗被任命为镇北将军、青州刺史,都督青徐幽平四州诸军事,出镇淮阴。

消息传到武昌,敏感的王敦忙召集手下幕僚,商讨对策。

王含神秘兮兮地说:“听说这次派遣的两路军马,多是征召的高门大族的子弟、奴仆,司空府上也被征去了不少,而且陛下还颁布了‘占客令’,三公九卿的奴仆田客被大幅削减,不知是何用意?”

“哼,项庄舞剑,意在沛公。不是拿我王家开刀,又是为何?”王敦轻蔑地回应。

“那我们何不兴兵直下建康,找陛下问个究竟?”说话的是王敦继子王应。

“畜生,你懂什么!”王敦训斥着自己不争气的儿子,同时,把询问的目光投向谢鲲。

好半天，谢鲲才说："刘隗本是陛下亲近之臣，今又掌握兵权，与刁协内外勾连，只怕对大将军不利。为今之计，不妨大将军亲写一信给刘隗，言辞谦卑，探听一下虚实，再作计较。"王敦点头称善。

雍丘晋军的军营，祖逖正卧病。医官把脉已毕，叫过祖约（祖逖之弟）低声说："祖豫州这病，一半是积劳成疾，另一半则是在这里啊。"医官指了指心口。祖约默不作声，只是回头瞧着躺在榻上一脸疲惫的祖逖。

自从戴渊出合肥，都督豫州军事后，祖逖心里就不痛快，再加上听到些关于建康的流言——皇帝与大将军钩心斗角，更为憋屈，终于病倒了。

祖逖用虚弱的声音唤过兄弟："我清楚自己的病，正月间，就有术士断言我活不过九月，看来果真应了他的言语。"

"兄长几时信起这等人的胡诌？还是安心养病要紧。"祖约安慰他。

"此乃天意，不可违背。"祖逖摇了摇头，"从前诸葛亮善于推演，可以料定身后事。我虽无武侯多智，也要安排好我祖家一门老小。汝州大木山下有一坞堡，可囤万余人并粮草，家眷安顿于此，万无一失；我死之后，石勒必兴兵扫荡江淮，江淮之门户在雍丘，雍丘之屏障在成皋，成皋无险可守，全依仗北路的虎牢关，而今却早已残破，我一直有重筑此关的念头，从去岁底始到如今，估计已近完工。届时，贤弟务必留兵驻守，兵不在多，五千人足以敌石勒。"祖逖艰难地说完这番话，整个人昏昏沉沉。半晌，他让奴仆从箱子里掏出一张图，递给祖约："这是数年来我之心血——豫州坞堡布局地理图。"祖约含泪接过。

"哎，若不是王敦等辈的阻拦，想必陛下对北伐定会鼎力支持。六年了，想当初我北渡之时，是何等雄烈！怎奈豫州地广人杂，又几无险阻，我能做的就是把这个地方变成我大晋人心之所在，如今看来，略有所成。若日后有志之士起兵北伐，请务必将此图交予他，民心可用啊！"言毕，祖逖昏了过去。

王敦在武昌接到刘隗回书时已是岁末，王敦谦卑的言辞并没有换来刘隗的笑脸，刘隗在信里态度坚决，直言"鱼相忘于江湖，人相忘于道术"，与之划清界限。王敦看闭拍案大怒："刘隗欺人太甚！"

"幼舆（谢鲲表字），是你说过要我交好刘隗，如今事有不济，还被他羞辱一通，如何是好？"王敦不觉迁怒于谢鲲。

"刘隗话不投机是预料中事，大将军只是为了探听其虚实，不必挂怀。"

"刘隗小丑，我视之若蝼蚁，只是听说茂弘已被免去骠骑大将军之职，另加封侍中、录尚书事，名虽升，实则降，兵权没有了，岂非杀鸡吓猴？下一个怕是要轮到我了。"王敦恨恨言道。

谢鲲预感到王敦会做出什么惊人之举，赶紧劝道："大将军切勿焦躁，司空大

人立国扶主有天大功劳，陛下岂能不念旧情；再者，建康与武昌相距千里，消息传送难免有误，我须得知实情再作打算，切不可……”

话音未落，有人禀报，建康有诏书下。王敦等人连忙迎接。

“……加大将军王敦羽葆鼓吹，钦此！”最后一句话，王敦听得很清楚，这是上古时帝王对重臣的特殊恩宠，赐予用鸟羽毛制作而成的华盖和全套礼乐。

送走使臣后，亲信钱凤立刻建议上书，将部下家眷接到荆州：“台城加明公羽葆鼓吹，不过是想收买人心，不妨趁热打铁，若朝廷同意，咱们便借机收拢人心；若不同意，则可以此为借口。”

谢鲲认为这是明显的挑衅，想阻止，王敦不听。

半月后，建康诏书又下，回绝了王敦的要求。

王敦兴奋地以拳击案：“天助我也，祖逖新亡，北方我已无所顾虑，此行必杀刘隗、刁协鼠辈，以雪我恨！”

“大将军三思，刘、刁等人固然该杀，但圣上现在建康，您若出兵，则是城狐社鼠。”谢鲲焦急万分，不得不直言。

“大胆庸才，你知道什么？前番听你的话，让刘隗猖狂至极。无须多言，我意已决！”王敦“噌”的一声拔出佩剑。

转眼已是大兴四年(322)的正月，太常郭璞因皇太孙司马衍的诞生而奏请司马睿改元“永昌”。在武昌黄鹤矶上，王敦正在誓师。

身材魁梧的王敦站在高处，正大声诵读钱凤起草的“讨逆檄”：“刘隗其人，邪佞谄媚，谮毁忠良，扰乱朝政；大兴事役，赋役不均，劳扰士庶；选举不公，进人退士，高下由己……拒我荆州将士接迎妻小，使三军将士无不怨愤；刑罚失中，人人自危……”

一共十条罪状，王敦用洪亮的嗓音，震撼着在场所有人，军士们无不振臂高呼：“誓清君侧！”一时间，惊起了正在矶上冬眠的只只黄鹤。

王敦的声势很大，建康早有暗探得知，急急转奏司马睿。

“事已至此，王敦反心已显，朕当奋力一搏，只是建康兵力有限，精锐之师大多随戴渊、刘隗在外。”司马睿对抵挡王敦尚没有什么把握。

“陛下，”老迈的尚书右仆射纪瞻启奏，“为何不用江北流民？”

一句话提醒了司马睿。自永嘉南渡以来，北来的流民不计其数，但这帮人极不服管，又生性彪悍，司马睿用王导计，让他们散居在长江南北各处，久而久之，流民们反倒团结在一处，形成一股不可小觑的势力，从中又推举出流民帅。在江北，这样以郡县为部落的流民军有很多，纪瞻与其中之一的流民帅郗鉴要好，故而又举荐了他。

司马睿对使用流民来对付王敦，心里没底，他担心流民野性难驯，便转而问一旁的周顗:“卿与郗鉴比如何?”

“郗鉴胜我多矣!”与郗鉴熟识的周顗坦然回答。

司马睿一向敬重周顗,见他如此说,心里一块石头落了地,便差人下书到合肥召郗鉴南下勤王。

给郗鉴送信的使者刚走,王敦已下令起兵。

“甘梁州这几日卧病在床,怕是难以起兵。”出发前,王敦派往襄阳联络拜望梁州刺史甘卓(周访已亡)的人回来了。

“这个老狐狸,偏偏在这时候病。”王敦在心里骂着甘卓。他看着王应、王含、钱凤等人,“时不我待,如今已是箭在弦上,要借顺水,全速进军,沈充前日已从吴兴出兵,我们两下夹击,让司马景文看看到底是谁主天下!哈哈哈……”王敦狂妄到了极点。

这时候,在远离武昌城的另一段江面上,被免去长史职务的谢鲲衣衫轻盈地立在船头,眺望远处。

“哎,此贼一去,建康将会一片血海。”他叹了口气。

“对了,给二爷的书信可曾誊好?”谢鲲转身问一家人。

“早已誊好。”

“好,你赶紧走陆路赶回建康,将此信转交二爷,让他在王敦到时,闭门谢客,以避刀兵;至于我,谪守豫章,和王敦也算两清了。”谢鲲的心里此时五味杂陈。

王敦进军神速,郗鉴的“流民勤王军”还没有踪影。

这一日,刘隗先从淮阴赶了回来。他一脸神气地骑着快马匆匆前往太初宫。到得殿外,见前面黑压压跪了一大群人,一打听,才知道是司空王导为首,一共二十余王家为官子弟,正伏于丹墀之上请罪。

刘隗露出惊讶的神情,也顾不得和王导打招呼,直奔内殿。

司马睿正焦急地来回踱步,木屐把殿内的地板踏得砰砰直响,一见刘隗,大喜:“爱卿来得正好,如今寡人能依赖者只有你和刁卿了。”司马睿差点掉下了眼泪。

“陛下,臣方才进宫时,见司空王导率族人皆跪在殿外。臣以为他们也是王敦一党,理应马上治罪!”刘隗瞬间又抖出御史中丞的威风。

司马睿没有马上回答他,他走了几步,回头言道:“王茂弘于国有功,寡人不忍心治罪,眼下之计是先退荆州叛军啊!”

刘隗默然,刚才那股得意之色不见了,取而代之的是一脸惶恐。

此刻在殿外,两个奴仆膝行靠近王导:“司空大人,您每天清晨都跪在这儿,一跪就是一个时辰，就算陛下不怪罪，身子也吃不消啊！”

身着素衣的王导一语不发。

突然，他发现台阶上出现了一个熟悉的身影——周顗！是他，王导像找着救星一样，大叫：“伯仁，我王家一百多口的性命就拜托你了！”

周顗没应王导的话，头也不回地上殿去了。

王导低低地叹了口气。边上的王氏子弟有点沉不住气了，议论纷纷：“没想到周伯仁如此薄情寡义，平日里还与司空大人称兄道弟，一遇到大事就躲了！”“唉，这叫知人知面不知心，他不落井下石就算不错了。”“要不咱们再去求求纪瞻大人，他与司空交情也不浅哪？”“求谁都一样，且看陛下如何降旨吧！”……

两个时辰过去了，日已西沉，周顗摇摇晃晃地走出殿来。王导此时本已疲惫不堪，正打算起身回府，突然看到周顗出宫，心里又一次燃起了希望，顾不得腿抽筋，挣扎着起身，迎上前去：“伯仁，你可曾见到陛下？”周顗也不搭理他，晃着脑袋，从王导身边走过。

众人正诧异间，却见周顗扭回头对着身后的随从嬉笑道：“若是这次能杀尽这些叛贼，我就把陛下所赐的金印挂在脖子上！”说着，有意无意地瞥了一眼身后的王导。

这句话王导听得一清二楚，霎时间如五雷轰顶，看着周顗的背影，他脸上的肌肉抽搐着，手掌张开又握成拳头，最后，所有的不满、伤心和愤懑化成了一声长长的叹息。

三日之后，司马睿出人意料地在昭明宫召见了王导。

王导心里明白，皇帝肯见他，说明并没有要治罪的意思，前几日只是为了做做样子，不过剑悬于顶的滋味让他还是有点惊魂未定，他连连磕头谢罪：“臣罪该万死，乱臣贼子，历代皆有，想不到如今竟出现在我王家！”

司马睿扶起王导：“茂弘啊，你我名虽君臣，实为知己。叛军临近，寡人正打算将建康城方圆百里臣民的身家性命交付于你，切不可辜负寡人哪！”说着一摆手，让内侍将之前王导认罪脱去的朝服又拿了出来，让他重新穿上。

王导迟疑地看着司马睿，心里一半是忐忑，一半是宽慰。

“寡人任命你为前锋大都督，会同诸臣僚一道迎击叛军！”司马睿下了口谕。

次日，正式的诏书下来了，司马睿还将自己当年安东将军的符节赠予王导，同时，戴渊、刘隗、周顗以及江南大族义兴周家的周札、周筵叔侄也被授予重任保卫建康。

三月初八清晨，司马睿亲临建康西郊西州城。他身着重铠，身披猩红斗篷，站在城楼上，向城下的戴渊、周札等人挥手致意，一时六军雷动，欢声震野。在这大好春光里，司马睿满面喜悦，他希冀一举击退王敦。

不过，事态的发展并未如司马睿所愿。尽管甘卓临时背约没有一同起兵，陶侃也在岭南宣布讨伐王敦，但沿江兵马在尚未弄清楚局势的情况下，都没有为难王敦的水陆大军。不到一个月，王敦兵临石头城，早有二心的周札竟开城投降，将建康的西大门拱手让给王敦。

形势危急，司马睿急令刘隗、戴渊、刁协整顿军马应战。

黎明时分，几路人马先后出皇城西明门，杀奔石头城，尚未及午时，又陆续败了回来，几位统帅均无言以对。

刘隗、刁协歪袍弃甲来到大殿上，伏地请罪。司马睿一见二人的模样，再看看刁协斑白的头发，忍不住掉下泪来。

“臣当死守皇城，就是死，也绝无二心！”刁协须发倒立。

司马睿摇着头：“都是朕害了卿家，趁皇城没被攻破，朕给你们预备马匹，出北门奔鸡笼山，逃往京口吧。”刘、刁二人无奈，再三叩首后匆忙离去。

小校场上，太子司马绍全身披挂，正招呼禁军列队。中庶子温峤心急火燎地赶到了，他扯着司马绍的马笼头，大叫道：“殿下乃国之储君，怎可激一时之愤，冒险舍万金之躯？”

“温太真，你可知戴渊他们一战就把我建康精锐损耗得一干二净？我今出去，就是为国捐躯，也要拼这口气，你放手！”

“除非从臣身上踏过去！”温峤毫不示弱。

司马绍怒目圆睁，金黄的胡须被吹得老高。正在这时，温峤抢上前来，用力把司马绍腰间的佩剑摁了个头朝下，“仓啷啷”拔了出来。

“大胆！”司马绍惊斥道。

温峤一剑斩断了马的缰绳：“太子殿下有令，禁军各归其职，其他人等随驾回宫！”众军听罢，齐呼“千岁，千千岁”散去。

西州城的军营里，王敦稳坐其中，右手执剑于地，左手摸着胡须，一副志在必得的样子。钱凤兴冲冲地走了进来：“大将军，沈充将军的人马已进驻会稽，另外陛下让人传来口谕，说您要是还心念本朝，就马上歇兵；如若不然，他宁愿再回琅琊国。”

“哦？哈哈……”王敦做了一个匪夷所思的表情，大笑起来，“穷途末路，司马景文竟做此小儿状！”他正寻思如何回话，又有人报：“皇城里出来十余名朝臣，以周顗、戴渊为首，前来拜见大将军！”

王敦看了看钱凤，钱凤点点头，王敦喝一声：“有请！”

周顗、戴渊先行入内，见了王敦，俯身行礼，王敦在椅子上屁股也不动一下，只是用两根指头夹着腰间玉珮细细把玩，眼睛冷冷地瞧着二人。

“大将军，我等奉陛下……”戴渊先开口说话，却被王敦打住。

"前日石头城会战,阁下未尽全力,实在有负陛下啊!"

戴渊不假思索:"非不尽力,实力不足。"

王敦听到这儿,站了起来:"我兴兵讨逆,建康士庶以为如何?"

戴渊嘴一撇:"见明公外表之人认定是叛逆,知明公内心之人认定是忠义。"

"若思,你可真会说话!"王敦一声冷笑。他又问周顗:"伯仁,昔日我曾对你有恩哪,你怎么恩将仇报起来?你对不住我啊!"

周顗不卑不亢:"大将军兵车犯上,周伯仁六军御敌。可惜我才疏学浅,以致王师溃败,实在有负于您!"

"我看你是活腻了!"王应听出周顗有嘲讽之意,拔剑就要上前,被王敦制止住。他踱着步,走了几圈,挥挥手让戴、周二人离去。

回到太初宫,周顗迎面碰上官拜中书郎的太子妃兄长庾亮。庾亮关切而小心地询问道:"大将军此来应该只是为了铲除刘、刁之辈吧?"

"元规,事情远非如此简单。试想君主也是凡人,岂能无过?当今陛下是朝臣们一致拥戴登基的,这还没几年却要兴兵问阙,这不是叛逆是什么?大将军刚愎自用、目无纲常,只怕……"周顗不敢去想更可怕的事,"不过有王茂弘在,他是断不敢做出大逆不道之事的。只是你我的安危,则两说了。"

果然,第二天,王敦在大军进入皇城后,直奔太初宫。面对司马睿加封的"丞相"一职,王敦再三推辞,不过转过身来他就让钱凤、王含在城西青溪附近选了一所大宅,充当丞相府,并自任都督中外诸军事、录尚书事、武昌郡公。

入夜,王敦来到乌衣巷,他劈头就问王导:"茂弘,周顗、戴渊一是北人领袖,一是南人之望,本应重用,却带头抵抗勤王军,着实难办啊!"

王导抬头望了他一眼,不发一言。

"也罢,念此二人皆是名士,我欲赦免其罪,量才用之,就让他们分任尚书令、尚书仆射,如何?"

王导还是没说话。

"既如此,"王敦把牙一咬,"只有悉数杀掉!"

石头城外的江边,刑场早已搭设完毕。被绑在木桩上的戴渊披头散发,闭目等死。

这时,耳畔传来一阵模糊不清的叫声:"……敦贼子……忠良,神明有知……奸佞……"

"哎呀,伯仁,为何如此惨状?"戴渊忍不住大叫起来。却见周顗被两个甲士绑在了桩上,发髻蓬松,身上衣襟被鲜血染红,嘴角刺了两个窟窿,说话含糊不清。

周顗看看戴渊,脸上浮现出一丝笑意,他点了点头。突然,他不知从哪儿来了一股力气,清晰地吐出几个字:"我和若思要面向太初宫而死!"

监斩台上的钱凤干笑两声:"好,成全你们!"

"三刻已到,行刑!"随着三通鼓响,刽子手举起了大刀……

次日,王敦仗剑上殿,旁若无物。

"列位大人,周顗、戴渊蛊惑圣聪,图谋不轨,昨已伏法;刁协结党营私,陷害忠良,亦被家奴追杀;只有刘隗逃亡在外,各地正严加搜捕。今奸佞已除,天下归心,实乃幸事!"

他这一番话,没人回应,倒是司马睿听在耳里,疼在心里,忍不住喷出一口鲜血,从御座上歪了下去。

"陛下!"内侍赶紧上前扶住,朝臣们也慌作一团。

一个时辰后,医官来到殿上,对着王敦耳语一番。

王敦立于御座前,背着手,慢吞吞地说道:"陛下龙体欠佳,亟须静养。父慈子孝乃人伦之本,太子却不闻不问,实在有负储君之位。处仲身为丞相,对此责无旁贷,我意欲另立他人,诸位以为如何?"

王敦这番话一出口,大殿上一片哗然。庾亮火往上涌,走出班列行礼道:"太子天性仁爱,为人至孝,朝野有口皆碑。今日陛下昏厥事发偶然,丞相一番话只怕难以服众!"

王敦面带愠色:"太子无德,不知诸位为何如此袒护?"

庾亮正要答话,温峤上前一步,接过话头:"太子钩沉致远,我等目光短浅,难以体量储君之德。不过若说为臣者忠这件事,的确是天下之楷模。"

温峤这番话,可谓是意有所指。司马睿几次想废长立幼,司马绍的处境如履薄冰,他却依然每日前往请安,不带一丝怨气,着实也让司马睿感动;再加上王导等人的力荐,才保住太子之位。相比而言,王敦则早有反意,此次"清君侧"不过是个借口。

听完这番话,王敦尴尬地站在那儿。这时,一直未开口的王导说话了:"太子至孝,可暂行监国。"大殿上一片附和之声。

飘风急雨之中,建康城又迎来了一年的深秋。昭明宫里灯火摇曳昏暗。

司马睿挣扎着坐起身,拉住身前的王导:"茂弘,你我相识于戎马,相知于南渡,立国之功全在于你,哎,当初我是极力推辞不沾这烫手之事,如今弄到这般田地,实在有愧于祖宗……"说着,司马睿掉下了两行清泪。

王导看着年方四十七的司马睿,鬓角已然斑白,回想起荡阴之战时那张果敢、年轻的面庞,也不禁泪眼婆娑。皇帝的宝位果真可以让一个正常的人变得处心积虑、充满怨恨?王导难以给自己一个明确的答案,他握住司马睿的手,感到有些力不从心。

永昌二年(323)的闰十一月十日,司马睿病逝,谥号元皇帝。

五　智斗权奸,司马绍棋高一着

深夜,武昌荆州刺史府,王敦手里握着新皇司马绍下的诏书。才看了一行,哑然失笑:“孤子绍顿首?如此谦卑之词,不知道的又要说我犯上了!”

钱凤接过话头:“陛下请大将军回建康辅政,正是天赐良机,何不将计就计,嗯?”他做了一个挥刀的动作。

“此事不可草率。现在朝堂上究竟有多少人与我一心,还不得而知。就是王茂弘,也受先皇重托,极力护着鲜卑儿。”王敦有些焦虑,拔出了湛卢剑——王敦起兵进京,向司马睿索要,并据为己有——在烛火的映照下,剑锋如霜冷如水凉,寒人肌肤。

众人一阵默然。王敦“唰”的收剑入鞘:“我就领他这个情,回朝辅政,但是大军要驻扎在姑孰!”

二月的鸡笼山下,阴冷而肃杀,偶尔洒下的阳光罩在人身上,丝毫不觉得温暖。

出殡队伍中的司马绍,心里不是滋味。按理,死去的先皇是自己的父亲,应该大放悲声才是,但回想起这些年有几次差点被废,一股凉意就从脚跟蹿到了脊梁骨。“就因为我的生母是鲜卑人吗?”司马绍一度在心里问自己。就算目下顺利登基,一种屈辱和委屈还是萦绕在心头。

送葬的大队快进陵区了,远远可见高大的石象生和墓门,司马绍忍不住偷眼看了看身后的王敦,他微微扬着头,眼皮耷拉着,似乎在想着什么。司马绍暗暗吩咐内侍叫住前队,自己则脱去了鞋履,光着脚踩在石板地上,正了正衣冠,抖了抖袍袖,伏在地上行着大礼:“父皇别走,皇儿来送您来了!”言罢,就像触动到某根神经似的放声痛哭。

哭了一阵后,司马绍站起身,让大队人马继续前进,自己依旧赤脚走着,一路走,一路擦拭脸上的泪水。

这一切都被王敦看在眼里,他长出了一口气,感到了一种前所未有的满足感。

先皇下葬后数日,新皇的第一道诏书就颁给了王敦——加黄钺、班剑、武贲二十人,奏事不名,入朝不趋,剑履上殿。

诏书送到姑孰时,正值奉旨前往建康的流民帅郗鉴前来拜访。郗鉴此番是以尚书令的身份入京履新，但这并非皇帝的本意。按照司马绍的初衷，郗鉴将拜安西将军、兖州刺史，都督扬州江西诸军事，统帅江淮地区的流民军，以作建康的屏障，用意不言自明。王敦知道后，上书请求改任郗鉴，并强行让皇帝征召入京。郗鉴此前与王敦无深交，路过姑孰，有意拜望这位大将军。王敦没料到郗鉴会主动找上门来，只好以礼相待。

酒过三巡，王敦有心试探郗鉴，以言戏之："人言我朝开创以来，名士辈出，依我看，碌碌之辈亦众多，譬如乐广，就是一个庸才而已，传来传去，神乎其神，若论才能，他如何比得了满奋？"

"大将军差矣！"郗鉴是个直性子，直接把王敦的话顶了回去，"品评一个人，当以德为先。据我所知，乐广为人处世平淡和善，不欺生，不凌弱，愍怀太子被贾后所废，在朝文武前往送行，统统被扣，彼时乐广身为河南尹，却暗中释放了这些人，这件事大将军应该比我更清楚吧？至于满奋，失节之人耳，固有五车之才又有何用？"郗鉴这话暗有所指，当年王敦也是为愍怀太子送行官员之一；满奋曾奉贾后之名逮捕送行官员，并在"八王之乱"中为反叛的赵王司马伦送上玉玺。

王敦的脸"腾"的红了。他争辩道："愍怀太子被废，危机四起，守节之人可谓少之又少，满奋也没有把事情做绝，可见并不比乐广差。"

"丈夫处世，既以身许国，当上效忠天子，下安抚黎庶，怎能偷生苟活？司马伦狼子野心，阴谋篡位，为人臣者当以死相争，满奋所为，可谓伦理尽失！"郗鉴的话字字刺向王敦的痛处，列席相陪的钱凤、王含见大将军脸色发白，赶紧递眼色示意杀了郗鉴。

王敦把拳头攥得死死的，好半天才松开，他尴尬一笑，招呼郗鉴继续饮酒。

次日，郗鉴登船去了建康，王敦亲往渡口相送。看着远去的船帆，他转过身对钱凤说："此人才高胆大，又是天子钦点之人，我不能就这么杀了，不过他入京任尚书令，倒是让出了扬州的兵权，可以让咱们的人顶上去。"

钱凤想了想："一个郗鉴不足为虑，我担心的是义兴、会稽一带的周家势力太强，一门五侯啊，特别是那个周札，惯于见风使舵，宜尽早图之。"

"这件小事就交给沈充了，沈家不也是三吴（吴郡、吴兴、义兴称"三吴"）的望族吗？会有办法的。"王敦说着，转过身去，正看到一个大约十岁的少年沿着江畔步道一路跑来。

"逸少，今日如何不去习字，跑来江边作甚？"说着，王敦几步上前，慈爱地摸着少年的头，他难得展露出温情的一面。

"禀告叔父，从辰时到未时，孩儿一直在习字，今日已将卫夫人传授笔阵图之中的'横竖撇捺'四法演习了一遍，大有收获。"少年说得头头是道。

"哦，卫夫人是书法大家，逸少能拜师于她，实是幸事，只是不知卫夫人所讲'横竖撇捺'四法如何说？"王敦饶有兴致。

“横如千里阵云,竖如万岁枯藤,撇如犀象之角,捺如崩浪奔雷。”

“哈哈,好一个崩浪奔雷,妙极!”王敦摸着胡子笑起来,少年也跟着“嘿嘿”傻乐起来。

这少年正是日后鼎鼎大名的“书圣”王羲之,他原是王旷之子,当年王导、王敦夜议南渡大计,王旷推门而入,力荐琅琊王司马睿,也算中兴功臣。可惜后来王旷并未随王导南渡,刘琨兵困并州,王旷率兵驰援,被汉国刘聪所杀,王羲之是他的遗腹子,后被王敦千方百计寻找到,一直养在身边,因王敦膝下无子,便视王羲之如己出。

送走郗鉴后,王敦思索再三,觉得不能让司马绍羽翼长成,需逐步剪除他的臂膀,这其中,中书令温峤首当其冲。想到这里,王敦上书索要温峤来做自己的左司马,同时,他还有意让太常郭璞充任自己的记室参军。为了对新皇示好,他又单独上表举荐庾亮为中书监(相当于丞相)。

司马绍看出王敦的两份奏章不过是一种交换,他担心温峤和郭璞的安危,举棋不定。温峤倒是泰然自若,自信能够全身而退。庾亮也认为,温峤此时到王敦那里,还可以探得一些虚实。司马绍勉强同意。

临行前,温峤和庾亮找到深通占卜的郭璞,请他算上一卦。郭璞慢条斯理推演了一会儿才说:“二位皆是大吉之命,又何必算?”说罢便要去收拾行装。

“且慢!”庾亮拦住了他,“郭太常此去,不知何时才能得见,我还想知道王敦命理如何?”

郭璞嘴角一扬,拱手道:“大将军之吉凶,日后可见分晓,元规大人请回吧。”

庾亮还要问什么,却被温峤拉着出了大门。“郭太常不说王敦生死,乃是天机不可泄露。既然我二人是大吉之命,那王敦必定没有好结果。”庾亮点头称是。

自接到兄长谢鲲的书信后,太常卿谢裒每日除了上朝,一概不会客,好歹躲过了一场劫难。王敦移镇姑孰,建康局势略有缓和,谢裒才开门迎客,在来访诸人中,尚书郎桓彝与他关系最好。

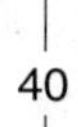

正值中秋,桓彝带着十二岁的长子桓温来到乌衣巷谢宅拜访。谢裒今日只见桓彝一人,所以早早清扫了庭院,布置停当。

桓彝车马一到,谢裒领着三个儿子迎接上去,大家都是熟人,彼此寒暄,桓温与谢裒长子谢奕在国子学同窗,也是十分亲热。

这时候,一个稚嫩清脆的声音响了起来:“诸君何不见谢安石?”

正在上台阶的桓彝和谢裒愣住了,回头一看,却是谢裒三子谢安,大伙儿哄堂大笑。桓彝望了好友一眼,故作惊讶地说:“我只知脚在下,眼在上,石在下,门在上。我上台阶,只见得门,何以见石啊?”众人都笑。

谢安歪着脑袋，打量了桓彝一眼："石者，大道之基。大人不见石而行，莫非树叶，身轻体薄，随风而逝？"

话一出口，满堂皆惊，谢裒怕桓彝下不来台，连忙喝住儿子。这时，一旁的桓温答话了："这位小兄弟看上去机敏过人，可知是世伯平日教导有方，尚在襁褓就能学舌了，只是未知他年是否还能念及襁褓之温？"

桓温这话正是讥讽谢裒为避祸而闭户，小年轻说话不知轻重，索性连谢家一门大小都戏谑了一通。谢安年纪虽小，却听出话里有话，有模有样地踱了几步，对着桓温大笑："桓兄此言的确不像襁褓中人说得出的，只可惜辜负了昔日襁褓之温啊。"话音刚落，桓彝爽朗地笑了起来。

谢裒赶紧致歉："犬子谢安，年方四岁，无知至极，兄不要怪罪。"

"哎呀，我没料到谢家竟有如此后生，风神秀彻，才思敏捷，日后当不让王东海！"这个王东海，即两晋时期第一名士王承，祖籍太原，曾任东海太守，以善清谈闻名于世。

谢裒招呼谢安来与桓彝、桓温父子见礼，桓温上下打量着比自己矮一头的谢安，脸上满是喜爱之情。

转眼又是一年的春天，新年刚过，王敦突然生起病来，几位医官问诊一番，说是体虚，需补一补，不料几服药下去仍不见好转。王敦怕耽误下去坏了大事，又见与建康方面相持已久得不到好处，有意逼宫，便抱病与钱凤、王含密谋，先上一表，自称扬州牧，试探一二。不料，司马绍竟默许了这一出格的行为，王敦一夜之间掌握了东晋王朝三分之二的兵权。

显然，王敦对此没有心理准备，连夜招来钱凤商议对策，王羲之也在帐中，三人便同桌进食。王敦心里烦闷，让二人陪着喝了七八杯，王羲之年幼不胜酒力，踉踉跄跄地告退，回后帐去睡了。

王敦昏头昏脑地与钱凤说着自己对下一步的考虑，不料他却忘记了前后帐只隔着一层帷幕，王羲之躺在后面，说是睡觉，其实根本睡不着，再加上他素来不喜钱凤，因此格外留意他与王敦说些什么。

"……到那时，大将军便可登基坐殿，取代司马家……"这话王羲之听得格外清楚，"哎呀，这不是篡逆吗？"王羲之一激动，脚一划拉，碰到了床尾的长烛台，烛台"砰"地摔在了地上。

这个声音惊动了前帐的王敦、钱凤，王敦突然想起王羲之还睡在后面，大叫一声："不好！"他左手握剑直奔后帐。

王羲之在撞倒烛台的一刹那，就知道惹上了麻烦，这大帐只有前面一扇门，逃走是来不及了，后帐更无处可躲。眼看王敦向后面跑来，王羲之猛然伸出两根手指，伸进喉咙，只听一声干呕，立时吐了个七荤八素，满床都是。这时，王敦已经站在床头,冷冷地瞧着王羲之。

“逸少,你怎么了?”

“方才不胜酒力,朦朦胧胧间觉得心里难受,一下没忍住,吐了……叔父恕罪……”王羲之临时编了一套瞎话,王敦用手摸了摸王羲之的额头,一脑门的汗,他点了点头,他知道醉酒呕吐的人是要出虚汗的。

“你方才可曾听见我说什么?”王敦还不放心。

“没有,我一直难受得紧,眼一睁就吐了,哪里听得到叔父的话。”

“那就好。你喝太多了,今夜我有事,你还是回自己帐中歇息吧。”王敦低声说,就如军令一般,王羲之连忙披衣走出帐外。

回到自己帐中,王羲之仍是惊魂未定,一个十岁出头的少年,遇到这种大事岂能睡得安稳?思索多时,他悄悄来到温峤帐外,见里面还有灯光,便咳嗽一声走了进去。

温峤自从来到姑孰后,常与年少的王羲之在一起切磋书法,混得挺熟。见他深夜造访,温峤马上觉察出事情不对。听王羲之说完,温峤沉吟了一会儿,叮嘱他不可再与人讲。

建康的司马绍,此时也在苦苦思索着如何应对王敦的紧逼。

在庾亮的提议下,他在昭明宫里单独召见了两朝老臣纪瞻。

纪瞻目下已是老态龙钟,只保留了散骑常侍的虚衔,却仍在江东士族中有着极高的地位。司马绍拉着他的手,亲热地嘘寒问暖,纪瞻眯着眼睛,含笑应答。君臣二人漫步转到了凌烟阁,浏览着由先皇安排画师画下的功臣肖像,王敦、王导、顾荣、纪瞻都在其中。突然,司马绍的脸色变得痛苦起来,他盯着纪瞻,沉重地说:“今社稷之臣,还不足十人,遇到大事该如何处置,老爱卿可教我否?”

纪瞻没料到皇帝向他求教,一时张口结舌。司马绍见状,伸出手指着纪瞻:“王敦反心昭著,公岂无一策教我?”

不开口是不行了,纪瞻沙哑着声音回应:“陛下,社稷之臣比比皆是,王导、温峤、庾亮、郗鉴,老朽何能啊?”

司马绍眉头一皱,双手扶住纪瞻的肩膀:“我与你推心置腹,就不要推辞了。现晋室江山危在旦夕,公难道坐视不管吗?”

纪瞻浑身一阵战栗,他猛然跪下了:“唉,臣非无心,实乃先帝受贼子所逼,晚景难堪,我不忍陛下也覆前车之鉴。既然陛下立志锄奸,我拼着一条老命也要为陛下驱驰!”

王敦自从怀疑密谋起兵一事被王羲之偷听后,愈发地紧张,病情时而反复。这天中午,他一个人昏昏沉沉躺在帐中,忽然梦见阳光耀眼,将姑孰驻地照了个亮亮堂堂……他猛然惊醒，自语道："不好，这一定是黄须鲜卑儿来了。"他连忙叫过王应，让他率一队人马，悄悄溜出营盘去搜捕闯入者。

王应莫名其妙，也不敢多问，只好领命而出。走出营盘不久，果真看到一箭之内的低矮山梁上，有三个人骑着马正驻足张望，其中一人，身材魁梧，金黄色的浓密胡须在阳光下格外耀眼。"父亲真乃诸葛再世。来呀，与我活捉鲜卑儿！"一声令下，十数匹马似离弦之箭直奔山梁而去。

那人见状，招呼随从拨马转身。

约莫跑了半个时辰，王应一行在道旁发现一堆马的粪便，手下甲士检查了一番禀告："马粪已冷，怕是走了约半个时辰了。"王应心想：黄胡子必是司马绍无疑，此番是立功的好机会，便传令继续追赶。

又跑了一阵，见路旁有一石桌，一位老妇正在卖饼子，甲士上前询问司马绍的踪迹。老妇战战兢兢地瞧着他们，慢吞吞掏出一支光彩夺目、镶有玉石的马鞭："这是刚才那个黄须先生让我转交给这位大人的，他说您一定喜欢。"王应接过马鞭，认出这是皇帝的御马鞭，心里倒吸了一口凉气。他想了一想，挥手带领手下返回姑孰。

再说司马绍，一路不停歇，进得朱雀门，才松了一口气。他扭头看了看早已气喘吁吁的庾亮和桓温，大笑道："王敦老贼，真像是灶上的干柴，一点就着，寡人必破这病夫！"

"陛下，小臣愿只身去会王处仲，借探病为名探听详情。"说话的是已被聘为皇帝贴身侍从的桓温。

"此计可行，桓公子乃是老贼义子，可便宜行事。"庾亮接话道。

司马绍点头允诺。

果然，桓温到姑孰后，深得王敦欢心。王敦一向喜爱孩子，再加上义父义子这一层关系，对桓温格外器重，食则同桌，出则同车。他一高兴，还将湛卢剑赠予了桓温。

精明过人的桓温，暗中与温峤对接上，与王羲之也是一见如故。不到半月，王敦在姑孰的情况已尽在他的掌握之中。

这一日，王敦精神不错，他半卧榻上，召集手下文武议事。

温峤进言道："丹阳毗邻建康，地势重要，大将军宜选派一得力心腹前往驻守，如此可扼住建康咽喉，不可被鲜卑儿抢先。"

王敦频频点头："如此让谁去合适呢？"

温峤瞧了瞧帐中诸人，大声说："非钱公不可！"

正在饮茶的钱凤闻听此言，惊得把手中茶盏掉在了地上。王敦也是一愣，他向来将钱凤视为"智囊"，片刻离他不得。钱凤忙不迭地擦拭着被茶水打湿的衣襟，他觉察出这是温峤在把自己往火坑里推。

“在下才疏学浅，何能担此大任？太真洞察地理，丹阳尹一职非他莫属！”钱凤急急反唇相讥。

温峤暗自好笑，这正是他想要的结果。为了把戏做足，他也假装推辞起来。王敦本无意让钱凤远行，便执意要温峤前往。温峤眼珠一转，装出无可奈何的样子接受了。

三日后，王敦在临江亭为温峤话别。几杯酒下肚，温峤的脚步突然变得沉重起来，他摇摇晃晃地向送行之人敬酒。轮到钱凤了，还没等他端酒杯，温峤就将自己的酒杯泼洒于地：“你是个什么人？我温太真与你把盏，竟不满饮？”说罢，扯住了钱凤的衣襟。

钱凤莫名其妙，心里寻思：“我平素与温太真关系还算融洽，怎么近日老是寻我的不是？先是让我驻守丹阳，今天又当众出我的丑。”想到这儿，两人不禁对吵起来。

王敦见状，忙拉开二人，他见温峤饮得有些过量，便让人先扶他下去休息，明日再动身。

晚间，钱凤来见王敦，说起白天的事，连连摇头。“温太真毕竟是鲜卑人，底细究竟如何尚不可知，只怕他这一走，会卖了我们。”

这几日王敦的病稍有好转，想图几天耳根清净，听钱凤说完，脸色一沉：“太真昨日是真醉了，不过就冒犯你几句，你却背后诋毁于他，我不知何意？”钱凤哑口无言。

这时，一旁的桓温开口了：“钱公所虑极是，我在建康时已听说温峤与庾亮关系甚笃，只怕这一去会有所勾搭。若义父信得过元子（桓温表字），某愿随温峤回建康，察其虚实，暗中报于义父。”

王敦叹了口气：“桓郎要是我的亲生骨肉该有多好！也罢，孩儿就辛苦一趟，若见温太真有什么异常，速命人报我。另叫王含、王应他们速速整兵，做好准备。”话还未说完，王敦又剧烈咳嗽起来。

次日黄昏，王敦刚服下侍女送过的汤药，就见王应心急火燎地跑了过来：“大事不好了，桓温那小子不见了，还……”

“是我让他跟着温峤走的！”王敦看着这个不争气的继子，气就不打一处来。

“父亲大人怎么就……可他……逸少兄弟也不见了？”王应一着急，舌头也打了结。

“什么？逸少不见了，几时的事？”

“辰时过了就没再看见，还以为他习字乏了，去江边玩耍，找了几个时辰也没……莫非掉到江里了？”

“那还不去江里找……”王敦觉得自己被所有人欺骗了，怒吼道，“他会去哪儿？”

“只怕是跟着温峤、桓温回建康了！”钱凤正走进后堂。

“哎，养虎伤身，养虎伤身！”王敦站起身来，扯掉裹在身上的袍子，侧身去拿条案上的湛卢剑，哪知抓了个空，这才想起已经赠给桓温了。

“气死我也！”王敦大叫一声，口吐鲜血，晕死过去。

建康城里，司马绍意气风发，他加授司徒王导为大都督、假节，兼扬州刺史，为三军统领，坐镇皇城；丹阳尹温峤统帅禁卫军驻守石头城；尚书令郗鉴、中书监庾亮、尚书右将军卞壶各有任命。卧病在家的纪瞻也让家人驾着牛车赶来，鼓舞三军士气。

同时，郗鉴还写了两封书信派人送到江北，让奋武将军苏峻、兖州刺史刘暇等统帅流民军南渡勤王。远在广州的陶侃也让其子陶瞻从江州前来助阵。

姑孰军营，王敦让人把卧榻横放在辕门口，自己侧身躺在上面，目送着王含前军五万人马陆续出发。

钱凤匆匆走了过来，看到王敦正直愣愣地看着大军的背影，他犹豫了一会儿，轻轻替王敦掖好被子。“大将军，您已经在这儿看了半个时辰了，还是回去歇息吧？”

“你来此何事，手里拿着什么？”王敦早已看见钱凤手中的书帛。钱凤忙往身后藏，王敦一把抢在手里翻看起来，原来是建康方面发过来的讨逆诏：“敦辄立兄息以自承代，未有宰相继体而不由王命者也，顽凶相奖，无所顾忌；志骋凶丑，以窥神器。天不长奸，敦以陨毙……”

王敦才看完开头便觉五脏内如滚油泼过，他略略定了定神，接着往下看，无非是宣布跟随王敦作乱者，一律不加追究，最后一句竟是：敢有舍王敦名姓而称大将军者，格杀勿论！

“唉！悔不该当初听王茂弘之言，立了这个鲜卑儿，以致有今日之祸。”王敦自说自话，“怎么茂弘不给我送信啊？”

正在这时，王应闯了进来：“钱先生刚才拿来的这封檄文，正是茂弘叔所作啊！”钱凤一个劲儿地给王应使颜色，已是来不及了。

“混账，这种东西你也信？”王敦捂着胸口骂道。

“从丹阳到姑孰这一路上，平民都在传阅，实在是……”王应不敢说了。

“滚！”王敦像一头愤怒的狮子，“茂弘糊涂啊，怎么竟让鲜卑儿如此摆布？”王敦感到已到了众叛亲离的地步。

“禀大将军，郭先生到了！”有士卒报。

“请！”

只见郭璞不慌不忙地走了过来，对着王敦略一施礼。

王敦看了一眼郭璞:"先生到我这里许久,一直没来得及叙话,今日就请先生为我算一卦,此去建康,吉凶如何?"

郭璞看也没看王敦,脱口而出:"必败!"

"我听闻占卜是要推演的,怎么先生张口就说啊?"王敦强压怒火。

"大势已去,无需再卜。"郭璞仍是一副不在乎的样子。

"那么再请先生看一下吾寿几何?"王敦几乎吼了起来。

"命尽今日正午!"郭璞从容不迫。

"来人,推出去,杀!"几个武士一拥而上,架走了郭璞,郭璞一路上笑声不绝。

钱凤、王应惊讶地望着王敦。"无妨! 此人与温峤、庾亮一党,不过他并没有跟着温峤回建康,哼,看来果真是活腻了。"王敦的脸上又恢复了正常的神色,他命令钱凤:"先生即刻率第二队人马出发,告知王含,鲜卑儿尚未举行郊祭大典,杀掉他,不能视作弑君的。"

但是,王敦没有等到进入建康那一刻,正如郭璞所言,两个时辰后,他带着满腹的遗憾和愤懑一命呜呼。王敦留下遗言,让王应立即登基称帝。胆小无能的王应怕发丧后引起恐慌,秘密封锁了消息。

钱凤、王含的人马已经杀到了秦淮河边。

庾亮正镇守朱雀门一线,此处是建康外城的南大门,秦淮河绕门而走,长干里、南塘、乌衣巷等建康城的繁华所在均在这附近。庾亮经过反复权衡,招呼士卒将朱雀门外横跨在秦淮河上的浮桥烧毁(魏晋时期,秦淮河尚宽,河面上所架之桥皆为浮桥)。

望着熊熊燃烧的朱雀桥,庾亮松了口气。这时,正四处巡视的司马绍全身戎装地赶到了,见状大怒:"庾元规,你竟敢抗旨不遵,擅自烧毁朱雀桥,是要与逆党暗通款曲吗?"

"陛下容禀。"庾亮显得很镇定,"今宿卫军势单力薄,各路勤王军尚在路上,贼军势大,取朱雀桥不难。若此桥一失,贼人将横行无忌,相较社稷之安危,陛下何惜一桥?"

司马绍勒住身下那匹神经极度紧张的"踏雪飞燕",摁着剑柄的手也松开了。"也只有如此了,若丢了朱雀门,你就在这秦淮河上自行了断,不用再见你姐姐了!"说罢,一扬马鞭疾驰而去。

约莫过了半个时辰,义兴的沈充率领两万人马赶到了建康城南,与王含的叛军会合。所有人都不知道王敦已经病亡的消息,他们准备孤注一掷攻破朱雀门。

喊杀声、箭矢声、惨叫声、呐喊声……交杂在一起,被四处弥漫的烽烟挟裹着传出老远。邻近的乌衣巷早已戒严,王导此时正身在皇城,临走前交代家人勿要惊慌,静观其变,他清楚:消灭了叛军,自己会是有功之臣;若是王敦进了建康,自己以家族的名义,也可以保得平安。

谢裒一家可没有这么沉稳,他将家中仅有的三十余口刀剑、长矛分给了身强力壮的家奴,轮番巡逻。为了防止谢安、谢万两个小孩淘气溜出门去,又用长钉将前后门钉死。谢安望着守在大门口的家奴个个神色紧张,知道今天是出不去了,索性从书房里搬出座椅,坐在天井里独个习起字来。谢裒正忙前忙后地布置府内守卫,无意中瞧见儿子端然稳坐在院中,有心将他撵回屋内,庄夫人拦住了他:"桓大人不是称安石有王东海之姿吗?老爷何不成全了他?"谢裒摇头苦笑。

乌衣巷的安宁掩盖不了朱雀门的紧张,面对两倍于己的叛军,庾亮快抵挡不住了,温峤、郗鉴也被王含拖住,分身乏术。

眼看手下军卒被逼得连连后退,庾亮愤然摘掉头盔,唤过临时充任副将的桓温:"元子,万一我不幸阵亡,务必将此盔交给正宫皇后,告诉她,庾元规没给庾家丢脸!"桓温迟疑着正准备接过头盔,忽听得东北方向喊杀声起,"哗"的一声,仿佛秦淮河内风波骤起,席卷着兵器碰撞声和士卒呐喊声,涌了过来。抬眼望去,叛军的阵脚大乱,一望之内闪出一面战旗,上面四个大字"青州苏峻"(苏峻是青州长广郡人)。

"总算来了!"庾亮兴奋地大叫,他一把从桓温手里拿回头盔,举过头顶,招呼士卒与苏峻的人马两下夹攻。

顿时,战场的态势发生了翻天覆地的变化。很快,叛军土崩瓦解,王含死在乱军之中,沈充退往三吴之地,也被部下杀掉。

钱凤一路逃向石头城方向,他想回到姑孰去见王敦。身后的温峤紧追不舍,钱凤勒马求温峤放自己一马。温峤一声冷笑:"王处仲已死,陛下有旨,余党不究,钱大人还是伏绑吧!"

钱凤一把扯掉自己的帽子:"我已将身家性命付与大将军,如今他已死,我还活着作甚?只可惜王处仲没有听我的话杀掉你,以致有今日之祸,天意呀!"说罢,他一催坐骑跳进滚滚大江之中。

大乱已平,王敦在姑孰的尸体被拖了出来,焚烧掉衣冠,尸体也被斩首;对其余党,司马绍并没有像此前诏书上说的那样"不加追究",特别是王家的人,司马绍一一解除了他们的兵权,只让安排一些闲职。

庾亮摸准了皇帝的心思,上本道:"王茂弘不宜再任首辅。"

"茂弘毕竟是元老,又有立国之功,且王敦叛乱,茂弘任一方大帅,发讨敦檄文,实乃大义灭亲,若对其谪贬,只怕人心不服。"司马绍有些担心。

"王茂弘非王处仲可比,他沉稳持重,在江南大族中极有威望,先帝不正因为此而惹火烧身吗?"庾亮认定只要除掉王导,自己就可以"位极人臣"。

"不可,元规此言是要陷陛下于不义啊!"说话的人是温峤。

"我有不义之举?"庾亮有些愤怒。

“臣这几日整理前朝《起居注》，知当年先帝曾数次有废长立幼之心，王茂弘、周伯仁屡次进谏，才保得陛下太子之位。陛下不可忘却！”说着，温峤献上自己誊写的手稿。

司马绍阅毕，长叹一声：“此事今日就算完结，以后诸位不得再提！”

傍晚时分，江畔的新亭，王导一个人独步于此，接连经历了两次宫廷之变的他已是两鬓斑白，尽管他还不到五十。

望着一轮新月从姑孰方向冒出了头，他陷入了痛苦的回忆……

十八年前的洛阳，王导一手拉着王敦，一手扯住王旷，慨然言道：“我王家的富贵生死在此一举！”

初到建康城的那年上巳节，王导、王敦兄弟跟在司马睿的肩舆后，风华正茂。

王敦以“清君侧”为名，第一次攻入建康，他劈头质问王导：“周顗、戴渊二人可否杀掉？”

还有，还有……司马睿临终前那双枯瘦的手，如梦境一般再现……

王导又想起几日前，当温峤把前朝《起居注》递到他手上时，只说了一句“伯仁公本可不死”便不再言语。王导急急抢过书简翻看，终于明白周顗为救自己的良苦用心，忍不住放声痛哭：“伯仁，我对不起你！我不曾杀你，你却因我而死啊！”

王导木然倚在亭边，瞧着夜空中荧惑星若隐若现，他再度想起南渡初年的一桩往事：

彼时，王导、周顗等一帮人常常相约于午后在新亭畅饮，一直到深夜。同样是这样一个傍晚时分，五六个人齐聚于此，周顗已有了几分醉意，他倚靠在亭外栏杆上，叹道：“风景倒是与往昔一般无二，只是江山换了主人！”在座诸人无不泪下。王导见状，愤然站起：“伯仁如何灭自家志气？我等南渡，非为避祸，当共戮力王室，克复神州，何苦做那无用的楚囚？”

周顗满脸通红，他紧紧握住王导的手，双眼含泪，不肯松开……

伯仁不在了、先帝不在了、处仲不在了，我还要这些富贵做什么？

王导的双眼模糊起来，他从衣袖中掏出那纸任命他为太保的诏书，用力一掷，扔进了滚滚东去的大江。

六　谁主沉浮，暗流涌动下的建康

闰八月的秋天特别长，寒暑交替变幻无常，整个东晋帝国处在一种微妙的气氛中。

司马绍几乎每天都在为新政操劳，平日里喜好的骑射围猎、饮酒欢宴都无暇顾及，他迫切需要股肱之臣的辅佐。朝廷重臣之中，王导是元勋，庾亮是国舅，但在治国问题上，他更依赖温峤、卞壶这些寒族。不过，除去国政事务，寒族与望族几乎无交集，特别是卞壶，对清谈、放诞之风几无好感，得罪了一大帮重臣。新政的推行，步履维艰。

王敦之乱结束不到一年，司马绍也患了重病，露出下世的光景来。匆忙之间，司徒王导、太宰司马羕、车骑将军郗鉴、中书令庾亮、尚书令卞壶、领军将军陆晔、丹阳尹温峤等七人连夜进宫，奏请皇帝在还算清醒的时候口授遗诏。

十岁的长女南康公主和八岁的次女庐陵公主跪在父皇面前，哭成了泪人。司马绍强作笑颜地看看她们，又看看庾亮："太子虽幼，有皇后和诸卿在，可保无忧；我只担心两个未出阁的公主，元规，你我也算生死之交，务必替她们择一门好亲事。"

庾亮心如刀绞："但请陛下好生将养，日后为两位公主赐婚，元规岂敢逾越？"

"唉，"司马绍长叹了一声，"能扳倒王处仲，今生足矣，本想与诸卿协力兴我晋室，只可惜……"司马绍的呼吸变得急促起来……

众臣齐呼："万岁！"

五日后，司马绍病故，五岁的太子司马衍在太后庾文君的牵引下登基。

朝臣行完大礼，按照新皇登基礼仪，该由顾命大臣献上玉玺，王导、庾亮、郗鉴都有这个资格，又以王导的资历为先，不过满朝文武等了半天也没见王导走出班列。

庾亮心中明白，出班奏道："王司徒一向被称为社稷之臣，大行皇帝的棺柩还未下葬，社稷之臣岂能在此时借故不出？"

这话得到了举朝的认同。接着，庾亮招呼内侍拿过盛放玉玺的托盘，亲自双手捧起，举过头顶，趋步向前。庾太后满意地点着头。

正当掌朝仪念读各州郡的贺表之时，王导拄着拐心急火燎地赶到了，到得大殿中央，扑地跪倒："臣王导因病来迟，死罪死罪。"

"王公这病，可不轻啊？"庾亮语带双关，众朝臣也用一种不解的目光看着他。

御座上的司马衍不知所以地望着这一切，不由自主地挠了挠头。

在太后的支持下，庾亮控制了朝政，第一步就是铲除太宰司马羕——以谋反的罪名诛杀其弟南顿王司马宗，连带将司马羕贬为弋阳县王。

庾亮做这些事都是先斩后奏，至于小皇帝，是没必要知道大人的事的。事后，当庾亮向小皇帝宣读罪人名状时，司马衍竟哭了起来。庾亮大惊，赶紧跪下问安。

"我是在哭舅父啊！"小皇帝呜咽着说。

“臣……这不是好好的嘛。”庾亮趴在地上，胆战心惊。

“舅父说他人谋逆，想杀便杀；若是他人告舅父谋逆，寡人又该如何？我明知你是舅父，若有那天，我真不知该如何是好，因此痛惜不已。”司马衍年纪不大，心思倒很缜密，弄得庾亮下不来台。

不过这些插曲阻止不了庾亮对权力的欲望。他在查抄南顿王府邸的时候，意外又得到了司马宗与历阳内史苏峻的日常往来书信。庾亮心里一动：苏峻在平定王敦之乱中立有大功，现正扼守建康上游，恰如一只狼蹲在大门口，既可以驱赶外人，也能转过身咬自己。同样，还有新近重任荆州刺史的征西大将军陶侃，坐镇江陵，军功赫赫，江南半壁极有威望。思前想后，庾亮进宫面见太后……

次日有诏书下：调温峤任江州刺史，移镇武昌，安插在陶侃、苏峻之间便宜行事。

依照旧例，朝廷要委任新的封疆大吏，会昭告其他州郡。远在江陵的陶侃接到这份诏书的时候，正忙于庆贺新年。

荆州的僚属纷纷来州衙给陶侃拜年。到刺史府的路是一条上坡，厚厚的积雪早把石阶给掩埋了，众人只能沿着一条滑溜的斜坡行走，上坡还好，回程时全是下坡，免不了接二连三地摔跤。有家人报知陶侃，陶侃捻须一笑，让人从刺史府仓库搬来十余筐竹头木屑，全数撒在那条坡道上，说来也奇，众人行走其上，或跑或跳，行动自如，欢声笑语一片。

几个家人正私下议论这许多的竹头木屑从何处而来，陶侃微微一笑：“老夫哪里有这么大的能耐，这些不过是往年造船剩下的余料，我见丢了可惜，便聚集到一处存放起来，不想今日派上了大用场。”众人无不叹服。

这时，任命温峤为江州刺史的诏书送到了荆州。陶侃阅毕，拍案大怒：“庾元规不过一个外戚，乳臭未干，竟敢打我的主意？老夫治军三十余年，单是荆州就待了十年，可谓路不拾遗，夜不闭户，哪里对不起司马家？竟像防家贼一样防着我！”

陶侃麾下幕僚都是跟随他出生入死多年的心腹，一见老头动怒，一齐闹将起来：“与其在荆州受气，不如上建康找皇帝评评理！”

“住口！”陶侃喝住了众人，转而面沉似水地看着使者，使者以为陶侃要杀他，赶紧伏身跪倒，如筛糠一般。陶侃一把将其扶起：“还望大人回建康传个话，我陶士衡不是王处仲之辈，也请国舅爷不用在我身上费心，告诉他豫州刺史祖约目下在寿春正招兵买马，该防的是他！”

使臣把陶侃的话一字不落转给了庾亮，他不禁打了一个激灵，倒不是为陶侃的坦率震动，而是担心祖约与苏峻有所勾连。急切之间，他找来王导、卞壶等人商议，按照庾亮的意思，他打算仿效前汉晁错谏汉景帝削藩之策，召苏峻入建康授予官职，伺机解除兵权。

“昔日苏峻进建康勤王，纵容麾下流民军抢掠，大失民心，若说他有不臣之心，目下并无实据，况且此人刻薄阴险，断然不会奉召前来，这样做反而会逼反他。”王导的话说得很委婉，王敦之乱后，琅琊王家受到极大的打压，他在朝堂之上便奉行“多一事不如少一事”的原则。

卞壶是个直性子，说：“苏峻在历阳，距建康就一日路程，其麾下多彪悍强健之徒，一旦为乱，建康必不保，调他入京一事还望三思！”

庾亮摇了下头：“二位所言皆长他人志气。苏峻不过一粗鄙匹夫，贪图的不过是荣华富贵，如何想得长远？我以官爵诱之，必成！”

庾亮果真把事情想得太简单了。苏峻看了诏书，明知是庾亮之策，哪里肯来，他上书奏道：“昔日，明皇帝与我执手，让我北讨胡人，今胡虏未平，何以家为？臣但请有一立足之地，为国效命！”苏峻看来，所谓“大司农加散骑常侍”这一串官衔都是为了赚自己回建康。

在向建康上书争取时间的同时，苏峻对手下军卒大肆煽动，声称庾亮在皇帝面前进谗言，要谋害有功之臣，自己将挥师东进“清君侧”。由于流民军都是平时务农、战时成军，聚集起来极为容易，苏峻仅用了三天便整军完毕，他又写信给祖约，约期起兵。

庾亮逼反了苏峻，自己还蒙在鼓里，直到温峤从浔阳送来一封信，告知他苏峻正向上游各郡借粮征兵，声称去八闽剿灭山越。庾亮这才发觉形势开始对己不利，他嘴上不肯认错，只是回了一信给温峤：“苏峻之叛，不足为患，我更担心者乃君之西陲(指陶侃)，足下无过雷池一步也！”温峤看完这几行字，唯有摇头叹息。

咸和二年(327)十二月，苏峻会同祖约，起兵作乱。

苏峻作乱的消息传到会稽剡县时，正值开春季节，县令谢奕不由得担心起一家老小的安危，早衙散去竟未回后堂，独自一人待在大堂上。时已过午，谢安不得不给他送饭过来。

谢奕是头年秋来到剡县的，这也是他入仕的第一份官职，谢裒很替大儿子高兴。在家宴上，四子谢万吵着要跟大哥去“玩”，谢裒一向溺爱此子，竟同意了。他想了一想，又叫过年方八岁的三子谢安，让他一同前往。谢裒有自己的想法：谢安心智早熟，提早去官场上见识一番有助于日后，顺便亦可照应顽劣的谢万。

刚到剡县，谢万水土不服先病了一个月，谢安忙前忙后照料，闲来无事时便跟在堂上看大哥审案。

某日，一老汉犯事，按律当刑拘，谢奕本是个洒脱诙谐之人，有心戏弄他一番，端过两壶本地特酿的米酒，让老汉饮下权当抵罪。老汉本已体弱，饮完一壶后脸色大变，干呕不已。

“痛快！”谢奕的倔劲上来了，命人端过另一壶酒。

"阿兄!"谢安来到他身后,在耳畔低语道,"这位老丈摊上官司本已是可怜之人,喝完一壶酒足可以抵罪,何必让他继续受罪?想他也是有儿女之人,父亲曾言百善孝为先,如此怕有不妥。"

谢奕瞧了兄弟一眼,没说话,命人放了老汉。

从此,谢奕对谢安的建议几乎是言听计从。这一日,正好对他说起苏峻作乱一事。

"哦!"谢安一面听一面慢吞吞地为兄长盛好饭,斟满酒,若无其事地坐在一旁。谢奕哪里吃得下,他放下碗箸,摇着谢安的双肩:"安石,咱一家老幼都在乌衣巷,那苏峻一伙可是流民出身,最是不讲理,会不会把建康一把火给烧了?"

"苏峻嘛,不过是自取其祸罢了。我想,到秋天的时候,他肯定已经死了。"谢安不咸不淡地应道。

"娃子,你好大的口气,连当朝国舅都惧怕他三分,你却认定他必败,是何缘由?"谢奕吃了一惊。

"阿兄刚才说苏峻手下都是流民,这就是原因啊!试想这帮人最为贪婪,苏峻能动之以情为他所用,我就不能许之以利为我所用?苏峻其人并无多大才能,此次兵发建康,实属突然,或侥幸得手,终不免心生傲慢。待勤王兵一到,必灭之。"

谢安分析得头头是道,谢奕连连点头:"我与贤弟打个赌,若过了秋天,苏峻不死,你需做我的小幕宾;若苏峻死了……"谢奕一时没想出赌注,谢安开口了:"若苏峻死了,阿兄他日得了州刺史之位,需让给我!"

"一言为定!"兄弟俩笑着击掌为誓。

就在谢家兄弟打赌的时候,苏峻叛军兵临石头城,尚书令卞壶抱病出征,死于两军阵前。赴京勤王的宣城内史桓彝也被谋士江播出卖遇害。

兵败如山倒,庾亮守不住了,单人匹马直奔江州而去。

苏峻的军马涌进了太初宫。大殿上,小皇帝司马衍吓得哇哇大哭。

危急之时,王导赶到了,他一把抱起小皇帝,怒视着凶神恶煞的叛军:"请苏子高御前答话!"大多数叛军认不得王导,见皇帝在他手上,不敢造次,连忙禀报苏峻。

苏峻不敢过于造次,赶紧来到太初宫。

"公是来护驾的还是截驾的?"王导一改平日的温和、斯文,话语咄咄逼人。

苏峻吓了一跳,他虽有不臣之心,却也不敢明目张胆地对皇帝动手,忙伏地请罪:"子高此来,为的是诛庾亮、肃朝纲,别无他图,请司徒放心。"

这个时候,小皇帝不哭了,他壮着胆子问:"将军不听宣召,擅自带兵入京,直入后宫,请问抓到庾亮了吗?"

苏峻的额头上冒出了冷汗,他暗暗赞叹小皇帝的机智,赶紧言道:"庾元规赏罚不公、擅杀大臣，臣起兵，就是为了与他计议一番，只是眼下尚未找到他……”

小皇帝眉头一皱：“既没找到他，卿等何不退兵，从长计议？”

苏峻眼珠一转：“臣有心退兵，无奈手下将士未得封赏，故……”

王导一瞧这个情形，明白若不给苏峻点好处，他是什么事都做得出的。于是，他对小皇帝言道：“苏将军麾下昔日讨王敦，都是社稷功臣，请陛下恩准封赏！”

小皇帝对王导是一百个放心，见他点头，便对苏峻所奏一一允诺。

却说庾亮走得慌忙，家人之中唯有幼弟庾翼随行。苏峻打算在建康大肆抓捕庾家人，怎奈扑了个空。有人提醒他庾亮二弟庾冰尚在吴兴郡任内史，苏峻连夜安排甲士前往搜捕。

吴兴往南就是钱塘（今杭州），一条大江阻隔了南行之路。一人高的芦苇岸边，急匆匆走来一个蓬头垢面的人，行走之间有些慌不择路。

他盯着江边搜寻了好一阵，将目光锁定在一条破旧的渔船上。船上的老翁也正好望向这边。这人紧走几步上前：“老丈，我被歹人追赶，烦请渡我过江，必有重谢！”

老翁将斗笠往上抬了抬，仔细打量着来人，半晌才说话：“阁下莫非是庾季坚？”

那人一惊：“老丈认错人了，我只是一个客商，被歹人越货，还要害了性命。”

老翁哈哈大笑：“苏将军悬重金捉拿于你，各隘口都有你的图像，阁下莫要惊慌，我岂是贪图钱财的人？”

来人果然是庾冰，他得到了苏峻派人来搜捕他的消息，乔装改扮，想南下钱塘，绕道新安、鄱阳，往江州投温峤。

老翁让庾冰躲进舱内，上面盖上茅草，逆流赶往新安。

走了不下五里，就见两条大船拦住去路，为首一将张罗着来搜查。老翁也不惊慌，慢悠悠打开酒葫芦，坐在船头径自边饮边唱道：“苏峻入石头，重金求敌仇。庾冰正在此，孤身随波流。”

搜查士卒上下打量着老翁，心下狐疑，相互嘀咕几句，大约觉得是个疯子，竟不再搜船，任他西去。

待去得远了，躲在茅草之下的庾冰才冒出头来。“快出来吧，苏将军只怕要到江底去寻你了！”老翁瞧着他笑道。

庾冰方才在舱下听得一清二楚，见此情形，也大笑起来。

那边厢，苏峻请小皇帝移驾石头城，王导相伴，他打算要“肃清门户”。兵权在苏峻手里，王导也是万般无奈，眼下能保住皇帝已算不错。

庾亮已逃到江州治所浔阳，与温峤开始谋划讨逆一事。这时，建康传来了消息：苏峻擅杀朝臣，逼死了庾太后。庾亮闻听妹妹离世，放声大哭。

"苏峻此举,人神共怒,吾当助公讨之!"温峤愤然道,"不过江州兵马单薄,莫如去荆州约请陶征西一同发兵。"

庾亮依言给陶侃去了一封书信。谁料陶侃一见落款是庾亮,直接把信退还给了下书人。

"吾乃外臣,岂敢过问国舅的家事?"陶侃一直对庾亮处处提防荆州耿耿于怀,又见他不听忠言逼反苏峻,这一次自己索性乐得坐收渔利。

庾亮看着两手空空而归的使者,两眼发直,他看着温峤:"不想此公如此量窄,反被他一顿耻笑,莫如再邀其他州郡?"

"不可!"温峤忙劝道,"举大事者,当号令天下,苏峻失却人心,正是各处捐弃前嫌同舟共济之时,不可因小恶而坏了大事,陶征西乃爽直之人,多多美言当无恙。"

连夜,温峤、庾亮二人联名再写一信,陈明利害,派人二度送往江陵。

果不出温峤所料,陶侃看罢信,亲率三万大军顺流而下。船到浔阳,庾亮亲往码头迎接。

陶侃中军大船刚一靠岸,庾亮忙躬身施礼。陶侃吃了一惊,一边与左右说笑着,一边走下船来:"哎呀,庾元规贵为国舅,今番也屈尊来迎陶士衡了?"众人大笑。

庾亮脸一红,言道:"将军乃中流砥柱,元规理当如此。"

"哦?"陶侃没料到庾亮如此谦卑,心有不甘,"雷池要塞,近在咫尺,公就不怕我兵临城下?"

庾亮心里一凉,单腿跪下:"昔日不过一句戏言,如今苏峻欺凌皇室,荼毒百姓,元规安敢对将军有不敬?此番恳请将军出兵,共同剿灭叛党,将军当为盟主。若您不允,我就死在浔阳江中!"说罢,站起身,就要往江里跳。陶侃一把扯住他:"老夫也是一句戏言,公何必当真?我既来此地,断无后退之理,今当协助诸公,共讨苏峻!"

庾亮大喜,招呼温峤,三人携手入浔阳城,设坛盟誓,兵发建康。同时,徐州刺史郗鉴也率领一支人马南下,再加上各地勤王兵马数路齐发,反攻苏峻。

石头城一场恶战,苏峻被斩于阵前。

阴霾散尽,秦淮无尘,建康城内少不得又是一番欢宴相庆。不过,太初宫大半被叛军所焚,皇帝以及后宫只好暂住建平园。朝臣们欲奏请迁都,王导力排众议,安排匠人营造新宫,不到两年,新宫落成,名"建康宫",又称"台城"。

台城建造已毕,王导心情大好,此刻他已位极人臣,连皇帝见了他都是以父礼待之。庾亮因苏峻一事上表自贬,请求外镇芜湖,从此王导在建康少了一个对手。他本就无心朝政,更多的时候窝在家里教晚辈读书。

王羲之自从跟着温峤回到建康，便一直住在乌衣巷，读书之余，也与堂兄弟王悦、王恬（均为王导之子）等人切磋书法、棋艺。

这一日，大家正挤在东厢房内闲扯。时值五月，天气炎热，王羲之只着一件单衣，还嫌不够凉快，索性坦开前胸，斜躺在床上。王恬见状，眉头一皱："逸少未免太放诞了，司徒尚在家中，迎来送往，见你这般模样，实是不妥。"

"兄多虑了，司徒本也是放诞之人，必不会责备我，说不定还会为我招来好事呢。"王羲之已年满十六，风华正茂，视礼法习俗于无物。说来也奇，家教甚严的王导在几个晚辈中唯独对他钟爱有加。

几个后生正在争论，门帘一掀，走进一个头戴纶巾、衣着华丽的老者，手捻着花白的胡须，直愣愣地盯着他们，嘴里还一个劲儿地念着"果然、果然"。王恬比较机灵，一见这位的穿着举止，知是父亲的贵客，赶紧拿起扔在地上的书本，装模作样地翻看起来。王羲之只道老者走错房间，没搭理他，还故意把衣服往外扯了扯，露出了整个肚子。

老者见王羲之如此尊容，不由得笑了起来，转身出门。

半个时辰后，家人唤王羲之前厅回话。

"逸少，这次惹祸了吧？臊了面皮不说，司徒还要责罚你呢。"兄弟们纷纷起哄。

王羲之边穿衣服边对着大家做了个鬼脸，迈着方步走向前厅。

到前厅一看，客席上端坐的正是方才那位老者，正微笑地望着他。王羲之这次学乖了，忙上前施礼。

"哎呀呀！"边上的王导冷不丁拍起手来，"我当选中的是谁，原来是吾家千里驹。"

"哈哈，这坦腹东床之辈本也是翩翩少年嘛，不错，老夫满意！"老者大笑起来。

王羲之一头雾水，王导开口了："逸少啊，这位是车骑将军郗鉴大人，叔父的至交好友，他此来是为郗小姐择婿，一不小心就挑上了你，还不过来拜见岳父。"

"果真是好事！"王羲之心头一喜，赶忙规规矩矩地跪下，磕头见礼，郗鉴拉起王羲之，眉开眼笑。

五月初五，江南各地，家家都在裹粽子，插艾条。丹阳郡泾县县衙里却摆开了灵堂，原来，县令江播于昨日病逝，阖家悲痛不已。

入夜不久，吊唁的宾客都已散去，只剩江播的三个儿子还守在灵前。突然，一个黑影闪过，一愣神的工夫，三个少年见一蒙面人提着明晃晃的长剑已站到了跟前。

"半夜擅闯县衙，你是何人？"江播长子江彪壮着胆子问。

那人也不答话，直接走向前，拿起灵牌仔细观看。

“大胆，府君刚刚故去，你竟敢……”话音未落，那人大吼一声，回身一剑刺去，正中江彪咽喉。

剩下的两个少年慌作一团，尖叫不已。声音惊动了县衙其他人，一大帮人齐聚到灵堂外，张罗着捉拿刺客。

却见刺客不慌不忙站在江播灵前，将手中长剑高高举起：“莫慌，此事与尔等无关，江播一人做事一人当，既然他已亡故，我只找其子，他人不伤分毫！”

四下立时静了下来，只听到灵堂上少年的抽泣声。刺客回身走向两个少年，少年惊得呆了，手脚僵硬。刺客闭上了眼睛，深吸一口气，举起了那柄湛卢剑……

芜湖，天近三更，在校军场上忙了一天的庾亮回到驻地，正待熄灯休息，忽听前门响起一阵急促的敲门声。庾亮心下纳闷，将门开了一条缝，尚未瞧仔细，就见一人就势挤了进来，定睛一看，正是桓温！

“元子，你如何到了我这里？”庾亮将烛台举近，才发现桓温黑色的衣服上满是鲜血。

“三年绸缪，只为寻得仇人，可惜江播已亡，家父英灵不远，元子已手刃仇人三子，报得大仇，今特来请罪！”言罢，桓温递过带血的湛卢剑，跪于庾亮身前。

庾亮拿过剑，沉吟了半晌。“为子尽孝，乃人之常情，只是你过于莽撞了。”

“事到如今，我已别无他求，请大人将我治罪！”桓温一脸的认真。

“也罢，我也徇私一次，你带着我一封书信回建康，去见稚恭（庾亮之弟庾翼），他会安排你的。”庾亮边说，边替他将湛卢剑放入鞘中。

在巴陵的秋色中，陶侃迎来了人生的第七十三个年头，在僚属与家人的陪伴下，老头于洞庭湖畔的夕照楼大摆筵席。

望着楼下的万顷波涛，陶侃叹了一口气：“吾出身贫寒，初时不过小吏，几经周折，方在江南有了立锥之地。如今官拜太尉，封长沙郡公，邑三千户，都督七州军事，夫复何求？王司徒欺我老迈，先是强行要去了孔坦（曾为陶侃长史，苏峻之乱后被王导任命为吴兴内史），接着又要袒护郭默（流民帅，因私怨袭杀江州刺史刘胤，诈称“奉诏”，王导默许了这一做法。陶侃欲讨伐之），杀刺史的人可以做刺史，难道杀丞相的人也可以任丞相吗？真是岂有此理！”

老头越说越来气：“辽东慕容廆赞我‘今海内之望，足为楚汉轻重者’。我欲起兵废了王茂弘，你们看如何？”僚属们面面相觑，不知如何回答。陶侃见状，猛地一拍桌子：“就这么定了！”

很快，陶侃派人到芜湖联络上一直与王导心存芥蒂的庾亮，一同发兵灭了郭默。正准备出兵建康，诏书到了——加封陶侃为江州刺史（温峤已亡）都督军事。这样，陶侃前后共都督八州军事。

送走使臣，陶侃从一个小木匣里取出了两封信，分别有“司空郗鉴、征西将军庾亮钧启”字样，陶侃默不作声，将这两封信付之一炬。

建康城北郊的鸡笼山，毗邻玄武湖，是秋日出游的好去处。这一日，天气晴好，已出落得十分标致的南康长公主带着侍女骑马出游至此。

“唉，自父皇去后，已许久没这兴致了，青山绿水固然美妙，却还差了点什么。”公主自语道。

“元旦宫中饮宴，陛下不是说要为公主找一个贴心人吗？怎么就没了动静？”一侍女调皮地问。

“你这死丫头，几时如此多舌？陛下总归年幼，面上的话罢了，他怎知我的心事。”南康长公主脸一红，脸上写下几丝惆怅。

这时，空中传来阵阵雁啼，大家抬眼上看，见一只大雁正矮矮地划过天际，显然是落了单。

“快，给我箭，我把它射下来！”公主急切地招呼侍女。原来南康长公主生性聪慧，专爱围猎、骑马这些男子的喜好。

公主张弓搭箭正待放手，却见那雁如酒醉一般，晃晃悠悠直掉下来，落在湖边的草地上。

“公主，有人先射了一箭！”有脚快的侍女已跑了过去。

“哎，这是哪个不开眼的与我抢射？”

“这箭上有字啊，‘谯国桓温’！”

“桓温？”公主自语道。她觉得这个名字有点耳熟。

正在此时，一阵銮铃响动，靠近鸡笼山麓一侧的小道上，奔来一匹白马，待走近一看，是一位器宇轩昂、相貌英俊的少年，只见他扎巾箭袖，身背硬弓，一团英武之气。

“这位小姐，请问可曾见在下射中的大雁？”少年彬彬有礼。

“哦，你就是桓温啊，还不见过南康长公主！”嘴快的侍女边喊边笑了起来，还直对着公主做鬼脸。

公主一脸羞涩，一时不知如何开口。桓温望着眼前这个俊俏之中略带些刁蛮的少女，也呆在了那儿……

桓温与南康长公主的这段邂逅为他日后一步步入主中枢奠定了基础，但相比暗流涌动的建康政局而言，这不过是一曲润色的小调。

垂暮的陶侃敌不过岁月的侵蚀，终于在巴陵病逝。临终前，为了保全整个家族，他推荐庾亮接管自己所统率各州的军权。对于之前和王导的一点误会，他用了另一种方式一笔勾销。陶侃在临终奏章中称赞王导“陛下之周召……司徒导鉴

识经远，光辅三世”。

咸和九年(334)六月，庾亮以征西将军的名义，假节、都督江荆豫梁益雍六州军事，同时兼任江豫荆三州刺史，出镇武昌。得到了梦寐以求的江汉地区，庾亮终于走出苏峻之乱给自己带来的耻辱。

能与王导分庭抗礼，也让他极为痛快，他延揽了殷浩、王羲之等一大批人物作为自己的幕僚。

中秋之夜，一向以名士风流自居的殷浩，招呼王羲之等人齐聚武昌南楼，一起赏月、饮酒、弹琴、歌咏，好不热闹。

喝了好半天，王羲之才发觉庾亮不在其中，借着醉意，他挪到殷浩身边，悄悄问道：“庾公知否？”

殷浩已喝得半醉，一时没回过味儿：“庾公知道这些作甚？他有大事要做。”

正在这时，楼下有人高叫道：“征西将军到！”楼上所有的欢愉之声仿佛如时间凝固一般戛然而止，殷浩的酒也醒了八分，拉着王羲之迎候到门口。不大一会儿，庾亮悠悠然走了进来，一见满屋的人都起身迎接自己，也觉得有些尴尬。

殷浩对旁边的女乐、侍者使了个眼色，这些人起身要走，被庾亮叫住了：“哎，怎么就走了？我也极好丝竹之声，诸君敬请入座，我们同贺中秋！”说着，一屁股坐在了主席上。众人见状，无奈重新入席，添酒再饮。

一边是庾亮在荆州搭建自己的幕府，另一边，王导在建康也不忘礼聘一帮名士，太原王家的王濛、王述，清谈圣手刘惔皆是乌衣巷的常客。

晚年的王导，只是名义上的首辅，庾亮抓住这个机会，安排二弟庾冰入朝为中书监，代自己处理朝政。

为此，王导很是不满，总是在朝堂上找庾冰的别扭。这日退朝，突然刮过一阵西风，直刮得尘土飞扬。刚刚走出宫门的王导忍不住用袍袖遮住了脸，恰好，庾冰从边上走过，王导一把扯住他，夸张地大叫道：“这大概是令兄从荆州吹过来的尘土吧？”

庾冰一时未解其意，王导却哈哈大笑。

王导的话语带双关，半真半假，传到了庾亮的耳朵里，却是十分忌惮。他想入建康废掉王导，又怕难以服众，便写信向太尉郗鉴试探。

郗鉴与庾、王二人都是至交，对此深感头痛，他对王导不问政事也有些不满，借此机会直言相告：“元规或将东进建康。”

不料，王导哈哈一乐：“我与元规名为同侪，实乃至交，若他真的回建康，我一定褪去朝服，回到乌衣巷，再不入台城半步！”

对此，庾亮反倒踌躇不前。最终，他失去了一次掌控朝纲的机会。他没有想到的是，自己以后将再没有机会回到建康。王导用他的气量和智慧化解了一场危机，但是他已无心追逐这些名利。

随着王导、庾亮、郗鉴等人的老去，东晋王朝步入了一个新的时期。

七 佳偶天成，秦淮河水波不惊

秦淮河，流淌过建康外城的最南端，以一弯新月状包裹着城墙。在这弯“新月”的最深处便是朱雀桥，桥北正望见朱雀门，进入朱雀门后，沿御街再向北可直抵台城；朱雀桥南是长干里——建康城最热闹繁盛的所在；桥东秦淮河南岸有一条里弄呈东西走向，正是乌衣巷。丞相王导在这里已经居住了三十年[王导于咸康四年(338)六月重任丞相]。

初秋时节，一个十八九岁的青年来到了相府。他头戴逍遥巾，身着素色鹤氅，面如冠玉，鼻直口正，举手投足颇为潇洒。

在相府后堂，一身便服的王导正躺在榻上与来客说着话。“安石，你我这对老少邻居转眼又是八年未见，你是越发地英俊有为，老夫已是力不从心了。”

“丞相这等说，折煞安石了。您是立国元勋，国家柱石，我辈仿效之楷模。安石与您相比，似燕雀之于大鹏、茅屋之于大厦。”

“你真是这样认为的？”王导微笑着，“你很像昔日的王茂弘啊！不过刚才你说从我这里有所学，不妨说说，你学到了什么？”

谢安略一沉思：“仁忍韧任。”

“作何解释？”

“仁者，爱人也，小即善待周遭，大则囊括众生。丞相辅佐元皇帝远涉江南，开创基业，万姓倾心，八方仰德，却不以威服人、以势压人。子曰‘弟子入则孝，出则悌，谨而信，泛爱众而亲仁。行有余力，则以学文’，莫过于此。忍者，耐也，小不忍，则乱大谋。古来成大事者，无一不忍耐。丞相受元皇帝猜忌，又与庾元规等人有过节，几经颠沛，若无此二字，何以全身而退？韧者，后汉马援说‘丈夫为志，穷当益坚，老当益壮’。诸葛武侯也说‘忍屈伸，去细碎，广咨问，除嫌吝，虽有淹留，何损于美趣，何患于不济’。丞相治理国朝，人多议论，您能不惧流言，身体力行，可谓‘韧之丈夫’。任者，果敢且担当，乐以天下，忧以天下，这一点，或许丞相决计南渡之日起便有所为吧？”

王导听出谢安对他的“无为而治”略有微词，心中未免有些不快，但他毕竟是有风度涵养之人，脸上依然带着笑。“安石一番话，丝丝入扣，老夫受之有愧。不过说到治国之‘韧’，我也是无奈而为之。老子说‘治大国，若烹小鲜’，极好的类比。既然治国如下厨，不免众口难调。南渡之后，江南半壁全仗大江天堑，方可保一方安宁。本地高门又盘根错节，庇护有法，若施之以重拳，难免授人以柄，骑虎难下。我宁愿背些骂名，也要与民生息！”

王导仿佛要将这十数年来堆积在心中的郁闷一泻而出，说着说着，他直起了身子，握住谢安的手，动情之处，眼角已是湿润。

看着眼前这个六十三岁的老人，谢安不忍再去驳斥他。不过帝国的现状的确让人担忧，上至朝堂，下至乡间，处处弥漫着享乐纵欲之风。数月前，盘踞辽东的燕王慕容皝（慕容廆之子）遣使刘翔到建康请册封。临别之时，刘翔以手杖击地叹息：“刘渊、石勒乱中原已有三十余年，国土沦丧、黎民涂炭，江南士族以奢靡为荣、以傲诞为贤，不闻逆耳忠言，不见破敌之功，如此将难以尊天子而济万姓。”送行之人皆有愧色。

此时的晋王朝，皇帝几成摆设，实权掌握在几大家族手里。丞相王导，又加太傅，领扬州刺史，都督中外诸军事，封始兴公，权势达到顶点；庾亮以荆州刺史的身份坐镇武昌，官拜司空，都督七州军事，封都亭侯；郗鉴担任太尉，徐州刺史。庾、王二人时有矛盾，郗鉴作为“调和剂”，两不相帮，间接地也起着制衡的作用。

王导在政治斗争的旋涡中，依靠他的圆滑和资历勉力支撑，终于耗尽了最后一丝精力，于咸康五年（339）七月病故，享年六十四岁；一个月后，郗鉴也故去，终年七十一岁。对于王导的故去，皇帝司马衍破例举哀三日，谥号文献，以太牢礼祭祀，为晋室朝臣之最。

就像商量好的一样，在朝堂之上没了对手的庾亮，在王导逝世半年后病亡，终年五十二岁，被追赠为太尉，谥号文康。

庾亮虽死，庾家的势力却并未消退，庾冰继续任中书监，领扬州刺史，与骠骑将军、尚书令何充共同执政，庾亮留下的荆州刺史一职由幼弟庾翼接过。庾翼有志北伐，四处征召贤良，与之有旧的驸马都尉桓温（已娶南康长公主为妻）被封为辅国将军，出镇襄阳，协理军务。

其时，谢安在建康已小有名气，庾冰为收买人心，亲自上门礼聘。谢安抵奈不住这般盛情，只好受聘为庾冰的幕僚。

按照谢家的家族旧例，自从迁到乌衣巷后，每年寒食节整个家族都要聚集在一处，共划家族大计。

这一年是人到得最齐整的一年，除了家主谢裒，谢家昆仲（次子谢据早夭）谢奕、谢安、谢万、谢石、谢铁均在场，还有第三辈的谢渊（谢奕之子）、谢朗（谢据长子），大爷谢鲲此时已故去，其子谢尚任历阳太守，颇有政绩，被征召入朝另有任用，也专程赶到乌衣巷。

刚开始，大家讨论最多的还是谢安辞去庾冰幕僚一事。

“上任不足一月你就拜辞，庾车骑（庾冰新任车骑将军）追究起来，吾家脸面何在？”谢裒先板起面孔训斥起儿子来。谢安坦然一笑：“我本无意功名，庾车骑数次相邀，又亲自上门，只好允诺，儿看这台城之事尚有几分迷乱，实是不敢去碰。”

“小小年纪，如此猖狂，国家大事自有人做主，哪里容得下你一个小小幕僚操心。”谢裒转怒为嗔。

谢奕是长子，考虑得比较周全：“三弟之言不无道理，庾车骑不比其兄，朝中根基尚浅，自新皇（其时，司马衍病故，其弟司马岳即位）登基，台城之内尚无一人如王茂弘、庾元规那般才具，皆是各自为政，我谢家还是不去招惹的好。”

“这有何难？我去问问我岳丈，兴许有些办法。”说话的是谢万，他新婚刚一个月，娶的是会稽内史王述之女，王述曾是司马岳的功曹。

“四叔这条门路倒是好，得先让三叔去问问你岳丈的老父。”谢朗一本正经地说。论年龄他只比谢万小两岁，但才思敏捷，深得长辈钟爱。

“好生复杂，这关你三叔什么事？”谢万一时没明白过来，谢朗见状大笑，谢万恍然大悟。原来王述的父亲就是昔日桓彝借以称赞谢安的“王东海”王承，谢万此话正是取笑谢万这条门路不着边际。

大家一阵哄笑后，一直没开口的谢尚说话了：“仁祖（谢尚表字）倒是听到一些小道消息，说今上这位置来得有些突兀。”这话让整个房间顿时静了下来。在晚辈中，谢尚以才智过人、风流倜傥著称，与其父相似，连谢裒也要高看这位侄子三分。

“先皇临终前对继位者一事犹豫不决，尚书令何充本意是依照旧典父子相传，让琅琊王司马丕或是东海王司马奕两位皇子登基；庾车骑却执意要立皇太弟，理由是皇子尚幼不足以执政。一番争执，先皇在弥留之际顺了庾车骑的话，何次道（何充表字）何等样人？他断定是庾车骑做了手脚，却又拿不出实据，一气之下去了京口，庾车骑为避嫌，也去了武昌。目下朝廷辅政的是两位亲王：武陵王司马晞和会稽王司马昱，武陵王尚武，会稽王好清谈，皆非为政之才。台城内外现在确是一片迷乱哩！”谢尚的消息大多来自内廷，可信度很高，谢家诸人不禁佩服起谢安的眼光来。

“那依仁祖看来，吾家将如何处之？”谢裒有些焦虑。

“叔父莫忧，去岁庾车骑巡视历阳，仁祖与之长谈，知其患上了一种不治之症，观其面相，他是断然活不过今年的。他若一死，何次道必要回建康，他与相善，届时，伺机而动，可保吾家无忧！”

听完谢尚一番话，谢裒才吃了定心丸，谢奕、谢万也是欣喜不已，年纪尚幼的谢朗更是乐得直拍巴掌：“乌衣巷以后可日日欢宴喽！”

众人皆笑，而角落里的谢安用一种复杂的眼神打量着家里的每一个人，他是在后悔辞了庾冰的幕僚，抑或羡慕谢尚的好运气，还是在筹谋自己的未来？没有

人知道。

时局的发展果真如谢尚所料，先是即位不到两年的司马岳驾崩，太子司马聃继位，褚皇后临朝听政，起用其父褚裒与何充共同辅政。消息传到武昌，本已病势沉重的庾冰禁不住打击，一命归西；在何充的保奏下，褚皇后同意由谢尚充任江州刺史。不料庾翼看出这是何充在打压庾家，迅速从襄阳赶往夏口，收编兄长的军马，褚皇后担心闹出事来，退了一步，让庾翼接管江州，谢尚则改任豫州刺史，假节，驻守历阳；桓温也借助庾翼的保奏，升任徐州刺史。

在建康，邀请谢安出仕的人络绎不绝，几乎踏破了门槛，谢安一一推掉。谢裒固然明白儿子的选择，但看到谢尚一路顺风顺水，不免替儿子担心。

转眼已是新年，小皇帝司马聃在褚太后的怀抱中正式登基，改元永和。

元宵节到了，秦淮河两岸挂满了花灯，热闹异常。人群之中，一袭素色鹿裘氅的谢安正谈笑风生，身后跟着谢万、谢石、谢渊、谢朗数人，一左一右是王羲之（谢安在建康已小有名气，交游甚广，却与王羲之最好）和孙绰（字兴公，善玄言诗，与谢安交厚）。

前面就是朱雀桥了，道旁的一盏船形彩灯吸引了他们，这盏灯比周围的灯都要高大、宽绰，五彩斑斓的船体内燃着十数盏长明灯，让整个轮廓格外壮观，船桅、船帆、船身清晰可辨，特别是船桅顶上那只飘动的蓝色丝绦，在社火的映衬下，极其醒目。

"听说这是三元坊扎的灯，足有丈二高，啧啧……"谢万、谢朗等几个小辈叽叽喳喳议论个不停。谢安出神地望着，"若他年能驾此船泛于海上，当不失为人生一大乐事！"

王羲之接口道："安石有如此兴致，他日愚兄必陪伴左右。"

谢安愣了一下，连连摆手："说笑而已，逸少兄不必当真，呵呵，咱们往那边看看。"

这时，不知从哪儿飘来一阵女子的笑语。这帮人除王羲之、谢万婚配外，其他人都是少年心性，听得有女子的声音，一个个翘着脖子循声望去。只见朱雀桥东侧北岸，四五位穿着各色斗篷的姑娘正在那儿围看河道里一盏硕大的荷花灯。

"走，咱们也去凑凑热闹？"鬼头鬼脑的孙绰一使眼色，谢朗、谢渊迈开腿就奔了过去。

"哎呀，好大一个荷花灯啊！"谢朗冒冒失失地闯过去吼了这么一嗓子，吓了几位姑娘一跳，其中一位穿紫色斗篷的侧过脸来看着谢朗，眉头轻蹙，其他几位姑娘相互对望，"呵呵"地笑个不停。

谢朗素来脸皮厚，也不在乎，凑上前去触摸河里的荷花灯。他故意用身子一挤,最边上穿红色斗篷的姑娘赶紧往里一让,不料用力过猛,后面几位姑娘不曾防备,被挤作一团,一阵趔趄,差点摔倒。

“哎,这是哪里来的野人,也不讲些礼数……我的妈呀!”“红色斗篷”一眼看到谢朗的一头黄发,再一瞧他那胡人似的面孔,惊叫起来。

“嘿嘿,姑娘勿惊,不是野人,是凡人。”谢朗直起身笑言。

“岂有此理,我们在这里观灯,没碍着你,你一上来便胡搅蛮缠,动手动脚,回家叫大少爷来锁了你!”其中的“粉色斗篷”用手一指。

“这位姑娘说话好没道理,秦淮河的灯又不是你家点的,他人想看便看,人多脚杂,不留神挤着了你们,好说便是,你们一张口就骂我等是‘野人’,还要叫人锁拿我们,荒唐!”孙绰上前打抱不平。

“什么?你们先来挑事,反说我们荒唐?”“青色斗篷”杏眼一睁,手直指孙绰的眉心,姑娘们“哗”的一下都围了过来,谢朗、谢渊、谢万也凑过来帮腔,“大战”一触即发。

跟在后面的谢安瞧得一清二楚,心里嗔怪孙绰多事,怕闹将起来,面上不好看,赶忙大喝一声:“住手,有话好说!”除了父亲和大哥谢奕,谢安在家里说话最有分量,谢家几位少爷只好原地站住。

谢安挤上前,深施一礼:“是我等莽撞了,惊着几位姑娘,望见谅。”几位姑娘见上来这人温文尔雅,相貌俊秀,气也消了一半。这时,“紫色斗篷”向前一步,还了个礼:“这位公子还颇知礼数,只是其他几位……”她用手往旁一指。

谢朗的倔劲儿上来了,张口想反驳,被身后的王羲之一把扯住:

“逸少叔……”王羲之对他做出了禁声的手势。

谢安再看那位穿紫色斗篷的姑娘,身量中等,身材似初春新发柳枝,肌肤如隆冬几重瑞雪,看容貌如一般人家姑娘,瞧气质却似高门豪族千金,举手投足间别有风情。谢安心里不觉一动,笑吟吟地说:“这位姑娘气质不俗,想必是青溪左近之人。”

姑娘脸一红:“公子谬赞,青溪乃高门大族所在,岂是小女子轻易去得的地方?”

谢安冷不丁瞅见姑娘裙摆之上隐约有物件闪现,待要看个仔细,对方像觉察出什么似的,裹紧了斗篷。谢安心中有数,改口道:“我这位小侄年少无知,冲撞了几位姑娘,我替他赔个不是。”

“好说,不过瞧令侄年齿竟与公子相当,想必公子才是青溪人家吧?”此话一出,谢安暗自称奇,“好一个敏锐的丫头!”

“是呵,大户人家的公子才敢这么横啊!”几位姑娘一齐起哄,一片花枝乱颤。谢安又一次看到了“紫色斗篷”裙摆上的那件东西——是一枚粉色的香囊!

谢安目光一扫,正与王羲之的眼神搭在一处,二人悠然心会。

"姑娘见笑了,我等在路上斗嘴,实在有碍观瞻,又扫了大家赏灯雅兴,不妨就此别过,改日我定当登门赔罪!"谢安说这话时留了个尾巴,等对方入套。不料"紫衣斗篷"滴水不漏地回了个礼,带着姐妹们绕过谢安等人,径直走上了朱雀桥,往皇城方向去了。

谢朗、孙绰见讨了个没趣,还被几个女子讥笑一通,都有点不痛快。谢安哈哈一笑:"尔等平日自诩风流潇洒,怎么遇到几个小女子就泄气了?"

"我倒没什么,只是替三叔你可惜!"谢朗耸了耸肩。

"有了此物,还可惜什么?"王羲之应声从怀里掏出一枚粉色香囊,递给了谢安。

众人围上来观瞧,闻到一股特别的香味。

"是安息香!"谢安翻转过来,见香囊背后用紫色丝线绣着个"娥"字。

春尽夏至,当其他地方还在为入夏收拾被褥枕席的时候,襄阳已是艳阳高照。庾翼背上发了背疽,只能趴在榻上处理公务。桌上正放着他刚草拟好的奏章副本,内容是保举次子庾爰之代理荆州刺史,原本已于五日前发往建康。在庾翼看来,自己病入膏肓,唯一担心的是庾家还能得势多久。

这时,去建康的下书人回到了堂上,他跪在地上,一言不发,庾翼见状,忙撑起身子问:"情形如何?"

"陛下降旨封徐州刺史桓温为安西将军,持节,都督六州军事,领荆州刺史……"

"什么?为何是桓温,岂不是要将我庾家逼得走投无路?是谁的主意?"庾翼惊讶得坐了起来。他未曾想到接替自己的竟是好友桓温。

"尚书令何充。"

"又是他!何次道,为何屡次三番与我过不去?"庾翼拾起条几上的玉如意,狠狠地扔了出去,击在墙上摔得粉碎。顿时,他感觉背部一阵疼痛,昏死过去。刺史府里乱成了一团……

桓温西下荆州前,来到会稽王府向司马昱致谢——何充告诉桓温,虽然自己竭力举荐桓温,真正在幕后做主的人却是会稽王。

到了王府,大家少不得客套几句。司马昱很好奇桓温入主荆州后,将有何打算,桓温胸有成竹地言道:"筑船放探,西伐巴蜀。"这让司马昱大为吃惊,对于开疆拓土这件事,他从来没有想过。

见话不投机,桓温略略应付几句便告辞而去。出门时,正遇见过府来找会稽王清谈的司徒长史刘惔。

"桓温有此志向,足见不是等闲之辈,万万不可将他置于大江上流要地,应将他留在建康,加以抑制才是。”刘惔深知桓温其人。

司马昱未置可否地摆摆手:“国家大事,何次道自会权衡,你我二人还是谈谈《道德经》吧。”

乌衣巷谢宅,谢奕更衣完毕,正吩咐下人套车。从厢房走出一位年轻的妇人,行礼问道:“大伯这是要外出吗?”

“弟妹有所不知,桓元子右迁荆州,在府里设宴话别呢。”说着,谢奕匆匆走出门去。

这位“弟妹”是已故谢据之妻王氏,一向聪慧过人。听了谢奕一番话,她低头沉思不语,正巧谢安从后院过来与她见礼。

“三叔可知大伯往桓安西府里去了?”

谢安一愣:“知道啊,二嫂如何这样问?”

“哦,妾闻桓安西与大伯并无深交,为何离别之宴要请他,莫不是有大事?”

“能有什么大事?桓温这人好面子,一定是人越多越好呗。”谢安不假思索。

“若妾没有猜错,桓安西一定是要大伯随他西行了。”

谢安笑着摇摇头,他虽然也钦佩王氏的聪慧,却始终认为这是女人的小聪明,不值一提。

三更时分,谢府的人被一阵敲门声惊醒,谢安披衣来到前厅,却见是谢奕的从人回来了:“大爷醉倒在安西将军府,今夜就不回来了,特意嘱咐我回来打点行装,明日午时随安西将军下荆州。”

谢安吃了一惊:“哎哟,我这位二嫂可真是神人!”原来,桓温已正式聘请谢奕为自己的司马。

荆州刺史庾翼病逝的消息传到建康,并未引发多大震动。在褚太后的安排下,二十六岁的会稽王司马昱被封为抚军大将军,录尚书六条事,正式入主中枢,与镇军大将军、武陵王司马晞,尚书令何充共同辅政。

谢裒的身体已大不如前,他已无暇关心台城内外的纷争,几个儿子的事倒着实让他焦虑,好在长子谢奕随桓温去了荆州,了却一桩心愿;四子谢万仰仗有王述这个岳父,前程似锦;五子谢石、六子谢铁年纪尚幼;唯有三子谢安,放着仕途不顾,整日里与孙绰、王濛、王羲之一干人游荡。王氏夫人给公公出了个主意:给谢安说一门亲事,套住他。

经过一番准备,谢裒把事情安排妥了,才对谢安说:“我儿年纪也不小了,总不能一直由为父养着,我与你说了一门亲事,三日后就是良辰吉日,可与你娶媳妇进门。”

成年后的谢安风流潇洒,对婚姻之事没怎么放在心上,可自从元宵节赏花灯

闹了这么一场，心里对那个香囊是越发地难以割舍。一听老父要给自己说亲，心里有些不痛快，又不便明说，只好问："不知是谁家闺秀？"

"司徒长史刘惔之妹！"

谢安与刘惔相善。刘惔与王濛都是清谈大家，又同为会稽王司马昱幕宾。昔日闲来无事，谢安常与这二人聚在会稽王府上唱酬歌咏。今日一听是友人之妹，料想并无差池，便允诺下来。

到了拜天地这日，谢安安排谢万、谢朗在前厅替他招待宾客，自己草草饮了几杯，早早来到洞房门口。他很想见识一下这位刘惔之妹是何等样女子。

不料，连敲了几次房门，洞房中都无人应声。透过窗棂一看，红烛正燃，金钿正颤，一位新人身着红衣红裙稳坐床沿。

"哎呀，夫人为何不开门哪？安石在外好等啊！"谢安心下起疑，着急地拍打起窗户。

"要想进洞房不难，且猜上几个谜，答对了才能入内。"

谢安心想，刘真长（刘惔表字）啊刘真长，你们家都一个德行，一个好谈幺理，一个爱玩猜谜。他暗自好笑："夫人，谢安对此类小把戏最是擅长，请出谜面。"

"相如廉颇渑池会，西施入宫百花颓。晏婴使楚展长舌，金屋藏娇人自醉。"看来新娘子早有准备，随后就说出一首打油诗。

谢安嘴上说小把戏，仔细一琢磨，四句各带一个典故，风马牛不相及，如何能猜？来回踱了几趟，也没个头绪。眼看天交二更，前厅宾客多已离去，谢安头上不觉冒了汗。

"既未猜出，也不打紧，可叫人摆张床到门口，躺下慢慢想，为妻先歇下了。"新娘子有点幸灾乐祸。

谢安也觉脸上无光，焦躁之际，一甩衣袖，不意一件东西突然掉了出来，借着月光一看，正是那枚紫色香囊的背面，上面一个"娥"字。

谢安像中了疯魔似的，捡起香囊，摇头晃脑看了半天，一拍手："哈哈哈，夫人哪，我就说这样的谜怎能难住我谢安嘛，谜底有了！"

"愿闻其详！"

"相如廉颇渑池会，乃是一文一武将相和，是个刘字；西施入宫百花颓，有美人驾临，妒杀六宫佳丽，自然唯我独尊，是个娥字；晏婴使楚展长舌，晏子身不满五尺，一张利嘴天下无双，是个谢字；金屋藏娇人自醉，分明是个安字嘛。将你我夫妻的姓氏名字嵌入谜面中，哎，也难为你了……"

随着一声"吱呀"，洞房门大开，光彩照人的新娘端着一壶酒站在了门口："好个谢安石，果真是机敏明达，妾请夫君满饮此杯！"谢安见偌大一个酒壶，不觉一惊，却见刘娥机灵地从身后拿出一个酒杯来。"哈哈，夫人也不遑多让啊。"说着，谢安接过刘娥斟满的酒一饮而尽。他将香囊摊在手心："哎，元宵秦淮河一别，不想今日才物归原主！"刘娥一把抢过香囊，夫妻二人相拥同入洞房。

转眼已是永和二年(346)深秋，谢裒不幸病逝，乌衣巷里正张罗着办理白事。

桓温也从荆州赶来吊丧。随行的谢奕在府门外下车，一头哭晕在地，谢万、谢石赶忙扶起长兄，已是一家之主的谢安过来与桓温见礼，陪同前往谢裒灵前祭奠。

礼毕，谢安在内室与桓温饮茶。桓温看着面容憔悴的谢安："安石，我已上表，准备西征巴蜀李势，能否助我一臂之力？"

谢安略一欠身："安西盛情，本不该推却，只是目下府内有大丧，实在……"谢安的声音有些沙哑。

"是我莽撞了，无奕也应留在建康。"桓温同情地点点头，"此行我是据理力争，才说动了会稽王和太后，不知安石如何看？"他仍对谢安抱有一丝希望。

谢安挤出一丝笑容："安西早已成竹于胸，何必问我？只是，凯旋之日切勿仿效王处仲、庾元规啊。"

这话触动了桓温的心事，他尴尬地笑了。

一个月后，桓温从江陵起兵，统精兵两万人，沿大江逆流而上。

这一日，船过巴峡，只见两岸绝壁，直插云间，耳畔传来声声猿啼，又见江水湍急，舟行艰难，桓温见状，自语道："这是我未敬江神之故啊！"忙叫人在颠簸的船头摆下香案，亲自焚香祷告。

拜祭间，桓温记起父亲桓彝的忌日也在近日，便遥空而拜，昔日手刃仇人之子的情形又一次浮现在他的脑海里。"既为忠臣，难为孝子啊！"桓温不禁一声叹息。

又过两日，大军已可遥见夔关。这时，先锋船上的晋军忽见大江右侧依山傍水处隐隐有阵阵杀气浮现，众军以为李势早有防范，惊慌失措，忙飞报中军主船上的桓温。

桓温略一沉思，恍然大悟："此地必是昔日诸葛武侯摆石阵吓退陆逊的鱼腹浦。百年荏苒，上下舟楫无数，我军过境，理应祭拜才是！"说罢，安排三军暂行靠岸。桓温亲率大小将佐登上鱼腹浦。果见有六十四堆乱石，按八卦方位，堆放在江边，杀气腾空，氤氲不绝。偶有江风吹来，贯穿其间，直引得石阵之内轰鸣声不绝，有如千军万马，奔行其中。

见此情景，桓温急令摆下祭物，亲自点燃一炷香，叩拜在地："谯国桓温，立志匡复晋室，愿武侯英灵庇佑，助我平灭巴蜀！"

与此同时，谢安乘坐的马车走出了建康朱雀门。父亲已亡，了无牵挂，他要带着众兄弟、侄儿前往会稽。王羲之告诉他，会稽郊外有一座东山，景致极佳，是隐居的好去处。站在蒋山(今钟山)的山坡上,谢安无限留恋地回望西南方向,夫人刘娥过来替他掖了掖披风。“此地于我终究不合时宜。”谢安笑着摇了摇头……

桓温伐蜀,异常顺利,仅用四个月时间,便一举攻入天府腹地——成都,成汉国主李势抬棺自缚出降。消息传回,江南为之震动。

八 青溪欢宴,桓温野心初显

桓温伐蜀立了大功,按照褚太后的意思,封个征西大将军,镇守荆州已算是恩宠了。桓家是谯郡的望族,也是皇亲,但在褚太后看来,桓温的这个皇亲又隔了一层,这是为何?南康长公主本是明皇帝司马绍之女,司马绍是当今小皇帝司马聃的祖父,小皇帝的母亲自然该叫南康长公主一声“大姑子”。这可比不了辅政的会稽王司马昱和武陵王司马晞——这二位与司马绍同辈,小皇帝得叫叔公,太后得叫叔王。两相比较,大姑子嫁了桓温,就不是司马家的人了,她得为夫家说话,只有像两位王爷这样的司马家的人才最受信任。

司马昱没啥野心,朝野有口皆碑。他觉着桓温是个人物,又是皇亲,笼络一下,必能为皇家所用,所以他再三建议让桓温开府。褚太后想了半天:“会稽王的话也有道理,只是每次在朝堂上,我见到桓元子总是如芒在背,早些年他娶南康长公主,有术士说他面带七星,有帝王之气,先帝闻听担心不已,对他不敢委以重任。现在会稽王建议让桓温开府,这老虎,怕是关不住了。”

司马昱一笑:“微臣也想到了这点,姑且不论此人以后如何,此番平定蜀地,陛下恩宠已达极致,桓温也是好脸面之人,绝不敢轻生二心。让他开府,坐镇荆州,正好察其动静,这可比把老虎关在身边强。”

“既是会稽王有如此周密安排,哀家还有何话可说?准奏!”褚太后同意了。

建康城东郊青溪,桓温府邸。

刚刚入夜,大厅堂屋点起二十四支朱红描金大烛,几位小吏往来张罗,安排宴席,荆州刺史别驾习凿齿、参军孙盛衣着光鲜,站立门边,招呼宾朋。

宽袍大袖、神采奕奕的王羲之第一个到了,他的出现,让桓府众人不约而同迎了上去。习凿齿一拱手:“原来是逸少先生!刚才桓公还在叮嘱我们提前安排车去接,不料这就到了。”

王羲之听出习凿齿在取笑他,哈哈一乐:“习别驾这张嘴,跟着桓公长进不少哇,厉害得很!适才午间多吃了些油腻之物,想必桓公夜宴当会准备一些清淡果蔬吧？”

习凿齿目下位列荆州幕僚之首，称得上是桓温心腹之人。他崇信佛事，待人也如弥勒一般，成天乐呵呵，桓温幕下，数他人缘最好，不过言辞非其所长，行走往来，全凭笑脸一张。今日一见王羲之，想说几句靓话，不料一开口反被王羲之抢白。

习凿齿涨红了脸：“桓公正在后堂更衣，稍后就到。”

王羲之佯作怒状：“让桓元子快些，腹中饥饿，谁耐烦等他？”此言一出，包括习凿齿在内的桓府诸人不由暗自咂舌：也只有王羲之敢将安西将军的表字呼来唤去。”王羲之毫不在乎，索性一屁股坐在了宴席首座。下人们赶紧给他斟了一壶茶小心伺候着。

“桓公今天都请了谁啊？”王羲之微闭二目，从嘴里吐出几个字，这话既像是自问，又像是在问斟茶的家人。这家人才到桓府没多久，却颇懂人情：“今天为了恭祝桓公荣升征西大将军，会稽王司马昱，武陵王司马晞，建武将军、扬州刺史殷浩，尚书左丞王彪之都要来……”

听到这儿，王羲之“哦”的一声，睁开了眼睛：“怎么，陈郡谢家不来人？”家人赶紧说：“您是说谢安啊？数月前就去会稽了，说是给他老父守孝。”王羲之明知谢安此时不在建康，心里却无比盼望他能够在场，脸上露出一丝失望的神色。

“抚军大将军、会稽王司马昱到！”门外大嗓门的孙盛高叫道。

几乎是同一时刻，另一个声音响起：“会稽王驾到，元子有失远迎。”桓温从后堂疾步赶到正厅之外，拉住了司马昱的手。司马昱一向谦恭，朝堂内外对其有口皆碑，盼他登基的呼声很高。司马昱很有自知之明，他真正爱的是清谈，所谓“辅政”，面上功夫做足即可。

桓温亲近会稽王自有他的打算，此番平灭巴蜀，又晋封征西大将军，临贺郡公，日后就要经常在建康走动了，他需要搭建一些人脉。

桓温与司马昱携手步入堂屋。王羲之见好就收，收起那副嬉皮笑脸的模样，站起来给二人施礼。这二位都知道王羲之的毛病，司马昱逗趣道：“好你个王逸少，好好的吏部尚书不做，偏要去做什么会稽内史；做了会稽内史，你又时常不在任上，回建康来做甚？”

王羲之答道：“我生性懒散，又好热闹，一处总也待不长久，家中又无老父，无甚牵挂。”

司马昱丈二和尚摸不着头脑：“此话何意？”他瞧了瞧桓温。

桓温知道王羲之的意思，连忙解释：“谢安的父亲谢裒刚刚故去，他回会稽守孝去了。”

司马昱点了点头：“此乃人之天性，倒也无妨，只是听说安石的本意是不愿在建康城供职，前番我致信于他，竟不留个回话，实在是……”

桓温有心替谢安说几句,见司马昱已有几分不悦,怕破坏了晚宴气氛,忙赔笑道:“啊,安石的事是小事,殿下今日赏光至此才是大事!”

“对极,对极,逸少今日正想就张芝的今草笔法,与殿下讨教一二。”王羲之也过来凑趣。

司马昱本是好书法之人,一听此话,露出笑容,坐在了刚才王羲之坐的首席。

少顷,各位嘉宾到齐。桓温双手互击三下,家人又点上了二十四支朱红描金大烛,整个厅上如白昼一般。有人抬出一口用朱红封皮裹住口子的大缸,放在大厅正中央的空地上。

“此番讨伐李势,在蜀地觅得‘临邛烧春’数瓮,这可是前汉卓文君酿出的上好佳品哟,今请诸位来共饮!”桓温声如洪钟,气势十足。

建康城的名士,哪一个不好杯中之物?见有蜀地佳酿,一个个喜形于色,跃跃欲试。

桓温走近酒瓮,亲自敲掉瓮口的封泥,扯去封皮,一股陈年酒香扑鼻而来。从司马昱开始,每人斟上满满一杯。

司马昱端起酒杯:“诸公!今日我等为着何来?桓公平定蜀地有功,圣上封征西大将军,开府仪同三司,实在是妙事成双。我等敬桓征西一杯!”

“哗”,在场三十余人一齐举起了酒杯。

桓温心里有些得意,端着杯的手微微有些颤抖:“这都赖陛下洪福,诸将效命,列位的关照!”

桓温第一杯酒尚未完全倒入口中,就听见大堂之上一片“好酒”之声。

偏是司马昱心里藏着事儿,酒过三巡,叹了一口气。

声音不大,却被桓温听见,关切地询问。司马昱说:“我晋室虽说偏安东南,倒也百业兴旺、五谷丰登,正是开门纳贤之时,单看今日座中诸位,哪一位不是风雅人物?我想那谢安石,也是丰姿俊爽之人,正值妙龄,怎就不愿意出仕呢?”

桓温眼珠一转,正待回应,只见右边厢一人发话:“依我之见,谢安石徒有虚名,装腔作势耳,这样的人,不用也罢。”说这话的是仪容俊秀、留着三缕短须的扬州刺史殷浩。

年纪不大却是须发皆白的尚书左丞王彪之,也尖着嗓子叫道:“谢安石的才学固然出众,但是个性太强,恃才放旷,这不像是谢家人的做派吧?”他原是王导堂侄,在建康颇有些地位。

这时,席间有人干咳了两声,桓温一看,是后面一排的谢奕。

现场气氛颇为尴尬,王彪之没在乎,继续说:“我当奏请太后,从今以后立一条规矩,凡三次征召不到的,永不录用!”

“哼!”殷浩一声冷笑,“谢安石怕是不止三次了吧?”

在场的大部分人都与谢家有旧,不乐意捧这个场,没接这个话。

桓温见状，拿眼神知会了一下谢奕。谢奕心里明白，放下箸对着席上一拱手："吾弟所为，实有下情。家父新亡，为子者不能尽孝于膝前，亦当守孝于身后。安石并无功名在身，守孝在家也是理所当然。"

"话虽如此，可总该知会一声吧，礼数何在？"殷浩的话明显带着挑衅。

"吾弟性格如此，我也奈何不得。"谢奕赌气说。

"会稽王都请不动谢安，怕是要陛下或者太后亲临啰！"王彪之回应。

谢奕站了起来，众人吓了一跳。

"安石确实无意仕途，家父生前也曾说过此事，诸公就不必再费心了。"

"哎呀，哈哈哈……"座中一人开怀大笑。

司马昱皱了皱眉，不用看，他也知道是王羲之的声音。"逸少，你喝高了吧？"

殷浩等人用鄙夷的眼神也瞧着王羲之。

王羲之慢吞吞地为自己倒了一杯酒，微呷一口："安石不出，自有他的道理，今日不出，安知他日不出？"

桓温瞧着王羲之，微微点了下头。

"今日桓征西这酒，果真不俗，列位，还愣坐着干吗？"王羲之高举酒杯。

桓温顺势也说道："是呀，今日之事，与国事、家事无关，只谈快活！"

司马昱尽管想不明白谢安对征召不理不睬是何用意，但他毕竟不是心胸狭窄之人，也想不到谢安隐居东山，究竟会对朝廷造成什么样的影响。

散席后，桓温留下谢奕、王羲之、刘惔三人在后堂茶叙。

看样子，王羲之喝得有些过量，脸色通红，半倚在竹榻上，整个人昏昏沉沉，口齿含糊地要茶喝。

桓温笑言："还不错，知道喝茶，不是喝酒。"便吩咐家人煮茶替大家解酒。

"真长(刘惔表字)，方才在席上，你怎么一语不发，安石毕竟是你的妹丈？"桓温问一直保持沉默的刘惔。

"哦，"刘惔像突然回过神来似的，"征西不问，我也不好说，无奕(谢奕表字)乃安石长兄，尚且奈何他不得，我不过是征西的连襟(刘惔之妻庐陵公主是南康长公主之妹)，这层关系总不免让人嚼舌。"

"那现在并无外人，天知、地知、你与无奕知、我也知，再加上个醉鬼王逸少。"

刘惔沉吟片刻，言道："安石之志向与征西不同，征西昔日投庾元规，后镇荆州，是要振兴桓氏一门；今谢氏，尚有谢仁祖(谢尚)出仕在外，无奕亦在征西处供职，征西今日之势，如升龙，外人安得不揣度鸡犬升天故事？何况，正如逸少所说，安石今日不出，并非他日亦不出。"

刘惔的前半段话正言中了桓温的心事，让他的脸色有些难看，很快又为刘惔话里的另一层含义打动，他赞许地点点头："是啊，安石有治世之能，现下出仕，只恐无立锥之地哩!”

“几位错爱吾弟了,据说安石到了会稽东山,每日除了为父守孝,剩下的就是纵情山水,饮酒做歌,实在看不出有何长进。”

桓温轻轻一笑,拍了拍谢奕的肩头:“你这个长兄,怎的这么不了解兄弟?”桓温端起家人送上的热茶,饮了一口,“只可惜,谢安石的治世之才,不能为我所用!”此言一出,谢奕、刘惔惊讶万分,桓温自知失口,悄悄一揪躺在边上的王羲之:“逸少公,你家夫人派人寻你回家了。”

王羲之微睁二目:“不妨事,不妨事,今日不回,安知明日不回?”言罢,侧身换了个姿势,打起了呼噜。三人大笑。

因荆州事务繁多,在建康待了三日后,桓温就得逆江返回。

建康城竹格渡外,去荆州的船已驶离岸边,船上的桓温一直瞧着岸边的新亭发愣。谢奕走上前来:“这新亭,每次见到都是这般秀美。”

桓温略一回头:“风景不殊,正自有山河之异。”

谢奕回道:“这句话周伯仁当年也说过。”

“是啊,言犹在耳,如今神州何在？楚囚之泣又何在?”

谢奕应道:“这也是明公伐蜀之初衷吧?”

“如若不抖擞精神,奋力一搏,只怕当年的那种豪气也将随这大江之水一去不复返了。”桓温没有正面回答。

“明公的意思是北伐?”谢奕小心地询问。

“我若先取中原,成都李势必操我后路,他虽已是强弩之末,但偷鸡摸狗的本事还是有的。我先收蜀地,免除后顾之忧,如今只需一心向北,断无不胜之理。”桓温为自己的谋略而得意。

“某有一言,不知当讲不当讲。”谢奕道。

“不必如此,你我名虽上下,实则心腹。”桓温说。

“据我观察,在建康,明公的确尽得荣宠,诸位臣僚也是青眼相待,但是无论太后还是会稽王,都未提及辅政一事。眼下朝中,通晓兵机、长于谋划者,无出明公之右,这一点我想他们都清楚,却又闭口不谈,可见还是对您防着三分。”谢奕分析说。

“那你有何计议?”

“会稽王这个人比较温和,又是皇亲之中少有的明白人,听说就是他奏请为您开府的。咱们不妨以答谢为由去见他,我估摸着他能再替桓公美言几句。不过此事宜缓不宜急,过些时日再去找他。”

“哎呀呀,无奕,没瞧出来,你还有点诸葛孔明的意思。嗯,此计不错,咱们先回荆州,我的荆州兵也需要养精蓄锐一些时日,一面探听建康的动静,一面打探中

原的消息。回去后,可让咱们在青溪的人多留意一下台城的动向。"桓温说。

"遵命!"谢奕一拱手。

"哦,对了,还有安石,你有空再去一封书信,就说如果他能出山相助,我桓元子绝不会负他。"

"这事我只有尽力而为,安石的脾气,明公应有所耳闻,倔得像一头驴。"

一晃一年快过去了,这天,桓温正在荆州府内看书,谢奕风风火火地闯进来:"建康有信来报:会稽王司马昱出任司徒,大肆提拔后进,舍弟谢万就在其列,被聘为僚属。"

"好,大事成亦!"桓温兴奋得一拍书案。说着,递过一封信,谢奕接过正待念出,桓温先自开口:"昨日得到消息,赵天王石虎称帝不过数月即病亡,诸子争斗,内耗无穷,这正是北伐中原的时机!你替我琢磨琢磨,我想亲写一书与会稽王,哦,不,是司徒大人,哈哈哈!"

数日后,桓温已经站到了台城大殿上,面对褚太后、会稽王以及诸大臣,大谈自己的北伐构想:

"微臣以为,石勒、石虎叔侄盘踞中原三十年,虽也号称一国,其背离正统,实为蛮夷之行。今中原向我大晋之心犹在,士民父老盼王师如旱苗之盼雨露。若此时进兵,只消三分气力,无论邺城,就是洛阳,可一举而定。"

七岁的司马聃坐在帝位上,不停地晃动脑袋,让人误以为他不同意桓温的话,桓温也注意到小皇帝这个动作,心里咯噔一下,赶忙继续说道:"军马、钱粮一应之事,臣已筹划好,走淮水,下黄河,漕运通便;赵国人忙于内乱,就是知道了我北伐的消息,仓促之间也难有动作。所谓'兵贵神速、机不可失',请陛下下旨。"

司马聃每天天不亮就要起床、洗漱、更衣、用膳,然后由几个小黄门引着前往台城正殿,在门口,是迎接他的宫内主管,替他整理衣衫,然后自己迈着小方步,慢慢地踱上宝座。早朝开始了,先是各部官员按照惯例汇奏,这些奏章提前都由褚太后看过一次,做出了批复,再交由小皇帝走一走形式。前面奏章忙活完大概得要两个时辰,就是一个成年人都吃不消,何况小孩。司马聃听不懂桓温在讲什么,只觉得耷拉在脑门的冕旒挺不舒服,于是不断摇头想摆脱它。其实甭说他,边上摄政旁听的褚太后也听得昏昏欲睡。

"卿之言何尝不是正理,哀家助陛下辅政以来,夙兴夜寐,还不是想着早日收复中原,将司马家族的香火续回故土?可这事急不得。"褚太后说这话时,故意停顿了一下,她留神观察桓温的动作。

桓温动也不动地跪在地上,褚太后继续言道:"卿驻守荆州要地,乃建康西面门户,事体重大,怎好再让卿远涉江湖,劳师远征,不如另派一人?"

桓温一听就明白了,合着是不愿让我掌握兵权啊。

正待开口,褚太后又道:“诸位爱卿以为如何?会稽王不说两句吗?”

“咳咳,”司马昱清了清嗓子,“北伐是大事,不可等闲视之,征西大将军所奏正合我意,足见报国之心。不过正如太后所言,荆州在建康上游,形胜之地,未可轻举妄动。依我看,莫如派一人,由京口出兵,直捣洛阳,不失为捷径。”

桓温一听此言,大为震惊,他明白,京口是太后之父褚裒坐镇的地方。“这分明是要削去我的兵权!”桓温正想着反驳之词,坐在小皇帝身边的褚太后满意地称赞:“会稽王安排得妥当,那就下诏,让征北大将军褚裒全权统筹北伐一事。”说罢,起驾回宫,小皇帝也由侍臣牵着起身,转向了屏风后。

桓温丧气地低下头,依旧跪在殿上。

司马昱走到他近前:“元子,何故不起?”

桓温抬头看了他一眼,苦笑一声:“殿下好手段!”说罢,起身一甩袖,愤然离去。

司马昱看着桓温远去的背影,摇了摇头。

青溪桓宅内,桓温喝着闷酒,左右谢奕、习凿齿作陪。

习凿齿说:“难道桓公看不出,这是会稽王有意为之,意在报恩于太后?”

谢奕惊讶道:“恩从何来?”

习凿齿笑了,慢条斯理地说:“永和元年(345),当今陛下初登宝位,按照太后的意思,准备征召褚裒为扬州刺史,录尚书事。褚裒这个人颇知好歹,主动上表请辞,让位于会稽王,自己情愿镇守京口。”

桓温自语道:“会稽王德行昭著,褚皇亲却未必能武。”说罢将一杯酒一饮而尽,把酒杯摔得粉碎。

果不出桓温所料,褚裒对于军事的确是外行,他大张旗鼓,率军直取彭城。刚开始,山东一线的百姓纷纷组织义军,褚裒一兴奋,安排人接应,结果中了赵军的埋伏,全军覆灭。更糟糕的是,褚裒仓促北伐前在中原一带散布消息,以致黄河以北近二十万晋朝遗民,纷纷渡过黄河下江淮,要归附正统。如今,北伐失利,褚裒只好眼睁睁看着这些遗民陷入进退两难的境地,结果被困死、杀死、饿死者不计其数。褚裒回到京口后,不断有北边的探马来报告死亡人数,他羞愧至极,一病不起。

桓温乘势上了一表,自荐由荆州出兵,取南阳,走宛城,而后直捣洛阳。甚至他还擅自开出一拨前队,驻扎江夏,准备出奇兵先行。

消息在朝堂上传开,殷浩坚决反对,他认为桓温灭掉成汉后,野心膨胀,企图以征伐之事掌握兵权,日后必生祸乱。“桓元子不听皇命,欲擅自出兵,论律当罚。

北伐乃军机大事，非一朝一夕能完成，臣自请督师，厉兵秣马，以待北伐最佳时机。”殷浩自告奋勇。

桓温得知后，连写三封信致殷浩，为自己辩解，殷浩一概不回。朝堂之上，褚太后、会稽王等人最终接受了殷浩的主张。桓温知事已不可挽回，干脆托病回到江陵，不再去建康搅浑水。

再说殷浩，得到了中枢首脑的一致认可后，被封为中军将军，都督扬豫徐兖青五州军事，一时威风八面。

鸡笼山下的临时行营。正值盛夏，殷浩正在营中闲坐，王羲之摇着鹅毛扇，晃晃悠悠地走了进来。

“渊源（殷浩表字）公，何故还驻扎于此啊？”

殷浩此前没少在会稽王的清谈会上见着王羲之，也算是熟人，知道他现在任的会稽内史是个闲职，成天东游西逛，不屑地一咧嘴：“原来是逸少，不知来此何为？”

“没事，没事，就是过来看看。不知何时北伐啊？自永嘉南渡至今，我等朝思夜盼，就是今日啊。”王羲之有心恭维两句。

“承蒙陛下错爱，某自当竭尽全力，此番北伐，不同往日，想我大晋熊虎之狮，岂是那几个胡儿所能挡得了的？”殷浩神采飞扬。

王羲之觉着好笑，试探地问：“阁下北伐，当从何处进兵？”

“当然是先取许昌，再收复洛阳，修复先朝陵寝。”殷浩不假思索。

“可我听说，中原石氏虽败，但氐人苻氏兴起，现正经略许昌一带。”王羲之不知从哪儿听来的消息。

殷浩一笑：“量此鼠辈，何惧之有？”

王羲之正色道：“渊源公可别小看这氐人，个个能征惯杀，勇武过人。”

“逸少啊，兵家的事可不似运笔写字，笔走龙蛇，瞬间立就。我敢说这大话，是因为我近日得了一员猛将。”

王羲之问：“敢问是哪一位？”

“姚襄。”

“莫非是羌人姚弋仲之子？”王羲之吃了一惊。

“除了他，还有何人？姚襄与氐人素有家仇，他的一个叔叔死在了苻洪手上，他在南下投我大晋时又遭氐人追杀，我用他做先锋，能不效死力？我听谢豫州（谢尚）说过：姚景国（姚襄表字）勇武过人，治军严谨，有霸王遗风。哦，谢尚初会姚襄时，主动撤去帐前卫兵，褪去官袍迎接他。你想谢仁祖何等样人，都这般礼遇姚襄，可见必有过人之处。”殷浩说。

王羲之边摇扇子，边喝着茶，听着殷浩介绍，内心不以为然。殷浩聊了这么一

通，无非是展示自己兵强马壮，然而真正的战略安排，只字未提。想到这儿，王羲之决定对殷浩言明："阁下北伐从广陵走漕运下黄河，最快也要十日才能深入豫州腹地，只恐敌方已有戒备；不如联络荆州桓征西，东西两处同时进兵，方为上策。"

刚才还一张笑脸的殷浩瞬间变了脸色："原来你是来替桓元子做说客的，他自己没能在会稽王跟前抢到美差，却来艳羡我。到头来得了功劳，究竟算谁的？"

王羲之放下了鹅毛扇，一拱手："不才绝非此意，只是见阁下与桓元子为北伐之事争来斗去，担心乱了分寸，我朝自王处仲、庾元规至今，没少吃亏，二位都是一方藩镇，朝堂重臣，万不可意气用事。"

殷浩捋着自己的几根小胡子，一阵干笑："逸少啊，现在天气热，会稽正好避暑。我不妨先预支你些钱物，你回去后替我先写一道奏捷书，要行书哦，如何？"言罢，一阵大笑。

王羲之脸上红一阵，白一阵，话不投机，转身离去。

永和八年(352)九月，殷浩派遣谢尚与姚襄一道先取许昌。果不出王羲之所料，关中苻氏也眼红中原这块宝地，丞相苻雄亲率人马阻截晋军，谢尚大败，退守淮南。姚襄殿后掩护，屯兵在建康上游的历阳。

败报传来，殷浩有点坐不住了，从鸡笼山率人连夜赶到广陵，同时让姚襄也收拾残兵，准备反攻。

历阳城，姚襄营中，身躯伟岸的姚襄背着手走来走去，看样子很是焦急。

一个探马报进营中。姚襄劈头就问："殷渊源有何说？他进兵到何处？"

"他让将军与他会师彭城，还叮嘱您小心着，不然……"探马不说了。

"不然如何？"姚襄瞪圆了眼睛。

"杀，无赦！"

"砰！"帐中立着的一只烛台被姚襄一脚踢到了一边。

"岂有此理，殷浩不过一个耍嘴皮子的，有何能为？前番谢尚兵败许昌，若不是我舍命相救，怕早已全军覆没。我在历阳屯田练兵，岂是为了贪图安乐，氐人也是我羌人的仇人，我时刻不忘杀回去！不料此人竟疑心于我！"姚襄怒不可遏。

站立一旁的姚苌说话了："兄长，看来晋室也不能容我，我等何处可去？"

姚襄扭过头看着兄弟，不禁掉下了眼泪："贤弟，是我失于安排，轻信了汉人的许诺。我携家带口地南奔，希望有个好去处。可南人还是从骨子里瞧不上羌人。也罢！"姚襄"噌"地拔出佩剑，"殷浩是个书呆子，正好杀他个措手不及。"

"事到如今，拼个鱼死网破，或许能有一条出路。"姚苌点头道。

五日之后，淮北山道上火光冲天，殷浩中了姚襄的埋伏，险些丧命，整个北伐陷于瘫痪。

九 曲水流觞，谢安咏心志

武昌，初春时节。桓温在江畔南楼设宴，款待幕僚，唯独谢奕没到。

桓温手捻长须，笑道："我的世外司马今日为何没到？莫非真的去了世外？"众人大笑。随着丝竹声起，十位歌姬，浓妆艳抹，一袭翠绿色衣衫款款登场。

一曲唱罢，掌声四起，桓温正要吩咐看赏，谢奕急急赶来，袍袖甩动起来打在了几个歌姬的脸上，方才还和谐的场面一片混乱，桓温嗔怪道："我征西大将军府上的人遇事怎能如此失态？"

"不过一桌酒，在下明日再陪桓公饮几杯便是，现有大事相告。"谢奕好喝酒是出了名的。

"哦？又寻得一瓮佳酿？"桓温打趣说。

"非也，殷浩在淮北被姚襄反戈一击，大败亏输，死伤达万人。双方正闹得不可开交，殷浩退兵至谯城喊冤，姚襄在盱眙，直接告到了太后和会稽王面前，说殷浩陷害于他！"谢奕一口气说完。

桓温不由得拊掌大笑："殷渊源这个呆子。幼年时我曾与他共骑竹马玩耍，我丢弃的竹马，他总是拾回来接着玩，这么多年了，他还是不如我啊！"

桓温把手一挥，歌姬尽数退出。"咱们就要回建康了！"桓温胸有成竹。

会稽东山的谢宅。清晨时分，谢安推开窗户。

早春二月的雾比冬日更浓，笼罩着整个东山，似一夜好梦初醒半推半就不愿起身的少女。早起的樵夫在山崖边举斧折枝，"咔咔咔"的声音和着黄鹂的啼叫，让人心旷神怡。

谢安从书架上抽出一卷《道德经》，大声诵读起来："不尚贤，使民不争；贵难得之货，使民不为盗；不见可欲，使民心不乱。是以圣人之治，虚其心，实其腹；弱其志，强其骨。常使民无知无欲，使夫知者不敢为也。为无为，则无不治……"

老家人谢福走了进来："老爷，谢尚大人有书信到了，好像出了什么事。"

"我已知道了。"谢安叹了口气，"大家兄本不是这块料，强令领兵，致有此败。"

"听说，因为谢尚大人找回了丢失已久的传国玉玺，抵了兵败之罪，还被封为给事中了呢。"谢福欣喜地说。

"哼，"谢安不以为然，"败军之将，区区小功，有何可炫耀？"

谢福连忙闭口。短时间的沉默,谢福又说:“对了,老爷可别忘了,王右军(王羲之新拜右卫将军)回到会稽已经半月,说是今日要来拜访呢。”

“不是说二月十五花朝节吗?”谢安问道。

“今日正是二月十五。”

“哎呀,你看我,这东山才一日,世间已数月!快快打扫门庭!”谢安一拍脑门。

辰时刚过,山中的雾逐渐散去,山道上走来两个人,甚是轻盈。待来人走近,才辨识出是一僧一士,衣带飘逸。谢福早就在门前恭候,见二人走近,上前施礼:“右军大人远来,家主已恭候多时了。”又瞧了瞧和尚,“这位是?”

王羲之拉过和尚的手:“这位是中原来此游历的大德,久闻谢安石之名,特来拜访。”再看那和尚,满面春风,一双眼睛极为有神,尤其是两道浓黑的眉毛,眉梢飘洒而落,宝相庄严之下,仿佛藏着无数玄机。谢福知道是位高僧,赶紧迎二人进府。

刚入正门,谢安便迎上前来。“逸少兄,你去一趟建康,就是大半年,让人好生挂念。”他注意到了和尚,不由得多看了几眼,王羲之故意卖个关子:“今日特为安石引荐一位贵客,你可猜得出他是谁?”

谢安也不回他,依旧上下打量着和尚,和尚也来了兴致,非但不怪,反而闭起双目,平心静气地任由他看。谢安瞅了半天,不由得仰天大笑:“今晨大雾漫山,可知春晖灿烂,目下迷雾将尽,岂非光华耀眼?”

和尚缓缓睁开眼睛:“人说谢安石风神俊雅,果然名不虚传。”

谢安一拱手:“不知道安法师光临,安石有失远迎,还乞恕罪。”

和尚一愣:“你怎知我的法号?”

谢安一乐:“法师的双眉闻名天下,谁人不知?况且半月前逸少曾告知我要从建康携一高僧来访,我寻思目前在江南漫游,又能入王右军眼的,非释道安莫属。”

释道安大笑:“东山出了个谢安石,江南半壁也就亮堂了一半。”

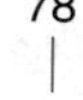

谢安谦逊地摆摆手,把释道安和王羲之让进了正厅。

释道安,俗家姓卫,本是儒家子弟,幼年父母双亡,由亲戚抚养。七岁能读《尚书》、《诗经》,记忆超群,看上两遍就能背诵,十二岁时出家为僧,起初不为师父看重,安排他去挑水劈柴、打扫庭院,他也不计较,每天勤勉有加、孜孜不倦,三年后师父终于开始为他讲解经书。之后,释道安来到邺城,拜来自西域的大德佛图澄为师,学问大长,随后释道安担任受都寺住持。不久,赵国皇帝石虎病亡,释道安知国难当头,云游四方。一月前辗转来到江南,在建康结识了王羲之,在王羲之的极力邀请下,前往会稽一游。

这些过往,谢安不全知道,但是对释道安数年来对于佛法的普及和宣扬很是欣赏，他问释道安："法师初到江南，所见风物毕竟不同中原，教化大众是否别有方法？"

释道安道："中原江南本一蒂双花，世人皆向善，苦于战乱，才一分为二，但贪嗔痴随处可见。贫僧不才，只希望能将佛经中的玄妙义理讲出来，造福众生。"

谢安不住地点头："法师之志可嘉，想我大晋立国八十余年，杀伐征战不断，这既与圣人倡仁义治国相违，又与佛法之诸恶莫作相悖。安石愚钝，苦无一策救苍生，法师慈悲，必能教化吾民。"

释道安说："不依国主，则法事难立，贫僧所为，无非是搭建些基石，若众人拾柴，则火燎于原。"

王羲之接口道："江南清幽，暂无兵戈，法师在此可放心修行，此间高士甚多，或可一叙。"

释道安微笑不语。谢安觉得释道安还有话要说，正待他发问，却不料这和尚换了话题，聊起江南风物来。

王羲之一拍大腿："似此大好春光，岂可辜负？离东山不远有一兰渚山，山下有一亭，名曰'兰亭'，背靠青山，亭下有溪流绕过，景致甚好。三月三将近，法师又在此处，莫如我做东，邀请会稽名流，在兰亭行修禊事，何如？"

释道安一皱眉："这'修禊事'作何道理？"

"此乃中土风俗，意在用水祛除不祥之物，法师届时光临，一看便知。"谢安解释说。

"不祥之物在何处？"释道安追问。

"在此间耳！"王羲之指着自己的头回答，三人大笑。

兰亭，一向是会稽郡辖下山阴城士民春日踏青的绝佳去处，永和九年(353)三月初三，这里异常热闹。

江南的青绿已爬上枝头，碧空如洗，溪流淙淙，兰亭前的小路上，衣着轻便的士子纷至沓来。

谢安同弟弟谢万、侄儿谢玄(谢奕第三子)下得车，一眼瞧见王家七个小辈忙着在兰亭台阶下迎客，唯独不见王羲之。谢安瞧着年龄最小的王献之，无可奈何地一笑："逸少今天是把家底都亮出来了，小七才九岁，哪里懂得喝酒吟诗。"

谢万也笑了："兄长为何不把胡儿(谢朗小名)、封儿(谢韶小名)他们几个也叫上，只单单带了最小的遏儿(谢玄小名)？"

谢安望了望年方十岁一脸朝气的谢玄："其他几个毕竟见得些世面，遏儿嘛，我是有意让他来的。"话锋一转，谢安叹了一口气："让几个孩儿出来接客，也只有逸少想得出来，我谢家家规可不许如此哦，今日我带遏儿已算是破例了。"

正说着，王献之走到谢安近前，小手一拱："安石叔，小侄这厢有礼。"

谢安瞧着他，故意脸色一沉："官奴（王献之小名），你不在家中用功，到此作甚？"

"家父让我出来和众位兄长一道会会各位叔伯，他说书少读几本也无妨，人倒是要多见的。"王献之恭敬之中带着几分自信。

谢安很喜欢这王家小七，觉得举手投足很有其父之姿。他转身让谢玄与王献之见礼："遏儿，你比官奴大一岁，以后还要以兄弟相称。"两个小孩儿过来手挽着手，分外亲近。

这时，王家老二王凝之跑了过来："官奴，速去准备，爹爹与贵客将至。"一抬眼看见了谢安，忙施礼："叔平见过安石叔。"

谢安略一回礼："叔平，今天都来了些什么人？"

王凝之回道："左司马孙绰、山阴孙统、会稽许询、散骑常侍郗昙、尚书郎曹茂之、陈郡袁峤之、颍川雅士庾蕴、郡功曹魏滂、余姚令谢胜、上虞令华茂，还有些人我也不知，听说还要来一位高僧，叫释道安。"

"逸少，你总算来了，让我们好等！"一个洪亮的声音响起，众人循声音望去，说话的正是孙绰。

王羲之与释道安携手来到兰亭下，与众人施礼。王羲之一副主人派头，谈笑风生，应对自如；释道安虽是得道高僧，见惯世面，面对江南士子这般无拘无束，倒是头一遭，有点不知所措，只是双手合十，面带笑意。谢安赶紧走到近前，与释道安见礼，和尚高兴道："贫僧今日方才见识了江南高士的丰姿，真乃雅乐之故土也！"

"法师，好戏还在后头呢。"谢安笑道。

不一刻，众人在兰亭下聚齐，王羲之站在中央，朗声言道："诸公，今日兰亭小聚，为的就是这'修禊事'，我已让人备好羽觞、莲叶，我们沿溪流席地而坐，来一个曲水流觞，也不负这春山春水春一场啊？"

众人齐声叫好。大家三三两两坐到了溪流旁。

王羲之本想让释道安上坐，和尚因为初来乍到，谦让一番，终究是王羲之坐了。王羲之请释道安屈尊在其左边约三尺的地方落座，谢安坐到和尚之左。

"安石公，这'曲水流觞'可有何说道？"释道安侧身问。

"法师有所不知，这是前日逸少所言'修禊事'的一个大节目，需寻得一处宛转奔流的溪水，在上游水面放置一片荷叶，再将盛满酒的羽觞搁在上面，借助水流让其顺流而下，羽觞经过谁的面前，或是打转或是停下，那人就捞起来，按规矩赋诗一首，作不出诗者罚酒一斗。"

"好一个雅致的'曲水流觞'！"释道安赞道。

待到客人坐齐，王家家人打开一坛陈年老酒，琥珀色的酒液淌入一只大号的

金漆羽觞中，王羲之端在手中，朗声道："诸公，'修禊事'——起！"按规矩，曲水流觞的发起人是要先吟一首诗的。

王羲之略一思索，吟道：

"代谢鳞次，忽焉以周。欣此暮春，和气载柔。咏彼舞雩，异世同流。乃携齐契，散怀一丘。"

此刻，周遭安静异常，只听见黄鹂鸟在枝头啼叫这大好春色。

猛然间，孙绰叫出一个"好"，众人刚要鼓掌，只见王羲之一抬手："慢！"只听他继续吟道：

"仰望碧天际，俯瞰绿水滨。寥朗无涯观，寓目理自陈。大矣造化功，万殊莫不均。群籁虽参差，适我无非新。"

见王羲之不到一刻就已赋诗两首，众人莫不赞其才思敏捷。

王羲之环视四下，脸上露出几分得意。他从一个家人手上拿过一片硕大的莲叶，弯腰将其轻轻摆在水面上，不让一丝水花溅上叶面，然后再将羽觞置于上。由于莲叶体积较大，由漆木打造的羽觞放在上面，分量根本不值一提，平平稳稳。

恰好一阵风掠过兰亭，风助水势，水借风威，莲叶托起羽觞，径自往下游漂走。

莲叶载着羽觞漂到了释道安坐的位置，却并未停住，继续往下，正好来到谢安面前。说来也奇，莲叶像是遇见礁石一般，竟缓缓停住。谢安见状，捻须微笑，慢慢站起，背过身去，瞧了一眼兰亭，脱口吟道："相与欣佳节，率尔同褰裳。薄云罗阳景，微风翼轻航。醇醑陶丹府，兀若游羲唐。万殊混一理，安复觉彭殇？"

看似几句轻描淡写的玄言诗，此情此景已凝练其中，连作诗的行家孙绰都挑不出什么毛病，只是拍手称赞。

谢安重新坐下，将搁浅的莲叶轻轻一推，托着羽觞又动了起来，接下来在郗昙处停下，他也吟诗一首。

再往下，羽觞正好停在孙统与孙绰两兄弟之间，二人正品尝着会稽贡瓜，谁都没留神，极力抵赖。孙绰嗓门大，叫道："不算，这个不算。"性格略显内向的孙统，声音被弟弟压制住，急得面红耳赤。

众人也不好帮腔，乐得在边上看热闹。

王羲之见二人争执不下，忙道："二位听我一言，一人一首，如何？"

众人齐声赞同。孙绰拍了一阵脑门，一合手掌。"有了！"吟道：

"春咏登台，亦有临流。怀彼伐木，宿此良俦。修竹荫沼，旋濑萦丘。穿池激湍，连滥觞舟。"

王羲之连连拍手："虽是大白话，却也工整。"

孙统不甘示弱，在弟弟吟诗之际已然作好，不等众人提醒，开口道：

"茫茫大造，万化齐轨。罔悟玄同，竞异摽旨。平勃运谋，黄绮隐几。凡我仰希，期山期水。"四众喝彩一片。

接下来，羽觞停在了余姚令谢胜身前，此公平日多以狎妓为乐，很少作些诗赋，不得不罚酒一斗。

羽觞最后漂到了末座谢玄的位置，又一次停住。谢玄急得抓耳挠腮，众人见小孩一脸窘相，十分有趣，忍不住哄堂大笑。

一旁的王献之赶紧上前抢过酒杯："兄今日有难，弟当解之。"言罢，一扬脖，喝了个底朝天。

见这两个小孩一唱一和，众人不禁称奇。谢安与王羲之交换了一个眼神，彼此会心一笑。

这时，王献之让家人摆上笔墨纸张，准备将父亲刚才吟的那首诗誊写下来，谢安走过去故意问道："官奴啊，你与你父的书法孰优孰劣呀？"

王献之一抬头："小侄与家父之字大不相同！"

王羲之一听这话，心说：谢安石这是有意为难我儿，也罢，待我也取笑一下他家的孩儿。"他走向谢玄，提高声音问道："遏儿，可否写几个字与官奴比较一二？"

谢玄站起身，丝毫不见刚才的狼狈样，一甩手："我与官奴之字亦大不相同，难比！"

王羲之无言以对，愣在了那儿，其他人恶作剧似的笑起来。谢安满意地一瞧弟弟谢万，轻声言道："芝兰玉树当如是。"

半个时辰过去了，羽觞里的酒竟还剩下三分之一，在座诸人文才难分伯仲。

正当众人起身歇息之际，王羲之想起一桩心事，拉着谢安问道："安石，我这次子叔平，年已十四，可堪配令侄女？"

谢安吃了一惊："道韫年才十岁，怎能攀比令郎？"

王羲之被这马屁拍到了心坎上："何出此言？为两家千秋之事，安石今日一定得给我一个说法。"

"若真的要为道韫选一位夫婿，官奴倒是不错。"谢安大笑不已。

王羲之脸色一沉："公醉矣。"接着自己竟"扑哧"一下笑出了声，"官奴我另有安排，但叔平之事，望安石千万放在心上哟。"

谢安明白，王羲之提出这桩儿女婚事，其实另有隐情：王家七子各有千秋，唯独王凝之稍显异类，沉默寡言，为人木讷，王羲之很为这个儿子操心。尽管谢安未入仕途，却洞见了建康的局势：司马家族、褚家、桓家各怀异志，暗流之下藏有波涛，他潜居东山，实有苦衷，是以退为进还是避祸远遁？自己也没完全想好。但是与王家联姻，即便于他本人意义不大，对整个谢家是不无裨益的。

谢安正想着，王羲之转身走入了兰亭，王献之、王凝之左右伺候，一人研上松墨，一人铺上剡纸。王羲之对诸人言道："今日光临兰亭盛会者，四十有二人，作诗者二十六，也算千古一会。依我之见，今将诸公所作结成一集，逸少不才，代作一序，以全今日之乐。”大家纷纷赞同。

只见王羲之提起自己珍爱的鼠须笔，思索片刻，抖腕挥毫，翩若惊鸿，宛若游龙，不消一刻，成文：

> 永和九年，岁在癸丑，暮春之初，会于会稽山阴之兰亭，修禊事也。群贤毕至，少长咸集。此地有崇山峻岭，茂林修竹；又有清流激湍，映带左右，引以为流觞曲水，列坐其次。虽无丝竹管弦之盛，一觞一咏，亦足以畅叙幽情。是日也，天朗气清，惠风和畅。仰观宇宙之大，俯察品类之盛。所以游目骋怀，足以极视听之娱，信可乐也……悲夫！故列叙时人，录其所述，虽世殊事异，所以兴怀，其致一也。后之览者，亦将有感于斯文。

一文既成，王羲之很是兴奋，让家人换上大盅，与宾客同醉。

谢安没去凑这个热闹，在边上端着酒杯，若有所思。释道安走到近前："安石公，今日快乐否？"

谢安一笑："法师在江南弘扬佛法已有数月，对此地士民有何点拨？"

释道安没饮酒，手里端着王羲之单独为他准备的"沉香百花露"："贫僧能够奔波于各地，全赖吾师佛图澄之教诲，他是西域高僧，总想凭一己肉身之力，化解征伐杀戮，他以为眼见必为实，可贫僧却以为，眼见未必为实，更何况世间多口是心非之辈，所以贫僧打算在华夏走上一走，洞悉人心。"

谢安点点头："这人心二字易识不易得啊，得民心者得天下，佛法如果能深入人心，也可算得天下了。"

"我佛释迦牟尼向来以天下为念，却不是得之，而是予之呢。"释道安笑着解释道。

谢安自知失言，脸一红："法师若不嫌弃，明日请到舍下一叙，如何？"

释道安双手合十："贫僧正有几句心里话想要说与安石公听。"

次日，释道安果真来到东山拜望谢安。经过两次接触，二人都觉得对方似有肺腑之言要说，因此免了客套，直入正题。

"安石公可知天下大势？"释道安开门见山。

"某深居东山，不知大势如何，望法师教我。"

"贫僧此次江南一行，见此间的确是钟灵毓秀，各路高士之丰雅让诸胡望尘莫及，只是依我看，大晋依赖大江之险，聊以自保，中原虎狼成群，时刻不忘南下。"

"试问中原虎狼之势如何？"

"前十年，中原一直为石赵所据，然月满则亏，石季龙（石虎）一朝丧国，冉闵、

慕容儁分而食之,逐鹿河北,关中三秦王苻洪亦有野心。如今,辽东慕容氏已历三世,国殷民实,一战破冉闵,于中山称帝。再往西看,苻健继苻洪遗志,陷长安,自立为帝。如今天下已是三分割据。”

“有趣,与汉末竟是如此相似!”谢安没想到这个看似脱离俗世的和尚居然对天下大势了如指掌。

“依法师之见,这三分,终究是要归一的,只是不知是哪一家?”

“三十年内南北必有一战,到那时自有分晓,若一方有识之士肯顺应天时,伺机而动,一统华夷也非难事。”说着,释道安的双眼直视谢安。

谢安回避过释道安犀利的目光,将视线慢慢地移向窗外,投到远处:“安石身处东山,心如灰土,若他日有缘,或再与法师论道于中土!”

殷浩北伐兵败还朝,被贬为庶人,建康已无人可用,会稽王司马昱和褚太后只好授予桓温绝对的兵权。经过多年的养精蓄锐,桓温练就了一支强悍的荆州兵,于永和十年(354)二月从江陵出发,兵锋北向,目标长安。

第二卷　桓温专权

一〇　兴兵北伐，长安近在咫尺

有着五百年历史的上林苑旧址，又迎来了一年的春蒐。身着一身金色袍铠的苻健骑在马上，威严地注视着众臣僚向着一群野鹿、野兔追逐过去。

人群中有一匹乌骓马格外矫健，它朝着两只麋鹿紧追不放。别看麋鹿呆里呆气，一遇危险，警惕性十足，两只鹿像商量好的一样，疾跑一阵后突然各自转向朝不同的方向奔去。乌骓马晚到一步，只好郁闷地打着响鼻。马上那人一声冷笑，猛抽一鞭，朝右手方向追去。

这只麋鹿大概没料到乌骓马会赶过来，略一迟钝，腿有些发软。乌骓马上的人从身后拉出长剑，径直扔了出去，"噗"的一声从麋鹿咽喉处穿入，带血的剑尖从后颈上冒出，麋鹿绝望地睁着眼睛，身子歪倒在地上，四蹄无力地蹬了一会儿，不动了。乌骓马跑到跟前，一个转身，马头朝向左边。远处的那只麋鹿似乎感受到了同伴垂死的意念，停下脚步呆呆地望着这边，马上那人张弓搭箭，手一松，一箭正中麋鹿额头。

猎场一阵欢呼，太师鱼遵缓缓骑行到苻健跟前，脸上充满诡异的神色，他压低声音："淮南王（苻生）勇冠三军、嗜杀不仁，愿陛下先安置之。"

这时，一旁的太子苻苌也斩获了一只野兔，随行的东宫侍卫爆发出一片呐喊声。

苻健不以为意："我大氐族的子孙就得像山一样高大雄浑，像水一样矫捷迅猛，长生（苻生）必是安邦定国的良将。"

"万一陛下百年之后，无国可定、无邦可安，淮南王必为乱国者。"

"你！"鱼遵的话激怒了苻健，他正要发作，侧后方跑过一匹赤兔马，上面一人，单看面相略有些老态，奇异的是，此人的身子比一般人都要长。"陛下，御史台上了奏章，说去年长安城瞒报丁数的大户有三百余，御史台请示，作何处理？"

"有多少氐人？"

"近七成！"

"御史台的意思是？"

"择其瞒报多者，斩；余者流放！"

苻健一个激灵，他知道这些高门大户都是随着父亲苻洪打江山的功臣宿将，难道就因为瞒报人丁躲避征兵而尽数杀掉？

"愿陛下法令如一！"那人看出了苻健的犹豫，坚定地说。

苻健只好点了点头，挥手让那人退下。

“文玉知书识礼，怎么看怎么不像我氐人子孙。”苻健这话既像是在问身旁的鱼遵，又像是在自问。

“依臣看，少爵主颇有异相，说不定……”鱼遵欲言又止。

这位少爵主正是苻坚，他是苻健之弟东海王苻雄的次子，表字文玉，这一年才十六岁。

峣关（今陕西蓝田南），自秦以来就是关中平原的东南要塞，此时，东晋征西大将军桓温的四万荆州兵正聚集于关下，他面对的是由太子苻苌、丞相苻雄、淮南王苻生等率领的五万氐秦精锐。

自从江陵出兵起，桓温已率军连续征战两个多月，取武关、占上洛，几乎没遇到抵抗。

骑在银鬃马上的桓温举起了湛卢剑，让士卒列好战斗队形，准备冲击峣关之下氐人的方阵。生来就一只眼的苻生见惯了两军阵前这种排山倒海的气势，丝毫不显胆怯，他嘴角往上一翘，拿起他的宝刀。几乎同时，两位主帅落下了手中的兵刃，双方士卒像两股潮水，呐喊着朝彼此冲了过去。

混战中，桓温发现，之前在上洛低估了氐人，眼前这支队伍才是真正的劲敌，他赶紧招呼统领“飞蝗队”的侄儿桓石虔到前阵来。年方十八岁的桓石虔身长八尺，生得细腰扎背，不骑马，立在牌刀手身后。他一挥令旗，箭如雨下，秦军一阵大乱，晋军瞬间取得优势。

苻生拨开混乱的士卒，冲到阵前，身负箭伤的苻苌刚被人搀下马来。“啊！”苻生大吼一声，摘取重铠，单手提刀，又从近侍手里夺过另一把刀，翻身上马，“氐人的子孙，为了这来之不易的土地，跟着我冲！”他带着一支敢死队迎了上去。

受到苻生的感染，刚才被晋军“飞蝗队”射退的秦军又恢复了斗志，再度与晋军拼杀在一处。

桓石虔回头看了看叔父，有点不知所措。桓温不慌不忙地把袍子裹在铠甲里，走到擂鼓助威的士卒近前，要过鼓槌，亲自擂动。桓石虔机警地大喝起来：“征西将军助战了！”

前方的士卒听到了这不同寻常的鼓点，像后背突然被人猛推了一把，抡刀的把胳膊抬高了，使枪的把枪头抖得更厉害了！

正在这时，峣关一侧的秦军乱成了一锅粥，紧接着，一面“桓”字大旗亮了出来。“中计了，有伏兵！”督阵的苻雄见势不好，一面招呼手下迎战，一面向前队的苻生鸣金。

晋军反扑的态势愈来愈猛，苻生心急如焚，又听到退兵的信号，不知道出了什么事，只好往后败，把后队秦军的阵势冲得大乱。“峣关保不住了，撤！”苻生招呼着苻雄等人。

硝烟散尽,桓温乐呵呵地迎向那支伏兵的领头将领。“幼子,来得正是时候啊!”一脸卷曲胡子的桓冲和桓温生得极像,只是小了一号,二人亲热地牵手回营。原来,桓冲的人马是桓温从上洛出发前就安排好的一支策应部队,他们抄小路赶到峣关一侧,伺机攻击秦军的侧翼,不料竟收到了奇效。

败报如雪片一般送进了长安城,苻健皱起了眉头。一班臣僚有建议再度发兵的,也有建议放弃长安的。苻坚奏道:“陛下,晋人势大,更兼桓温善用兵,莫如将渭水以南,浐水灞水一线驻军平民一并迁入终南,野外田舍付之一炬,如此可保长安。”

“我堂堂氐人绝无怯阵一说。”苻健看也不看侄子,两眼眯缝着瞧着墙上的地图。“让淮南王和丞相收拾人马在灞桥再战,若败……”他停了半晌,也没说出那个字。

灞桥横亘,也抵挡不住晋人的决心,很快,桓温的大队人马推进到了灞上。苻健这才体会到苻坚“坚壁清野”的用意,无奈之下,留下了六千老弱固守长安内城,其余都交给大司马雷弱儿,让他与苻生、苻雄的败兵在外城修筑最后的工事。

长安近在咫尺,桓温很是得意,他下令三军扎住在灞上。桓石虔向他请示下一步行动。

“不慌,先在这灞水之滨休整些时日,看秦人动静!”桓温手一摆,“兵贵神速,若拖延时日,氐秦缓过气来,他占有天时地利人和,我军就不好办了。”

桓石虔猜不透叔叔按兵不动的真实用意。桓温并没打算渡过灞水的,他一面派参军孙盛拟文晓谕三辅各处归降,一面贴出了求贤令,以稳定民心。

晋军在灞上一待就是半个月,每天清晨桓温都要换上便服到辕门外走上一遭,看有无人揭榜。第十六天头上,桓温走出辕门,见那纸求贤令在关中平原的季风里显得孤单异常,桓温叹了一口气,正待上前去将榜文正一正,身后传来一阵喧哗之声。

只见是一行人推车赶羊朝着大营而来,车上插着一面写有“犒劳王师”的黄旗。为首两名老者在士卒的指引下,直接向桓温跪下。“不想今日复见王师啊!”其中一位未语泪先流,桓温赶紧搀起。另一位貌似是三老,说起话来一字一顿:“桓公兴义师,解黎民倒悬之苦,关中本是丰饶之地,奈何苻氏已先将钱粮一应之物纳入长安城中,我等便将各自家中积蓄多年的肥羊陈酿拿来以献王师!”

桓温的心里也不是滋味,拉住几位老人的手,再三称谢,吩咐士卒预备些布帛和酒饭款待。

众人散去,桓温转身想回大帐,无意间却瞅见辕门外的一株柳树下斜靠着一

人,粗布宽袍,甚是寒酸。不过此人衣着虽简陋,举止却不似一般百姓,他一双眼睛一直在打量着军营,偶尔碰到桓温的眼神,也没有回避,反而用一种温和的目光迎上去。桓温断定此人绝非常人,或是细作,或是……他精神一振,悄悄叮嘱士卒。

不大会儿的工夫,辕门口那人被带了进来,此人岁数不大,皮肤黝黑,身材挺拔,仪表堂堂,和刚才一样,他并不憷生人,反而和桓温对视着。

桓温走过去,围着那人转了一圈,猛地一拍桌案:"大胆细作,竟一人至此窥探军机,还不从实招来?"

"哈哈哈……"那人一阵大笑,"停驻灞上半个月未进一步,有何军机可言?"

桓温一愣,刚才严厉的眼神慢慢和缓了下来,他换了一副笑容:"这位先生到此,大概不是为了与我探讨军机吧?"

"人都说桓元子礼贤下士,看来这求贤令也是徒有虚名,我还是回山吧!"那人拱拱手转身欲走。

"哎,先生既然来了,何必急着走?没揭榜文,却一样是桓温的客人,稍坐片刻,我还有话请教!"桓温一招手,左右让座。

片刻工夫,酒席已经摆上。"我还不知先生的大名呢?"桓温举起了酒杯。

"在下王猛,字景略,青州北海郡人士,乃一介平民。"

"观景略先生气宇不凡,谈吐不俗,就算不是天子阶前客,也是公卿座上宾吧,怎么……啊……"桓温手指王猛的衣服,故意皱了皱眉。

"哦?桓公是嫌弃我又穷又脏?"王猛歪着脑袋问,"唉!想我王猛幼年也曾苦读诗书,数年前到邺下,石季龙昏聩好杀,群僚钩心斗角,夜夜笙歌,哪里顾得上招呼我一个穷书生?唯独侍中徐统邀我至家,说我有异相,但中原不是我待的地方,徐公告诉我,'一路西去,自有好去处',于是我便入函谷关,没想到关中也是处处厮杀,如今权且居西岳。"王猛不等桓温回答,自顾自地讲开了,右手还不自觉地伸进中衣抓挠。"这只知读书啊,没想到养成今日之患。"

"我素知徐统有识人之明,想来正应在景略先生身上。昔日碌碌无须……"桓温误以为王猛是在感慨怀才不遇,却见他已把右手伸出中衣。"我是说它,大患啊,哈哈哈……"王猛右手掌心里的竟是一只肥大的虱子。

桓温也笑了,二人举杯一饮而尽。

"近日闻听桓公招贤,特来一访,不想竟在辕门外与公巧遇。"

感受着王猛不羁的性格,桓温心里升腾起一股暖意。虽然桓温目下权重一方,在江南却难入王侯高士之眼,他深知要想掌控全局,一则在朝要有重臣支持,二则在野要有智囊相助。智囊何处寻?桓温挖空了心思想要谢安入幕,就是这个道理。及至今天遇到真性情的王猛,内心难免生出感慨来。

桓温有心试一下王猛,他凑近一步,亲热地说:"景略啊,我奉天子命,统帅数万精兵北伐，这是替天行道、吊民伐罪之举，为何时至今日，却无人到我这里揭榜啊？”

王猛抿了一口酒，两眼直视桓温：“公不远万里深入关中，长安就在眼前，须知苻健立国不久，此地豪强并不服他，此时若公振臂一呼，不出三月，关中可定。可是如今，公并没有一鼓作气渡灞水而下长安，我辈皆不知公所想为何。”

正如在刚到灞上时，拒绝桓石虔进兵的建议一样，从桓温内心来说，北伐不过是做做样子，他想借此赚取功名，为日后的计划打下基础。就算此行收复长安，到头来这些地方还是掌控在司马家族手中，桓温白白耗费了精力与钱粮。与其为他人作嫁衣，莫如养敌自重。究竟如何“养敌”，又不给人以口实，这让桓温大伤脑筋。今天被王猛一眼看穿，他一时不知如何应答。

沉默了好半天，桓温看了看依旧用一双热切的眼睛瞧着自己的王猛。“景略之见识，江南无人能及啊！”他忍不住感慨道。

言下之意已经很明显，但是王猛并没有起身，他稳稳当当地坐着，右手轻轻地敲着几案。桓温忍不住了，站起身来对着王猛施了一礼：“如景略不嫌，可否留我身边，助我兴北伐大计？”

“唔？”王猛也站了起来，看样子尚有疑虑，桓温赶紧说：“官职嘛，我现在就任命你为边疆都护长官，助我管理关中。”彼时东晋尚未在关中设刺史部，都护长官相当于州刺史，为了留住王猛，桓温费尽心思。

王猛也是心潮起伏，他想起自己在邺城所遭受的白眼，想起徐统那句“西去自有好去处”，难道我生命中的明公就是桓温？王猛在心里不停地问自己。可是当自己建议让桓温渡灞水、袭长安时，桓温露出了犹豫不定的神情，似有苦衷，难道他还有所隐瞒？

想到这里，王猛的内心掠过一丝阴影，他觉得自己不该来灞上……

“蒙桓公不弃，只是景略才疏学浅，身子又弱，在关中散漫惯了，怕是难以适应江南。勿怪勿怪！”王猛这句“难以适应江南”，既是托词，又是实情——他素知建康高门倾轧，桓温今后将要面临内斗，岂能专注北伐大计，到头来怕是自己的一腔报国大志要付诸东流。

王猛不敢想得太多，他只是觉得桓温是个危险的角色。

桓温脸上露出失望的神色，他本打算再劝劝王猛，可话到嘴边，又咽了回去。

天色将晚，桓温送王猛出了辕门，他让士卒预备盘缠，王猛谢绝了。桓温拉着他的手说：“景略与我相识于匆匆，离别在须臾。君之良言，我将谨记。”说着，他解下腰间的湛卢剑，“此剑乃我汉人血脉之物，始于刘琨，后流落到江南，我年少时曾带着它从逆臣王敦处脱身，后携带其杀敌立功，今与景略一见如故，特赠予阁下，望身虽在彼，不可忘此！”

王猛不再推辞，接过湛卢剑。“桓公厚意，猛当谨记，若有朝一日能出将入相，

当与江南世世通好,永不争战!”桓温先是一愣,随即哈哈大笑。

王猛朝桓温拱了拱手。“猛临别还有一言,公与氐人对峙灞水已有半月,军粮想必已告罄,此取祸之道。倘若氐人坚壁清野,晋军将饿死,望公思之。”说罢,头也不回,拱手离去。

长时间停滞不前,不但失去了歼敌良机,耗费了军粮,也让士卒的士气开始萎靡。王猛走后又过了半个月,桓温终于决定出兵,他令桓冲为先锋,出白鹿原挑战苻生。

鏖战一昼夜,晋军大败,桓冲单枪匹马,身旁已没有一个亲兵,被一支数百人的秦军小队赶得无处躲避,人已是精疲力竭。

“小叔莫慌,石虔到了!”桓冲抬起已被鲜血模糊了视线的眼睛,朦胧间看到桓石虔冲杀了过来。“镇恶(桓石虔表字)快来助我!”说话间,桓石虔挥舞一杆大刀已到近前,他就势把桓冲从马上挟到自己的马上来,这个动作在瞬间完成,周围的秦军都看呆了。

桓石虔把桓冲放在身后。“小叔抓紧!”说着,桓石虔抬起大刀,一声怒喝,秦军又是一吓,手里的兵器变得僵硬无比。桓石虔就势抡起刀,一口气击掉十数人的兵器,胯下马腾出几丈远,将他们远远甩在身后。

白鹿原一战,晋军损失一万多人,更让桓温心焦的是,灞上—渭河一带田间的夏麦已被秦军尽数收割;另一个坏消息是,出子午谷策应自己的梁州刺史司马勋被苻雄击退,退军汉中。桓温无奈,只好从灞上撤军。

“不想大好局面竟一夕葬送,我想做刘越石、祖士稚,不复得啊!”桓温回头望着白鹿原,叹息连连,他深悔没有早些听王猛的话。

长安,此时已经解除了警报。

苻健一手挽着苻雄,一手拉着苻坚,一脸春色:“这次你们父子都立了大功,阿雄替寡人坚守灞桥,又击败司马勋;文玉建议坚壁清野,饿晕了桓温,哈哈哈……寡人要封赏你们父子。”苻坚兴奋地叩头谢恩。

“哎,不过文玉啊,你过于文弱了,可不像氐人的子孙哪,从今以后,寡人要你多多练习骑射,就像淮南王那样!”

“谨遵陛下教诲!”苻坚意气风发地挺直了腰板。

回到江陵的桓温,草草应付了建康的来使,郁郁不乐地坐在后堂。参军郗超走了进来。“主公,您要找的人给您带来了!”说着向后一招手,后面跟过来一位五十来岁的中年妇人,虽说饱经岁月磨砺,一颦一笑仍依稀可见旧日的花魁风姿。

“你就是曾侍奉过刘越石的歌姬?”

“妾身侍奉司空十年，对周遭之事颇为熟悉。”

“那，你觉得我长得像谁？”桓温慢吞吞地问道。

那妇人仔细看了半天：“大人太像刘司空了，简直太像了……”

“那现在呢？”桓温急急地戴上了谢奕送给他的方巾，他之前一次也没戴过。

“嗯，嘴唇极似，可惜略薄了些；眼睛极似，只是小了些；胡须极似，不过太红了；体形也似，只恨略矮；声音也似，还不够细啊。”妇人一板一眼地评价道。这可吓坏了郗超，想阻止她已来不及了，妇人像炒豆一样又快又急，一气说完。

桓温一阵脸红，一阵脸白。“退下！”他语气威严地喝让郗超将妇人带下，恼恨地扯下方巾扔向门边，正巧打到了再度进门的郗超。

“我果真做不成刘越石，岂非命里注定？”

郗超拾起那块方巾：“主公，做不成刘越石，可以做曹孟德嘛。”

桓温浑身一震。

郗超，字嘉宾，故太尉郗鉴之孙，临海太守郗愔之子，少年老成，为人多智，新近入桓温幕府，深受宠信。

“属下近日得到消息，先前驻扎淮南的姚襄自称大将军、大单于，举兵西归，中途转攻洛阳。洛阳由冉闵旧部所据，现胜负未定。”郗超压低声音说。

“你的意思是？”桓温不解。

“以还旧都为名，二度北伐，凭借主公之威武，破姚襄这个一勇之夫不难，只要陛下同意迁都，则大事成矣。”

“若陛下不同意，怎么办？”

“主公可学苻洪、苻健！”郗超狠狠地说。

永和十二年(356)七月，桓温督率大军，二度北伐，直取洛阳。

这一日，大军已近伊水之滨，姚襄派人到营前下书，桓温狐疑地打开观看，上写：“闻听桓公率大军前来，襄不敢相抗，愿率麾下将士归附，若能寻一片开阔地，便可交割兵马。”桓温不露声色，反问众人：“洛阳附近，何处最为开阔？”

郗超回答：“只有伊水北岸。”

“这么说我大军得先渡过伊水？”

郗超没有答话，下书人预感到有些不妙，张口结舌，答不上话来。

桓温哈哈大笑：“我来此是为了收复中原，祭扫皇陵，干姚景国何事？他愿降便降，何必麻烦你反复奔跑？你回去告诉他，若三日内不见动静，我就渡过伊水！”

下书人诺诺而退。营内众将不解桓温葫芦里卖的什么药。桓温笑着给大家解释：“姚襄，虎狼也，又多诈，他是想赚我到伊水北岸，那里必有他的伏兵。”

郗超忙说：“既知有诈，为何要答应他三日后进军？”

“兵不厌诈！立刻拔营起寨，强渡伊水！”桓温传令。

这一仗,姚襄被打了个措手不及,羌兵损失万余人,余部逃往邙山。

硝烟尚未散尽的战场上,桓温跳下马来,眺望着远处的群山。桓石虔率领一支人马赶来:“叔父,听说姚襄就在邙山,我率领一支精兵去拿他。”

桓温摇了摇手:“穷寇莫追。此人英武不下昔日的孙策,你并非他敌手。且留他一条生路,赶他入函谷关吧。”

桓温进入洛阳,亲自祭拜修复了前朝皇陵。往建康送信的谢奕也带来了消息:“朝廷不愿轻移车驾,会稽王也说洛阳颓败,早已不比昔日,非建都之所,至于皇陵修缮,让主公便宜处之。另吾兄谢尚病笃,无暇赶往洛阳坐镇(谢尚随殷浩北伐失败后降职,后又任尚书仆射,加镇西将军,桓温一度想让谢尚镇守洛阳)。

桓温不发一言,仿佛他对这个结果早已料到。

郗超上前悄声说:“主公,可做苻洪否?”

桓温还是没说话。他的内心在煎熬……当年,他是破王敦的少年功臣。“年少多智、沉稳大气”岳父明皇帝司马绍对他有着极高评价,可是多年以后,他却要……

三日后,桓温下令班师,慕容儁乘机捡了个便宜,占领了中原各州郡。

一一　悠然咏絮,乐不忘忧隐东山

“哪里走!你焚我粮草,掠我族人,今日拿住必将你碎尸万段!”姚襄身下的黎眉骟如一道黑色利剑,划过神禾原。

前面闪过一片榆树林,已是神禾原的尽头。被追赶的那人突然一提缰绳,马头转了回来:“姚襄,你也是一代豪杰,我劝你速速下马归降我大秦,否则今天就是你的末日!”此人腰圆膀阔,一脸的络腮胡,光头不戴帽,头上没几根头发。

“邓羌,闻听你在关中也是一条汉子,今日引我至此,无非是要我这条命,我自思断无生还可能,有本事,向前来取!”姚襄怒目而视。

邓羌没料到姚襄识破了他的“调虎离山”之计,有些尴尬,但作为一名身经百战的骁将,他很快就稳住了心神,把长枪往上一举,这仿佛是一个信号,霎时间,喊杀声响彻四周。几路人马一齐杀到,围住了姚襄。

姚襄手中的长戟,疾风迅雷般舞动,秦军虽多,一时也无计可施。突然,黎眉骟像被什么东西绊了一下,前蹄一跪,将姚襄甩了出去,正好甩到一员秦将的马前。他先是吓了一跳,接着,他抹了抹满是血污的眼睛,不由得两眼放光:“兄弟们,姓姚的这小子今天他是命里该亡,杀!”

十来双手举起、十来杆刀枪舞动、十来个声音响起……

“住手!”邓羌大喊道,但已经晚了。

在另一个方向,白鹿原下,被俘的羌兵高喊着“主公已死”,招呼着自己人投降。姚苌心如刀绞,大喊一声,招呼羌兵准备最后的决战。忽见一将骑赤兔马,单人独骑来到阵前,一个威严的声音响起:“尔等皆是好百姓,归降可免于死罪!”羌兵一听,纷纷扔掉兵器,黑压压跪倒一片。参军权翼阻止不及,他认出来人正是大秦东海王苻坚。

见大势已去,权翼大喊道:“将军,为了咱羌人这点骨血,还是降了吧!”说着,他跳下了马,姚苌目瞪口呆。这时,几个士卒强行闯上来,将他架下了马。

走到苻坚近前,姚苌木然地跪在地上,将头上的银盔摘下:“羌人姚苌,为保我子弟,情愿以我一人换取三千性命,请大秦东海王殿下放他们一条生路!”

苻坚自幼读《春秋》,对忠臣义士极为敬佩,如今一见姚苌要舍生取义,大为感动,赶紧下马将他扶起:“令兄不听忠言,强要夺占关中,以致殒命疆场,我怎忍心再让你们步他后尘?羌人大义,苻坚今日算是领教了。若将军不嫌弃,可率手下暂投我麾下,他日关中平定,可重返略阳故土。”

兵败求死之人竟被待如上宾,姚苌是第一次听说,更是第一次感受到。望着苻坚期待的眼神,他突然觉察到了一种危险。

除掉姚襄,关中大定的喜悦并没有维持多久,继承帝位不到一年的苻生,残暴的本性开始凸显,他疯狂地屠杀朝臣,太傅毛贵、丞相雷弱儿、太师鱼遵等顾命大臣相继遇害。

这一日正值端午,苻生在太极殿大摆筵宴,群臣毕至。几杯酒下肚后,苻生借口担任酒监的尚书令辛牢失职,当着文武的面,一箭射杀了他。坐在苻生下首的苻坚不禁毛发倒立,借着殿上一阵大乱,溜回了府邸。

“辛牢有何罪,竟被陛下亲手射死?不知道他哪一天把箭指向你我兄弟。”清河王苻法是苻坚的同父异母兄长,他今天在殿上也目睹了这一幕。

“且忍忍吧,这才多久?兄弟相残,只会让世人耻笑。”

一旁的权翼开口道:“清河王言之有理,独眼妖王喜怒无常,说不定哪天就会向手足下手,不可不防。”

“我无夺位之意,他抓不住什么把柄。”苻坚心头烦闷,赌气回应。

“哼哼,谁不知道东海王礼贤下士,在关中颇得人心,若不然,姚苌之辈为何用为心腹?”权翼一阵冷笑。

苻坚被激怒了,他腾地站起,有心发作,忽听有人大叫:“殿下,您要的贤士让我找到了!”众人循声望去,看到一个衣冠歪斜的人正倚在门边气喘吁吁。此人叫吕婆楼,官拜尚书,是苻坚心腹之人。

满屋子的人都盯着吕婆楼，他定了定神说道："华山之巅，有一奇士，姓王名猛，字景略，北海郡人士，才智不亚于诸葛孔明。怎奈华山道路艰险难行，小臣屡次派人访之，皆无功而返。"

"哦？"一听到这个消息，苻坚来了兴致，"既有贤才，我必要亲自去请！"

次日，由吕婆楼引路，率领几个随从，护着苻坚直奔华山。

只一日工夫，众人到了华山脚下，抬眼望去，只见云雾缭绕处，赫然屹立五座山峰。苻坚问道："婆楼，你与我办事多年，怎么如此糊涂，偌大一座华山，王猛究竟住在何处啊？"

吕婆楼忙道："臣在长安时尚未把话说完，殿下就急着要来。这华山天下险，世人皆知。我们进山之处是正北，可直上云台峰，正东乃朝阳峰，正西莲花峰，正南落雁峰，正中是玉女峰。五峰之中，落雁峰最高，王猛就隐居在那里。不过欲到落雁峰，需过千尺幢、百尺峡、苍龙岭三处天险，方可抵达，就是本地之人，除非上山采草药，皆难上得落雁峰。"

苻坚沉吟片刻，将长袍别在腰间。"既已来了，怎能空手而归？我非见着王景略不可！"说着，大踏步地上山去了。吕婆楼知道这位东海王殿下的倔脾气，不由得头皮发麻，事到如今，只好招呼从人跟着往前走。

初时，道路尚可，众人有说有笑，欣赏着壮丽山色。越往上走，道路越发险峻，只见两旁山石如刀裁斧剁一般，巉岩峭壁随处可见，让人不寒而栗，脚步也慢了下来。正走之间，忽见一巨石卧于路旁，上写"回心石"三字，苻坚很是好奇，吕婆楼解释说："据传这是昔日姜太公所留，告诫意念薄弱者莫图一时之快，强要登顶，若不想粉身碎骨，还是回心为上。"苻坚淡淡一笑："见不到王景略，纵然跌个粉身碎骨又有何妨？"

将近千尺幢，眼前出现一段石梯，略略一数，有三百七十余级，修筑在峭壁之上。几个从人当即跌坐在地："此番命苦，这如天梯一般，如何能上？"苻坚也不答话，带头攀了上去。

一路无人言语，都不停地望着脚下的万丈深渊，生怕一失足踏空。好歹爬过千尺幢，百尺峡又横在眼前。苻坚不作停歇，迈步接着往上爬，身后诸人已是个个双腿发软。往上攀爬间，脚下不断有碎石滑落，砸落在山崖上，铮铮有声，闻者无不胆寒。

好歹挨过了百尺峡，又走过几处险要处，一行人来到了一处平台，四周皆是悬崖，这里正是云台峰。

放眼望去，落雁峰还在高处，前面还挡着一座如花瓣一样的山峰。众人稍作休息，苻坚便招呼上路。几个从人都跪下了，齐声大叫："我等着实走不动了，请殿下治罪！"

苻坚大笑："若是神仙就在眼前，尔等也无缘相见了！"他拉着吕婆楼，继续向前。

走上苍龙岭，两人只觉得整个身子在山风中瑟瑟发抖，不得已，只好躬身向下，往前缓慢挪动步子。突然，走在前面的吕婆楼往下一沉，往下一侧歪，苻坚赶紧伸手，正好抓住腰带，顺势把他摁在了山脊之上。吕婆楼匍匐在只有两尺宽的山道上，体似筛糠。

苻坚不觉纵声大笑："王景略，你果然在一个好去处，真乃仙境也！"

吕婆楼看着自己的狼狈样，无可奈何地跟着笑起来。

过了苍龙岭，路略好走了些，很快，两人登上了落雁峰。只见眼前一片松柏苍翠，山风吹过，遍体通透，一缕清泉沿着山头巨石汩汩而出。泉水聚集处有一小池，边上有一洞，顶上写着"洪源洞"字样。

苻坚、吕婆楼历尽艰辛登上华山之巅，见所寻之人近在咫尺，周身的疲惫和酸痛瞬间丢到了九霄云外。二人信步入洞，果然是幽远清雅，别有洞天。一望之内，洞中一块青石上，坐着一人，年纪不大，双目微闭，衣衫破旧，却是相貌清奇。苻坚知是王猛，赶紧施礼："大秦国东海王苻坚、尚书吕婆楼特来拜请先生。"

王猛睁开眼睛，见面前二人，虽是官家打扮，却是满面灰尘，又见苻坚身形奇异，气度不凡，料定不是寻常之辈，也起身还礼道："山野草民，怎敢劳大王屈驾？死罪，死罪！"

苻坚用手相搀："我欲见先生如旱苗之望甘霖，如今天下大乱，正是有志者大展宏图之际，苻坚不才，欲重整河山，望先生助我！"

王猛迟疑道："山人隐修在此，早已不问世事，大王还是另选他人吧。"

苻坚见状，跪倒在地："苻坚为见先生一面，不辞路途艰险，拾级而上，险些丧命，却不料先生如此无情，也罢，我也不回去了，就在这华山上陪着先生一同修行吧！"

王猛尚未答话，吕婆楼捻须笑道："景略先生休瞒我，阁下私会桓温，难道也是不问世事？"

事已至此，王猛只好搀起苻坚："久闻东海王贤名，今日一见果真如是，猛愿效犬马之劳！"

王猛下山，对苻坚而言无异于如虎添翼。在他的精心谋划下，苻坚先发制人，同兄长苻法、吕婆楼等杀入宫中诛杀了苻生。

在众臣的拥戴下，苻坚于太极殿登基，降皇帝号为大秦天王，宣布大赦。苻坚登基后，封赏有功之臣，削减后宫开支，并开放川泽，休养生息，关中从此大治。

会稽东山，谢安依旧是一副纵情山水、乐而忘忧的样子。

正在会稽内史任上的王羲之平日里并无多少事，时常去探访他。王羲之本是大爱山水之人，为劝说谢安，便投其所好，专带他寻一些平日里人迹罕至的去处。

谢安很是高兴。

这一日，二人游至冶城。这个地方其实就是一座废弃的城堡，也不过是几座烽燧，位于海边岬角，风景壮丽。

“此处相传是越王勾践铸剑的去处，上头遗迹甚多，安石必有兴趣。”王羲之为赚得谢安上城，吹得神乎其神。

“休要哄我，欧冶子为越王铸剑乃是会稽深山之中，来海边作甚?”话虽这样说，谢安还是走了上去。

登临其上，极目远眺，道不尽的海天盛景。

“妙哉！妙哉！昔日你我在建康赏灯，见秦淮河畔有一只船形花灯，便生出了出海一游的念头。今日大海近在咫尺，逸少岂无意乎?”

王羲之微微一笑:“这会稽，本是大禹驾崩之地。幼年我常听祖辈说，大禹勤于国事，手脚都生了厚厚的茧子；周文王治理西岐，每天都要熬到午夜，尚觉得时间太短。目下正值多事之秋，人人当如勾践一般，卧薪尝胆，以身许国。可这大好河山之下，无论高门豪族，或是山林居士，皆尚清谈，好做些虚浮文章，每日里喜欢的是游山玩水，不合时宜呀！”

谢安明白王羲之在转弯抹角劝自己出山，他不动声色:“依君所言，始皇沿用商君之法一统华夏后，二世而亡，必是毁于游山玩水和清谈啰?”

王羲之一时无法作答，他知道说不过谢安，看来要想劝他出山，得另想法子。

此时，居住在东山上的谢家已有二十余口，谢安的两个儿子谢瑶、谢琰未及加冠，就与几个堂兄谢朗、谢韶、谢玄在一起，每日读经作文，习礼乐之道。大伯谢奕之女谢道韫生性活泼，也常来凑热闹。谢安则定期为晚辈们讲授《诗经》、《论语》、《左传》。

《诗经》讲习完毕之时已是初秋，谢安有心考考几个孩儿，他故意合上书言道:“我讲《诗经》已近三月，夫子闻《韶》可‘三月不知肉味’，你们学到了什么啊?”

谢玄此时已是十五岁的少年，他抢着回答:“昔我往矣，杨柳依依；今我来思，雨雪霏霏。”这句出自《小雅·采薇》。

谢安点了点头，又摇了摇头。为何？意境深远！一出一归，荏苒一年，光阴似箭，物是人非，谢玄是个温性子，对风花雪月颇有兴趣，这一点极像谢安。谢安一方面为侄儿的成长欣慰，另一方面又觉得男儿还是应该志在四方，心怀家国。

“三叔，我觉得还是这一句极好！”一个银铃般的声音响起，说话的是谢道韫，她与谢玄是一母所生，只比谢玄长几个月，感情最好，平常里常好斗嘴，如今已是亭亭玉立的花季少女。

“哦，我家的女丞相也有所得？讲！”谢安调笑道，众人一阵哄笑，“女丞相”是他们私下里对谢道韫的谑称。

谢道韫略一思索，开口吟道："吉甫作颂，穆如清风。仲山甫永怀，以慰其心。"

谢安愣住了，此句出自《大雅·嵩高》，仲山甫是周宣王之重臣，诗中暗含对国事的夙夜忧叹，一个十来岁的少女竟然为这种意境所感染并铭刻于心……"可惜啊！"谢安脱口而出，几个孩子都望着他，他赶紧改口，"我却喜欢这句，'讦谟定命，远犹辰告'。"这是《大雅·抑》中的句子，意为早定大计，需及时告知他人。

谢玄乖巧地点了点头："三叔是在教导我们，学业无论长短宜先有打算。"

"出仕无论先后宜先有谋划。"谢道韫接了一句。

谢安一惊，莫非我的想法都被几个孩儿看出来了？想到这儿，他讲授《诗经》的兴致也淡了下去，便让其他人回去歇息，唯独留下谢玄。

"遏儿，我与你打个赌如何？"谢安笑着说。

"三叔今日好兴致，好啊，赌的名目是什么？"

"我知道你近日在研习陆机的《文赋》，昔日二陆入洛，与张茂先（晋初名臣张华）相善，二陆皆是吴郡人，张公是范阳人，你知道他们用何种口音交流啊？"

谢玄还以为谢安是要拿《文赋》中的掌故来与自己赌赛，没想到是这么一个偏门的问题，竟不知如何对答。

"他们交谈的口音是将吴郡口音与北方口音相融汇，自成一家，这种口音我也会，你信吗？"谢安继续说。

谢玄心想，三叔自幼生在江南，祖辈传下来的北方口音自是会的，吴郡口音平日耳朵里灌得多了，自然也会，可两种完全不同的口音怎么还会生出第三种口音？他笑着连连摇头："三叔休要取笑，除非你果真说得字字清晰。"

"哦，你果然不信？我们就拿这个开赌，赌你身上戴的紫罗香囊如何？"谢安眼睛盯着谢玄的腰间。

"啊？"谢玄下意识地一摸腰间悬挂的香囊。这香囊有些来历：去年中秋他与几个兄弟到会稽城游玩，香满楼的花魁秋月用九里香、白芷、艾叶等香草亲手织成赠予他，谢玄正是情窦初开的年龄，如何不动心？因此时常带在身边。谢安今日硬要拿这个做赌注，谢玄有些不知所措。

"哎，算了算了，三叔也不欣赏你那玩意儿，不赌也罢。"谢安故意一摆手。

"赌便是！"谢玄一赌气，"啪"的一声从腰间摘下香囊，扔在榻上。

谢安把眼一闭，用了另一种独特的嗓音背诵起了《文赋》："余每观才士之所作，窃有以得其用心。夫放言遣词，良多变矣，妍蚩好恶，可得而言……"

谢玄仔细一听，果然不同于吴郡口音，也不同于北方口音，但每个字都听得清清楚楚，不由得大惊失色。他哪里知道，谢安早年有鼻疾，因此独创"洛下书生咏"，在建康时模仿者众多，皆以为荣。

一章背完，谢安哈哈大笑，拿过紫罗香囊。“归我了！”说罢，随手又把香囊扔出了窗外。

谢玄心疼万分：“三叔，你这是何意？赌赛赢便赢了，怎的就扔了……”

谢安站起身来：“遏儿啊，你父常年任职在外，在几个子侄中间，叔父最看重的就是你，我常说我谢家的孩儿，当如芝兰玉树，生于庭阶，而非内室。可你……我看你数月间几度去到会稽，每次回来那个香囊都是鼓鼓囊囊的，这着实让我担心哪！”

谢玄低下头不说话了，谢安也不再言语，他深知这个侄儿的脾气秉性。

转眼到了冬至，这一年特别冷，连海边都下了雪，东山深处，自然是一片银装素裹。

谢安让老家人谢福早早地在白云轩内架起了火炉，晚辈们围坐一旁。

谢安兴致很高：“今日这天气，我若是与你们讲《左传》，怕是话从口中出，闭口一层霜了。不如联句如何？”几个孩子都称好。

联句，是平日里谢安与晚辈们常玩儿的一种文字游戏，任出一题，或四言、或五言、或七言，上下两句必须有联系。

“今日大雪，就以雪为题吧。”谢安略想了一想，吟道，“白雪纷纷何所似？”

谢朗脱口而出：“撒盐空中差可拟。”如今的胡儿已是成人了，年后就要去会稽东阳郡任郡守，不过他还是少年时那副猴急的模样。

“胡儿到底是年长他们几岁，不错。”谢安夸奖道。

“将雪比盐，倒也形似，但盐终究是颗粒分明，怎比雪，棉软轻盈，无定形。”谢韶提出异议。

“哦，阿封这话不无道理，莫非你有佳句？”谢安问道。谢韶想了半天，涨红了脸接不上来。

突然，一个女声说话了，是谢道韫：“我有一比，今试说之，诸君莫笑。”

谢安笑了，点头示意，谢道韫开口吟道：“未若柳絮因风起。”

全场鸦雀无声。半晌，谢安一拍桌案：“妙哉，道韫堪称咏絮之才！”

谢朗也不住地点头：“极是极是，柳絮飘在风中，姿态轻盈，造型多变，真真比洒落在地的粗盐强多了，小妹胜芝兰玉树多矣！”

这时，谢福将烫好的酒端了上来，众人举杯共庆瑞雪。饮酒间，谢安凝视着谢道韫，又触动了多年以前的一桩心事。

新年过后，东山的逍遥快活被一桩家族的丧事打断，久病的镇西将军、豫州刺史谢尚病逝于历阳，朝廷追赠散骑常侍、卫将军，谥号简。

江陵荆州刺史府，桓温正与谢奕对饮，谢奕喝得酩酊大醉，左手举杯，右手握壶,仍向桓温劝酒。

"无奕,你酒已够了。"桓温叹了口气,"谢镇西离世,实乃吾朝之损失,不但谢家失一擎天柱,我江东亦失一高士。"

谢奕已然听不清了,含含糊糊,似有呜咽之声。桓温见状,突然低声问道:"我保举你为豫州刺史如何?"

"喝,我与桓公再饮三百杯!"

"哎,这事关系到你谢家生死存亡,你还喝得下去?"桓温着急地抓起谢奕的手,谢奕奋力挣脱,却反手去扯桓温的袍袖,桓温忙侧身躲过,急急站起身退往后室。南康长公主正在翻阅佛经,见丈夫进来,咧嘴一乐:"夫君也有怕人的时候啊?"

"啊?夫人哪里话,我桓元子可是只怕夫人的呀!"桓温赶紧赔笑。

桓温一直有个惧内的毛病,当年平定蜀地,他掳得李势之妹回荆州,异常宠爱,又担心长公主见怪,便一直让李氏住在书房。纸里包不住火,长公主知道了这件事,带领一干婢女兴师问罪,亏得李氏沉得住气,不卑不亢,几句话说得长公主心里舒坦,非但没有为难她,还好言劝慰。不过转回头来,长公主便对桓温立了"家法"。桓温的发迹全赖着皇家,哪里敢争半分,从此便落下这样一个"病根"。今天一听长公主拿话噎他,不免有些尴尬。

"不必瞒我,谢奕还在外头堵着你呢,哎,你一连三日不曾到我房中,若不是你那方外司马,你我夫妻不知道何日才能见一面呢。"长公主说着,眼圈红了,桓温连忙上前软语温存。

桓温有意举荐谢奕,主要目的还是想给谢家施点恩惠,收买人心。不久,谢奕果然被任命为豫州刺史,都督豫司冀并四州诸军事,加安西将军。

好景不长,数月后,谢奕也在任上病逝。消息传回建康,身为会稽王的司马昱不得不亲自出面任命新的豫州刺史。他的意中人是桓温一族。

"桓元子幼弟桓冲文武兼备,足可独当一面。"他提出了自己中意的人选。

尚书左仆射王彪之连连摇头:"桓温居上游,地利占尽,时而虎视建康,若其族又占据豫州,怕举国兵权要归于一门一户。窃以为还是谢安最合适。"

司马昱想了一会儿,说:"话虽在理,可这谢安屡次不应诏,不好办啦。再说阁下当初不是对谢安甚为不满吗?"

"哎,这个……"王彪之涨红了脸,"此一时,彼一时嘛,思前想后,谢安确有大才,他在东山能与人同乐,必会与人同忧啊!"

"那好,这一次就不等桓元子从荆州来信,我亲写一书给谢安!"司马昱兴致勃勃。

书信寄到东山之时,谢家一门正在为谢奕的丧事忙活,谢万也从吴兴任上赶回。

谢安面不改色地看完信，支走下书人，唤谢万进了内室："会稽王对咱谢家念念不忘，仁祖（谢尚）、大哥相继故于豫州任上，这豫州刺史之位还是要留给咱们。"

"那是对咱家的恩典，一方大吏，华服加身，足可光耀门庭，三哥好做便是。"谢万有口无心地答道。

"我是不会去的，我已向会稽王和桓元子举荐了你。"

"我？这不太合适吧？"谢万嘴上这么说，脸上显露的表情已是一百个乐意了。

"在东山待得久了，我哪里还有心思为官？万石，我知你才气过人，足可任一州刺史，你若能去，也好让世人看看我陈郡谢家的风骨！"

谢万连连点头："我定不负三哥所托！"

"只是……"谢安看了看这个兄弟，不忍将话说出口。

"三哥，你是怕我不擅军中之事？"谢万跃跃欲试，"骑射行军于我来说易如反掌，你不信……"

谢安没理会谢万，他两眼望着窗外山间的积雪，说："那年你刚任吴兴县令，也是冬天，找我借那件鹿裘，支支吾吾不肯明说，我知你心中有鬼，直接与你点破，说送你三十斤棉花，哎，你不记恨为兄吗？"

"哪里的话，棉花虽是俗物，也是兄长的一片心意啊。"

"哎，这正是我担心的。为官，万不可图一时之性，需时刻谦恭啊！"说到这里，谢安走进内室，不大一会儿，取出那件珍藏多年的鹿裘，亲手为谢万披上，"今日赠予贤弟，望此去豫州，不负家族之望！"

谢万身着鹿裘，走在下山的路上。望着他远去的背影，谢安心里陡然生出一种不安。突然，他觉得有人在身后挽住了他的胳膊，回身看，正是夫人刘娥。

"鹿裘已去，大丈夫不当如是乎？"

谢安爱怜地看着夫人，轻轻一笑："但恐不免耳！"

夫妻二人甜蜜相拥。

一二　进退之间，安石不出苍生苦

江陵，征西大将军的临时行营，桓温仔仔细细地将一封来信看完，然后轻轻地抛向空中："哼，谢安石久在东山，满脑子尽是怯懦之气，反倒不如殷渊源！"

一旁的郗超忙问道："不知信上所说何事？"

桓温这才想起殷浩已于一年多以前去世，心里不免有些伤感，他用手指了指地上，郗超拾起书信观看，原来是谢安所写，大意是：豫州与燕国接壤，民风彪悍，局势复杂，谢万之才实不堪当此重任，还是避免外镇的好。

"那您的意思是？"郗超问他。

"谢万才具过人，精明有余，非纷争之地不足以显其能。"

"安石之言也不无道理，依我看，谢万尚不及谢尚，军中之事，还是少让他参与的好。"郗超也对谢万表示不信任。

桓温笑了，他很满意自己的计划，特别是平日里精明过人的郗超也看不透。如今，慕容儁的人马正推进到黄河下游徐州、兖州一线，桓温借朝廷名义令御史中丞郗昙（郗超叔父）任徐兖二州刺史，守住黄淮一线。另外，桓温仍对北伐念念不忘，他想再安排一支策应人马，名义上接应郗昙，实则直捣洛阳。思前想后，他选择谢万为这路人马的统帅。

"你以为我真不知谢万有多大能耐？谢家一门老小，如今只剩下谢安兄弟三人，若谢万有个差池，谢安岂能不出山？出山容易归山难，他日能助我者，唯谢安耳！"桓温终于说出了自己内心深处的想法。"就算谢安不助我，豫州之地也尽在我手。"

郗超恍然大悟：难怪桓温要三番四次举荐谢家的人任豫州刺史。

谢万出兵在即，却不忙于筹粮草、行军诸事，每日里只握着玉如意，拎着半壶酒优哉游哉。这一日，小军报告说郗昙一路已于三日前出发，谢万才有点急了，急急来到大帐，指手画脚胡乱派将，末了，众将依然是一头雾水，待再要问时，发觉谢万已经溜走了。

回到自己帐中，谢万有些丧气，刚想吩咐摆酒，下人报说帐外有人有要紧事求见，谢万不耐烦地让将其支走，下人支支吾吾并不见行动。谢万正待发作，忽见走入一人，身披斗篷，面带微笑，正是谢安！谢万又惊又喜。

"我特意为你而来！"谢安收起了笑容，"万石，军中之事非儿戏，为统帅者，当与诸将同舟共济，上下齐心，若还是如当年一般傲诞，祸事不远矣！"

谢万脸一红。自父亲故去后，他一向桀骜，唯独服三哥。今日让谢安一句话击中要害，不得不服。

次日平明，谢万破天荒起了个大早，带着侍卫到前营看士卒晨练，走过谢安的帐篷时，硬把他拉了出来。

到得前营，谢万让士卒停止操演，都聚在点将台下。谢万没有穿日常穿在身的宽袍，特地换了一身软甲。

"诸君，谢万石今日来到此，这……"刚一张口，谢万就噎住了。众军以为主帅在酝酿措辞，都用期待的眼神看着他，好一会儿，见他仍站在那里，口里不停地念叨着“这个……”“如此……”不由得都泄了气。

谢万事先未曾准备，现在突然站到前营三千多人面前，欲讲几句鼓舞士气的话，哪里说得出口。谢万张口结舌好半天，脸上不觉淌下汗来。

谢万身后的谢安，暗暗扯了扯谢万的绊甲丝绦。谢万会意，故作潇洒地笑了起来。帐下诸将都知道主帅平日里落拓不羁，对他的举止也见怪不怪。

“万石向来对军旅之事知之甚少，不过，今日一见诸君，顿觉皆劲卒也！”说着，笑嘻嘻举起了大拇指，点将台下一片哄笑。

谢安无奈地摇着头，心里直埋怨四弟。眼看大军开拔在即，谢安打定主意留在军中，他要助谢万一臂之力。

郗昙的一路人马进展缓慢，前锋部队被燕军逼到兖州以东，连吃败仗，郗昙并非能征惯战的武将，急火攻心病倒了，他手下的几位统领本不愿北上，瞒着他连夜撤兵，等郗昙知道此事，全军快退回彭城了。

谢万本就晚了几日出发，得知郗昙撤兵的消息，吓得目瞪口呆，也想后撤，谢安一时闹不清虚实，提议先联系上郗昙本人，最好是有他的亲笔书信。谢万急了，扯住谢安大叫：“我的三哥，这必是燕军大举南下，别说兖州，徐州也难保，还是退到淮南再说。”谢万手下士卒一直心怀不满，借此机会纷纷鼓噪，谢安怕闹出事端，只好同意撤兵。

谢安招呼前军先撤，他在途中等候谢万的后军。等了一日还未见来，谢安有些焦急，亲率一队人马前往老营，却见谢万勒马背身立于营前。谢安连连高呼：“燕人势大，朝夕将至，谢中郎何故还在此？”

谢万刚出仕时曾做过从事中郎，今天听到有人对他的过往大呼小叫，不免生气，招呼士卒将身后来人赶走。士卒认得谢安，没敢动。

谢安几步到得跟前，用力一扯，谢万手中的一只金马镫“唰”的掉在地上，人也险些被拽下马：“阿万，此非讲究之时，快走！”

“何处狂徒……”谢万恼怒，回头正准备斥责，却见来人是谢安，也觉得不好意思，“这些都是我数年来所得，一直带在身边……”

这时，探马来报：燕国大司马慕容恪亲率大军追上来了！

谢安一着急，抢过谢万的马缰绳，喝叫道：“大小三军，刺史大人有令，速速舍弃辎重，撤！”这一嗓子让之前在谢万手下不知所措的将士，如水中鱼儿呼吸到新鲜空气一般，迈开步子大踏步南撤。

退到淮南的时候，桓温的诏书到了，谢万被废为庶人，豫州刺史一职由桓温之弟桓云接任。

晋军北伐半途而回，让鲜卑人看清了江南的虚实。慕容儁不顾自己重病缠身,撑着病体在邺城筑台拜将,命太原王、大司马慕容恪,司空阳骛统帅大军南下伐晋。

慕容儁满意地瞧着披挂整齐的四弟慕容恪,内心浮想联翩:他身披黑袍(五行之说中金生水,尚黑。慕容儁有代晋的野心,喜着黑袍),头戴旒冕,坐在洛阳平朔殿上,台阶下左边跪着东晋皇帝司马聃,右边跪着大秦天王苻坚,慕容恪雄赳赳站立一旁……

"陛下,征兵之事宜缓……"一个不太悦耳的声音打断了慕容儁的幻想,他用厌恶的眼神看着面前跪拜着的五弟慕容垂——在几个兄弟里,慕容儁对机敏果敢的慕容垂一直有猜忌,总觉得他怀有二心,不敢大用。

"你是什么意思?"

"中原一带,先有石虎,后有冉闵,皆虎狼之辈,征战连年,致使民生凋敝,每户留一壮丁,若不幸遇灾年,我后方将空,大军征伐在外,必出祸乱!"慕容垂言辞恳切。

"大胆!大军未发,你先出此不利之言,来人……"慕容儁勃然大怒,喝令武士就要动手。慕容恪连忙阻止:"吴王也是一片忠心,望陛下念及骨肉之情,饶他这一次。"

慕容儁很信任慕容恪,吩咐武士放开慕容垂,慕容垂站起身来,也不谢恩,径直走下将台。慕容儁恼羞成怒,喝令甲士追上去先将慕容垂监禁起来。

慕容儁又用目光沉重地看着慕容恪:"爱卿有何高见?"

"臣也以为不妥,前次与晋人交战,我军消耗极大,若以举国之力南下吞晋,只怕先要休养生息五年,方可出兵。"

"唉!没想到太原王你也……"慕容儁深感失望,他一阵头晕,歪倒在将台上。

数日后,一代雄主慕容儁病故,十一岁的太子慕容暐继位,慕容恪拜太宰,录尚书事,总摄朝政。慕容恪就任后的第一件事就是释放慕容垂,任命为征南将军、兖州牧,令其驻守南部边境抵御晋朝。

这个时候,建康城也正经历一场大变局。十八岁的司马聃驾崩,二十一岁的琅琊王、骠骑将军司马丕继位,改元隆和。桓温受封为大司马、侍中,都督中外诸军事、录尚书事,假黄钺,总揽朝纲。

桓温的野心正在无限膨胀,他又向各州郡下了一道指令:征召贤良方正。

消息传到会稽,会稽内史王羲之第一时间来到东山告知谢安。

此时正值五月半天气,昼长夜短,谢安正在明月堂上纳凉饮酒,看几个歌姬表演。王羲之一见他那醉眼蒙眬的样子,心下不满,二话不说,直接就把文书扔给了谢安。

谢安面无表情地看完，又递给王羲之。王羲之很着急地说："自万石被废，你回到会稽，成天不是饮酒就是闲扯，纵然你不愿出仕，可总得为你们谢家考虑吧？桓元子几次相邀，该有的礼数还得有吧？"

王羲之声音太大，几个歌姬都不敢往下唱了，谢安眉头一皱："尔等为何停了？接着唱！"说着，又端起了酒杯。

王羲之失望地走向门口，高叫着："世人都说'安石不肯出，将如苍生何'，今日一见，苍生将无望矣！"

"你怎知我不肯出？"谢安出人意料地站了起来，音乐声也戛然而止。

谢安从袖中拿出一封早已写就的信："我已答应桓元子，入幕做他的司马。"

王羲之如梦初醒："原来桓元子早就给你带话了！"谢安用手指了指王羲之，做出无可奈何的样子。

谢安又回过身招呼歌姬，这帮人全都一动不动。"你们的耳朵都聋了吗？"谢安有些恼火，无意中，他顺着歌姬的目光看过去，一个熟悉的身影站在明月堂一侧的门口，正是一脸冰霜的夫人刘娥。

歌姬们知趣地退下，王羲之也觉得别扭，抽身想离去，却被刘夫人叫住："逸少，别走啊，且看完今天这出好戏！"

"还是不打搅的好，还是不打搅的好！"王羲之一脸尴尬。

"哎，是不是这世间的男子都这样啊，一个劲儿地想着纳妾，又不好明言，前几日遏儿他们还在诵读《诗经》，'关关雎鸠，在河之洲。窈窕淑女，君子好逑……求之不得，寤寐思服。优哉游哉，辗转反侧'，说这是男人的本性。逸少啊，我愚昧无知，但不知这诗是何人所作？"

"这诗据传为周公所作，我幼时也还读呢！"王羲之不知是计，脱口而出。

"这就对了，周公是男子，若是周姥写诗，就不会有这些无聊的东西。"刘夫人白了王羲之一眼。王、谢二人的脸齐刷刷地红到了脖子根。

刘夫人奚落了一番，转过脸对着谢安，又恢复了昔日温情的模样："夫君，妾身知你要远行，晚间有家宴，石奴（谢石）、遏儿、阿末（谢渊，谢奕第三子）他们都要前来，逸少不妨也来一坐。"说着，径自离去。

谢安无奈地瞧着王羲之，摊开了手。

三日后，谢安在建康竹格渡外登船，准备西下荆州，王彪之、孙绰、刘惔等人设宴为谢安饯别。

身为尚书左仆射的王彪之在送行之人中官职最大，他率先给谢安斟满一杯："安石，你素来高卧东山，是不应诏的，以致世人都在说'安石不出，将如苍生何'？只是，苍生今亦将如卿何？"话一出口，大家都听出了其中的意思，个个望着谢安。谢安明知王彪之有意取笑自己去做桓温的司马，也不反驳，微微一笑："苍生勿要心急，安石去去就回。”

江陵，桓温为谢安安排好了接风宴。这次的规格可谓超乎寻常，除了习凿齿、郗超、孙盛等大小幕僚作陪，桓温的儿子桓熙、桓济、桓歆也列席在其中。

几杯酒下肚，正巧长史郝隆从门外进来，报称从江州新近采买的一批药材已送到。“其中有一味药名唤‘远志’，甚是稀罕，特献与主公。”郝隆说着递上一株长得像草一样的东西。

“这倒新鲜，分明是一株小草，为何又叫‘远志’？”桓温很好奇。

郝隆咧嘴一笑：“此物生在山里就叫‘远志’，山外的俗人就叫它‘小草’了。”

谢安听者有意，脸瞬间就红了，桓温也听出话里有话，为了不伤谢安的面子，挥手让郝隆退下。

习凿齿素来欣赏谢安，赶紧接口：“远志也好，小草也罢，此药据说能安神，大司马不是常虑夜不能眠？正好服用此药。”众人纷纷点头称是。

恢复了正常情绪的谢安，谈笑自若、左右逢源，把桓温说得喜笑颜开，频频点头，幕下诸人也对谢安钦羡不已。

夜阑酒尽，红烛残灭，众人皆已散去。大厅里只剩下桓温、郗超与几个侍者。

桓温酒已喝高，舌头打着卷，问郗超：“你几时见我幕下有谢安石这样的贵客？”

郗超本是海量，此刻还算清醒，他“嘿嘿”一笑：“明公，得一谢安固然可喜，但是我观此人绝非久居人下之辈，需要谨慎提防。”

桓温摇着头：“谢安石一代名士，他肯委身来做我的司马，是要替谢家独撑门户，我用他是用其名，让世人皆知我敬贤爱才；彼若日后有异心，我为刀俎，他为鱼肉，他绝逃不出我的手心！”

一三　太阿出鞘，谢玄智取司马勋

在通向长安城的大道上，一辆囚车吱吱呀呀地驶过。囚车里坐着一人，发髻蓬松，一脸的胡碴，眼神却丝毫不见惧怕。

道旁有人在小声嘀咕：“这不是新上任的始平令王猛嘛，怎么成了这般光景？”“听说陛下还挺器重他，哎，谁没有个看错人的时候？”也许是听到了这些议论，王猛闭上了眼睛。

始平，位于长安近郊，此地居住者多为大秦功臣宿将，一向目无法纪，混乱不堪，苻坚有意大加整治，于三月前任命王猛为始平令。

王猛一到任，对外严刑峻法，惩治了一批为非作歹的豪强；对内明确纲纪，清理了不少衙门里的蛀虫。有县吏不服，敲诈百姓如故，被王猛一顿鞭子打死。消息传到长安，苻坚很是震惊，派人将王猛拘捕回长安。

太极殿上，苻坚目光严厉地望着身戴镣铐的王猛："寡人让你治理始平，并未给你用私刑的权力，你怎敢滥抓滥杀？"

王猛挺直了身子："始平一带，此类罪恶昭彰之徒何止一二，臣不过才杀了一个奸吏，若天王以为臣辜负圣望，臣甘愿受罚；若说臣滥用法纪，死也不服！"

苻坚想来想去，也觉得自己原本就是想看下王猛的能力，始平令换了五六个，都做不长久，这其中一定有什么原因。王猛的杀戮之气固然重些，难道不能给他点时间吗？想到这里，苻坚转嗔作喜："景略真乃忠臣，寡人不过试你一试。"他吩咐放了王猛，还加封为咸阳内史。

退朝之际，王猛忽然觉得身后有人扳住了他的肩膀，声音里带着不屑："王大人，你好威风啊，杀了人非但不治罪，还升官了！"

王猛一看，认识，此人叫樊世，拜姑臧侯，是随苻健入长安的元勋，平日里总爱倚老卖老。"樊大人，王猛是秉公处置不法官吏，这种人死有余辜，至于加官，非我本意。"

樊世一阵冷笑，这时，他瞧见又有几位朝臣走过，赶紧喊道："哎，列位，老夫有几句话说！"众人停下了脚步。"我等跟着先帝出生入死，立有大功，如今不过得到一个小小的爵位；这位王大人，无寸功却居高位，有点说不过去啊？"

那几个人也早对王猛有成见，七嘴八舌道："我们耕作忙碌，王大人来坐享其成，未免有些不妥吧？"

王猛明白樊世一伙是在成心找碴儿，冷冷一笑："岂止要下地耕作，我还要尔等准备饭食给我吃！"

这话让樊世无比难堪，他一甩袍袖："姓王的，你等着，我若不把你的人头挂在城楼上，誓不为人！"说着，气冲冲离去。

王猛看着樊世气得发抖的背影，暗自冷笑。

三日后，苻坚召集几位重臣在后殿议事。

樊世来得稍晚，见苻坚正与众人在议论着什么，忙上前行礼，忽听到苻坚说："寡人有意将顺阳公主许配给杨璧，诸位爱卿以为如何？"

樊世一听此话，头皮一紧，他"咚"地跪下了："哎呀，天王，这杨璧是早就与我女订了婚约的呀，怎能悔婚？"

苻坚还没答话，边上闪出了王猛："天王一言九鼎，杨璧自是和你家有婚约，却并未成亲，有何不可？樊大人当面与天王争女婿，这分明是目无君上！"

樊世一见王猛，火往上撞，他站了起来，从袖子里掏出一口短刀，扑了上来。

王猛早有防备，身子往后一躲。这时，一个魁梧的身影闪过，一把夺下樊世手中的短刀。“天王，这老氐带刀入宫，分明是要行刺！”说着，这人迅速转到樊世身后，双手用力将他摁倒在地。

樊世一面哀号，一面大叫“冤枉”。苻坚脸色一变：“老氐怎敢如此大胆，若不杀你，朝臣争相仿效，那还了得？来人！”四名武士过来将樊世拖了出去，樊世这时候才明白中了王猛的圈套，挣扎着回头大骂不止。

苻坚拍了拍擒拿樊世的那个人：“博休，你的膂力渐长啊！”

“天王有所不知，这多亏建节将军的执教！”他看了看一旁的邓羌，众人大笑。这位叫博休的年轻人就是苻融，苻坚的幼弟，封阳平公，文武双全，官拜侍中，博休是他的表字。

苻坚拉着王猛的手，对众臣言道：“景略是辅国之才，我用之是为了兴我大秦，樊世之流嫉贤妒能，实为可恨。从今日起，我封景略为中书令、京兆尹，兼吏部尚书，总理朝政，诸卿不可怠慢，否则以樊世为例！”

王猛没有辜负苻坚的期望，在极短的时间里整肃关中，他与新任御史中丞邓羌联手，诛杀豪强，将秦地彪悍的民风逐渐扭转了过来。紧接着，王猛派出官吏，巡视各郡县，察访民间疾苦，又清理了一批贪赃枉法之徒，对廉政官吏给予重赏……一年之内，王猛五度升迁，更兼尚书左仆射、司隶校尉、辅国将军、太子詹事。在治理内政的同时，苻坚用王猛之策，将废帝苻生的几位兄弟一一诛杀，解决了隐藏在大秦帝国内部的隐患。

这一日，苻坚与王猛、苻融便服出游。走在东市上，见往来车辆如梭，铺面兴隆，苻坚兴致极高：“我今日才知法能治天下，身为天子，真是荣光无上啊！”

苻融正兴奋地蹲在路边挑选小贩从西域贩卖过来的瓜果，苻坚饶有兴致地过去拿起一块香瓜，见那小贩，眼窝深陷，一脸络腮胡，十分好奇：“看你这模样，不像是中土人啊？”

“这位先生好眼力，我是波斯人，来往于长安和西域，已有五年了！”他操着半生不熟的关中口音。

“你觉得长安比起你们的国都如何呀？”苻坚饶有兴致地问。

“长安就像是王冠上的一颗明珠，我国国都与之相比，黯然失色呀！”波斯小贩夸张地张大了嘴，苻坚哈哈大笑。

“真甜！”苻融买下一块瓜，分给苻坚和王猛，迫不及待地咬了一口。

随着日头西垂，苻坚三人打算回宫。无意中看到一条小巷里，几个小孩正在玩耍，口里还念念有词，苻坚信步走了过去，看着孩子们。其中一个抬头看到苻坚，并不害怕，“嘿嘿”傻笑。“娃娃，方才你们唱的是什么啊？”苻坚温和地问。

“长安大街，夹数杨槐。下走朱轮，上有鸾栖。英彦云集，诲我萌黎！”小孩挠了挠头，又唱了一遍。

苻坚看着王猛，感慨万千："是啊，下走朱轮，上有鸾栖，这都是景略你的功劳啊。"

王猛微微一笑："童言无忌，这都是天王洪福所至，不过若要朱轮遍地，需早日定关东大势。"

苻坚没有回应，他明白王猛是在请命与函谷关以东的慕容家族争夺中原。

这个时候，燕国太宰慕容恪正率兵十万围攻控制在晋国手里的东都洛阳。眼看洛阳岌岌可危，远在荆州的桓温再度以"迁都"为名请求发兵驰援，会稽王司马昱举棋不定，他想的是让桓温来建康辅政，好把这一摊子事都扔给桓温，自己的确不是主政的料，便与褚太后商议，加封桓温为扬州刺史，希望他能入朝。

桓温是何等精明的人物，怎肯轻易入建康？他借口身染顽疾，需找一个安静的所在调养，权衡之下，他移镇姑孰——离建康只有半日路程，既能随时入建康议政，又不会轻易受制于皇室，还能起到威慑的作用。司马昱虽有不满，怎奈桓温军权在握，只好听之任之。

自谢安离开会稽，东山谢宅暂由谢玄代管。谢玄自幼敬服谢安，处处效仿，每日里只好饮酒清谈，家中之事荒废数月，无人过问。

过了些时日，谢道韫实在看不过，便告诫谢玄道："幼度(谢玄表字)，你能学三叔之形，难学三叔之实，咱家还指望着你呢！"

谢玄正在兴头上，也不理会阿姊，依旧与一帮友人继续饮酒作乐。

这一日午后，谢玄又饮了不少，晃着身躯，走入白云轩，摘下挂在屋内墙上的太阿剑。此剑乃是谢安初到东山时，差人多方寻访所得，一直视作珍宝。谢玄素爱此剑，晨起练剑，常借来一用。

谢玄把太阿剑拿在手里端详了半天，猛地拔剑在手，踉踉跄跄做歌起舞。

一曲未完，家人来报：义阳朱序来访。

"哦？"谢玄一愣，手中的剑扔在了地上，酒也醒了大半。他快步走到门口，见一人正迎上前来。

此人与他差不多身高，只是胡须更为浓密，身体也更加壮实。"哎呀呀，次伦(朱序表字)兄，我们一晃十年没见了，不曾想今日你访到东山上来了！"

"贤弟，想煞我了，你还是这般英俊，不让安石叔啊！"

"哪里哪里，兄长这次回东山一定多住些日子，我有好多话要说呢。"

"哎，兵书战策，剑法刀法，这些还可一叙，若是讲些老庄玄理，愚兄还是趁早下山的好！"朱序故意一撇嘴。谢玄大笑，二人挽着手就要往屋内走。

这时，朱序扭回头喊道："哎，我说你这是怎么了，先前还嚷着要见你的遏儿哥,怎么现在又不说话了?”

谢玄这才发现朱序身后站着一个年轻后生,面似桃花,身姿俊俏,双眼含笑。“哟,这位小哥好眼熟啊!”谢玄口里说着眼熟,想了半天也没想起名字。

“什么小哥啊,这是你清鹂妹妹,我让她扮男装,于路方便。”

“呀!”谢玄紧走两步到那少年跟前,仔细打量,朱清鹂脸一红,行礼道:“遏儿哥,别来无恙!”

“我当是哪位小哥,原来是朱贤弟!哈哈,行!像那么回事。”谢玄装出不可思议的样子。

朱序一家是永嘉南渡时的流民,后辗转定居会稽东山。不久,谢安也来到东山,两家成了邻居。彼时高门寒族固然有等级之分,谢安对此却并不在意。朱序也时常在谢宅走动,与谢家昆仲一齐受教于谢安,因他与谢玄年岁相仿,二人关系最好。朱清鹂年纪较小,常跟着他们,日子一长,与谢玄暗生情愫。数年之后,朱序父母双亡,他便带着清鹂远赴淮南投军,在徐州刺史郗愔手下为副将,后因功拜中郎将。

谢玄在后堂设宴为朱序兄妹接风。席间,谢玄问朱序此行的目的,朱序说只为回来祭奠父母,告了个假,不久就要赶往建康:“有诏书下,授我鹰扬将军一职。”

谢玄对朱序投来羡慕的眼神:“兄长素来以报国为己任,今日必当一遂心愿!”

“遏儿哥当年不也常思报国吗?听说安石叔已入幕到桓征西麾下,你为何没一同前往?”朱清鹂插嘴道。

“我没那个兴趣。”谢玄脸上的笑容消失了,朱氏兄妹不解地互望着。这时,谢玄站起身又将墙上的太阿剑拔出,一时间,寒光四射。

“好剑啊!”朱序赞道,“还记得当年在东山,每日晨练,你我二人对练,一片雾霭之中,只闻剑刃相击声,如今想来恍若隔世。”

“是啊,这些年,我只要一将这太阿剑拿在手中,次伦兄仿佛就站在我眼前。”

“对了,你还不知道吧?这些年小妹也在练剑,技法绝不在你我之下。”

“哦?那我倒要见识见识,”谢玄戏谑道,“怎么,清鹂也思报国吗?”

“哎,我一个女儿家,倒是想以身许国,怎奈无人识我知我。若有赏识我的人,豁出一腔热血就去了。”朱清鹂心直口快,谢玄的脸微微有些发烫,他的酒已全醒了。

次日清晨,在东山谢宅的天台上,晨雾如棉絮一般散落下来。谢玄、朱序各是一袭练武的装扮,谢玄着白衣,朱序着黑衣,浑身上下收拾利索,举剑斗在一处,只听得两柄剑撞击在一起发出的清脆声音。约莫有五十来趟,未见高下。

突然,朱序收了招式,斜眼瞧着身后,笑道:"小妹,你就别躲在雾里了,出来和幼度过几招?"

"如此,清鹂献丑了!"说时迟,那时快,一道金光闪处,雾霭被劈为两半,一团淡青色的阴影直奔谢玄身前。"好快!"谢玄来不及用剑招架,只得扎好步子,腰部以上往一侧大幅倾斜,躲过了这一剑。

待谢玄立起身,朱清鹂又进招了,她左手向前一比画,是个虚招,右手之剑紧跟着直刺谢玄咽喉,谢玄用剑抵挡不及,借势往后一仰头,让剑从面门上掠过。才抬起头,又听得右侧脑后一阵凉风略过。谢玄之剑在右手,朝上招架极为别扭,他急中生智,抬左手剑鞘,在头上划过一道弧线,正好击在朱清鹂刺过来的剑锋上,铿然有声。

"妙!"朱序在一旁大声叫好,"攻得好,防得妙!"

谢玄擦了擦汗,说:"清鹂这几招实未见过,好凌厉的招式。"

"哼,我这几招可能报国?"朱清鹂收剑入鞘,顽皮地回应。

"报得,岂止是报得,简直可以做大将军了。"朱序哈哈一笑,谢玄也乐了。清鹂听出兄长在取笑她,做了一个鬼脸。

"自离开东山后,我们到了淮南,寿阳附近有一神秘妇人,硬说清鹂有习武的天赋,便传授她一套剑法,日夜演练,连我也不是她对手。"

"哎,甭管什么剑法,若想学,快快拜我为师,姑娘心情好,可以教你几招,怎么样,遏儿哥?"

"那,师父在上,徒儿这厢有礼。"谢玄说着,做出要拜的动作,清鹂以为他要躬身,姑娘家脸皮薄,连忙伸手去扶。不料这是谢玄使的诈,他用左手一把扯住清鹂的右手,抬自己的右手去夺她鞘中的剑。

清鹂冷不防有这一招,心里一急,大喝一声,就势一脚踢向谢玄。谢玄也不躲,乘势抓住她的脚脖子,轻轻一扭,清鹂怕疼,身子一歪,正好将剑鞘露了出来,谢玄用左手将剑摘了过来。

"空手夺剑,清鹂妹妹,失礼了!"谢玄示威似的把剑举过头顶。

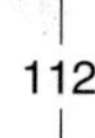

"呀,你这人好生无赖,还我剑来!"清鹂恢复了女孩家爱闹的本性,追打着跑了过来,二人扭在一处。朱序在远处愉快地看着二人。

不久,传来消息:洛阳陷入鲜卑人之手,桓温奏请皇室迁都的愿望又落空了。就在这个节骨眼上,驻守汉中的梁州刺史司马勋起兵作乱,妄图夺占益州。江陵发来急令,让朱序迅速前往江陵待命。

朱清鹂忙着替兄长打点行装,朱序正提笔给桓温回信。谢玄默默地望着他们,眼里闪过一丝失落。

"唉!东山方一日,世间已千年。若不是司马勋作乱,桓公怕也不会召我。"

朱序这话也可理解为在安慰谢玄。

“司马勋盘踞梁州多年，觊觎成都之心久矣，次伦兄此去，不可力取。”谢玄言道。

“贤弟怎知这司马勋底细？”朱序惊讶谢玄未出东山竟对千里之外的梁州之事如此熟悉。

“三叔与我常论天下大势，因此多少知道一些。”

“遏儿哥，干脆你与兄长一同前往蜀中吧，他也有一个帮手啊！”朱清鹂看出谢玄心里在纠结。

“对啊，幼度与我一同前往，暂且做我的副将，有你我二人在，不愁拿不下司马勋！”朱序兴奋地说。

司马勋的叛军围住了成都，城内仅剩十日粮草。司马勋已自称成都王，嚣张至极，他亲自坐镇涪城，期望一举拿下成都。对司马勋而言，此刻最不利的因素是时间，成都守了一个来月，他损兵无数也未能再进一步。鹰扬将军朱序出江陵的一路援军已过巴郡，桓石虔的一支人马又出其不意地袭了司马勋的老巢汉中，断了他的退路。对于司马勋来说，若不能在十日之内拿下成都，将会陷入腹背受敌的境地。

司马勋急得茶饭不思，每日除了催促士卒，就是独坐帐中饮酒。他看着坐在边上一声不吭的参军射度说：“先生是从桓元子那边过来投奔我的，应该知道他们的底细，如何竟无一策教我？”

射度捋了捋胡须：“下官正思一计，可一战定乾坤，朱序纵然有千般能耐也必被我擒！”

“愿闻高见。”

“涪水是朱序进军成都必经之路，我写一封书信与朱序，约他渡涪水一战，我半渡而击之，可胜！”射度摇头晃脑一阵说，司马勋笑逐颜开。

三日后，两军在涪水两岸排开阵势，还未交兵，司马勋下令鸣金，让出涪水西岸的开阔地。手下将士不知就里，勉强听令，一时队伍大乱。这时，忽听有人在阵后大叫：“鹰扬将军朱序已到涪水东岸，奉旨讨逆贼司马勋，余者不问，此时不降，更待何时？”

这话如炸雷一般，把本就无心抵抗的叛军的心理防线击得粉碎，顿时，四周一片“哗啦啦”声，大批的士卒扔掉旗帜刀枪，站在岸边不走了。司马勋擦了擦眼睛，才看清喊话之人是参军射度。“大胆射度，竟敢蛊惑军心！”

射度一阵冷笑，用手中剑直指司马勋：“老贼看清楚了，我不是什么射度，我乃鹰扬将军副将陈郡谢玄是也！”

这话对司马勋来说犹如晴天霹雳，他僵坐在马上，动弹不得。涪水本就不宽，又正值冬季，朱序的大队人马此时全数到达西岸。短暂的厮杀后，司马勋束手就擒。

“好一个诈降计，司马勋万万没想到！”朱序拉着谢玄，欣喜不已。原来，早在朱序从江陵发兵前，谢玄就化名射度，自称征西大将军桓温帐下司马，带了伪制的印信先到剑阁投了司马勋。司马勋老迈昏庸，被谢玄骗过，任命为参军，随军一同围攻成都，不料在涪水岸边作茧自缚。

蜀地之乱平定后，朱序升征虏将军，将赴兖州镇守。谢玄惦记着在会稽的清鹂，打算回乡，不意，谢安修来一封家书，让他入桓温幕任掾吏，差不多同一时候，桓温亲手下的一道聘书也送到了谢玄手里。

谢玄有些不知所措，朱序劝慰道：“大丈夫志在四方，莫为儿女情长所阻，我想清鹂必能体谅。”

谢玄到了姑孰，桓温自是高兴。饮宴之间，他欣慰地对群僚说：“昔日孟尝君门客三千，天下称羡，不意多是鸡鸣狗盗之辈，怎比元子幕下，英才尽出？郗嘉宾（郗超）多智、王元琳（王珣）善书、王文度（王坦之）以德服人、谢安石雅量高致，更有谢幼度，才兼文武，日后必出将入相。这些都是我江南不可多得的贤才呀！”

郗超赶紧接口：“我等何德何能，大司马谬赞了。不过说到贤才，蜀地有一高士名唤王见，通晓阴阳八卦，不在当年的郭璞之下！”

“哦？”桓温颇为好奇，“还有此等人物？可惜无缘得见。”

“在下素知大司马求贤若渴，便时常留心寻访，数日前知王见正在扬州，便亲自相邀，今日特请来与大司马相见。”

桓温忙吩咐请上王见，就在上首为他设了一席。

再看一人，迈着方步走上堂来，却是瘦骨嶙峋，未见半分仙气。

桓温大为失望，不过还是耐着性子问：“久闻先生大名，可预知未来，能否为桓某人算上一算？”

王见轻捋胡须：“明公功盖天下，日后定然是位极人臣。”

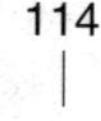

桓温心中大喜，又问道：“桓某夙兴夜寐，为的就是大晋江山，不知国运又当如何？”

王见沉吟了片刻，开口言道：“既有明公辅政，国祚当长久。”

桓温不听则以，一听此言，脸色大变：“先生固然有神机，只是这国运之事未免也占得太草率了些。”

王见一时不知如何开口。桓温原想他能说出“国祚不久，公当代之”之类的话，不想此人竟如此不开眼，兴致也便去了一半，又不便斥责，当场赠予王见白绢一匹、钱五千，让他退下。宴席也不欢而散。

回到住处，心有余悸的王见手捧白绢，恸哭不已，原来这白绢本是不祥之物，只有出丧时才用,王见平白无故获赠白绢,怎能不伤心?

这时,一个下人安慰道:"虽说先生善于占卜,但今日之事,非占卜可解,在下听说桓公幕下谢安,才情过人,不如去请教一个避祸之法。"

王见如梦方醒,也顾不得许多,连夜来到谢安住处,二话不说,拜倒在地,乞求保命之法。

谢安忙把他搀起:"先生误会了,大司马送你白绢,意在笑你空言一场;给钱五千,那是给你的回程川资,大司马若真要你性命,岂容你活着走出府门?"

王见大悟,再三称谢。次日一早登船离去,巡江兵卒略略盘问一番,便让他上了船。

此时,芦苇荡中还藏有一船,船上正站着谢安,他看着王见平安离去,会心一笑,只是这笑略有些苦涩。谢安的内心在犹豫:桓元子私下向术士询问国运,野心已昭然若揭,自己在他幕下效命,岂非助纣为虐?

恰在这时,谢万病故的消息传来,谢安便借机告假,要护送灵柩返回会稽,桓温允诺。谢玄闻听,也要一同返乡。

谢安想了一想,说:"眼下正是紧要关头,我谢家人不能都走了,你暂且留在这里,你四叔灵前,我替你上几炷香便是。"

"莫非三叔觉得桓公……"谢玄已猜到了七八分。

"桓元子之心,路人皆知。你在此地,也算为我做个耳目。"谢安心情沉重地告诉侄儿。

函谷关外,秦、燕两国军队已对峙数月。拿下洛阳后,慕容恪便陈兵于此。苻坚亲率王猛、苻融、邓羌,统二十万大军,亲临崤函前线。

慕容恪殚精竭虑,不幸身染疾病。吴王慕容垂连忙从邺城赶到军前相助。慕容恪拉住兄弟的手:"只怕我时日无多,只恨苻坚、王猛坚守不出。"

慕容垂想了一想:"秦军占据天险,强攻怕是无济于事。为今之计,还是先退兵邺城,兄长先养好身体要紧。"

慕容恪脸上露出一丝为难的表情:"此言甚是,可我总担心桓温会乘虚北上,断我后路,需有一个万全的退兵之策。"

慕容垂附在兄长耳边,低语几句,慕容恪频频点头。

五日后,待苻坚发现情形有点不对头时,已然晚了。他和王猛、苻融率领一队精骑赶到函谷关外燕军营垒,见这里遍插旌旗、炊烟袅袅,却不见一兵一卒。

"唉!"苻融将马鞭砸在燕军的帐篷上,"好个狡猾的慕容恪,竟在眼皮底下跑了。"

王猛在营中察看了一圈,来到苻坚身边:"天王,鲜卑人效仿诸葛武侯,每日增灶，虚点炊烟，士卒却是分次撤离，我们的细作都被瞒过了！”

“慕容恪真是我大秦的劲敌啊！”苻坚叹着气。

“天王不必担心，燕国之事皆出于慕容恪，但其人已似枯灯残阳，命将不久矣。”王猛胸有成竹。

回到邺城后，慕容恪病体日渐沉重，他上表燕帝慕容暐：吴王文武兼才，不亚于管仲、萧何，更胜我十倍，陛下若将朝政托付于他，国家无忧，关中、江南二处必不敢直视中原。慕容暐还没来得及前来探病，一代名将慕容恪便带着吞秦灭晋的雄心抱恨离世。

一四　枋头大战，桓温功亏一篑

大江之上，一条船顺水而下，正朝京口方向而去。船头站着一脸络腮胡的郗超，他向桓温告了假，前往京口省亲，他的身旁站着表弟王徽之——王羲之第五子，刚入桓温幕任参军。

郗超之父郗愔刚升任平北将军、领徐兖二州刺史（彼时徐州和兖州的治所都在京口），身为长子，郗超理应前往与老父庆贺。

父子数年未见，今日又逢喜事，自是高兴。不过郗愔现在最感兴趣的是天师道，每日只好唱经吃斋，一应事务都交给了手下僚属。至于加官，倒未见得有多高兴。

家宴安排在后堂，王徽之素来放诞，在舅父面前也不客气，坐到了客座之首，谈笑自若。郗愔也不在意，笑吟吟地问道：“子猷（王徽之表字）啊，你父近一阵子在会稽可安好？”他知道姐夫王羲之自从到了会稽，寄情山水，政事几乎荒废，有点替他担心。

“应变将略，非其所长。”王徽之随口应道。

郗愔点点头：“逸少素来放诞，官场上那些繁文缛节却也难为他了。老夫本也不稀罕这玩意儿，只是年岁已大，家里还有这么多人要吃饭呢，呵呵，你看……”说着，他端起那颗平北将军官印，一脸的无可奈何。

“应变将略，非其所长。”王徽之回应着同样一句话。

郗愔皱了皱眉：“贤侄近日在桓公身边走动，可曾听到他如何说老夫？”

“应变将略，非其所长。”王徽之也不看舅父一眼，自顾自地夹了一箸菜，嘴里依然是那句话。

郗愔不再言语，席上的郗融（郗愔次子）听出了这话的蹊跷，恨恨地瞪了王徽

之一眼。他推说更衣，起身离席，暗里又扯了扯郗超的衣襟。

兄弟二人来到花园里，郗融劈头埋怨道："王子猷欺人太甚，今日是父亲的喜事，他总在那里胡说八道，何为'应变将略，非其所长'？分明是取笑父亲，实属可恨！"

郗超看着兄弟那股愤愤劲，乐得前仰后合："你怎么这么死脑筋，子猷这句话本引自陈寿对诸葛武侯的评价，以老父比诸葛亮，有何难堪？"

郗融一时语塞，甩甩袖子进屋了。郗超独自在花园里溜达，脑海中不断浮现出临行前桓温对他说的话："京口酒可饮，兵可用。"他觉得京口之行让自己陷入了两难的境地……

半月后，在姑孰的大司马临时官邸，桓温聚集大小僚属议事。他拿起几案上一封书信，环视众人："这是郗平北给我的信，称自己年老多病，不堪军旅之事，特将徐兖二州的兵马悉数交我调遣。真是国之忠臣啊！"说着，他望了望郗超。

郗超的心"咯噔"了一下，脸上依然平静。

"郗公以大局为念，我深表敬佩，我已向建康上表，请封郗公为冠军将军，入朝伴君。"桓温接着说。

郗愔为何主动献上徐兖二州的兵权？这都是郗超的计策，他仿效父亲的字体，写了一封信给桓温。其实在京口时，郗超从王徽之的话里就悟出桓温对父亲的猜忌。主动上缴兵权，一则可保全家安宁，二则可以成为自己日后向桓温邀功的资本。

自"庚戌土断"之后①，江南各州郡用以养兵练兵的钱粮日趋充裕，桓温逐渐有了再度北伐的打算。

此时，司马丕已病故，即位的琅琊王司马奕懦弱不堪，朝政悉听桓温决断。借着郗超的"大义灭亲"，桓温终于将最精锐的几支兵马：荆州、江州、徐州、兖州、豫州之兵全数握在手中，再加上"死敌"慕容恪的故去，桓温对出兵有了十足的把握。

"桓某卧薪尝胆十三载，就是为了能一鼓作气克复中原！此次北伐，大军沿淮水出发，借道泗口，再入泗水逆流北上，直抵兖州腹地、黄河之南，鲜卑重兵皆集结在谯郡、梁国，必不会料到我会攻他侧翼，那时我军可放心经略河北，直捣邺城！"桓温向众僚属讲述着自己的构想。

① 土断，魏晋时期的一项户籍制度，即让百姓按照重新划分的居住区域编定户籍，这一法令客观上增加了政府的税收，蓄养了国力，却也在无形中打击了世家大族的势力，使其被迫释放大批奴属，而一些原先不用担负赋役的侨民也要上缴租役，以致怨声载道。兴宁二年（364）三月初一，桓温奏请晋哀帝司马丕下诏行土断令，由于这一天是农历庚戌日，又称"庚戌土断"。

桓温的这番计划不可谓不周详,众人几乎挑不出毛病。桓温也有些得意,悠然地靠在榻上,笑言:“即便不能流芳百世,遗臭万年总是可以的吧?哈哈……”

一旁的谢玄闻听此言,暗自吃惊,抬头之际正好瞧见郗超也正朝四下张望。二人目光相对,郗超忙咳嗽起来,桓温会意,便未再继续说下去。

桓温自知失口,为以防万一,他留下谢玄驻守姑孰,又调征虏将军朱序为北伐接应使。

北伐大军进入泗口后,河道变窄。郗超忧心忡忡地来见桓温,他担心绕行泗水路途过远,更兼河道被淤泥堵塞,后续的运粮船难以行驶。桓温不以为然,以大军改道耗费时日为由拒绝了。

又行了数日,泗水越来越浅,已见到了底。时值五月,久旱不雨,眼看大军就要停滞。情急之下,桓温传令征集民夫,寻找到一条古河旧道,三日之内开凿出运河,引泗水而入,这才打通了主河道。熬过了半个多月后,先头部队终于进入黄河。

桓温坐在楼船船头,举目四望,舳舻百里,旌旗蔽日,好不威风,他不禁用手指击打着船舷:“昔日永嘉之耻,今日势必雪之!”

正得意间,郗超上前低声说道:“水道曲折,押粮船队从泗口到黄河,需半月时间,若燕人坚守不出,我军怕是难以为继。”

桓温一团高兴顿时化为乌有,沉着脸反问:“大军尚未得一地,你却屡出不吉之言,那你说怎么办?”

“属下以为有两策:要么挑选一支精兵,昼夜兼程,直捣邺城。迫于主公的威名,鲜卑人必然慌乱,或战,我军士气正劲,可一战成功;或守,中原士庶人心向我,足以威慑邺城,逼其献城降顺。若主公以为此计过急,我军不妨暂驻在黄河沿线,囤粮筑城,待到明夏粮草充足,再一鼓作气扫荡中原。”

“一急一缓,皆是下策,我若不先步步为营拔去邺城周围的钉子,燕人断我后路该如何是好?至于邺城嘛,到那时已是孤城,破之何难?”桓温还是没有接受郗超的建议。

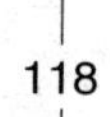

没有了慕容恪,鲜卑人的战斗力下降得很快,接连吃了几次败仗,与晋军相持在枋头(今河南浚县)。

燕帝慕容暐惊恐万状,与太傅慕容评商议是否退往发迹之地——龙城。吴王慕容垂力谏,愿拼死一战,同时遣使者前往关中,邀苻坚出兵相助。

看着慕容暐言辞谦恭的求援书,苻坚连连摇头:“昔日桓温伐我关中,慕容氏未发一兵一卒援我,今日寡人为何要去援他?”

王猛谏道:“此乃天赐关东与天王,我曾力劝天王入函谷关,苦于师出无名,慕容小儿今日正送来一个!”

苻坚担心桓温势大，己方一旦卷入战事，消耗颇大。王猛太了解桓温北伐的初衷了，在他看来，桓温不能先取邺城，反而逡巡河北，是在收买人心。“若放任其攻灭慕容暐，则关东一线将很难与之争夺；若联合慕容对付桓温，即可逼退晋人，鲜卑人也损耗大半，我可坐收渔利！”王猛的分析一针见血。

苻坚这才答应出兵，不过提出了苛刻的条件：打退晋军后，燕人需割让虎牢关以西的土地。

慕容评急于击退桓温，一咬牙，擅自替侄儿皇帝答应了。

再说桓温驻兵枋头，这一日，有探马来报：东北方向尘土飞扬，旗角招展，人喊马嘶，似有一军杀到。桓温忙令再探。不到一刻，探马再报：燕人援军已到，约莫有三万人。

“来得好快！”桓温暗自吃惊。正想着，探马又报：燕军已在对面山前扎下数十座营垒，军容严整。

不到半个时辰，从进军到安营，速度极快，桓温不敢小觑对手，率领十数骑出营查看。见燕营布置有法，或军或马，按序出入，营前修筑有数重鹿角壕沟。

“此深得兵法之妙，没想到慕容恪之后燕人仍有如此奇才！”桓温失口叫道，郗超忙问是谁。

“必是慕容垂，王景略数月前从关中寄我一信，提到需提防此人。”桓温对着郗超叹了口气：“未用阁下之计直捣邺城，竟让燕人有喘息之机。”

“何不乘其立足未稳，一鼓作气攻过去？”郗超道。

“谈何容易，慕容垂如此大张旗鼓，必有准备。”桓温打马转身，回营之后仍是懊恼不已。

次日，有探马打听到秦军出关中东进的消息，飞报桓温。桓温正为慕容垂死守枋头焦虑不已，一听此信，无疑愁上加愁。掌粮官又报进帐中：粮草仅够五日！桓温忙问：“粮草为何至今未运到？”

几位将官面面相觑，好半天，其中一人才说：“今晨方得知，押粮的袁真将军一部被挡在了石门（今河南荥阳北），不能通过。”

“何不早报？”桓温将帅案拍得咚咚响。他打算将这员将官治罪。

郗超连忙劝阻：“事到如今，杀了他也无济于事，若再行耽搁，只怕秦军一到，我军将有腹背受敌的危险。”

桓温颓然跌坐在帅位上……

晋军撤退的消息很快传到燕营，诸将纷纷请令追击。慕容垂一摆手：“不可！桓温深谙用兵之法，大军后撤岂能没有精兵护卫侧翼？贸然出击，必为所败，先等上一等，待他人困马乏时追上去，必大破之！”慕容垂是慕容恪死后燕国威望最高之人,诸将都极为服气,并无二话。

第二日夜,慕容垂亲自挑选八千精锐骑兵,安排长子慕容令、兄弟范阳王慕容德统领,紧紧跟在晋军后面。

桓温担心燕军从四面追击,走得急,辎重、铠甲一路舍弃,五日之后已退到襄邑(今河南睢县)。桓温见并无燕军追上,松了一口气,吩咐侧翼的人马迅速合为一股,并入中军,一齐南撤。不过晋军此时已羸弱不堪,就像枯树上的败叶,一阵风刮过就会四散。

天色将晚,桓温心里烦闷,独坐帐中饮酒,已有几分醉意。郗超走进帐中,桓温招呼他坐下,郗超哪里喝得下去,再三劝桓温一口气退回彭城。桓温一把推开他:"我征战经年,岂怕那几个鲜卑崽子?慕容垂用兵也是徒有虚名,我军现已人困马乏,若此时派遣一支精兵追赶至此,我等将束手就擒!"

话音未落,营外一阵大乱,士卒禀报:"燕军已到营外!"桓温起身不及,跌倒在地,郗超赶紧上前搀起,连声高喊:"快备马!"

二人冲到帐外,只见四周火光冲天,到处是喊杀声,盔甲鲜亮的鲜卑骑兵在晋军营中往来如飞,近者用矛刺,远者用箭射,桓温的酒醒了一半,他抓住缰绳,用力一扯,刚在马鞍上坐定,耳后一阵凉风刮过。桓温毕竟是武将出身,纵然上了些岁数,身子还算灵活,他一低头,一支雕翎箭不偏不倚正扎在头巾上。郗超见状,抢过一个士卒的头盔,一纵马赶上桓温,将头盔给他戴上。

"休要走了桓温,捉活的!"鲜卑人一阵狂笑。桓温、郗超退到后营,发现已是死尸无数,桓温痛苦地闭上了眼睛。又是一阵骚动,有人在前面大叫:"援兵到了!"火把亮处,映出一个斗大的"朱"字大旗,郗超连声高呼:"朱将军,桓公在此,速来相助!"

很快,一匹浑红马已到跟前,朱序放下手中大刀,一拱手:"次伦晚来一步,大司马受惊了!"桓温已说不出话来,只是挥了挥手。朱序招呼士卒护送桓温、郗超退往彭城,自己率军迎击鲜卑人。

一路赶到彭城,桓温不敢停歇,又撤往山阳(今江苏淮阴)。郗超清点士卒伤亡人数,光是襄邑一战,就折损三万余人,徐兖二州的精兵几乎伤亡殆尽,桓温伤感不已。

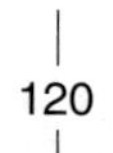

已是入冬时节,桓温走在山阳城外的步道上。一阵北风呼啸而过,桓温不禁紧了紧衣袍,他停在路边,凝神注视着一棵有如碗口粗的柳树。

"天色已晚,桓公还是早些入城吧。"郗超从后面赶了上来。突然,桓温紧跑几步,来到柳树近前,用力扯下一株枝干,捧在手中:"我父当年曾为山阳县令,我也曾在这里待过一些时日,这树还是我种下的哩!"说着,他用树枝指了指树根部的一堆乱草,郗超扒开一看,果然有一块小石碑,上面刻着"谯国桓温植于咸和元年"。

"唉!"桓温仰头瞧着柳树硕大的身姿,叹道:"木犹如此,人何以堪?"两行清泪滑下眼角。

兵败襄邑,桓温自觉颜面无光,在山阳闭门谢客,南康长公主前往探视,在路上受了风寒,竟染病而亡。会稽王司马昱担心桓温会借题发挥,奏请皇帝安抚,封其世子桓熙为征虏将军,并赠南康长公主治丧钱百万、布千匹。桓温逐一回绝。

慕容垂一战成名,回到邺城,备受朝野赞誉。太后可足浑氏有心讨好这位小叔子,欲将妹妹许配给慕容垂为偏房,便召吴王妃段碧儿入宫相商。

那段碧儿本是幽州段氏之后,性子刚烈,与慕容垂夫妻感情甚笃,不太愿意丈夫纳妾,加之平素对太后有些不满,话不投机,不欢而散。

段碧儿回到府上,正好遇到慕容垂出门前往尚书高泰府上赴宴,免不了替夫君一番担心。慕容垂扶着夫人的肩膀:"我视刀山剑海于无物,还怕奸人害我?"说罢,带着儿子慕容令、慕容宝出门而去。

天色已晚,段夫人无心用膳,只是叫侍女准备了几块点心,打算亲自动手烹茶。大门口传来一阵嘈杂声:"还不到一个时辰,怎么吴王就回来了?"

段碧儿有些纳闷,起身来到前厅,就见家人慌慌张张跑了进来:"宫内来人了!"

话音未落,只见全副武装的御林军鱼贯而入,列在了前厅之下,为首一人,内侍打扮,手拿拂尘,怪里怪气地问身边一个衣着褴褛之人:"可是她?"

"正是!"

"明白了! 吴王妃,有人告你以巫蛊诅咒君王,现太后有旨,要你速速入宫!"

吴王府内一阵骚动,段碧儿明白自己担心的事终于发生了,她不慌不忙地言道:"待我更衣!"说罢回到后室,急急找来小妹段紫玉。段碧儿拉着妹妹的手说:"太后有意陷害,我要入宫申冤,只怕一去不回,吴王一世英名不能因我而毁,你快去高尚书府上告知吴王,不可再回府,连夜出邺城!"

"那姐姐你怎么办?"段紫玉还是个十七八岁的姑娘,吓得哭了起来。

"就算粉身碎骨,我也不会连累吴王的,只可惜令儿、宝儿,我是见不到了。"段碧儿说着也掉下了眼泪。姐妹二人紧紧拥抱在一起。

姐妹俩正说着,前面有人高呼:"请吴王妃速速进宫!"

段碧儿一狠心,推开妹妹的肩头,"吴王殿下就托付给小妹了!"说着,头也不回地走了出去。

后宫中,可足浑氏端然稳坐,眼神专注于身上的狐狸裘,慢悠悠地抚摸着,嘴里"啧啧"有声。段碧儿瘫坐在地上,披头散发,衣衫单薄,血迹斑斑,身后站着两个宫女,明显刚刚受过大刑。

好半天，可足浑氏才如梦方醒一般惊叫起来："怎么弄成了这个样子，哀家不是叫你们请吴王妃入宫吗？混账东西！"说着，让宫女将段碧儿搀到旁边的榻上。段碧儿挣扎着跪在地上："罪妇怎敢劳太后大驾，请太后速速赐我一死！"

"这是什么话？吴王妃一柔弱女子，怎会做出此等事？定是有人栽赃。"可足浑氏假惺惺地说。"不过……"她话锋一转，"此事既然出自吴王府，想必吴王最知情，王妃是他最亲近的人，定知底细，只要你说出来，哀家马上放你回府！"

段碧儿一丝苦笑："巫蛊奇冤，栽赃嫁祸，吴王堂堂英雄，岂能为此等龌龊事折腰，碧儿不才，愿替吴王死！"

"这么说，你是不怕死啰？"可足浑氏收起了虚情假意，露出一脸凶相。

"人非圣贤，有谁不怕死？只是为了活命而诬陷至亲，还不如一死！"段碧儿不卑不亢。

可足浑氏脸上一阵红，一阵白，吩咐将段夫人押下。

段紫玉在尚书府找到吴王时，酒宴刚散。慕容垂听到夫人被抓进宫的消息，急出一身大汗，犹如万把钢刀插向肺里。"是我误了碧儿，是我误了她呀！太后素来忌惮我，此番抓住把柄必要对她下重刑，可怜一女子，怎堪承受？"慕容垂把牙齿咬得咯咯直响。

慕容令、慕容宝哭着拔出佩刀："父王，咱们杀进宫救母亲吧！"慕容垂好像一尊威猛的金刚，拼命压制着怒火，他瞪着血红的眼睛，朝着空荡荡的长街一声大喝。

这时，长街尽头急急跑来十来匹马，待到得跟前，慕容垂才看清为首的是谋士高弼和慕容恪之子慕容楷，后面的是舅父兰建以及他的另两个儿子慕容农、慕容麟，他们领着十余名亲兵。

"我打听清楚了，是太后和太傅设计，企图置吴王于死地，他们扑了个空，就把王妃抓走了！"兰建喘着气，催促慕容垂赶快杀进宫，除掉可足浑氏和太傅慕容评，救下王妃。

慕容垂叹道："骨肉相残，我怎忍心？纵然赴死，我也绝不为此不义之事！"

慕容楷朝着叔叔一拱手："姬昌放外而生，比干在朝而死。叔王怀仁人之量，也不可不防奸人算计，为今之计，莫如我等退往龙城，静观其变。"

高弼连说："我出发前已将吴王府上的卫队遣出北门外十里，随时接应！"

"也只有如此了！"慕容垂点头。

"难道你们就不管我姐了？"一旁的段紫玉急得大叫。慕容垂一咬牙："碧儿不愧我慕容垂的女人！"说罢，翻身上马，打了一声呼哨，听着这熟悉的声音，大家不约而同地齐声回着一声声的呼哨，十余匹马先后往北门跑去。

段紫玉泪流满面，看着众人跑远，她也学着打了一个呼哨，胯下白马如离弦之箭般冲了出去。

两日后，慕容垂一行人到了中山，一点人马，发现慕容麟不见了，慕容令担心兄弟走丢，打算回去寻找。慕容垂阻止了他："随他去吧，一行鸿雁远行，岂是一两只家雀可以左右的？"

将近范阳，邺城的追兵到了，慕容令、慕容楷一阵冲杀，斩杀了领头将官，方才脱身。慕容令捉住一个小卒审问，才知道是慕容麟中途跑回邺城告发了他们。

"看来龙城是回不去了。"慕容垂脸色沉重地告诉大家，"事已至此，你们把我杀了吧，回邺城请罪，太后嫉恨的人是我，以我一人之死换取众人生！"

"不，姐夫，姐姐临走前让我……我照顾你，你不要辜负了她！"段紫玉着急地喊了出来，脸上微微有些发烫。慕容垂温柔地看着她。

慕容令、慕容楷、高弼齐声道："吴王多虑，回邺城大家都得死，我等愿保吴王殿下到天涯海角！"

慕容垂感激地看着大家："好！我的意思是，咱们既不走龙城，也不回邺城。"他"噌"地拔出所佩金刀，高举过头顶，"西入关中，投苻坚！"

西行路漫漫，一行人先要南下邺城，再折向西南的荥阳，过洛阳，奔弘农，穿函谷关，才能入潼关。

途经井陉，山势险峻，不断有随行之人滑下山涧，慕容垂忙吩咐所有人下马，徒步缓行。待走过井陉，慕容垂清点人数，仅剩二十八骑。

看看将近邺城，为防人耳目，慕容垂令大家昼伏夜出，众人在一处不知何朝何代的陵墓后面下马歇息。

时已过午，吞了几口干粮后，上下眼皮开始打架，慕容令让父亲歇息，自己在陵墓外的松树林边放哨。不一会儿，慕容令听得林中鼾声四起，他松了口气，也打算小憩片刻。

正在这时，不远处传来一阵銮铃响，慕容令警觉地四下张望，不曾见一个人。銮铃声越来越大，慕容令有些着急，抓住一棵松树，攀爬到有两人来高，这才发现东南方向的小道上来了一队人马，都是燕军甲士装扮，各个手持利刃，有百余人。慕容令惊得差点掉下来，他急忙滑下树干，跑到陵墓后，叫醒众人。

大家纷纷拔刀在手，慕容垂让慕容令、慕容楷各率十名精壮士卒，左右散开；余下的人跟着慕容垂，隐蔽在石碑后；段紫玉是第一次遇到这种事，她手里也握着一柄剑，跟在慕容垂身后，不由自主地拉住了慕容垂的腰带。慕容垂一怔，回过头来瞧着段紫玉，轻轻点了点头，随即拉住了她的手。

眼看那队甲士已到松林边，慕容垂的手心里全是汗，己方人数完全处于劣势，不到万不得已，他是不打算厮杀的。

忽然,头顶上突然响起一阵“啪啦啪啦”的声音,二十来只猎鹰从松林上空掠过,甲士们吹起一声声呼哨,全都催马跑开了。

原来是围猎的!大家长出一口气,慕容垂也如释重负。当即,他下令牵过一匹白马,斩杀以祭天。段紫玉为他递过白马的缰绳,慕容垂牢牢握在手中,挥动了金刀……

慕容垂带头把马血涂抹在嘴唇上,以刀指天:“此行若能逃离魔窟,他日必诛尽邺城群小,复我大燕!”

一月之后,慕容垂一行风尘仆仆地进入关中。听说慕容垂前来归附,苻坚亲迎至灞上,于他而言,慕容恪的死让他对夺占关东信心十足,而今慕容垂主动来投,则几乎是将整个燕国拱手献上。

他拉着慕容垂的手:“寡人有慕容道明,必得中原,他日寡人与汝平定天下,将同祭泰山,让你永镇邺城!”随即封他为冠军将军、宾徒侯,随行之人皆有封赏。

祭奠泰山是秦皇汉武的功德,非君王不能做,苻坚兴之所至,竟要与慕容垂分享天了之荣,这让王猛很是警觉。他暗地劝苻坚杀了慕容垂等人,苻坚摇头不允:“我取天下,单靠一个义字。慕容垂初到,我允诺收留他,就是平民之家也不能出尔反尔,何况天子?”

不久,苻坚派往邺城索要虎牢以西土地的权翼回来了,称慕容评再三推脱,拒不认账。苻坚震怒,让王猛挂帅,都督邓羌、张蚝、梁成诸将,兴兵六万,大举伐燕。

一五 道韫出阁,谢安戏耍大司马

大秦军马东征在即,深夜,宾徒侯慕容垂猛然醒了过来,冷汗如雨,双眼直勾勾地凝视着墙角微弱的烛火。

“怎么了?”身旁的段紫玉关切地问道。

“我梦见令儿一个人走在落满大雪的旷野上,怎么喊他也不回头,然后突然响起一声炸雷。”

“夜梦大雪,不是吉兆,莫非世子此行不利?”段紫玉自言自语地说着。慕容垂披衣下床,独自坐于窗前。一场鏖战后,秦军拿下洛阳。这时,先锋营参军慕容令收到了一件木匣,打开一看,竟是父亲平日随身携带的金刀。慕容令一脸疑惑地看着送刀之人,这个人自称是慕容垂亲随,名唤金熙。

“送我金刀,是何道理?”慕容令自言自语,“侯爷就没说什么?”慕容令追问。

“侯爷让我转告世子，咱们到关中本为日后复仇，不料大秦天王身边的人极尽排斥中伤之口舌，王猛之辈更是嫉恨于我，恨不得除之而后快，若天王一旦翻脸，报仇不成反倒做了他乡断头鬼。近日闻听主上已下书与侯爷，盼其早归，世子见此金刀，立刻动身，与侯爷邺城相会！”金熙回答。

慕容令自幼聪慧，深得慕容垂喜爱，听了金熙一番话，半信半疑：父亲仅凭邺城的一封书信就出走关中？当初逃离邺城的情形难道他忘了？若是不信，这金刀真真切切摆在眼前，这如何是好？

金熙见他尚在犹豫，“扑通”跪下：“世子有所不知，自从您随军出征，有人在长安街头贴出告示，说侯爷是燕人细作，府门外聚集了一帮人，吵吵着让侯爷认罪。侯爷想入宫辩冤，天王却避而不见。无奈之下，他只好……”慕容令心乱如麻：“这……唉！天底下竟没有我慕容家的立足之地吗？”

很快，慕容令不辞而别投到燕军大营的消息传遍了洛阳城，统帅王猛不动声色地安排人返回长安报信。慕容垂闻听风声，百口莫辩，又急又怕，只好带领全家连夜出逃，逃至蓝田时被苻融的追兵抓获。

苻坚看着被绑在太极殿外的慕容垂，心里不是滋味。慕容垂想叫冤，但儿子叛降的消息千真万确，自己畏罪出逃，又被人抓个正着。如今说什么都晚了，只好闭目等死。

好半天，苻坚拔出剑来，斩断了绳索，他拉着慕容垂的手说：“《尚书》云，‘父父子子，无相及也’。谁没有故国之念啊？慕容令不忘本，就让他去吧，可惜是再入虎口。只是你并无过错，何必如此惊慌失措？”

苻坚的这番话，让慕容垂心中所有的戒备和紧张全都卸了下来，他只觉得全身乏力，只是一个劲儿地叫着“金刀”。苻坚一笑：“我再赠予你一柄金刀！”

慕容垂这才回想起来，王猛出兵前曾找自己要过贴身的金刀，说远征在外，要睹物思人。没想到他正是用金刀为诱饵，诓骗了慕容令。慕容垂心里一阵难受，他知道自己再也不能见到钟爱的长子了。

拿下洛阳后，为解决大军东进的侧翼威胁，王猛亲率精锐北上，目标是河东诸郡。

燕国太傅慕容评亲率二十万大军驰援。大军开进到潞川，眼看天色已晚，慕容评下令安营。大帐尚未布置完备，慕容评就忙不迭地钻了进去，他抖开一个大包裹，一大摞账本掉在了地上，原来这慕容评素来贪财，领兵在外仍不忘府中佃农新纳的租赋。

这时，士卒传来急报：晋阳、壶关相继失陷，秦军已逼近潞川。正在核算账目的慕容评惊得把手中之笔扔在地上。整个晚上，慕容评难以入眠——他倒不是担心秦军势大，而是担心自己在邺城的钱财。

次日升帐，诸将奏请出兵，慕容评站在地图边装模作样地看了一会儿，清了清嗓子："我军虽多，秦军更猛，强敌远来，利在速战，目下我军只宜坚守，等其粮草耗尽而击之，虽诸葛孔明也无济于事啊！"

说罢，他不耐烦地挥了挥手，吩咐散帐。回到后帐，慕容评趴在几案上翻查自家账目，发现上月亏空之处甚多，心疼得他捶胸顿足。无意中，慕容评的手碰到了几案另一头堆放的粮草辎重册，他随意拿出一册翻看，还没翻几页，不禁喜笑颜开。

"咚咚咚……"聚将鼓又响了，众将一脸茫然地再度走入中军帐，却见帅位上的慕容评神情严肃，传令将潞川周遭山林河泽尽数封禁，还发出告示：无论平民还是士卒，若是要砍柴担水，一担柴纳五十钱，一瓢水纳三十钱。

此令一下，全营上下目瞪口呆，碍着慕容评的权势，只好忍气吞声。半月时间，慕容评未发一兵一卒，自家倒是赚了个无数。

奇闻传到秦营，诸将笑得前仰后合，王猛更是笑得直抹眼泪。"慕容一族真是江郎才尽，用这等奴才，虽有亿万之众，何足惧哉？"

见慕容评按兵不动，王猛便率领三军渡过潞川，背水列阵。慕容评贪功心切，大开营门，亲率十万人马铺天盖地而来。

秦军上下有些胆怯，且战且退。王猛见状，赶紧催马来到阵前，他背向敌方，对着自己阵上高喝道："鲜卑小儿欺我人少，我今偏要置之死地而后生，慕容评营中钱米无数，先入其营者，赏金千两，封侯！"

一听有赏，秦军士气大振，个个争先，奋力厮杀，燕军招架不住，丢下千余具尸体，狼狈撤回营中。

当日晚间，王猛又派张蚝、梁成前往劫寨，慕容评本是庸才，未作防备，又被一阵痛击，退兵五十里。

燕营中有不满慕容评者，暗里告到了邺城。燕主慕容暐大怒，连夜派使者赶到潞川，严令慕容评将收取钱物充以军用，诏书最后写道："若能退得秦军，国库积蓄，朕与太傅共有。"燕营众将听得目瞪口呆，慕容评却喜笑颜开，又私下拿出几串玛瑙珠子硬塞给使者，那使者落得做个人情，欣然领受。

对于连遭败绩的燕军来说，钱财果真是开心的锁，一时群情振奋。次日再战，燕军个个强悍，奋勇冲击，秦军难以抵挡，又将前次推进的五十里地还给了燕军。

在潞川耽搁日久，王猛开始着急起来。

这一日，邓羌的接应人马到了，王猛亲自将他迎进辕门。邓羌看着士卒脸上尽是萎靡之色，满脸不悦，板着面孔道："丞相出兵已三月，为何还在潞川停留？兵法云：兵贵神速。这样怕是有负圣恩吧？"

王猛心里一动，笑道："我军虽勇，却还差一员智勇双全的主将，将军来得正好，非阁下不能破慕容评。"

邓羌得意地大笑："王景略，你休激我，若委我为司隶校尉，一日之内，我让你看鲜卑儿滚蛋！"

王猛应道："依我看，司隶校尉怎配得上将军虎威，况且王猛也无资格任命将军，这样吧，只要将军能破敌，我定当在天王面前保奏，封万户侯，如何？"

邓羌哼了一声，一甩袍袖："好小气，那丞相就请自行遣将吧。"转身回了自己帐中。

又过了两日，慕容评率大军搦战，秦军坚守不出。慕容评令旗挥动，阵门开出，排成一队队的连环甲马呼啸而出，声震潞川两岸。行走之间，万箭齐发，秦军营垒前的鹿角被射得如刺猬一般。梁成、张蚝强要出击，皆被击退，士卒死伤无数。

王猛环顾四下，再无将可派，正着急，突然想起了邓羌，他连忙叫过一名小卒，耳语几句，那小卒领命而去。

不到一盏茶的工夫，邓羌全身披挂来到前营，边走边叫嚷："王景略，你如何不早说啊？咱可先说定了，如果我破了燕人，你可不能食言！"

王猛摸着胡须："王猛几时打过诳语？将军放心就是！"

邓羌拿过自己的开山钺："鲜卑儿这连环甲马，不足一提，可挑选三千藤牌手，在其来路埋伏，破他雕翎箭，再派三千钩镰手，专钩马腿，钩倒一匹，剩下那些马受其牵绊，不能前行。"

王猛传令士卒速去准备藤牌、钩镰枪。

隔了半日，准备停当，邓羌亲领一军前往燕营挑战。慕容评不知有计，将连环甲马全数放出，被秦军的藤牌手、钩镰手一阵伏击，打得大败，王猛乘势率大军掩杀过来。杀至半夜，秦军大获全胜，阵前斩杀近一万余燕军。

秦军士卒兴高采烈地打扫战场，张蚝告诉王猛，此战共俘虏燕军五万人。王猛心中一紧，慕容垂的身影闪过了脑海，他心头一阵不快，咬了咬牙，说道："全数坑之！"

一夜之间，五万燕军俘虏皆成亡魂，中原震动。消息传到长安，苻坚震怒无比："滥杀无辜，与石虎、苻生何异？王景略说奉谶纬行事？实在荒唐！"

为亡羊补牢，苻坚下令对以慕容垂为首的鲜卑投诚贵族大加赏赐，以安其心。同时，下诏严斥张蚝，并降爵三等，严令不得再有杀降之举。在诏书里，苻坚三令五申，攻下邺城后，务必保留慕容一族的性命，违者以抗旨不遵为由斩首。

至于杀降的始作俑者王猛，苻坚并未惩罚，只亲写一信加以抚慰。诏书发出后，苻坚放心不下，亲往邺城督战。

十万秦军兵临城下，燕主慕容暐、太傅慕容评、太后可足浑氏仓皇逃亡龙城，于途中被擒。

秦军入城时分，大雨突然倾泻而下，浇灭了燕军临走前放的一把大火，也浇灭了鲜卑人称霸中原的野心。

苻坚已有诏令，开仓济民，对主动投诚的燕国文武尽行开释，城内御街上到处都是围观告示的百姓。

慕容垂带着慕容楷、慕容宝走在熟悉的长街上，他东瞧瞧西看看，想驱散心头那种怪异的感觉：明明身在故国，却身穿秦人衣甲。

正走之间，押着慕容暐、慕容评、可足浑氏的囚车正迎面行来。慕容暐坐在囚车中，双目无神。慕容垂不忍再看，他一眼瞧见了后面的慕容评，心里的火冲上来了，他迎上去，冷冷地一施礼："太傅大人，别来无恙！"

慕容评抬头看着慕容垂，他颤抖着双手握住囚车门，嘴里拼命吐出"吴王，我……"几个字，便泪如雨下。

"好端端的大燕国，不想竟被小人葬送！"慕容垂向天发出一声怒吼。囚车后面还拖着二十来车箱子，里面装着无数的金珠宝贝，那都是慕容评多年来搜刮所得，如今全成了大秦的战利品。

最后一辆囚车里坐着可足浑氏，仇人相见，分外眼红，慕容垂拔剑出鞘，指着这个女人："我敬你是太后、皇嫂，没想到如此蛇蝎心肠，我今日要替爱妃报仇！"说着，一剑穿过囚车，刺穿了可足浑氏的胸膛。

"母后！"一声惨叫从最前面的囚车传来，慕容暐跌坐在车里，号哭不已。押车的秦军阻止不及，又见慕容垂是天王亲近之人，不敢擅断，暗地里告知了王猛。

邺城皇宫内，苻坚正论功行赏。慕容垂提溜着一个带血的包裹走上殿来，往地下一扔，跪下请罪。苻坚沉默不语。

王猛见状，赶紧奏道："冠军将军、宾徒侯慕容垂，不遵皇命，擅杀俘虏，这是目无天王，望乞从严治罪！"

苻坚早已知道这事，他摇了摇头："大丈夫能为屈死的爱妻复仇，何罪之有？君不见江左桓温为父报仇手刃仇人之子？"他亲自扶起了慕容垂。

恰在这时，长子长乐公苻丕慌慌张张地冲上殿来："父皇，儿臣有大事相告！"说着，他从袖子里摸出一张黄色锦缎，苻坚一看，上面用朱砂写着八个大字："甲申乙酉，鱼羊食人。"他不自觉地念了出来。

"这是哪里来的？"

"儿臣也不知。入邺城后，我奉命镇守大殿，不敢有怠慢，今日黎明来到殿头，见巡夜官慌慌张张送来这张黄缎，说是从天而降！"

接着询问巡夜官。"昨夜为臣连眼皮都未眨一下，并未见这大殿内外有人走动，天刚拂晓，却见这张黄缎不知被谁放在了这里！"巡夜官就像讲述着一桩闻所未闻的奇案。殿上文武大臣个个睁大了眼睛，听得津津有味。

“天王！”王猛紧走几步，从苻坚手里接过黄缎，突然叫道，“这是一句谶语啊！”苻坚不解地望着他，王猛忙解释道，“甲申、乙酉是相邻的天干地支，今年乃庚午之岁，距甲申、乙酉还有十五载；一鱼一羊乃是一个鲜字，十五年后正应在白奴身上！”[1]说着，他转身指向慕容垂，“陛下，此人日后必为祸患！”

在场众人全都呆住了，苻坚盯着慕容垂，突然大喝道：“来人，把慕容一族带上殿来！

不一会儿，四十余名鲜卑皇族站到了殿上。

苻坚走在他们中间，缓缓开口道：“我灭了你们燕国，占了你们的邺城，抢了你们的女人，吃了你们的粮米，你们恨我吗？”无人作声。苻坚提高了声音，“你们想杀我这个大秦天王，想杀氐人吗？”还是无人答话。慕容评吓得哆嗦成一团，埋下头，不敢向上看一眼，倒是慕容暐一脸平静，神色自若。苻坚打量了他一会儿，微微一笑，“你应该是最想杀寡人的吧？”

“有心无力耳！”慕容暐从容地说道。

苻坚走近一步，压低了声音：“寡人想知道，你为何不降反逃？”

慕容暐一脸哀伤地看着苻坚：“狐死尚知魂归首丘，我只是想回到龙城，死于先祖坟前。”

“哦？”苻坚面带惊讶。说着，他让卫兵去死牢提出几个囚犯，“这都是我氐族作奸犯科亟待处决的犯人，你不是有心无力吗？那寡人借你这个力，先练练胆！”说着拔出剑强行塞到慕容暐手中。

慕容暐倒退两步，剑从手里慢慢滑落，整个人如木偶一般僵在那儿。苻坚哈哈大笑。

“且慢！”一名女子的声音响起，苻坚顺着声音看去，见慕容皇族中站着一位白衣少女，亭亭玉立，似乎带着某种不容侵犯的意味。

苻坚饶有兴趣地注视着她，看腻了清一色涂脂抹粉的佳人，一位清新的少女突然站到眼前，任谁也要动心。

白衣少女生着一张鹅蛋脸，五官极为精致，鼻梁略高，带有鲜卑人的明显特征，两眼看似脉脉含情，时而却闪出一道寒光，别有一番韵味。

苻坚点点头：“你可知这是咆哮大殿，寡人可是要治你的罪的。”

“亡国之女，岂敢惜命？只愿天王能听我一言。”少女异常沉稳。

“说吧！”

“妾闻大秦天王仁德布于宇内，倡天下一家，对异族常怀宽容，今为何容不下我小小鲜卑，动辄以白奴辱之？”少女指了指身着异族衣冠的慕容垂，“我明白了，像我叔父这等英豪兴许有用于陛下，所以待如上宾；如我等无用之蝼蚁，只消一抬

---

① 晋武帝太元朝的甲申(384 年)、乙酉(385)之交，慕容垂叛秦，兴复燕国。王猛为除掉慕容垂，煞费苦心。

手便灰飞烟灭。”苻坚的脸上有点挂不住了:“大胆!你是何人?”

“妾乃大燕国清河郡主慕容嫣!”

慕容垂素知这个侄女貌美而性烈,是慕容儁的掌上明珠,今日顶撞苻坚,只怕带来杀身之祸,赶紧跪倒在地:“侄女年幼无知,念她乃一女流,望天王恕罪!”

苻坚哼了一声:“我岂是嬴政、项羽之流,为几句不着边际的话就杀人?也罢,你们都退下吧,三日后随车驾回长安。”苻坚又指了指慕容嫣,“你且随寡人到后宫去。”

入夜,烛影摇曳,慕容嫣只穿着一件单薄的衣衫坐在榻上。

苻坚走入了寝宫,长时间注视着慕容嫣,突然有一股冲上去把她扑倒的冲动。“不,寡人不能这么做!”苻坚摇了摇头,在心里对自己说。

慕容嫣发现了苻坚怪异的目光,她略一抬头,只感觉有一双手从远处伸了过来,仿佛要剥掉她的衣服,她下意识地抱住了双肩,露出了光滑白皙的脖颈。

苻坚紧走几步,他的手放在了慕容嫣的肩上,慕容嫣一阵颤抖。突然,一阵嘈杂把陷于臆想中的苻坚拉回了现实。

“何人在外喧哗?”他恼怒地询问。

“河内郡公慕容冲特来服侍陛下!”一个少年稚嫩的声音响起。

苻坚疑惑地望着慕容嫣,她擦了擦眼角的泪水。“是舍弟。”慕容嫣赶紧跪下,“我与冲儿自幼一同长大,朝夕相伴,他是放心不下我,才……”

“如此,宣他进来!”苻坚瞪着血红的双眼,他刚才喝了不少酒。

“不,天王,冲儿年纪尚幼……”慕容嫣阻止不及,只见一个清秀俊俏的少年已站在帷幕之下。苻坚呆住了……

平定邺城,苻坚大赏有功之臣,他打算封王猛为使持节,都督关东六州诸军事,车骑大将军,开府仪同三司,冀州牧,晋爵清河郡侯,并将慕容评所有的财物赏赐与他。王猛再三推辞不过,只好领命。

不过,苻坚拒绝封邓羌为司隶校尉,只授他镇军大将军职,加真定郡侯。诏书一下,邓羌对王猛大为不满。

办完谢万的丧事,谢安又在东山待了些时日。不久,应王彪之的举荐,谢安回到建康出任侍中、吏部尚书。

此时的谢安已不同于永和年间的谢安,亲人的先后离世,让他在不知不觉中被推上了家主的位置,他必须思考得更多。自从察觉出桓温有篡逆之心,身为儒士的谢安,在内心越发坚定了自己的忠君报国之志。年已五十的谢安,在人生快走完一个圆后,又回到了最初的地方——他决定要拂去前半生的风流气度。

乌衣巷的谢家老少正在府中热烈讨论着。

“什么?王凝之那个呆瓜?不行不行!”谢琰夸张地晃着脑袋,“道韫姐姐如何能嫁了他?”

“是啊,王家七子,未娶妻者大有人在,王凝之迂腐木讷,不知叔父为何单单选中他?”已从桓温处回建康任职的谢玄也表示反对。

等众人说完,谢安慢慢地站了起来:“尔等所言皆是浮于表面,这次我为咱家两个闺女找的夫君可不是什么寒族:王珣,王文献公(王导谥号)嫡孙;王凝之,王右军次子,皆是名门之后。尚书左仆射王彪之与我相善,也极力同意我们两家的这两桩亲事。若要在建康站住脚,谢家必须与王家联姻,尔等不可造次!”

谢安这话说得极有分量,小辈们难以反驳,最终定在九月初九,谢道韫下嫁王凝之,谢道清(谢万之女)下嫁王珣。

谢玄自幼与谢道韫感情最好,一时难以接受,独自躲在屋内生闷气。谢安推门而入,坐在侄儿床边:“你与清鹂倒是神仙眷侣,怎就不能让你姐姐有个好夫家?二郎(王凝之)固然有些迟钝,毕竟是大家子弟,又善诗书,与道韫倒不失为一对呢!”

“道韫姐姐她知道吗?”谢玄反问。

“她知不知道并不重要。”谢安一反常态地板起了脸。

谢玄摇着头,就像不认识这个叔叔一样:“三叔变了,你变了! 咏絮之才,冰清玉洁,难道您忘了吗?”说着冲出了房门,只留下面色沉重的谢安。

重阳佳节,菊芳气爽。乌衣巷口一大早就聚集了一队人,吹着家伙,披红挂彩,这是琅琊王家赶来迎亲的队伍,王珣和王凝之两个新郎官,离谢宅还有几百米远,就下车携手并行。

谢府门前是乌衣巷口的一条横街,横街的另一头就是东长干。王凝之他们正朝着谢府大门走的时候,未曾料到东长干那边也进来了一队人,吹着家伙,披红挂彩,和这边一样行头,只是走得更快。

两支迎亲的队伍聚在谢宅门首,王凝之、王珣发现对方领头的竟是大司马桓温!

“陛下有旨,着已故镇西将军谢讳奕之女道韫下嫁正阳公桓济,已故散骑常侍谢讳万之女道清下嫁临贺公桓歆。”领头的一个家人手托圣旨,尖着嗓子叫道。

王凝之、王珣一时摸不着头脑:怎么自家娶的新娘子转眼就要被皇帝赐婚了?再看桓温神采飞扬、满面春风。

王珣脑瓜转得快,明白了三分,他回头看了看迎亲队伍中的王徽之、王献之兄弟,一使眼色。两人心领神会,几步冲到队伍前面。

王徽之一抖宽大的袍袖,手伸向桓府家丁:“拿来?”“拿什么?”“圣旨啊,我看!”“大胆,圣旨岂是你能看的? 你是什么人?”“嘿,我哥哥王叔平就是谢家女婿,我是小舅子,也是半个谢家人,看不得吗?”家丁被说糊涂了。

这时,桓济挤了过来,一把扯住王徽之:“大司马在此,哪有你这乳臭未干的小辈说话的份儿?”

“大司马也不能抢人家媳妇啊?”王献之尖着嗓子,上来帮腔。

桓温怕闹将起来,于面子上不好看,赶忙制止住两个儿子。他对着王徽之兄弟一拱手:“两位公子,得罪了,圣旨在此,不可违背!”说着,他就要上前敲门。王献之急了,抢步上前,揪住桓温的手,张口就咬,桓温疼得“哎哟”一声,差点摔下台阶,桓府家人一拥而上,围住了王献之。

王徽之怕兄弟吃亏,索性大喊起来:“了不得了,大将军纵奴行凶,强抢民女了!”这下可热闹了,王徽之嗓门大,惊动了乌衣巷内外,不少人纷纷走出来看热闹。

这时,谢宅大门也不失时机地打开了,谢安亲自站到了门口,桓温大吃一惊。

“哎哟,是哪阵风把大司马从姑孰给刮了过来?您能来贺喜,让我谢家生辉哟!”

“安石,喜从何来?”桓温预感到事情不妙。

“太后主婚,赐我家两妹道韫、道清下嫁王文献公嫡孙王珣,王右军次子王凝之,现已将新人送往新郎府邸,两位贤婿快些回去拜堂吧!”谢安说道。

不消说,这是谢安的计策,让桓温扑了个空。王徽之、王献之齐声欢呼,拥着两个新郎官掉头就跑。

桓温站在原地,半天说不出话。桓歆傻乎乎地招呼下人要抬彩礼入府,被桓温一把揪住脖领:“别再给我丢人现眼了!”父子三人怨气冲天,领着迎亲队伍狼狈退出了乌衣巷。

原来,王谢联姻一事传到了姑孰,桓温担心两家联起手来对自己不利,便在郗超的帮助下,伪造了一道圣旨,强要破坏这两桩婚事。不想谢安早有防备,巧妙破解了桓温的计划。

一六　废立须臾,桓温的自救

夜已深,桓温独坐在屋内。他拿起桌上的铜镜,借着微弱的烛火,小心抚摸着已有些发白的胡须。

不知什么时候,郗超走了进来。他是桓温最亲近的幕僚,没有过多忌讳,他轻声说:“主公应当对大事有所考虑了。”

“有话直说。”桓温没有看他。郗超清了清嗓子:“主公固有青云之志,不幸有枋头、襄邑之败,别有用心之徒借此大做文章,时局对主公越发不利。倘若借此机会反戈一击,为世人不敢为之事,则……”

“谈何容易!”桓温知道郗超要说什么,打断了他的话,“朝中尽是我的对头。”

“何须与这帮人斗气,咱们只需……”郗超揪着自己的络腮胡,伸出一个指头。

连续送走穆皇帝司马聃、哀皇帝司马丕两位“黑发人”,让年近五十的褚太后看上去颇为憔悴。她在崇德宫内辟得一间佛屋,每日只在里面烧香念佛,对政事不再过问。

这一日,内侍送来一个精巧的木匣,口称“大司马敬献太后”。褚太后仔细端详着这个细长、做工精致的木匣,一声苦笑:“难得大司马一份心意,只是我已将身心许佛,这俗物又有何用……”打开匣的一刹那,她愣住了,里面只放着一叠绢帛,褚太后心下起疑。及至摊开细看,她不由得倒吸一口凉气,原来是桓温代拟的一道诏书,称当今天子“早有痿疾”,又纵容宠臣淫乱宫闱,与妃嫔有了私生子,天子竟将此子封王赐爵,此“倾移皇基”也,宜废为庶人,另立新君。

“我本疑心此事!”褚太后的手颤抖着,脸色惨白,半晌,她带着哽咽的声音吟道,“凤凰生一雏,天下莫不喜。本言是马驹,定当成龙子。”她从几案上拿过笔,在诏书另一面写下了几句话:未亡人遭此不幸,感念先帝与当今皇帝,心如刀割,大义既在,不敢忘怀。

当这封印有玉玺的诏书送还到桓温手中时,他心里才一块石头落了地。“该我们那位等了五十年的皇叔出场了!”桓温神秘地对郗超说。

就这样,桓温威逼褚太后下诏废掉了司马奕,改任海西县公,立会稽王司马昱为帝。桓温思来想去,皇族中有资格继承帝位的只剩下元皇帝的这位儿子了。

新君登临,尚书仆射王彪之,侍中谢安、王坦之等人无不感到事出突然。皇帝御座上,平日谈吐自若、从容娴雅的司马昱无精打采,他还想着登基之时与侄孙司马奕擦身而过的那一瞬间,他从没想到还能在有生之年坐上皇帝的宝座。然而,坐上去又能怎样呢?桓温正昂然立在身前,再看远处,王彪之、谢安、王坦之个个面露忧色,其他臣僚无不低垂着头。

这时,殿上礼乐齐鸣,司马昱心里一百二十个不自在,他觉得自己好像一下子老了十岁,不禁掉下泪来。

在新皇的“再三要求”下,桓温被封为丞相。

桓温掌权的第一件事就是参奏掌握禁军的皇室宗亲武陵王司马晞谋反。司马昱明知是诬告,却不敢反驳,只好扣下奏章,不予理会。桓温为此连上三道奏折,皆无回话。无奈之下,他怀揣奏折,直入台城。

到禁内时已近黄昏，只见四周一片昏暗，并未掌灯，桓温心下奇怪，只好对着暗处叫一声："臣桓温有急事上奏陛下！"连问两声，无人答话。问到第三声，角落里响起一个声音："某在斯！"桓温吓了一跳，忙躬身行礼，口称："有人参武陵王司马晞、新蔡王司马晃、著作郎殷涓（殷浩之子）、长史庾倩（庾冰之子）谋反，现已勘明，证据确凿，望吾皇恩准治罪。"

黑暗中再次传来司马昱的声音："此事我已尽知，实不忍评说，还望丞相念我兄弟骨肉之情，免去武陵王、新蔡王死罪。"

"陛下不可顾念兄弟情谊，而置国家大义于不顾，留下两位亲王，将有大祸！"桓温毫不退让。

短暂的沉默，似在思考，突然一声长叹："若爱卿以为晋祚长久，就请按寡人所说去做；倘若爱卿以为晋祚不久，便悉听尊便，不过寡人实在不便待在台城。"司马昱的话软中带硬，桓温一时难以应答。

司马昱固然软弱，到底还是有身为皇帝的尊严和底线。在他的坚持下，武陵王、新蔡王免于死罪，被废为庶人，那几家臣僚就没有如此好运了，皆满门横尸。

除掉对自己威胁最大的皇族，桓温放心地回到姑孰，因为他面对的是一座没有了任何对手的建康城。

升任中书侍郎的郗超，已是名副其实的"副相"，他没有随桓温离开，而是留在建康，台城的一切风吹草动，尽在他掌握，可随时告知桓温。

不过郗超的内心很是矛盾，一方面，他深知桓温早晚必行曹丕、司马炎旧事，毫无疑问，他就是元勋；另一方面，郗家三世忠于晋室，更何况老父郗愔在堂。忠臣和孝子不可得兼，这个时候，郗超更想听听司马昱的真实想法。

这日退朝，郗超故意迟迟不肯离去，眼看朝臣皆已散去，司马昱见左右无人，突然走下殿来，一把扯住郗超："爱卿，你一向陪伴大司马左右，与寡人说实话，他是否欲行海西公旧事？"

郗超反应极快，赶紧跪下："大司马正欲外御强敌、内振朝廷，这是陛下洪福，不必猜疑。"司马昱低头不语，但还是没放手，郗超忙劝慰道："臣愿以举家满门身家性命担保，绝无此事！"

望着凄凄冷冷的大殿，司马昱神色痛苦。"若是令尊康健，寡人何至于如此狼狈？"他自言自语道。

郗超的脸色变得很难看，他知道老父自从被自己用计诳去徐兖二州兵权回到建康后，就一直称病不出，连他这个儿子也不见了。司马昱突然提到这件事，无疑是在变着法斥责郗超。

他正想着如何回答，忽听司马昱朗声吟诵道："志士痛朝危，忠臣哀主辱！寡人寻祖逖、温峤、郗鉴不可得啊！"说罢，泣下沾襟。

郗超只觉得脸上一阵阵火辣辣的，寻个借口，退了出来。

数月后，司马昱立长子司马曜为太子。借此机会，桓温再次从姑孰来到建康，一帮幕僚随行，其中就包括谢家新婿王珣——他刚任大司马参军不到半年。

黄昏时分，郗超正在大司马府上，将司马昱的种种言行一一告知桓温。桓温皱起了眉头："是我大意了，此人在朝臣中有口皆碑，艳如朝霞，绝非海西公可比。"

正说着，下人来报，称王坦之、谢安登门求见。

"好灵通的消息！"桓温忙以目示郗超，让其退下。

桓温整了整衣襟，起身迎向前厅，远远看见，王谢二人已站在庭院中。一见桓温迎出，谢安恭敬地跪了下去，一旁的王坦之呆若木鸡地看着他。

桓温大为诧异，赶紧上去扶起谢安："安石，你我乃至交，何需行此大礼？"

谢安轻轻一抖袍袖："桓公，可没有君拜于前，臣揖于后的道理哟！"

桓温明知这是谢安在嘲笑他有篡位之心，心头着恼，又不便发作，无奈地回以尴尬一笑。

宾主落座，王珣忙前忙后，为宾主端茶送水。谢安很是震惊，他冷冷地瞧着这位满脸带笑的侄女婿，内心一阵伤感。

王、谢二人此行的目的是来向桓温呈送建康官员名录。桓温离开姑孰前，就让郗超着手安排此事——他想将更多的亲信党羽安插进台城。

接过百官名录，桓温仔细翻看了一阵，扔到了几案上。"素闻建康官吏冗员众多，今日一见，果然如此，依我之见，至少要替换掉五成之人。"

王坦之与谢安对望一眼，小心言道："按律吏部每年皆有官吏考核，却也是按部就班，现在一次就换掉五成，只怕让中书、门下各省用人之时捉襟见肘。"

桓温很不耐烦，阴阴地问："文度（王坦之表字）是信不过我啰？"王坦之一哆嗦，没搭上话。

这时，一阵风刮过了堂屋，将桓温身后与后室相隔的幕帐吹了起来，露出来半张人脸。谢安眼尖，一眼就看到了半拉红色的胡须。谢安认出是郗超，不免暗暗吃惊，脸上却平静无比。

原来郗超嘴上说回避，其实从堂屋一边的走廊绕着到了后室，再转到幕帐后偷听。

眼看与桓温相持不下，谢安顿生一计，他笑着立起身，慢慢踱到桓温身旁，伸手一把扯住幕帐，躲在后面的郗超惊出一身冷汗。"安石每日伏案千言，却不及入幕之宾一言，早知有今日，当初何必出山呢？"言有所指，字字如刀，王坦之听得云里雾里，桓温心里却明白了几分，他也站了起来，故意挡在幕帐前面，哈哈大笑起来："不过一句戏言，安石何必当真？也罢，就依二位之言，三成酒囊饭袋之徒总是要换的吧？"说着他轻轻往后踢了一脚，正踢在郗超腿上，他赶紧退入后室。

谢安明白，桓温在自找台阶下，他也不想现在就与桓温闹崩，与王坦之交换了一下眼色，告辞离去。

次日早朝，王坦之、谢安上奏说明建康官员裁换一事，司马昱并不做应答，只是下了一道口谕：从今日起，政由大司马，祭则寡人。满朝文武望着站在首辅位置的桓温，面有惧色。

桓温轻而易举地将司马昱控制在手中，他又故技重施，上表称自己德薄才疏，宁愿返回姑孰，并将朝政委托王彪之、王坦之、谢安三人。

大家心里清楚，桓温虽走，郗超仍在，台城内外仍旧危机四伏。

忧惧就像幽灵一样笼罩在司马昱的心头，挥之不去，他终于一病不起。

郗超第一时间把这个消息报往姑孰，劝他乘机回京逼宫。桓温忌惮王彪之、王坦之、谢安还在朝中，担心贸然回建康会有不测，便想了一计，分别写一信与二王与谢安，邀三人到姑孰一叙。

尚书仆射府上，三人聚在一处，王彪之急得如热锅上的蚂蚁，王坦之也是愁眉不展，谢安倒是安然稳坐，自己与自己下着棋。

"桓元子权倾朝野，又是首相，按理我等应去赴宴；可去了吧，又担心是鸿门宴。哎，安石……我看你怎么一点儿不慌啊？"见谢安安之若素，王彪之忍不住问道。

谢安没理他，只叫一声："二公可有兴致联手与我对弈一局？"王坦之见状，几步走过去，"哗"的一声把桌上的棋子都给抹到了地上："火烧眉毛了，你可救救我二人的性命哩！"

谢安没生气，慢慢捋着胡须，说："我等若去姑孰，好比羊入虎口，桓元子说什么，我们断无不从之理；而今他不来建康，也是这个道理。我与桓温，就好比力士角力，谁先泄气，谁便输了。"

"依你之言，就是不去啰？但他毕竟身为首辅，我等需寻得一个借口。"王坦之摇了摇头。

"他这么着急邀我们前往，必是知晓陛下病重。为今之计，我们也用不着回他这封信，只需一个字——拖，让他做聋子、瞎子。"谢安说。

"将下书之人软禁倒好说，只是他有郗超这条眼线在建康哪！"王彪之不无焦虑地说。

"哈哈，这有何难？只一人出马，便让这位入幕之宾无话可说！"谢安一撇嘴。

郗超没料到许久不曾露面的父亲会突然来到青溪大司马府上，赶紧迎上正座。

郗愔瞅了瞅儿子，没坐。"这是大司马的座，我如何敢落下屁股？"

"大司马在姑孰，一时半会儿也不会来建康，这里是孩儿说了算。"郗超有几分得意。

“你说了算?”郗愔双手叉在腰间,“好大的口气,你不过大司马帐前一参军,如何能做得了国家大事?”

郗超对父亲不请自来本就有些不满,又见他张口便要训斥自己,不由得火往上撞:“孩儿也是陛下钦封中书侍郎,算起来与父亲是一殿之臣,还请父亲……”

“畜生!你还知道是一殿之臣?我且问你,既是同侪相称,就应协力辅佐陛下,保我大晋,你却与大司马暗通款曲。陛下病重,大司马不回建康探病,反而拥兵姑孰,岂是为臣之道?你是参军,更应提点一二,却在这里自在悠闲,是何道理?”

郗超被老头一通骂,弄了个头昏脑涨,心里觉得有些怪异:奇怪,父亲今日为何如此大的怒气?他眼珠一转,忙好言相劝:“父亲大人息怒,您必是听了他人谗言,说大司马怀有二心,孩儿是谋主。这全是一派胡言!”

“胡说!‘政由大司马,祭则寡人’是何意?分明是桓元子仗势欺主,尔等存心助纣为虐,我郗家错生你这不肖子!”郗愔指着儿子的鼻子大骂。

郗超本就理亏,再加上这几日为桓温的事奔波,心力交瘁,被父亲一顿骂,气往上撞,只觉得天旋地转,身子晃了几下,栽倒在地。下人赶忙将其扶起。

郗愔也感到有些意外。本来谢安嘱咐他只需点到即止,气气郗超,怎奈郗愔本就有恨铁不成钢之心,君臣父子一通数落,那郗超本是孝子,怎敢当面顶撞,急火攻心,竟晕死过去。

不多时,过来一位医官诊断,说只需静心休养便可无事,郗愔这才松了口气。

看着儿子面如白纸一般,郗愔不禁掉下两行老泪:“儿啊,你不听为父之言,自作聪明,只怕死无葬身之地了!”

谢安用计,切断了桓温的“眼线”郗超,让司马昱可以从容地立下遗嘱。

次日,司马昱的遗诏也到了姑孰,桓温亲率众幕僚接旨,最后几句他听得格外清楚:“大司马依周公居摄故事。若太子可辅,则辅之;如不可,君自取之。”

听到这里,桓温浑身都在颤抖,他明白,既然遗诏已下,说明司马昱已然驾崩!

心花怒放的桓温当即亲率一支精兵,直奔建康。

这一日,船到石头城,桓温下令擂鼓,大造声势。站在岸边,回望江面百舸列阵,好不壮观,他不禁叹道:“昔日可儿(王敦)进石头,怎会有这般气势?”

按照礼制,桓温先赶到司马昱灵柩前拜祭。

鸡笼山下的灵堂,太子司马曜、王彪之、王坦之、谢安俱在。桓温身着麻衣,面带悲痛,心里却着实愉快,他等待着半月后太子即位,他将顺理成章地行周公事。

一七　新亭之约,权臣的末路

拜祭完先帝灵柩,桓温回到青溪的大司马府,正要歇息,忽有家人来报:冠军将军郗愔求见。

桓温大为错愕,他心里寻思:虽说郗超是自己的心腹,但郗愔却未明确表示站在自己一边,此番忽然登门,不知是何用意。

带着满腹疑惑,桓温让家人请郗愔入内。

分宾主落座,郗愔先咳嗽了好一阵才言:"老朽已是不中用了,还请大司马多多照看犬子。"桓温越发纳闷,却不明说,只微微一笑:"嘉宾乃我心腹,待之若兄弟,何劳老大人叮嘱?"

客套已闭,郗愔谄媚地一笑,递上一封信札:"此乃满朝文武送与大司马的一件礼物,还请笑纳。"

桓温慢慢打开信札,上面写着:尚书仆射王彪之、领冠军将军郗愔、左将军司马难……然后是一长串朝臣的名字。他只略略扫了一眼,便猜到了,这是一封劝进信。

"郗公!"桓温眼睛眯成了一条线,"阁下这戏演得不怎么样啊!"

"啊?"郗愔吃了一惊,"大司马说笑了,此乃大事,何谈做戏?"

"阁下乘我不在时,登门怒斥郗超,如今又给我送来一封劝进信,如此首鼠两端,只怕连三岁顽童也瞒不过。"桓温脸往下一沉。

郗愔暗叫不好,他一咬牙,赶紧换了一张脸,露出一丝苦笑:"唉!桓公啊,自苏峻乱平,我朝已四十多年无祸乱,这多亏陛下圣明,贤臣助力。老朽等辈苟活数十载,还不是图个善终?我儿虽不孝,却是为臣者忠,这一点,您比我清楚。至于尚书仆射诸位,本无意与公争,只是碍于谢安、王坦之,才虚以应付。此二人联手排斥同侪,甚为可恨。公雄才大略,天下皆知,天子年幼,公居摄不易,若能取而代之,实是英明之举!"

再看桓温,脸上的气消了一大半。郗愔接着说道:"老朽痛斥犬子,不过掩人耳目,不然瓜田李下,谢安、王坦之如何信得过我呀?只是目下先帝刚刚故去,建康人心不稳,公此时行禅让之事,未免不妥,不如先怀柔以安人心,届时则水到渠成。"

郗愔这番话真真假假,灌了一阵迷魂汤,桓温开始有些飘飘然起来,他双手扶住郗愔:"刚才戏言耳。烦请转告诸公,我桓温若有幸登临九五,必不负各位!"

走出大司马府，郗愔擦了擦额头上的汗。

其实，这都是谢安的计策，乘郗超卧病在床之际，用圣旨赚桓温到建康，先是拜祭先帝灵柩，才回到府邸，郗愔又突然造访，让桓温几乎没有机会见郗超。不过，这条计策并不甚高明，最大的问题就出在王彪之身上。作为桓温之下名义上的第二号人物，轻易示弱政敌，与他一直以来的态度自相矛盾。那桓温为何轻信了呢？还是"权欲"二字作祟。谢安在定下此计前，也曾纠结不已，最终还是决定赌一赌。

首先觉察出这事有蹊跷的人是郗超。

三日后，郗超苏醒过来，已能下床走动了，无意中听到家人说起大司马回建康奔丧一事："大行皇帝昨日已下葬，这几日，大司马被郗愔大人、王彪之大人邀请到各处，每天都是深夜大醉而归。"

"昨日下葬？老父宴请大司马？"郗超眼珠一转，"哎呀，不好，此乃稳军计也，王彪之、谢安必有阴谋！"

想到这里，郗超心里一急，心口一阵疼痛，他捂住前胸，几乎站立不稳，下人张罗着要搀扶他回府，他固执地推开，从袖中掏出一柄雪亮的匕首，众人吓得不轻。"快去，无论大司马在哪里，都要找到他，把这个交到他手上！"郗超声嘶力竭地吼道。

等到这把匕首交给桓温时，正是次日黎明，洗漱完毕后的桓温正准备早朝——由于谢安等人的刻意安排，桓温这几日都是早出晚归，就是回到府上，也没有机会见郗超。

桓温把匕首拿在手里仔细端详了半天："郗参军说了什么？"

下人摇摇头，桓温气恼地把匕首塞了回去："我明白了，我看谁敢杀我！王彪之？谢安？哈哈哈……"桓温一阵狂笑，"我才是真正的有道明君！"

进入台城大殿，桓温发现许久不曾露面的褚太后竟也坐在了御座旁。此时，他觉得有些不对头了。

果然，王彪之当着满朝文武的面宣读了司马昱的遗诏：朝廷大事皆托付大司马桓温，依王导故事；擢升谢安为尚书右仆射，协助桓温、王彪之、王坦之诸人一起辅佐新君司马曜。

桓温听得字字真切，脑袋不由得"嗡"的一下。"怎么这份遗诏和自己在姑孰接到的那份不一样？哎呀，郗愔这个老东西献的'劝进书'，还有上门斥责郗超，这都是障眼法；连日的饮宴，也是为了绊住我！"桓温终于明白过来，直恨得咬牙切齿，"郗超啊，你怎么不送一封信给我啊！"

"请太子登基！"掌朝仪一声高叫，十岁的太子司马曜正式坐上皇位，成为东晋的第九个皇帝。

桓温悻悻地回到青溪，来到郗超床前，亲手为他端过一碗汤药：“唉！悔不听你之言，没想到先帝竟有两份遗诏。”郗超此时已说不出话来。

“我主意已定，誓将此辈……嗯！”桓温猛地做了一个斩首的手势。

两日后，天气晴好，有一小队人马出得朱雀门后斜向西南，往新亭而去。

时已初春，道旁柳树的新芽冒上枝头，绿意点点。骑在马上，谢安兴致很高，禁不住咏道：“浩浩洪流，带我邦畿。萋萋绿林，奋荣扬晖。鱼龙瀺灂，山鸟群飞。驾言出游，日夕忘归。思我良朋，如渴如饥。愿言不获，怆矣其悲。”

一旁的王坦之不解，幽幽地说：“可惜这大好春色，怕是我无福消受啰！安石，你为何如此坦然？”

“晋祚存亡，就在此行，怕也无用！”说罢，谢安也不看王坦之，只是自顾自地反复吟诵这首嵇康的诗。

新亭之上，酒席已布置好。桓温是首相，宾客入座之前需要先与他见礼。

王坦之手拿笏板，战战兢兢地走了过来，桓温看着王坦之，不由得“扑哧”一笑：“文度，你的笏板都拿倒了！”王坦之正想着如何与桓温寒暄，缓和一下内心的紧张，不料被他一声断喝，吓得浑身是汗，定睛一看，笏板果真是拿倒了，顿时窘得无地自容，只好报以尴尬的一笑。

在王坦之身后的谢安方才故意放慢了脚步，他发现新亭四周各处都站着披挂整齐的甲士；步道两侧，三步一枪，五步一戟，就算飞鸟也休想进出。一抬头，见桓温端坐亭内，两个儿子桓济、桓歆左右怒目而立。谢安心里明白，这是要报乌衣巷抢亲之仇哇！不过他的脸上却极其平静。

走到自己的席位边，谢安并没有入座，而是用眼睛往席间一扫，以王坦之为首，来赴宴的十来位臣僚都埋着头，不敢拿正眼瞧桓温。

谢安慢慢踱到桓温近前。桓熙见状，机警地把手摁在了剑柄上。

“桓公今日设宴，是为公还是为私啊？”谢安问桓温。

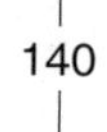

桓温有些糊涂：“这便稀奇，公做何解，私又当如何？”

“我听闻古时诸侯，凡贤达者，皆得猛士守于四方；而今，公却置虎狼之士于此地，该做何解？”谢安笑吟吟地指了指边上的甲士。

桓温的脸上顿时冒出抽搐似的笑容：“安石，你又在取笑老夫啊！”他站起来，向后一挥手，“新君刚登基，建康又是我大晋命脉所在，我这么做，也是不得不为之，安石多虑了！”

不大会儿的工夫，新亭四周的甲士悉数撤走，只留下几个护卫，宴会正式开始。

为了化解刚才的难堪，桓温脸上堆起了笑，往来奉酒。他来到谢安身边：“安石博学,我有一事不明,还望赐教?”

谢安也不谦让,把手一伸。“我夜读《礼记》,上面说‘宗臣有九命上公之尊,有九锡登等之宠’,不知这九锡为何物啊,能有如此地位?”

谢安吃了一惊:桓温这是在仿效楚庄王问九鼎,篡逆之心可见一斑!

九锡,本是国君赐给诸侯、大臣有大功者的九种器物,不可私自请受,但王莽强迫太后加九锡而篡汉、曹操强迫汉献帝加九锡而效周文王、司马昭强迫曹奂加九锡而使晋武帝一统三分,可见每个人都在公平地破坏这个规矩。

谢安拱了拱手,道:“夫称君子者,心无措乎是非,而行不违乎道者也。何以言之?夫气静神虚者,心不存乎矜尚;体亮心达者,情不系于所欲;矜尚不存乎心,故能越名教而任自然;情不系于所欲,故能审贵贱而通物情。”

此话一出,桓温脸色大变。谢安的这番话出自嵇康的《释私论》,意在劝诫桓温:若做人臣,应当摒弃欲望,看透富贵贫贱;超脱自然,顺应本性;也不至于总是顾及礼法,活得那么累。嵇康本人就是最积极的名教反对者,司马昭后来借故杀之。谢安借古讽今,桓温如何听不明白?他耐住性子还要追问,谢安索性大段大段地背起《释私论》来。

桓温忍无可忍,叫一声:“公醉矣!”说着,拂袖离席。

在新亭上受了一阵刺激,当晚,桓温回到青溪,便觉冷热交作,头昏眼花,一连数日卧床不起。

眼看大势已去,桓温依然心有不甘,他让郗超执笔,写了一信予王彪之,期望他能依劝进表所言,至少奏请天子为自己加九锡。

始料未及的是,王彪之居然回了信,字里行间极尽谄媚之词:“……大司马功照日月,德播九州,莫道九锡,就是受十锡也无不可;只是大司马现居建康,于礼法不合,应退还姑孰,待良辰吉日,下官等奏明圣上,下诏书召大司马返回建康。”

看罢此信,桓温仿佛吃了一颗定心丸,他将建康之事悉数托付郗超:“我想过了,久在建康也不是办法,不如暂回姑孰将养,量谢安、王坦之一伙不敢把我怎么样。此地有你在,可保无忧。”

郗超大病初愈,身子还很虚弱,他摇着头轻声说:“大司马此言差矣,此正是谢安一伙狡诈之处。您在建康,足可威慑台城,加九锡还是禅位,只在早晚;若您一旦回到姑孰,他们便可从中作梗,装聋作哑,那时您要再来建康就难了。况王彪之这只老狐狸,他的话岂可信得?”

桓温此时心绪已乱,在台城、建康先后受挫,让他觉得自己仿佛又老了十岁,更加力不从心,郗超的一番忠言他难以入耳。

果如郗超所料,王彪之的这封信又是谢安一计,他给桓温许了个空头人情,让其稳下心来回姑孰听信。这边厢却不慌不忙,伪造了一封桓温加九锡的诏书,却扣下不发。留在建康的郗超差不多每天都派人催促诏书一事,王彪之均推说“行文措辞且再斟酌”，一再搪塞。郗超没有王命，不敢强迫，双方就这样耗着。

转眼已是盛夏，桓温久等诏书不至，又不见郗超的来信，心急如焚，病势日趋沉重。

这日，已退归林下的昔日幕僚孙盛特来姑孰探病。孙盛自八年前离开荆州，回建康任秘书监，三年前告老还乡，专心著书立说，今次特带来所作《晋春秋》看望病中的桓温。

旧友相逢，少不得一阵说笑寒暄，桓温顿觉神清气爽，他拉着孙盛的手言道：“昔日荆州刺史幕下两杆笔：习凿齿与孙盛，可惜都已不在我身边。今日先生肯来看我，实在让元子欣慰啊！”

孙盛“呵呵”一笑：“多劳明公挂怀！这几年老朽别无他事，唯将武皇帝开国以来，一直到先帝登基，这百余年间的往事一一整理，辑成一书，也算为后世留下点东西。”

桓温拿过其中一卷随便翻看，正是海西公在位时的记录，他不看便罢，一看便怒从心头起。原来孙盛在书中秉笔直书桓温为对内立威，强令北伐，不听忠言，以致兵败枋头。

桓温一把将书掷给孙盛：“汝为何胡言乱语，污蔑于我？”

孙盛似乎早料到桓温会有如此反应，他不慌不忙地说：“昔日诸葛武侯有街亭之失，蜀汉史官想以曲笔记之，被武侯否之。人非圣贤，孰能无过？史家记史当直言，望明公勿怪。”

桓温一拍桌案：“还要强词夺理，定是受人指使，抹黑于我。也罢，我念你昔日是我幕僚，权且将你押下，速速供出同党，我便放了你。来人，将此老贼先监下！”

孙盛也不争辩，随着甲士离去。桓温久久注视着门外，突然大叫一声，吐出一口鲜血，倒在榻上。

桓温情知自己将不久于人世，便差人连夜往江州请来兄弟桓冲，托付后事。

桓冲紧紧拉住兄长的手，压低了声音说：“刚才伯道（桓熙表字）问我，若是发兵建康，除掉谢安石、王文度，大事可定否？”

“你的意思呢？”桓温吃力地吐出几个字。

“唯兄长安排！”

“唉！谢安这个人，不是你我能对付得了的，由他去吧。”桓温摇了摇手。

“兄长百年之后，谁可为继？”桓冲心有不忍。

“我有六子，五子皆碌碌，唯有五岁幼子桓玄，聪慧过人，我死之后，贤弟可代为管教。另，我麾下将佐兵卒，贤弟可自领。”桓温的声音已没有了昔日的霸气。

桓冲含泪一一记下。

当日晚间，桓温下令释放孙盛，并让人告诉他，《晋春秋》一书等自己死后方可传于世。

桓温昏昏沉沉，如痴似梦，恍然间又见到了故去的司马昱。背着身站立的司马昱厉声高叫道："我让大司马行周公事，却因何问起九锡来了？"桓温惊出一身汗，连称，"臣不敢，臣不敢！"说着，突然惊醒……

天明时分，一代枭雄桓温一命呜呼，享年六十有二。

三日后，建康有诏书下，追赠桓温为丞相，谥为"宣武"。以桓温少子桓玄为嗣，袭封南郡公。同时，擢升王彪之为尚书令，谢安为尚书仆射、领吏部尚书，王坦之为中书令。

桓温既死，桓氏一族出现裂痕。桓冲以中军将军、都督扬豫江三州诸军事、扬州刺史的名义坐镇姑孰，掌握了兵权。桓温之子桓熙、桓济密谋杀掉小叔抢夺兵权，事泄反被桓冲所杀。

桓冲思索再三，亲赴建康请罪。谢安以大局为重，主张桓家依旧镇守原地待命，桓冲还任扬州刺史。心有不安的桓冲为自保，主动辞让扬州刺史于谢安，自己改任徐州刺史，出镇京口。

至此，自王敦掌权后，扬州终于回到了东晋皇室手中，基本实现了"荆扬相衡、上下相安"的大格局。

此时的长安，苻坚正为凉州张天锡擅杀大秦使臣恼怒不已，他决心一举解决西凉问题。

"张天锡不识好歹，不愿以世子为质也就罢了，竟敢杀我使臣，也好，让寡人师出有名！"苻坚匆匆地走向太极殿，同时告诉身后的王猛、苻融，"军马、钱粮、行军路线、随军人员，景略，一切皆由你都督。对了，再拟一道讨逆檄文，先行安排人发往凉州，让张天锡的人都知道知道他们的主子是何许人也！"苻坚加重了语气。

"天王，在臣看来，取凉州易如反掌，只是当务之急不在凉州，而在关中。"苻坚一愣："关中有状况吗？"

"目下倒没有，若不早做提防，则陛下出师在外，虎狼乱于内！"王猛回道。

"唉，你呀，怎么老是揪住慕容……"苻坚谨慎地看了看四周，示意苻融先去大殿。他拉过王猛，低声言道："你怎么还不明白？慕容垂、姚苌等人虽是降将，也是被逼无奈投我大秦。寡人许以爵位，赐以金银，就是收服其心，让其为我所用。况且此二人皆是大才，寡人如何能失信于天下？景略对他们如此仇视，寡人着实不解！"

王猛正色道："臣亦知天王良苦用心。若是慕容垂、姚苌单人匹马投奔大秦，当二话不说，许以高位。可他二人皆是携带部曲来归，长久在一处，就算本人无叛逆之心，日子长了，怎知部下不怀二心？鲜卑人、羌人秉性最野，最是难以降顺，更兼故土难离，情比金坚。我灭燕国，徙鲜卑贵族入关中，其人愤恨之色犹在，待之如上宾实是养虎为患,宜早除之!可天王反而纳慕容嫣姐弟……”

“大胆!”苻坚心头火起,呵斥王猛住口。在大秦宫中,苻坚可以给任何人甩脸色,却从来没责骂过王猛。今天听了王猛的一番话,觉得句句刺耳,特别是他竟然提及后宫之事,这让苻坚很不痛快。

王猛没有再继续往下说,苻坚的口气也变得缓和了:“个中道理寡人怎能不知?我大秦一向以诚待人,就是铁石心肠也会感化。苻坚虽非汉人,但用人不疑、疑人不用,这点道理还是清楚的。景略啊,你们汉人就是这里装的太多了。”他指了指王猛的心口,“至于慕容姐弟,天子富有四海,纳一个异族女子有何不妥?况且寡人还赦其全族,慕容暐不是被封为新兴侯了吗?一个弱女子,能把寡人如何?”苻坚叹了口气,“或许,日子一长,家国之恨便消解于无形了!”

大军出征在即,慕容嫣来到弟弟的住所,替他收拾应用之物。

“凤凰,这真是前世修来的福分啊!天王西征,别人都不带,唯独说要带你去,你可要给咱家长脸啊!”慕容嫣兴奋地在一旁唠叨。

慕容冲冷冷一笑:“恐怕天王正是放心不下我们吧,我跟着去西凉,不过是一个人质,是他的一个玩偶。”

“哪儿有你说得那么严重,你可不要闹出什么事来!”慕容嫣天真地望着弟弟。

“姐姐,你太单纯了。我当然不会闹事,可是有人老在背后对我慕容家动刀子,只怕天王他……”慕容冲摇着头,他拿过墙角的那张伏羲弓,伸手搭了一支雕翎箭上去,“对下谗言的人,我慕容冲绝不心软!”说着,拉了个满怀,“虽千万人,吾往矣!”言罢,右手一放,那支雕翎箭“嗖”地飞出,正中庭院中的一支旗杆。

经过半个月的征战,秦军团团围住了姑臧城。西凉虽地广,自张天锡执政后,人心不稳,目下已是各自为政,乱作一团,好容易在金城、湟河凑齐了五万人马,大秦姚苌的人马就赶到了,截住其北上驰援姑臧之路。张天锡在姑臧城内望眼欲穿。无奈,他把埋在地下存放了十余年的几箱西域珍宝拿了出来,激励三军守住孤城。

城外,秦军开始急躁,接连三日未向前推进一步。王猛来到前营,让邓羌把令旗交给他。

“这如何使得,您是丞相,怎能亲临前敌?若有个闪失,天王必要了我这颗头!”邓羌阻止他。

王猛笑了笑,双手摁在邓羌肩上:“昔日邺城会战,我还欠将军一个人情,今天就成全王景略,让我也过过打头阵的瘾!”邓羌不好意思地笑了,手里的令旗递了过去:“丞相,您可千万小心!”

王猛身材高大，他立在战车上，将令旗高高举过头顶，指挥攻城的士兵往上突击，邓羌走向擂鼓台，亲自擂鼓助威。这个时候，城上的西凉军开始放箭，顺着云梯往城墙上攀爬的秦军跌落一片，正在渡护城河的后队也有不少人中箭，秦军的攻势被压了下去。

王猛见状，拔出湛卢剑，跳上马，打算亲自赶往护城河边压阵。邓羌经验丰富，觉察出今日这仗是难以再打下去了，急忙下令鸣金。

这时，前军一阵大乱，邓羌再往前看时，已不见了王猛，正在纳闷，忽听到有人在喊叫："丞相中箭了！"

后帐之中躺着王猛，他的前额被包裹起来，箭已拔出，王猛双眼紧闭，面如白纸。苻坚守候在床前，焦急万分。邓羌跪在不远处，等候发落，苻坚有心责备两句，话到嘴边又咽了回去，挥手让邓羌起来。

"丞相醒了！"医官大呼。苻坚赶忙躬身凑近王猛："景略，你觉得如何？"

王猛微睁双眼，虚弱地说着："……怕是不行了，这是毒箭……"

"不行，大秦不能没有你！来人！"苻坚几乎喊了起来，几个医官吓得跪倒在地，"无论用什么方法，也要把丞相救过来，需要什么药，只管报上来，否则全家问罪！"

"天王，天王……"王猛用力喊着，苻坚连忙握住他的双手。

"让他们退下吧，我还有几句话，单独与天王说。"

众人下去后，王猛叹了口气，吃力地说道："臣本是华山一书生，蒙天王不弃，二十年提携相伴，至此心愿已足。"说着，指了指放在一边的湛卢剑，"此剑乃桓温赠我，今转赠天王，愿能用它开疆拓土！"

"景略，你是我大秦柱石，朕一刻也离不得你，休要多想，朕正安排医官为你治伤。"苻坚声音有些沙哑，他预感到自己将要与这位肱股之臣诀别了。

王猛摇摇头，继续说道："天王携十年之力，平燕定蜀，如今西凉亦唾手可得，威仪震慑八荒，德望普照六合，可喜可贺。然善作者未必善成，善始者未必善终。古来贤君皆知创业守成不易，无不战战兢兢，如临深渊，望天王引以为鉴，则天下幸甚。"苻坚听着，泪如雨下。王猛话锋一转，"晋国地处江南，实是华夏正统，桓温虽亡，谢安尚在，此人必使建康上下相安，臣死之后至少十年内，天王切不可南下；鲜卑、西羌降顺之人贼心未死，这才是我大秦之仇敌，留之必为祸患，天王宜及早图之，以安关中！"苻坚含泪点头，他嘱咐王猛好生休养。

离去之时，王猛又挣扎着坐了起来："天王，昔日臣在潞川有杀戮之过，如今悔恨不已，今日切不可因我之故而屠戮姑臧之民，得民心者得天下啊！"苻坚心下难过，却没有再回过头来。

四更天，苻坚令姚苌、慕容冲为前队，率精锐"龙骧军"三万，猛攻姑臧。姚苌接过令箭，慕容冲则犹豫不定。

“凤凰，你如何不接令？”苻坚很奇怪这个平常勇烈过人的美少年今天居然胆怯了。

果然，慕容冲白皙的脸上露出了少有的恐惧。“天王，这一定是有奸人陷害，姑臧守得如铁桶一般，就是上‘龙骧军’也是送死啊，臣不敢接令！”

“混账！”苻坚难得讲了句粗话，他感到天子的权威被质疑，而质疑者竟是最亲近的人，“这是寡人的主意，你胆敢抗旨？来人，拖下去重责五十军棍！”甲士冲上来拉着慕容冲就往外拖，慕容冲忍不住大号起来，“天王，臣也是为我大秦将士着想，可不能为一人而葬送全军哪！”

“狠狠地打，是我平日太放纵他了！”苻坚把身后的披风一甩，整个人都在哆嗦。

姚苌在下面吓得够呛，偷眼看了看邓羌，邓羌一使眼色，让他马上出兵。

三通鼓响，杀声四起，惨烈的姑臧攻防战开始了。踏着阵亡同伴的尸体，大秦“龙骧军”前仆后继往上硬闯，在滚木和羽箭的包裹下，硬是拼出了一条路。

谁也没有注意，王猛在两个从人的搀扶下，走到姑臧城外洪池岭上，借着晨曦，眺望着西北方向的战场。此时，借着曙光，依稀可见秦军将士的死尸黑压压摆了一片，王猛心头一紧，大叫三声：“可惜，可惜，可惜！”言罢气绝身亡。

这边厢，当慕容冲挨到四十军棍时，慕容嫣心急火燎地赶到了——苻坚出征向来不带女眷，这次是个例外。她发疯似的跑到掌刑士兵跟前，抱着慕容冲大哭。“凤凰，你怎么这么倔啊，没有天王，我姐弟二人早就成他乡亡魂了！”

慕容冲忍着痛，咬着牙说：“你好糊涂！他让我做前锋，分明是要让我们这些异族人当肉垫，何其狠毒！”

“住嘴！”慕容嫣收住泪，“你在这儿等着，我这就去向天王讲情！”说着，转身跑向大帐。

苻坚远远看着慕容嫣跑来，知道是为慕容冲讲情的，心里的怒气消了一半，却故意板着脸。慕容嫣跪倒在地：“凤凰愿将功赎罪，取下姑臧，活擒张天锡！”一旁的众将都不傻，看出苻坚并不想责打爱将，便一齐上前请求赦免慕容冲。苻坚顺水推舟，让慕容嫣退下。

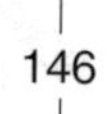

等了好一会儿，却不见慕容冲来谢恩。突然，一个士卒跌跌撞撞闯入帐内：“大事不好了，王丞相……他……他故去了！”苻坚眼前发黑，身子一晃，失口叫道：“天丧我也！”放声痛哭，众将也是哭成一片。

王猛的尸体被抬入大帐，苻坚也顾不得前线战局，亲自安排棺木盛殓王猛，大营上下一片哀声。“惜哉景略，痛哉景略，上天莫非不让我一统天下吗？”苻坚哭着拔出王猛留下的湛卢剑，他下令厚葬王猛于洪池岭，谥号为“武侯”。

苻融悄悄上前，递给苻坚一物。苻坚一看，是枚羽箭，很是诧异，他望了望苻融，苻融只说了句“丞相前日就是中的此箭”，又退了下去。借着烛光，苻坚辨认出刻在箭头上的“鱼羊”二字。

半个时辰后，天已大亮。姑臧城外，号角绵延，旌旗如画。慕容冲杀入了姑臧城，擒下张天锡，大军开入城中。苻坚下令三军严整军纪，并出榜安民。

众将在姑臧宫殿欢宴庆贺之时，苻坚独自一人来到洪池岭上，站在新葺好的王猛坟前，他的内心感到前所未有的失落。

一八　珠联璧合，谢玄请缨镇广陵

376年正月初一，三度临朝、辅佐六帝的褚太后归政皇帝，年号改为太元。

司马曜战战兢兢地侧过脸，第一次发现他的身后没有了太后的身影，他茫然地把头转向正前方，一咧嘴想叫声“太后”，却瞧见谢安正注视着他，把右手食指竖在了嘴边，小皇帝知趣地继续保持沉默。

按照惯例，新年又逢改元，文武朝臣均要加封：郗愔被封为镇军大将军；桓冲加封侍中，任车骑将军，都督七州诸军事，领荆州刺史，出镇江陵，他留下的徐州刺史一职由皇后之父王蕴担任；谢安，升中书监，录尚书事，总领朝政，并都督扬豫徐兖青五州诸军事。

此时，王坦之、王彪之已先后故去。朝中政事悉由谢安一人决断。

石头城外，谢安率众朝臣设宴为西去的桓冲饯行。

谢安亲手为桓冲斟上一杯酒，指了指旁边石头城的城墙：“此城为建康门户，据守于次，则可掌控建康。安石每逢登临，总免不了一番感慨，可惜呀……”桓冲明白谢安这是在警告他勿效仿兄长桓温，生篡逆之心。

三年之前桓温在新亭设宴威逼谢安、王坦之，往事历历在目，作为当事人的谢安如今面对桓温之弟，怎能不心生感慨！

桓冲将酒一饮而尽：“丞相但请放心。冲居上游，君居下游，齐心协力，定能拱卫河山，让异族匪类不敢正视江东！”他很聪明地转换了话题，告诉谢安，自己绝无二心，眼下晋室上下需要摒弃前嫌，携手对外。

十三岁的琅琊王司马道子代皇帝来为桓冲饯行，还带来了五十万赏钱、无数的牛酒作为荆州军的犒赏之物。

司马道子的声音还很稚嫩，说出话来却有模有样：“车骑将军乃国之栋梁，三代有功于国，陛下岂能忘怀，还望将军勿要以往事为念！你与丞相，一文一武，一内一外，需效仿廉蔺之交，则国家幸甚！”桓冲深受感动，再度躬身行礼：“冲感念陛下厚恩,敢不竭力效命!"

谢安在一旁看着这一幕,暗自吃惊:"童稚聪颖过人,乃晋室之福也。"

大秦天王苻坚在收取姑臧后,稍作停歇,兵锋北指,一举灭掉河套草原地区的代国,国君拓跋什翼犍兵败被杀。五岁的嫡孙拓跋珪被母亲从乱军中救走,日后他要复国建立北魏。

班师途中,司隶校尉权翼向苻坚举荐隐士王嘉,称此人谋略不在王猛之下。自王猛故去后,苻坚一心求贤,听此言,便取道终南山玄都洞,想会一会这位谜一样的人物。

玄都洞内,俗世的客人和山中的隐士,暂时忘却了红尘,大家光着脚席地而坐,聆听山泉滴答,山鸟啼鸣,喝着王嘉亲手烹制的苦茶。

苻坚试探着问王嘉:"先生人在山中,心逐天下,可知大势若何?"

"天下者,有德者居之。"

"何为有德?"

"万民归心,休养生息。"

"我定中原、平西凉、灭塞北,可让万民归心否?"

"戒杀戮、合异族,才是归心之本。"

"苻坚愿请先生下山,助我一统江山!"

"天王不是说中原、西凉、塞北都已平灭,怎还要一统江山?"

"还有江南……"苻坚轻声说。王嘉打断了他的话:"人之贪欲,真是可怕啊!"他摇着头,站起身,"承蒙天王美意,只是山人潜心修行,早已无心红尘富贵,还是请回吧。"

苻坚大为失望,他还想劝说,王嘉摇了摇手:"我观天王是有道之君,真心希望大秦能长存万世,造福于民,日后若有疑虑,可到终南再来寻我。"说着,他转向了身后的石室。

回到长安,为了庆贺收取西凉和代国,太极殿上,第一次张挂起了珠帘玉翠,迎来送往的车马都镶上了产自西域的奇珍异石。后宫走动的宫女有不少人是新晋入宫,她们青春的脸庞上涂抹着厚厚的妆容。

大秦天王此刻显得志得意满,连连举杯。他看了看慕容垂,说:"道明,我大秦攻无不克、战无不胜,可比燕人?"慕容垂端着酒杯的手放了下来,心里一阵恐惧,脸上却是一副暧昧的笑容:"陛下指挥有法,大秦熊虎之士天下无敌!"

"哈哈,不,还不能叫天下无敌,还有江南尚未臣服!"苻坚的舌头开始打卷儿,殿上的文武都不说话,齐齐地望着他。苻坚见状,微微一愣,招呼众人继续饮酒。

酒宴散去,苻坚在宫人的搀扶下,前往西宫慕容嫣处——她新近被封为贵妃。

当一行人快要走到清凉阁时，苻坚发现门口地上跪着一个小孩，朦胧中他难以瞧得仔细，以为有人行刺，大惊，喝令拿下，禁军甲士站着都没动手。苻坚火了，刚想责骂，那小孩抬起了头，保持着跪姿："儿臣给父皇请安！"苻坚这才看清是幼子中山公苻佚。

苻坚松了一口气："大胆，半夜时分你不去歇息，跪在这里做什么？"

"父皇，您都有三个月没去母亲宫中了。"苻佚睁着一双大眼，直愣愣地瞧着苻坚。苻坚心头一震，酒醒了一半。"母亲知父皇国事操劳，又怕您嫌弃她，让儿臣不要来打扰，可儿臣见母亲已憔悴了不少，心下不忍！"说着，苻佚伤心地哭了起来。苻坚皱起了眉头。

这时，闻声而出的慕容嫣出宫迎接苻坚，瞧见了这一幕，心里也不是滋味，忙跪倒在地："今日臣妾身体不适，请天王移驾漪澜阁，陪伴张夫人。"苻坚扶起慕容嫣，温柔地抚摸着她的脸，轻声说："同样是一母所生啊！"说着，回身抱起了还在哭泣的苻佚，"走，看你母亲去！"小苻佚这才收住了眼泪。

慕容嫣含笑送苻坚父子离去，转回身来，一丝惆怅写上了她的脸颊。

夜半时分，在慕容垂府上，慕容家族的人正围着烛火小声说着什么。白天发生在朝堂上的事，大家都心有余悸。慕容楷乘机向叔父慕容垂进言，在关中广交豪杰，待长安宫中有变，便借势恢复燕国；慕容宝则干脆劝父亲反出关中，回归邺城，召集旧部。大家七嘴八舌，慕容垂听听这个，问问那个，最后一个办法也没有采纳。他有自己的打算，他并不想做一个忘恩负义的人。

三日后，正值氐人传统节令神农节，按照习俗，男女老少都要穿着劳作的服装到野外从事生产，纪念神农氏创农工、种五谷，老年人下地耕种，女子采摘桑叶，男子则到野外狩猎。

苻坚略感风寒，让苻融、慕容垂代替自己各率本家宗族子弟外出，限时一日，射猎多者胜。

行前，苻坚亲自为两队送行。这时，慕容冲从他身后站了出来："天王，凤凰也愿往射猎，以助陛下雅兴。"慕容垂为难地看着苻坚，他知道自己的这个侄儿是苻坚的宠臣，苻坚对他的宠爱甚至超过几个儿子。

苻坚爱怜地瞧了瞧慕容冲："也好，听说你们鲜卑人个个善骑射，你叔父、兄长的技艺，寡人倒是见识过，今日轮到你了！"

"谢陛下！"慕容冲兴冲冲地让手下人牵来自己的白龙驹和伏羲弓，简单披挂一番，一身素铠，威风凛凛，翻身上马，朝众人一拱手，"我先去猎场候着各位了！"一催马疾驰而去。

"真乃玉人也！"苻坚赞道。

约莫过了两个时辰，天刚正午，长子苻丕气喘吁吁地奔了回来，还未开口，就哭了起来，苻坚大惊，连问何事。“我弟……我弟……苻侁弟他……”苻丕结结巴巴语不成句。

这时，苻融心急火燎地赶到了，他怀里还抱着正在呻吟的苻侁，背上全是血。“陛下，有人行刺中山公！”苻坚赶紧叫内侍唤过医官，为苻侁清洗包扎伤口。

不大一会儿，苻侁的血止住了。“怎么会有人行刺诜儿，他才多大年纪就有仇家？”苻坚很是纳闷，却见苻融从怀里掏出一支雕翎，“众人射猎正欢，谁也没料到中山公一声大叫落马，后背中了一箭，我回头时，隐约见树林深处有銮铃响，再想寻觅已没了影子。”

苻坚接过雕翎，发觉有些眼熟，好像在哪儿见过，再瞧那箭头，刻有“鱼羊”字样。苻坚脸色大变，他压低了声音：“将慕容垂拿下收监！”

子夜时分，御史台天牢外，走来一个身着黑色斗篷的人，说要探监。掌狱官正在迟疑，那人从怀里掏出一枚腰牌，上写“未央”字样，掌狱官脸色大变，赶紧开锁放人入内。

在狱卒的引领下，此人七转八转来到最里边的一间宽敞牢房外，站住了。

牢内关押的正是慕容垂。他见到这个黑衣人，惊讶地问道：“你是何人？”

那人猛地摘下斗篷，露出一张惊为天人的面容。

“紫玉！”慕容垂叫道。他冲到门边，双手隔着牢房门拉住段紫玉的双手，“你怎么到这里来了？这是天牢，没有天王口谕任何人不得入内，否则就是死罪！我这里暂无大碍，你快些回去！”

“不，我答应过姐姐，今生今世替她照顾好你，你到哪里，我便跟到哪里。我去找慕容贵妃拿到了内宫腰牌，可进出自如。将军，快随我走！来人哪，替我打开牢门！”段紫玉大声呼喊着不远处的狱卒。狱卒不认识段紫玉，却听她口里说着“贵妃”，吓得目瞪口呆，无一人敢上前。

“紫玉，你疯了不成？”慕容垂想要捂住段紫玉的嘴，但是已经来不及了，天牢入口处传来一阵沉重的脚步声，掌狱官的声音在颤抖：“小臣见过天王……”

“宾徒侯现押在何处？”

“天字号最里一个单间，但是……”

“嗯，有问题吗？”

“哦，没有……不，已经有人……”

由于两人是在行进中对话，苻坚走得极快，掌狱官还未把话说完，苻坚已来到关押慕容垂这间牢房的转角处，一扭头，正好看见段紫玉的侧脸。

慕容垂跪倒在牢房里：“罪臣慕容垂见过天王！”他见段紫玉还呆站在那儿，赶紧一拉她的袍子，段紫玉只好跪下：“犯妇段氏见过天王！”

苻坚并未因为有人夜半私探天牢而发怒，他直愣愣地瞧着段紫玉。她仿佛一

朵娇艳的鲜花，一身黑衣衬着白净的肌肤，在昏暗的烛火下，妩媚动人。好半天，苻坚才回过神："哦……原来是段夫人，这么晚到天牢作甚？"

"天王，仅凭一支雕翎就要办宾徒侯的死罪，'鱼羊'二字怎能取信于人？长安城里的鲜卑人可是不计其数啊！"段紫玉回道，慕容垂听得心惊肉跳。

"大胆！"苻坚喝道。慕容垂忙伏下身子："贱内不识大体，是我管教无方，还望天王恕罪。"

"道明啊，早就听说你有个了得的夫人，今日一见，名不虚传。"苻坚突然笑了。

"好，要放你家侯爷也不难，你可愿随我进宫？"苻坚眯着眼睛瞧着段紫玉，段紫玉周身一颤，她没有拒绝，只是闭上了眼睛。

在苻坚的寝宫里，内侍把烛火灭了一半。苻坚舒服地半躺在榻上，手里玩弄着一块从衣服上摘下的玉玦，段紫玉就站在他的对面，很不自在。鲜卑女子对一女侍二夫并不介意，但是她们喜欢轰轰烈烈的男女之情。苻坚正用暧昧的目光欣赏着段紫玉，段紫玉觉得浑身压抑，觉得还不如把自己扒光了。

"脱下你的衣服！"苻坚拿出了帝王的威严。段紫玉一哆嗦，想慢慢揭开衣襟，一着急，勒衣的丝绦扯断了，瞬间，一个最美的女性胴体出现在苻坚面前。段紫玉没有遮掩、没有叫喊，静静地望着苻坚。大秦天王的嗓子在冒烟，他觉得身体快爆炸了……

黎明时分的白鹿原，押着慕容垂的囚车缓缓压过刚刚发出新芽的草甸。段紫玉骑着马跟在后面，她要送这个男人最后一程。

早春的关中平原，风似利刃，段紫玉裹着斗篷，目不转睛地看着被拉出囚车的慕容垂。刽子手就要行刑了，她别过头去……一阵马蹄声由远及近，有人大喊："天王有旨，着宾徒侯慕容垂速速回宫，有要事相商！"

同样的春天，江南会稽郡的东山之麓。晨曦之下，谢玄与朱清鹂正在较量着剑法。远处青石上站着一位身形挺拔武将打扮的人，正目不转睛地瞧着二人。

"清鹂，莲花五绝手！"观战之人朗声叫道。

朱清鹂变换招数，手腕抖动间，好似莲花朵朵，虚虚实实，让人分不清剑锋在哪里。谢玄有些吃力地招架，他迟疑着到底是护前心还是咽喉。清鹂的剑花已近咽喉，谢玄只好使个"仰天长啸"，矮下身扎个马步，上半身顺势向后平躺，只靠腰腹的力量矗在那里，同时手中之剑横在前心。不料清鹂这一剑掉了个方向，以剑柄直奔他的手腕，"当啷"一声，谢玄手中剑落地。

"妙！妙！"观战之人击掌叫好。朱清鹂收势，走上前来："这三十六式剑法今日方才演绎得得心应手，最后一招琢磨多日没个结果，今日多蒙兄长提醒！"朱清鹂看着狼狈地摸着手腕的谢玄，笑个不停。

朱序笑道:“不过在疆场,你这招太过冒险,遇到没有任何招式的对手,胜负就难料了。对了,小妹这剑法着实奇妙,只是尚无名字,此地为古越国,莫如就叫‘越女剑’。”

“越女剑?好名字!”朱清鹂拍手叫好。

“次伦兄何时赴襄阳?”谢玄问朱序。

“十日后启程先到建康。这次回会稽,也是奉丞相之命,替你和清鹂完婚。”朱序笑吟吟地看着二人。

朱清鹂红着脸,悄悄躲在了谢玄身后。

五十七岁的王羲之正卧病在会稽家中,早年苦习书法染成的顽疾,到垂暮之年又开始发作,折磨得他痛苦不堪。让王羲之欣慰的是,他一直放心不下的次子王凝之即将带着媳妇谢道韫赴江州上任。

坐在榻上,面容消瘦的王羲之对谢道韫说:“二郎本性木讷,幸得道韫不嫌,这是王家前世之福啊!”

“父亲说哪里话,此乃媳妇之本分,二郎最是稳重,我嫁给他,也是叔父的意愿,为通王谢两家世代之好。”谢道韫回道。

“唉!我怕是再无机会与安石共游东山了。你们途经建康,替我转告安石,愿他好自为之,莫要过于在意内心。”王羲之喘着气,一字一句地说着。

聪明的谢道韫明白,这是王羲之和谢安,一对多年好友在人生旅途即将分别时的相惜之情。

谢玄、朱清鹂大婚之日,东山热闹异常,王羲之拖着病体为二人主婚,众人把酒言欢,喜不自禁。

夜阑酒酣,谢玄抬眼看了看屋内,自家子弟中,仅剩下谢琰、谢道韫还在东山,其余谢朗、谢韶、谢渊,不是早逝,就是远镇外地,余下的皆是子侄辈。一时间,一股莫可名状的伤感涌上心头,谢玄拔出了太阿剑,做歌起舞。谢道韫呆呆地看着他,内心也是一阵哀伤。

数日后,谢玄回到建康,一干好友特意在小长干琵琶亭酒肆为他接风。

在二楼的天台上,几人斜倚栏杆,身前杯盘错落。

谢玄把玩着置于膝上的太阿剑,目光扫向暮色中的秦淮河;刘牢之手里端着一大盅酒,与诸葛侃一同凝望着桌上的一局樗蒲;桓伊,一身素衣,盘腿而坐,正吹着笛,一曲悠扬,沁人心脾。

“叔夏的《梅花三弄》依旧美妙无双啊!”谢玄招呼着桓伊。

桓伊谦逊地摇了摇手。这时,生得一张紫巍巍面庞的刘牢之突然把投子扔在一边,“不玩了,今日手气不好!”众人大笑。

刘牢之扭回头瞧了瞧谢玄："幼度兄可曾听说，丞相准备在广陵练一支新军，以备战事。"刘牢之是彭城人氏，将门之后，与谢玄结交多年，最是默契。

"这倒不知，莫非氐人真有南下之意？"谢玄放下太阿剑，表示不相信。

"半月前，大秦兖州刺史彭超率军入淮南，大肆鼓噪，看样子是来试探我们的。"一副文弱模样的桓伊，是桓温的远房侄子，生性好音律，又通兵法。

"那丞相有何举动？"谢玄不禁问道。

"唉！说起来也真他娘窝囊，丞相下令淮南驻军坚壁清野，不许应战，坐视氐人耀武扬威，实在是……"刘牢之说不下去了。

"对此，朝堂之上责难丞相之声多矣。"桓伊补充道。

"幼度，你是丞相至亲，劝劝他，得直起腰板和氐人干仗啊！"刘牢之拍着大腿，看着谢玄，目光如炬。

谢玄没说话，他端着酒一饮而尽。

夜已深，乌衣巷谢宅，谢道韫特来向叔父话别，她明日就要跟着王凝之同去江州。

谢安亲自为侄女调好了"沉香百花露"。"这还是当年在兰亭，你公公传我的秘方呢，我费了好大劲才弄来。"

谢道韫脸上并无笑意，谢安觉得奇怪，问她："你嫁了王家二郎，也算门当户对，为何闷闷不乐？"

一听叔父此言，谢道韫忍不住掉下泪来："吾家一族，长辈中有三叔、五叔（谢石）堪称人物，就是遭贬的四叔（谢万）也是人中之杰；我辈之中，封（谢韶）、胡（谢朗）、遏（谢玄）、末（谢渊）诸兄弟，哪个不是才俊？未曾想天地间竟有王叔平之辈！"

谢安半晌无语，他有心说"这是为了整个家族"，又怕说出来刺伤侄女的心。其实，谢道韫早已看出自己这桩婚姻的个中深意，只是谢安至今仍对她隐瞒，她深感委屈，今日忍不住一吐为快。

一旁的谢玄呆呆地望着这一幕，也想不出如何安慰姐姐。

谢道韫收住了泪，稳了稳心神，招呼谢玄一起离开，谢玄坐着没动。谢安心里猜到七八分，试探着问："已近三更，看来你二人打算让我直接早朝了？"

"叔父，我想去广陵统兵！"谢玄终于说出这句话。

"哦，你都知道了？"谢安一脸轻松。

"朱次伦可以拜梁州刺史，镇襄阳，为国戍边，侄儿为何不能去广陵？平定司马勋之时，我也立过功！"

谢安背着身，没理他。谢玄冲过去跪倒在地："氐人兵锋已近淮南，我为谢门之后，怎能坐视？叔父为创新军，殚精竭虑，侄儿愿分忧！"

"我何尝不知汝之心意，只是……"谢安为难地说，"你是当朝丞相的侄儿！"

第三卷　淝水雄风

一九 困守襄阳,朱序的铁血丹心

建康西郊的西州城校军场,已经多年没有这么热闹了。丞相谢安为新军选拔统领,江南各州郡的武将、禁军中的壮士、江淮的流民帅,或推举或自荐,都想为功名二字搏上一搏。

目下,关中苻坚正对江南虎视眈眈,这支即将成立的新军,肩上的担子将格外沉重,特别是统领一职,要求甚高,除去沙场经验、用兵方略外,还刻意加了一项近身搏斗。在谢安看来,面对能征惯战的胡人,新军的统领必须身先士卒。

多轮比试后,剩下了四十余人入围最后的比拼。经过三日的近身搏斗,此刻留在场上的人已屈指可数。

刘牢之将砍山刀别在手后,一提乌骓马的缰绳,朝着场边大喊:"诸葛贤弟,得罪了!"说罢哈哈大笑。才吃了败仗的诸葛侃,灰溜溜地拨马离去,他在上午的几场较量中顺风顺水,一一胜出。午后,风云突变,刘牢之出马,诸葛侃很快就败了下来,接下来,刘牢之又连败九人。场下原来还有几位,本有心下场一试,只见刘牢之在场内把手中之刀舞得虎虎生风,心生胆怯,不敢再往上闯。

田泓用手指一捅身旁的谢玄,说:"幼度兄,你何不试一试?我们这些人当中只有你能与刘牢之斗上几合。"田泓是谢玄在会稽结识的朋友,精通武艺,胆气极佳,也参加了新军统领的选试。这一次,谢玄并未报名参试,他顾忌自己的身份,只是前来看看热闹。刘牢之是新军统领的热门人选,眼看着他连赢九阵,势不可当。

听了田泓的话,谢玄也有些心动,他无意中一抬头,发现将台上端然稳坐着叔父谢安,正与边上的桓伊说着什么。桓伊因家族关系,已升任豫州刺史,在同辈里平步青云,谢玄再瞧瞧自己,不过是个建武将军,心里不是滋味,握住缰绳的手,不由自主地抓紧了。

刘牢之在场内喊了一阵,见无人答话,便朝将台拱一拱手:"丞相,若再无下场与道坚(刘牢之表字)一战者,那我可就是新军……"话音未落,一匹浑红马驰进场内,到得跟前,前蹄立起,一声长啸。刘牢之吓了一跳,定睛一瞧,正是谢玄!

"嗨,我当是谁!幼度,我俩是兄弟,你叔父又是……"刘牢之笑嘻嘻地把嘴朝将台的方向努了一努,"啊?你就把这个机会,让给我吧?"刘牢之知道谢玄的厉害,对着他挤了挤眼。

"贤弟,愚兄对做不做统领兴趣不大,只可惜一身的本事无处展露,今天就想和你过几招。”说着，一抬腿把挂在马后面的擎天戟摘了下来，手中一端，“得罪了！”对着刘牢之就劈了过来。刘牢之忙举刀招架。

全场的人都把目光聚集在他们身上，刘牢之这套刀法是祖传的，乃是一绝，加之这些年混在流民军里，大小战斗经历过数十次，刀法越发纯熟，舞动开来，似万朵梨花，一般人几乎没有机会拨开他的兵刃。谢玄的擎天戟以招数多变著称，再加上朱序的指点，如今在他手中挥洒自如，如银蛇乱颤，稍不留神便会挨上一下。将台上的谢安平静地看着这一幕，不发一言，他虽在暗自责怪谢玄贸然露面，却又对侄儿的功夫充满信心。场边的其他人也看得眼花缭乱，不熟悉谢玄的人都没想到一个世家子弟居然也练得这么好的功夫。

场内二人斗到酣处，索性把手中的长兵刃扔在一边，各自亮出长剑，近身杀在一处。刘牢之使的是龙渊剑，势大力沉，谢玄握太阿剑在手，借助灵活的身姿，闪转腾挪，让对手一时难以适应。时间一长，刘牢之在力量上的优势发挥了出来，使出几路重剑，把谢玄逼到了边角上。

这时，朱序和朱清鹂也来到了场边。清鹂见夫君处在下风，不免着急，手搭喇叭想喊话，被朱序一把抓住。又斗了一会儿，眼见谢玄快要败下阵来，朱清鹂也顾不得了，她大叫一声：“越女剑！”声音不大，穿透力极强。谢玄不禁一怔，刘牢之的剑已到眼前。招架是来不及了，谢玄整个身体往后一仰，靠在马背上，躲过这一剑。刘牢之这一下用的力道颇大，一招扑空，整个人就像绷簧一样从谢玄侧近冲过，把后背暴露了出来。谢玄也不起身，将右手之剑高高抛向空中，同时抬左手抓住了刘牢之的马尾。

有了依靠，谢玄一用力，整个人脱离了马鞍，飞了起来，在半空中就势一转，身子朝下，单脚踩着刘牢之的马屁股，身子用力再度腾在空中。这时，太阿剑恰好落到身前位置，谢玄就势重新握在手里，大喝一声：“得罪了！”

这几个动作只发生在转瞬之间，刘牢之还没明白怎么回事，就听到头顶上有人喊，他大吃一惊，使一招“苏秦背剑”，把剑朝向后背扫去，谢玄单脚一踩他的肩头，腾身躲过，但是手里的剑锋已经对准了刘牢之的顶门。说时迟，那时快，正在刘牢之不知所措时，谢玄突然将剑掉了个头，剑柄朝着刘牢之的肩膀猛击，将他手里的剑击落。刘牢之一愣神的工夫，谢玄瞅准他的肋部，一个侧踢，将他踹下马去，谢玄自己正好稳稳当当地落到乌骓马上。

一时全场雷动，桓伊拊掌大笑：“果真好功夫！”谢安也是万分高兴，表面却不露声色。

乌骓马上的谢玄，剑交单手，对着场外潇洒地一抱腕：“在下献丑了，有哪位愿意下场比试？”众人本已对刘牢之惧怕三分，又见谢玄能够击败刘牢之，谁还敢登场？谢玄连喊三次，都无人答话。随着督场官敲响了锣，朱清鹂、田泓等人禁不住欢呼起来。

三日后，台城殿上，谢玄被封为兖州刺史，领广陵相，监江北诸军事，主要负责新军招募、训练，随时准备出征。谢恩已毕，谢安叔侄返回西州城校军场祭兵符。

谢玄小心地问叔父："您为何这次不阻难我？"谢安笑道："举贤不避亲，你是最合适的人选。"

谢玄想起了一件事，正想问谢安，却见叔父双手将盛满酒的铜觚举过头顶，在他身前的几案上，放着一枚金黄色的虎符。

解决了清鹂的终身大事，朱序终于可以安下心来出镇襄阳了。

竹格渡外，数十条西去的战船即将出发。朱序和谢玄慢慢走上了舢板，清鹂搀扶着母亲韩老夫人跟在后面。

"若不是次伦兄外镇襄阳，这新军统领一职应该是你的，我的戟法都是你指点的呢。"谢玄有些过意不去。

"哈哈，皆是为国效力，何分彼此！况且……"朱序站住了，他拉住迎风招展的旗角，"为兄到襄阳将直面氐人，这也是我的夙愿，相比统率新军，我不过是拣了件容易的事。"

谢玄没听懂朱序这话的意思，他又看了看两鬓花白的韩老夫人，说："话虽如此，可你又何必让老母跟着你奔波？留在建康，我与清鹂朝夕服侍，岂不更好？"

老夫人正小声叮嘱着清鹂，一抬头看到朱序和谢玄正望着自己，心里猜了个七八分，微微笑道："是我自己要去的，乘身子骨还硬朗，说不定我还能助次伦一臂之力呢！"

朱序咧嘴一乐，忙过来搀扶老夫人上船，老夫人双手一甩："我还不至于老成这样吧？"说罢，大步走开。

在另一条船边，谢安正与释道安话别。自永和九年(353)兰亭一叙，释道安在江南已经待了二十四年，他目睹了南朝名士的风雅，也为江南大族的耽于安乐而忧虑，就连最为看好的谢安，自从出仕以来，释道安也觉得自己快认不出他了。谢安素来迷恋丝竹歌伎，释道安常以佛门修身之道，劝导谢安。在他看来，身为一国首辅，就应当扮演一个夙夜操劳的角色，而谢安，未免过于悠闲、放诞。失望之余，他决定返回北方。

"吾师去意已决，安石不便挽留。只是襄阳乃边境战地，不久战火将起，吾师何不直接去关中？"谢安十分好奇。

释道安手握念珠，语态安详："苻坚本好佛事，知我来必倾国相迎，贫僧欲求之于民，则不可也。"

谢安心中一动，压低了声音："吾师可说服苻坚勿动刀兵否？"

"这个却难！"释道安摇着头，"只是，临别前，贫僧有两句话要告知丞相。"

"吾师请讲！"

"昔日我断言南北三十年内必有一战,今日再看,不可避免,但江南自有高人庇佑,不应有事,只是,外敌不扰,内乱将起,丞相务必在意一人。此人在,则晋室必乱。"

一直以来,谢安认定氐秦是晋室最大的敌人,要生内乱,他显然想不到这么远,他请教释道安。

和尚半启双唇,吐出了三个字:"琅琊王(司马道子)!"谢安惊讶释道安会有这样的看法,忙问:"当如何解之?"释道安笑了:"此乃天意,无解!"舢板已被拉开,释道安双手合十站在船头,谢安一脸木然地立于江岸。

三个月后,新军初具规模。谢玄为这支大部分由江淮流民组成的人马颇费心思,他与刘牢之亲自下场操演,筛选出的八万人都是尖上尖的人物。

成军之日,丞相谢安也来到广陵,带来了皇帝的诏书——犒赏三军。看着一排排、一列列盔明甲亮的士卒,谢安连连点头。他对身边的谢玄、刘牢之说道:"为防备氐人,我朝竭前所未有之物力、人力,创此新军,着实不易。陛下削减了宫中的开支,连修缮台城的计划也搁置了,文武朝臣,皆薪俸减半,老夫也不例外啊,为的就是你们这支军马!"二人齐声道:"还请丞相为新军赐个名!"

略一沉吟,谢安眼前一亮:"广陵隔江是北府京口,日后新军屯驻之地正在那里,莫如就叫北府兵!"

校场上,使臣宣读完皇帝犒军谕旨,欢声雷动,谢玄、刘牢之、诸葛侃、田洛、何谦、孙无终……一张张年轻的面庞,相继走过谢安面前,这个五十八岁的老人觉得眼角有些湿润。

这时,士卒领过一名奴仆打扮的人,他浑身是汗,二话不说,递给谢安一封书信。拆封一看,原来是右军将军王羲之于半月前病逝于会稽。谢安顿觉头晕目眩,身子往后便倒。谢玄眼疾手快,连忙扶住,招呼人送回住所。北府兵在刘牢之的率领下继续操演。

尽管王猛生前再三劝说苻坚不可有南侵之心,但随着中原、西凉一统,苻坚那颗欲望之心蠢蠢欲动。他决计迈出第一步:取下襄阳,打开大规模南下的门户。太元三年(378)五月,他令庶长子长乐公苻丕为帅,率扬武将军姚苌统七万步骑直取襄阳,另遣征虏将军石越,京兆尹、冠军将军慕容垂,右将军毛当等人分路出击,共计十五万人马,会战汉水。

起兵之时正值初夏,灞桥柳绿得煞是好看,苻丕接过帅印,马鞭朝南一挥,得意扬扬:"三个月内,我必让我大秦将士饮马汉水!"

面对如此强敌,朱序为避其锋芒,决定主动放弃襄阳外城,坚守内城。还在部署的当儿,秦将石越一路杀过汉水,强悍的氐族骑兵一阵冲杀,晋军大败。

回到刺史府，朱序褪去满是血污的袍甲，参军习凿齿递过一盏茶水（桓温任大司马后，习凿齿觉察出其有不臣之心，心灰意冷回到故乡襄阳隐居，朱序上任，重新聘用他为梁州刺史参军）。“秦军势大，是否早作安排？”习凿齿忧心忡忡。

“襄阳乃荆州门户，若不保，则氐人可长驱直入，荆襄之地皆是平原，实难坚守，荆襄若有闪失，则建康危矣。”朱序摘下佩剑。

“桓荆州就在江陵，是否请他发兵相助？”

朱序没说话，伸手从桌上拿过一封书信递给他，习凿齿看完大吃一惊，原来秦军的两路人马已深入到荆州腹地，江陵已经戒严。“他自顾不暇，如何发兵援襄阳？”朱序冷冷一笑。

用过晚饭，朱序到后堂给韩老夫人请安。朱家极重孝道，每日晚间皆要向长辈请安。老夫人亲手为朱序缝补被刀口撕裂的战袍，朱序摩挲着战袍一角，面有愧色：“孩儿不孝，让母亲受苦了。”老夫人停下了手中的活计：“你父昔日曾为流民帅，每逢大战，为娘都要随军出征，替将士们浆洗、缝补、包扎伤口，你父从不视我为累赘。”朱序连忙赔罪：“孩儿不是那个意思，只是隐约有一种预感，此番困守襄阳，怕是凶多吉少。”

“胡说！汝身为主帅，无一计退敌，反倒在老身面前诉苦，絮絮叨叨，朱家怎么有你这个蠢材！”朱序红着脸听着老夫人责骂，“也罢，你只管安心守城，若城破，我决不与你当累赘！”老夫人叹着气。

襄阳城外五里铺，苻丕接过从长安传来的谕旨，脸色沉重，在营中坐立不安。慕容垂走入帐中，苻丕看了他一眼，依然唉声叹气。慕容垂劝慰道：“天王必是受了小人蛊惑，让殿下三月内拿下襄阳。”

“唉，自作孽啊！出兵时我扬言三个月饮马汉水，这，你看，尚方宝剑都送过来了！”苻丕跺着脚，把手掌横放在脖项前，做了一个自杀的动作。

慕容垂毕竟经历过大世面，此刻他异常冷静：“殿下可暂时缓一缓，不急于攻城。”

“你这是什么意思？不攻城等晋人遭天雷吗？我们只有一个月时间，拿不下襄阳，不但我死，你们也没一个好！”苻丕暴跳如雷。

慕容垂等他嚷叫得差不多了，继续说：“自然不是真的撤围，只是欲擒故纵。朱序智勇双全，硬拼不是个办法。”

苻丕的眼珠转了一转，终于从牙缝中吐出一个字：“好！”

秦军撤围的消息传来，襄阳城内上上下下都松了口气。朱序却不敢怠慢，他明白秦军千里而来，唯一的目的就是夺占襄阳，绝不会满足徒劳无功。为防不测，他还是修书一封派人送往江陵，期望桓冲能多少分出一点人马来救。同时，朱序命习凿齿、都护李伯护率人加固内城城墙。

眼看城防工事布置得差不多了，朱序和习凿齿一道赶往城南凤林寺，探望在此挂锡的释道安。

因军情紧急，寒暄几句后，朱序便准备告辞，释道安突然叫住了他："将军还有什么话对贫僧说吗？"朱序一惊：这和尚果然厉害。他回头深施一礼："若襄阳不能守，朱序当为玉碎，只可惜数万手无寸铁的父老，法师慈悲，可有法子救助？"

释道安迎着朱序诚恳的眼神，双手合十："贫僧只管佛门中事，刀兵无情，实难从命。"朱序吃了个闭门羹，告辞离去。

回襄阳的路上，习凿齿愤愤不平："好个铁石心肠，还说什么普度众生，这和尚在江南二十余年，度得谁来？"朱序勒住了马："我看道安极有远见，不然也不会从建康来到襄阳。放心吧，我谅他不会见死不救的！"

十日后，苻丕开始了新一轮攻势，秦军从西北、东北、正西三个方向同时进攻。这一次，氐人安排步兵做先锋，城下望去有如蝼蚁，一排倒下去，又冲上来一堆，骑兵则躲在长盾后往城上射雕翎。还有二十辆冲车，猛烈撞击西门。

朱序坐镇襄阳东门城楼上，听副将禀报着各门的军情。李伯护哭丧着脸跑了上来："将军，西门实在守不住了，秦军的冲车太厉害了，再撞下去，门楼都要塌了！"

"住口，你身为大将，未能进先思退，在此蛊惑军心，来人，推下去重责四十！"朱序喝道。甲士拖走了李伯护，他于路呼救声不绝。

朱序让人拿过"梁州刺史"大旗，要亲自去西门。这时，身后传来一个声音："且慢！"回头一看，正是韩老夫人，"你是三军主帅，怎能轻举妄动？老身替你走一遭！"老夫人一抖披风，亮出长剑。

"娘，这如何使得？您又不曾临过阵，不可儿戏！"

老夫人微微一笑："你父在日，我都在身旁，安营扎寨、守卫城垣这些军旅之事耳濡目染，也略知一二，老身已将府中全部金银细软用作犒军之物，吾儿不必多言！"老夫人身后跟过一百余婢女，往常的柔弱瞬间被粗壮勇武所替代，她们四个一组挑着担，随着老夫人大步走向西门。

西门外，苻丕正目不转睛地望着城楼之上，攻城的秦军虽猛，守城的晋军更为顽强，滚木礌石倾泻而下，沾上就死，碰上就伤。苻丕气恼地拔出佩剑："快，下一批！"又一批秦军敢死队整装待发，不过每个人脸上都写满了恐惧。

姚苌策马来到近前："殿下，襄阳城高墙固，单靠人力实难攻破，臣发觉这西北一带城墙墙面已有斑驳，裂纹清晰，不妨用冲车，撞它几下，您将五千精兵聚集于此，必能破城！"

苻丕看了看姚苌:“好计啊,何不早说?”说着,苻丕传令暂歇攻势,一面让人准备冲车,一面聚集起五千精锐士卒待命。

过了有半个时辰,苻丕令旗所指,二十辆冲车齐齐朝襄阳西北段的城墙冲去,直撞得地动山摇,雷鸣震天,接连三五下后,只听“轰隆”一声,一段城墙塌掉了一半。苻丕欣喜若狂,招呼士卒冲进去。

出人意料的是,晋军此刻也没了动静,城头上只剩下空荡荡的旌旗随风飘舞。苻丕得意非凡:“朱序徒有虚名,见城破便望风而逃,来呀,冲进去捉活的!”

将近城墙豁口,冲在前面的士卒突然停住不前了,使人飞报苻丕。

苻丕上前观看,吓了一跳,原来在倒塌的老墙以内,一睹新城墙赫然屹立在那儿,新墙之上还站着一位神采奕奕的老太太。“莫非有神灵相助?”苻丕不由得失口叫道。话音未落,杀声四起,蛰伏着的晋军一齐杀出,箭矢如雨。秦军大乱,匆忙之中难以招架。

这时,朱序亲率一军出东门迂回包抄过来,两下夹攻,秦军死伤无数,一时收不住脚,只好败退十里重新安营。原来,韩老夫人事先就发现襄阳西北面城墙老朽,不堪攻击,便临时在城内筑了一道新墙,正好派上用场。

千里之遥的京口,谢玄接到了谢安的书信,让他选拔三千北府兵,大肆鼓噪,造出十万人的声势,出广陵,西向进军,做出佯救襄阳状。

谢玄明白叔父的良苦用心:远在荆州的桓冲在秦军的牵制下难以及时支援襄阳,那么只有奢望东线的救兵了。只是目下,大秦兖州刺史彭超统兵七万围住了彭城,企图与襄阳的苻丕东西呼应。彭城若失,则江淮难保,谢安如何敢将最精锐的北府兵赌到西线去?只好出此下策。

谢玄让刘牢之留守京口,暂管兵权,自己带着孙无终、田泓出发,朱清鹂救兄心切,也跟了去。不过,谢玄并没有遵照谢安的命令,而是私下带着三千精锐抄小路径直杀奔襄阳而去。

灯下,李伯护正趴在床上呻吟不已,儿子李宸在为他涂抹药膏。

“哼,朱序不自量力,虽有小胜,如何能守得长久,况且粮草所剩无几,襄阳必破,与其在这里等死,不如降了苻丕。”李伯护自言自语道。

李宸闻听此言,手一抖,李伯护疼得大叫起来。“父亲,你要降秦?”

李伯护忍住痛,看了看儿子:“不降,做晋室的忠臣?替朱序卖命?唉!儿啊,你也不看看,天下有谁能够挡得住大秦天王?”

李宸悄悄把书信送到北门外的时候,正值秦将石越巡营,便把他带到苻丕帐中。苻丕把李伯护的信颠过来倒过去瞧了七八遍,也没瞧出破绽。他又扔给了慕容垂,慕容垂看了看,说道:“围城数月,晋人已成疲惫之师,谅也不敢使诈,不妨留此人为质,只叫他射箭入城回话,定下个献城时日。"

苻丕点点头,让人给李宸准备纸和笔。李宸拿起笔,手在不停地颤抖,他明白,欲做忠臣已不可能了。

三日后的辰时,襄阳西门被李伯护悄悄打开,石越的先锋营率先杀入,襄阳就以这样一种滑稽的形式陷落了……

朱序措手不及,被秦军擒住。韩老夫人带着一队婢女,掩护着百姓,杀出南门,慕容暐、姚苌紧紧追击,直逼到汉水边。秦军围困襄阳多日,沿岸船只早被搜刮一空。

事已至此,老夫人倒镇定了下来,望着源源不断赶来的秦军,耳畔传来姚苌等人嚣张的劝降声,她长叹一声:"次伦吾儿,为娘先行一步!"说着,举身跳下滚滚奔流。婢女亲兵见状,抱头痛哭,大家一齐跳入了汉水。

入城后,苻丕正要按照惯例下令屠城,却见慕容垂领着一个和尚走了过来。和尚一见苻丕,单手行礼:"贫僧释道安见过大秦长乐公殿下,愿殿下以苍生为念,放过襄阳百姓。"

"释道安"这三个字无论在江南还是中原,都有极大声望,再说苻坚好佛,也是关中皆知的事。苻丕听闻此话,脸一红,手里的剑不自觉地藏到身后。"原来是道安法师,失敬失敬!我怎能杀戮黎民呢?天王也正在长安盼着法师呢,法师可愿与我一同前往长安?"苻丕换了一副笑脸。释道安点头道:"贫僧正有此意。"

离汉水南岸不远的砚山,已能看到对岸襄阳城正在淡去的硝烟以及城头猎猎招展的"苻"字大旗。谢玄和朱清郦晚来一步,徘徊在此,无计可施。朱清郦跪在地上,仰天大喊:"哥!"

二〇 淮南大捷,北府兵初试锋芒

秦岭的早春二月与江南大地的深冬并无二致,夜风呼啸,寒意袭人。在一处背风的洼地里,依稀闪烁着几点灯火,这里是一座营垒,巡夜的更夫在辕门外敲了两下梆子,打了声呵欠,睡意十足地走了。看上去一切都是那么平常。

离此半里外的栎树林边,一身夜行装束的谢玄和朱清鹂正紧张地瞧着远处的秦营,四下里站着大约一百号有着同样装扮的人。

"你确定是这里?"谢玄压低了声音问身旁的田泓。"不会有错,苻丕没让囚

车跟着大队人马一起走，他自己走弘农，进潼关，让石越率一千人押着囚车入武关，走上洛，我跟了他们三天。朱将军，还有那位刁参军都被押解其中，只是道安法师不知在何处。"正说着，一阵马蹄声由远及近，谢玄做了一个噤声的手势，众人放低身躯，透过半人来高的荒草看过去，原来是一队巡夜的秦军士兵。谢玄瞧了一眼清鹂，清鹂看了一眼田泓，田泓拉了边上的孙无终一下，大家心领神会。

一声响亮的呼哨，划破了寂静的夜空，秦军巡逻队正愣神的工夫，两支雕翎箭从不同方向飞了过来，"噗噗"两声刺穿了最边上两个士兵的喉咙，其他人被这突如其来的袭击惊住了，骑在马上木然地瞧着同伴的尸体慢慢跌落。这时，"唰唰唰……"十来个身影蹿到了他们身后，这些秦军还没弄明白怎么回事，就被割破了喉咙。谢玄手一挥，大家一齐动手，扒掉秦军的号衣盔甲，给自己换上。

谢玄留下大队人马隐蔽在林中，自己率领二十来人，乔装改扮，慢慢接近秦营。

辕门外，营门官喝问口令。谢玄正思考着如何应答，朱清鹂的弓就拉开了，对准了营门官。"哎，你要干什么？"营门官没料到"自己人"会对他放箭，但是清鹂并没有松开弦的意思。营门官一时没弄明白这伙人的来意，他就是没想到这会是劫囚车的人。忽听后面一阵大乱，有人高喊着："了不得了，有人放火了！"营门官突然明白过来了，敢忙招呼左右："快，给我放箭，不能让他们……"话还没说完，清鹂的箭到了，将营门官的咽喉穿了个通透。秦营门口一阵大乱，谢玄拔出剑，高叫一声："冲！"众人杀进秦营。

这二十几个人并不急着寻人厮杀，而是拐弯抹角寻找秦军储藏粮草器械的地方。找了好一阵，还是两手空空。这时，田泓迎面而来，刚才那把火正是他放的。"找到囚车了吗？"谢玄焦急万分。田泓摇着头。"秦人多诈，莫非有两处营寨？"清鹂提醒。

正在为难的当口，夜空中突然传来一阵笑声，无数火把聚在了一处，一队秦军骑兵杀了过来，正中一人，身形魁梧，手提双鞭，正是石越。"我恭候你们多时了，慕容道明果有先见之明，算定你们要劫囚车，安排下假消息，还真上钩了，怎么，还不束手就擒？"他的边上是慕容暐，狞笑着端着大刀。

田泓的脸涨得通红，他一催坐骑，迎上前去："小爷不慎中了你们的诡计，休走看刀！"谢玄见状，招呼众人一块儿上，双方混战在一处。

天已拂晓，精疲力竭的谢玄单人匹马跑在山梁上，背后慕容暐率领人马紧追不放。杀了整整一夜，谢玄已是孑然一身，若不是孙无终的大部队赶来增援，谢玄一行怕是要全数丧命于秦营。他很担心朱清鹂，但是没有工夫去寻找，只是依稀记得她被石越的双鞭击中了肩头。

正在胡思乱想，胯下浑红马突然大声嘶叫起来，前蹄腾空，谢玄勒住缰绳一看，才发现前面是深渊。回头再看，慕容晧已到一箭之外，秦军士兵呐喊着让谢玄下马受缚。谢玄闭上了眼睛，他的脑海里再一次闪过清鹂、叔父，还有姐姐谢道韫的面容，谢玄一夹马肚，坠下深渊……

在泗水之滨的彭城，秦军已经围困长达半年，守将戴逯渐渐感到力不能支。他想到广陵、京口的北府兵，是离彭城最近的晋军部队，为何至今不见动静？

此时，谢安在建康也是一筹莫展，他知道了襄阳陷落的消息，更知道了谢玄擅自发兵，坠入山涧，他来不及为谢玄的死而悲伤。原先不太担心的东线，现在也遇到了大麻烦，他必须做出抉择，是继续按兵不动，还是出兵彭城？

长安城太极殿上，苻丕为了炫耀自己的战功，刻意安排了一次献俘仪式。朱序是襄阳一战中俘获的晋国职位最高的人，被第一个带了上来。

苻坚瞧着眼前这位身形挺拔的汉子，不过三十五岁上下，一身破旧的战袍，发髻蓬乱，却神态自若，丝毫不见慌乱，但也没有那种大义凛然的表情。苻坚暗暗称奇，他问道："阁下是贵国一州之刺史，受命守土，可曾想到有今日啊？"朱序的双眼直视正前方，仿佛苻坚不存在一般："自受命以来，不敢怠慢，力不能支，乃至于此。今日之事，我已料到八九分！"听了这不卑不亢的话，苻坚很是钦佩，喝一声："来呀，与朱将军松绑！"说着，他走了过去，亲手为朱序解开了绑绳。苻融一见，心里暗道："坏了，天王'好贤'的毛病又犯了。"果然，苻坚当场封朱序为度支尚书，留他在长安任职。

接下来，苻坚吩咐铺下红毡，亲自走下御座迎接释道安。在两位甲士的陪伴下，释道安缓缓走上了太极殿。他立于苻坚座前，双掌合十："阿弥陀佛，贫僧非为动刀兵而来，只是有事求于天王！"苻坚忙上前相搀："法师乃西域高僧，不远万里来到中土，苻坚有幸得见，是福气也！哎，寡人如果亲赴襄阳，或许就免了一场屠戮，罪过啊，罪过！"释道安眼皮都不抬一下，继续说："贫僧久有赴关中之念，今日得以实现，与天王相见，可谓一遂心愿，只是……"释道安不说了。

苻坚正想和高僧多聊几句，忙道："法师但讲无妨！""恕贫僧直言，长安城上方有一团黑雾，此乃杀气过重之征兆，天王平西凉、定慕容、灭拓跋，武功盖世，应休养生息，与民同乐，不宜再开杀戒。"苻坚素信佛事，又极为推崇异域高僧，听了释道安的话，一脸虔诚，连连点头，还吩咐修缮五重寺为释道安在长安的修行之地，并可自由出入皇宫。

接着被带上来的是习凿齿，他跛着脚一步一歪地走上殿来，苻坚眉头一皱："尔等无知，如此慢待贤士，来呀，给习参军备座。"习凿齿疑心自己听错了，呆望着苻坚。苻坚面带微笑，伸手请他落座，习凿齿这才颤颤巍巍地坐下。苻坚关切地问："久闻先生乃江左史家圣手，坚欲请久矣，只是不知先生这脚……"习凿齿赶忙回应："不才正患脚疾，行走不便，望天王恕罪。"苻坚深表同情地点点头，回首唤过内侍:“来呀,替先生准备一部辇,便于出入禁宫。从今以后,尔等见先生如见我,不可怠慢!”

习凿齿受宠若惊,好半天才记起应拜谢苻坚。“昔日司马炎下东吴得二陆,我今取襄阳,只是为了得到一个半人啊。”苻坚望着习凿齿颤巍巍的背影,叹息不已。

苻丕领着李伯护走上殿来,他趴在地上,山呼万岁,苻丕忙说:“夺占襄阳,全赖李伯护之功,望天王……”“哦,原来就是阁下献的城池、带人抓到的朱序?”苻坚打断了他的话。李伯护觉得这话听着有些别扭,心下一紧,赶紧言道:“实是为了一方黎民免于战乱,别无他求。”

苻坚“哼”了一声:“听说朱序曾责打于你,分明是你怀恨在心,以施报复。食君禄则当为君分忧,守疆土则要为国尽节,这等不义之徒,留之何用,推出去,杀!”李伯护担心的事还是发生了,他号叫着求饶,两旁武士哪里睬他,径直拖出殿外,苻丕在一旁看得心惊肉跳,一句话也说不出来。

李伯护被拖到了殿外,突然安静了下来,两眼望着蓝天,破涕为笑:“可笑我李伯护也有今日,儿啊,你切不可学为父……”

李宸此时正与其他被俘士兵一起跪在殿外,看着这一幕,不敢哭叫,只得硬生生把眼泪吞进了肚里。

当朱清鹂混在一帮俘虏中被带上来时,苻坚并没有注意到,略略一看,吩咐挑选十名手脚麻利、相貌清秀者到后宫为奴。这里要交代一句,上洛劫囚车,朱清鹂负伤被擒,由于是一身男儿装,未被认出。到得长安后,苻丕将襄阳、上洛两处的俘虏并为一处,由于朱序被苻坚单独召见,因此他与清鹂未曾见面。

献俘仪式结束,苻坚很是满意,当场加封苻丕为征东大将军、冀州牧,并都督关东诸军事,外镇邺城。

彭城城楼上,戴逯望眼欲穿。半月前,他得到了北府兵从广陵发兵北上的消息,振奋不已,他鼓舞士卒拼死守城。十五天过去了,援兵未到,士兵们渐渐有了懈怠之意,城中的粮草也所剩无几。

这一日,秦军没有发动攻势,正午时分,戴逯刚一打盹,士卒突然叫醒了他:“将军,秦营出来一彪人马,好像还带着一个俘虏!”

戴逯腾身坐起,跑到城墙边,使劲揉了揉眼睛,正如士卒所言,一队秦军冲出大营,左右分开,一人倒剪双手,慢慢走出队列。那人朝着城上大喊:“彭城守军莫慌,我乃大晋兖州刺史谢玄帐下中郎将田泓,请问哪位是戴将军?”

戴逯之前没听说过田泓,疑心他来劝降,便小心地应了一声。

那个自称是田泓的人,紧走几步上前,秦军以为他要跑,几匹马上前拦住了他。只听此人高叫:“氐秦鼠辈,你家田大爷反正也活够本了,奉刺史大人之命特来给彭城的兄弟们送信,北府兵马上就要到了,你们切勿受氐贼蛊惑,务必坚守,到时里应外合杀掉这帮狗贼!”这下可激怒了压阵的彭超,他恼羞成怒,喝令秦兵动手,刀剑齐下。戴逯在城头看着倒在血泊之中的田泓,眼珠子都红了。“彭超你好生歹毒!”戴逯喝叫众军一齐放箭,将彭超等人赶回了秦营。

这人果真是田泓吗?一点不错。自谢玄劫囚车救朱序失手后,随行之人尽数失散,田泓带着亲兵找了几个山头都没发现谢玄的踪影,还好,他从擒到的一个秦兵口里得知谢玄坠入山涧,但是没找着尸首。半信半疑间,田泓遇到了被杀散的孙无终小队,一点人马,三千人还剩千余人,二人一合计,军情紧急,又是私自出兵,宜早些赶回向谢安说明此事,便准备取道淮南回广陵。

途经盱眙,恰巧碰到彭城往广陵催救兵的文书,田泓想要立功赎罪,便与孙无终商量,自己带着两百人先到彭城吓一吓秦兵,剩下的人由孙无终带领,暂驻盱眙,约定三日后,在彭城下会齐。

不料田泓过于托大,力战被擒,不屈而死。那边厢孙无终不知道田泓已死的消息,按照原计划三日后杀到彭城,结果被数倍于己的秦兵围住,力战不能出。戴逯见秦营后方一阵大乱,心知有变,但分不清真假,也不敢轻易杀出。只苦了孙无终,手下八百人不久就损失过半。

彭超正目不转睛观察着战场动静,有兵卒慌里慌张过来禀报:“刚得到探报,晋将谢玄已杀奔我屯粮之所——留城而去!”彭超差点没从马上跌下来:“谢玄还活着?”谢玄死在上洛的消息传到江淮一带,秦兵上上下下一度都很兴奋,摩拳擦掌准备一鼓作气拿下彭城。却不料今日谢玄“死而复生”了,军卒心下一慌,队形大乱。彭超知道谢玄是个厉害角色,他装模作样整了整衣冠:“慌什么?传我将令,后队变前队,先救留城!”

戴逯、孙无终合兵一处,大家都不明白,秦兵为何急急撤兵?约莫过了两个时辰,西北方向跑来一队人马,有两百来人,为首正是谢玄!

原来谢玄坠下深涧后,幸喜水不深,浑红马又是能征惯战的马匹,竟然驮着他游出了一里来地,上岸后,谢玄一片茫然,等了两日,他不见朱清鹂赶来,猜想大概已无生还可能,大哭一场,赶往淮南,沿路又聚集了不少败兵。

临近彭城时,谢玄探知秦军大兵压境的消息,便想出了围魏救赵之计,将彭超引开。谢玄的出现让众将士欣喜若狂,大家一商量,彭城乃四战之地,难以坚守,不如退向广陵。彭超在留城扑空后,恼羞成怒,掉转方向大举南下,半月内连刻盱眙、淮阴,逼近距广陵不远的三阿。

谢安已亲自来到广陵督战。刘牢之主动请缨去三阿迎战彭超,谢安还在犹豫。这时,有兵卒入帐禀报:“兖州刺史谢玄前来请罪!”众人皆惊。不大一会儿,只见谢玄赤裸着上身,身背荆条,跪于堂下。

谢安一见侄儿还活着，怒气也消了一半，再加上朱序被俘、朱清鹂生死不明，让他心中难过，着实找不出责打谢玄的理由。况且谢玄目下也是一任刺史，身为丞相者不能擅自问罪。

谢安让谢玄穿好衣服，命他与刘牢之一道，统领北府兵三万人，前往三阿迎战彭超。“只许进，不许退，将秦军赶回淮北就是头功；若再败，我便请出尚方宝剑杀你二罪归一！”

谢玄领命转身欲走，谢安又叫住了他，“听闻慕容冲、姚苌率一万人马正从襄阳赶来增援彭超，这龙骧军，乃是秦人精锐，切不可硬拼！”

“叔父但放宽心！”谢玄拱手行礼。

三阿城南的白马塘，彭超做梦也没想到谢玄真的出现在他面前，手里的刀也不听使唤起来。此刻，谢玄将对朱清鹂的思念化作了满腔怒火，他冷冷地抬起擎天戟，这就像是一道不可违背的将令。他身后的刘牢之如闪电一般跃马而出，挥舞着手中的大刀直取彭超。

尽管彭超麾下数万秦军都是精锐，但近一年的攻城略地，又在彭城消耗日久，战斗力大打折扣。加之晋军这一次不但派出了最精锐的北府兵，又令谢石为征虏将军，率水军一万人出涂中（今安徽滁州）奔广陵，右卫将军毛安之、淮南太守杨广统兵四万进抵堂邑（今南京六合区），从侧翼声援广陵。彭超明白，如不能在两处援军到达之前拿下广陵，自己将腹背受敌。他一走神，自然不是对手，斗了十来个回合，被刘牢之把兵刃磕飞，败下阵去。晋军士气大振，乘势掩杀，与三阿城的守军里应外合，成功破围。

这是北府兵成军以来的第一场胜仗，全军上下鼓舞万分，刘牢之抱着一坛酒来到谢玄营中，嚷嚷着庆贺一番，却见谢玄正招呼士卒收拾行装，准备拔营起寨。“怎么，这就又要出发？”刘牢之吃惊地问。“兵贵神速，秦人已成疲惫之师，正好趁热打铁！”谢玄说着，快步出了大营，刘牢之如梦方醒似的一拍脑袋：“哎，你瞧我，赢了一仗就……那这酒怎么办？”

晋军在谢玄的率领下，连夜出击，五日之内，在盱眙、淮阴又连赢两仗。转眼间，前面已是淮水君川渡口，这是淮南最后一处要塞。

晋军大营之内，谢玄正在紧张布置：“彭超背水列阵，又恰逢淮水上涨，天赐我全歼秦军！”

“刘牢之！”“在！”

“你率三千人奔淮水上游，乘夜色顺水而下，毁掉秦军的浮桥。这个彭超有意思，死到临头还想着退路，那我把他这个念想断了！”“得令！”

“诸葛侃、孙无终！”“在、在！”

“你二人率本部人马，紧随刘牢之，待他往下游出发后，你们便再往上游行二

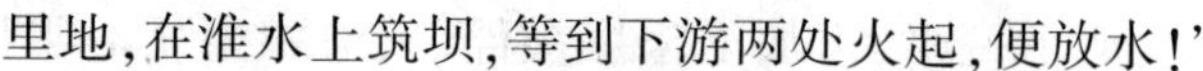

里地，在淮水上筑坝，等到下游两处火起，便放水！”

“得令！”

“何谦、田泓！”“在！”谢玄看着何谦一人站出，才想起田泓已在彭城阵亡，心里一阵难过，“田洛！”“在！”

“你率五千人，马上出发，到淮水下游二十里处，待秦军败下后，半路截杀！”“得令！”

“其余诸将，随我前往秦军大营挑战，只需引出彭超，便朝其大营射出火箭，刘牢之见到这把火后，便可以烧他浮桥！”“得令！”

调遣已毕，谢玄对着众将一拱手：“诸位，我北府兵振军威就在今日，拜托了！”大家纷纷拔出佩剑，叠在一处。

君川一战，北府兵奋勇破敌，秦军几乎全军覆没。彭超单人逃脱，回到彭城后自杀谢罪。

谢玄因功加封为冠军将军、徐州刺史，加东兴县侯；刘牢之升任广陵相、鹰扬将军。

转眼已是七月十五，正值佛家盂兰盆节，苻坚在长安城五重寺作法事，追祭先祖，释道安住持祭典。苻坚率文武朝臣、关中名士齐齐前往，王嘉架不住苻坚的再三邀请，也离开终南山，来到了五重寺。

典礼间隙，苻坚将王嘉引见给释道安。一僧一俗初次见面，大有相见恨晚之意，便在厢房内饮茶闲聊。

“久闻法师精通佛法，又善于占卜，乃天王信赖之人。”王嘉赞道。

“贫僧出家久矣，早已不问红尘事，只是天王尊崇我佛，故而时常探讨，至于这占卜嘛，呵呵，闲暇消遣罢了。”释道安谦虚地说。

“可我听说，法师还与江南谢安熟识，从建康到襄阳后，就阻止了一场杀戮，可见还是眷念红尘的。”王嘉有意点破这档子事。

释道安沉吟了一会儿，说：“俗世不清，佛法难行，这也是贫僧分内之事。若天王能勤修德政，阻止兵祸，或许……”和尚没再说下去。

王嘉接过了话头：“兵祸，尽在东南乎？”

释道安一怔，他看着王嘉投过来的热切的眼神，不觉笑了起来：“看来，这俗世的纷争，贫僧今生今世是难以割舍了！”王嘉也跟着笑了起来。

二一　力排众议，大秦天王一意孤行

东都洛阳的式乾殿内，洛阳宫留守朱彤正在向苻坚介绍各个宫殿：“自司马氏

起，式乾殿便是天子的寝殿，其后有显阳殿，乃皇后的寝宫，其余含章殿、徽音殿则是妃嫔的地方……”

苻坚点着头，借着夕阳的余晖仔细打量着经历了汉魏二百四十余年风霜侵袭的雕梁画栋，如今看来，都有些陈旧。“他日若一统中原，我必重修洛阳宫！”苻坚叉腰站在大殿门口。

这时，权翼走上前小心地说：“天王为显功德，不辞劳苦赴泰山祭祀天地，实乃万民之福。只是，这军机之事，不宜在此说出……”

苻坚哈哈大笑：“卿多虑了，此处是洛阳，寡人的行宫，万无一失，就算有人觊觎天王之位，我借给他这个胆！”

权翼大惊，忙双膝跪地：“天王语出不祥啊！臣斗胆求天王别再说了！”苻坚把他搀了起来。“戏言而已，何必当真？来，朱卿，你再带着我等转上一圈。”苻坚招呼着朱彤，继续向前走去。

夜近三更，饮得半醉的苻坚在内侍的搀扶下退往后殿。刚走入天井，就听见侧廊里有人大喝一声：“苻贼，今日特来要你的命！”

苻坚昏昏沉沉，侍卫反应极快，大叫道：“不好，有刺客！”

借着烛火，白光一闪，一名内侍惨叫倒地。“哗”，天井之中一阵大乱，苻坚被其他几位内侍架着冲向后殿，他也清醒过来，想大声呼救，可酒劲尚在，无论他怎么喊也喊不出声。

后殿两个值班的甲士举戈来迎，那刺客也不躲闪，纵身跳起来，将他们一人一脚踹翻在地。

到了后殿入口，几位内侍实在跑不动了，直接将苻坚摔在地上，自顾自在那里喘气，苻坚爬起来往里就跑，由于袍袖过长，竟被刺客一把抓住。

正在这时，殿门口被吓得瘫倒在地的一帮奴仆中，有一人腾身而起，猛然截住刺客的手，当胸一拳，刺客抓着皇袍的手松了。

紧接着，那人抬腿照着刺客侧身暴露的软肋又是一脚。由于出手极快，刺客招架不及又挨了一脚。显然，刺客并不擅长拳脚功夫，他索性举剑劈了过来。那人低头躲开，却因用力过猛把帽子甩掉，一头长发披散开来，竟是个女子！

这女子也不在乎，她纵身一跃，跳过刺客头顶，落地轻巧，挥掌直拍刺客后背。刺客来不及招架，向前紧跑几步，双脚一点地，正好横身踏上宫殿的大柱，一运丹田，整个人侧身一跃，在半空中翻了个筋斗。刚一落地，他愣住了，原来女子正对脸等着他。朦胧的烛光里，女子轻轻一笑，抬起右手，是一柄短剑！

刺客看清时已然晚了，右肩窝被扎个正着。他卖个破绽，转身跳向另一面宫殿的顶上，女子追赶不及，只好看着刺客三晃两晃不见了踪迹。

正在女子顿脚惋惜的时候，内侍跑了过来。“哎呀，可吓死我了，原来你是个女的啊？快跟我来吧，天王找你……哦，请你，你可有福了！”

后殿之中，苻坚换了一身衣服，独自饮着茶，好像刚才没发生什么。

女子施礼已毕，苻坚上下打量着她，后宫奴仆之中竟有这等女子，真是怪事。他靠近那女子，想用手抬起她的下巴："看样子，不像中原女子。"女子一惊，往后倒退数步：

苻坚脸色一变："大胆！"边上的侍卫要过来擒住女子，被苻坚拦下，挥手让他们全都退下。

苻坚再一次走到女子身边，轻声道："你救驾有功，寡人准备封你为淑妃，你可愿入宫陪伴寡人？"说着，他抬起了女子的左手。冷不防，女子右手一晃，从袖口掏出那柄短剑，对准了苻坚的咽喉："请天王自重！"

"好胆气！"苻坚一惊，忙缩回双手，"你若说出你是谁，我便放你出宫。"

"我乃义阳朱清鹂！"

苻坚略一沉吟："朱序是你什么人？"

"家兄便是！"

苻坚点点头："果然一门忠烈。"面对美貌而刚烈的朱清鹂，苻坚突然觉得刚才升腾起的那一股欲火，瞬间化为乌有。

"令兄现已是我朝度支尚书，寡人视之贤才，也罢，我认你作御妹，封义阳公主，如何？"苻坚迎着朱清鹂手中之剑，不慌不忙。

自襄阳沦陷，兄妹失散，朱清鹂作为战俘没入宫中为奴，虽已打听到朱序没死，兄妹二人却一直难以相见，今日听苻坚如是说，揪着的心总算放了下来。她慢慢放下了手中剑……

苻坚拒绝了众臣关于缉拿刺客的奏请，次日一早，他终止了行程，闷闷不乐地踏上了归途。

东巡遇刺，对于苻坚来说并不意味着结束。晋太元六年（381），秦幽州刺史苻洛、镇北大将军苻重同时起兵。宗室造反，让苻坚震怒，他派镇军将军、并州刺史邓羌平叛，大胜而归。

而在江南，晋车骑将军桓冲一直愧疚两年前未曾救援襄阳，派遣侄儿桓石虔北击襄阳，焚烧破坏了襄阳附近的屯田，劫掠平民六百余户。苻坚任命阳平公苻融为征南大将军、开府仪同三司，正式着手南征事宜。

接过圣旨，苻融忧心忡忡，他本意并不赞同伐晋。"天王，恕臣直言，江南与我朝接壤数万余里，关隘要塞无数，如若南下，当从何处进兵？"

苻坚想了一想："你不提我倒忘了，襄阳一路有桓冲，不可冒进；前番下彭城，谢玄有北府兵在彼，也是劲敌；莫如取道寿阳，直下淝水。"说着，苻坚拉开了身后一面帷布，竟是一张巨大的在绢帛上画成的《中原江南全舆图》，各州郡城池标注得一清二楚。

苻坚指向寿阳:"让邓羌不必回关,从幽州出发,转到颍上,直取寿阳!"

三万秦军一路南下,邓羌端坐马上,志满意得。他睥睨左右:"老夫今年已五十有九,随天王东征西讨,立有无数大功,什么大风大浪没见过?听说前次彭超在淮南被一个叫作谢玄的后生打得大败,真是岂有此理!老夫若在,必叫晋人片甲不留!"

诸将莫不异口同声称赞道:"老将军神威!"

眼看渡过淮水,有探马来报,晋人援军已近寿阳。邓羌一惊:来得好快,他忙问:"领兵者何人?"

"谢玄、刘牢之!"

邓羌默然不语。好一会儿,他才招呼部下在八公山下择地安营。

刚扎下营垒,副将王咏走了过来:"将军,此地背山多树荫,乃兵法上说的绝地,时值六月,酷暑难当,若晋军用火攻,只怕……"

"火攻?笑话!量谢玄小儿也无此见识,他刚到寿阳,就是马上飞到八公山,也得先渡过淝水,你看!"邓羌拉着王咏走到营门外,指着远处的淝水,"请问,晋军何在?哈哈哈……"王咏无话可说。

入夜,邓羌吩咐摆上酒席,与诸将一醉方休。

邓羌是一员久经沙场的老将,智勇双全,一生罕逢对手,垂暮之年心气极高,不过这一次,他大意了。谢玄根本没有入驻寿阳,而是分出少量人马,让偏将打着自己的旗号入城,他与刘牢之在淝水上游二百里处渡河,直插到八公山后面。

二更天,晋军摸近秦军大营,借着东南方施放火箭,秦军被打了个措手不及,惊慌失措,纷纷弃营向北渡淮水逃命,以致自相践踏,死伤不计其数。

退到淮水北岸,看着衣甲不整的士卒,邓羌大叫三声,拔剑自刎。消息传到长安,满朝悲恸,苻坚传旨废朝三日,追赠邓羌为太尉。

连番受挫,让苻坚觉得发动大规模的南侵势在必行。

晋太元七年(382)九月初三,苻坚升坐太极殿。他打量着臣下,重臣宿将皆在,唯独缺少王猛、邓羌二人。他不禁叹道:"丞相在时,寡人常以为帝王易做;自丞相辞世,寡人事必躬亲,方才知其中艰辛,可惜王景略已不复得矣。"众臣闻听,个个脸上皆有羞惭之色。

这时,忽见一个身着异域服装的男子出班跪倒:"天王可曾听说鸠摩罗什?"苻坚一看,是前些时日来长安进贡的西域鄯善国王。

"爱卿,这鸠摩罗什是何许人也?"

鄯善王忙说:"此人原是天竺国国相之后,家世显耀,后无心出仕,出家为僧,云游西域各国,讲经说法,诸国皆奉为师,可谓人中之杰。"

苻坚一生最爱佛事，一听西域有如此高僧，喜笑颜开："既有这样的贤人，寡人当重礼聘之。"

鄯善王一笑："中土西域相隔千里，教化不同，鸠摩罗什必不肯应召前来，莫如引兵征伐，方能如愿。"

苻坚不解地问："寡人一向仁义待人，既是诚心求贤，何必行刀兵之事？"

鄯善王言道："天王若欲一统华夷，需效仿汉武帝旧例，设西域都护府，这样便可统摄各国，传达上国声威，如此，则鸠摩罗什无有不奉命之理。臣愿做向导，助天王打通西域，迎回大贤！"

苻坚大喜过望，当即任命鄯善王为使持节、散骑常侍、平西将军、西征军总向导；以骁骑将军吕光（已故吕婆楼之子）为使持节，都督西域征讨诸军事，率七万精兵，进兵西域，奉请高僧鸠摩罗什。

送走吕光和鄯善王，苻坚只觉得心潮激荡，他站了起来，对臣下说道："自寡人即位，已二十有六年，四海承平，只东南一隅，尚未归我国王化。寡人每想到这里，总觉食不甘味。今我大秦兵精粮足，可用之兵粗略计约有百万。若寡人此时御驾亲征，平定江南，诸位以为如何？"

因重修洛阳宫有功而加封秘书监的朱彤觉得这是一个表现的机会，赶紧上前一步："天王替天行事，以天命讨不臣，只要我大秦虎狼之师一出，势必兵不血刃直下石头城，晋主即便不降，也要逃之江海，死于非命。灭晋之日，可让昔日永嘉南渡之中原衣冠返回故土。天王亦可一遂拜祭泰山的夙愿。此举亘古未有，功盖秦皇，威加汉武！"

一番奉承阿谀之词让苻坚得意非常，连声说道："朱卿所言正是寡人平生之志！"

已官拜尚书左仆射的权翼忙说："臣以为不可伐晋。昔日殷纣无道，天下离心，八百诸侯一齐讨伐之。周武王忌惮'三贤'微子、箕子、比干尚在，兵至孟津而归；及至'三贤'遭害，武王方才出兵牧野，灭商兴周。今晋室虽暗弱，君主并无大恶，上下和睦，谢安、桓冲皆为江左干才。孟子云：天时不如地利，地利不如人和。晋室已占地利、人和，不可轻易动兵啊！"

自从姚襄败亡后，权翼归顺苻坚，一向忠心耿耿，原以为他会赞同出兵，没想到泼了一盆冷水，让苻坚好生不快，他沉默良久才说："二卿所说，各有道理，容我考虑考虑。"

这时，一个洪亮的声音响起："臣以为，伐晋虽是国策，时机却未到！"众人一看，是太子左卫率石越。他继续说："今岁星镇星在斗牛之间，斗牛分野于吴越，此晋室福德所至，强行出兵必遭天谴。更何况有大江之险，晋室臣民皆有守土之志。我大秦当修德于内，不宜兴师动众，子曰'远人不服，修文德以来之'，正是此理。"

听到这里，苻坚哑然失笑："石卿的天象倒是没白看，不过寡人知道武王伐纣时，岁星也在殷商。天道之事，岂是人力所知？且夫差亡于越，孙皓灭于晋，皆有大江之险，依然亡国授首。长江之长，能阻我倾国之兵否？寡人若下令，众将士投鞭于江，即断其流！”

石越也笑了：“夫差之亡，亡于好色贪杯；孙皓之败，败于不修德政。如今晋室并无暴虐之行，伐之必费周折，倘若有失，徒劳无功，有损国威。如天王能厉兵秣马三五载，一待江南有变，再出兵也不迟。”

苻坚被一通抢白，无语应答，殿上众臣开始议论纷纷，大家先后向苻坚表达立场。

太子苻宏奏道：“晋君实无罪，若出兵怕师出无名。”苻坚对这个平素爱吟汉人诗词、喜清谈的儿子并无多少好感，只因他是嫡子，才立为太子的。他冷冷地回应太子：“秦灭六国，莫非六国之君都是暴虐之主？”

苻宏不敢驳斥，退了下去。

几番争执下来，苻坚觉得心烦意乱，他转身坐下，一拍几案：“正如当道筑屋，议者纷纷，高屋何时建成？卿等先退下，寡人自有决断！”

众臣告退之际，苻坚对着苻融使了个眼色。

太极殿上只剩下兄弟二人，苻坚让苻融坐到自己身边，拉着他的手，感觉就像聊家常似的：“古来定大事者，只在一二人。众人口杂，让我心乱如麻，莫如你我兄弟就此决定此事？”

苻融早有准备，不慌不忙地说道：“目下伐晋有三难，天道不顺，一也；晋主无隙，朝臣用命，无可乘之机，二也；我将士连年征战，极其疲乏，据臣所知，士卒皆有畏战之心，三也。今日朝上，说不可兴兵者皆是我大秦忠臣，望天王明鉴。”

苻坚不等他说完，“噌”地站了起来，在大殿上来回快速地踱着步，他转身指着苻融：“连你也不赞成出兵，那寡人还能指望谁？我大秦强兵百万，粮草丰足。寡人纵然不是明君，也非昏聩之辈，定中原、平西凉、收塞北，此皆旷世武功，以此神威击垂死之国，焉能不胜？寡人思之再三，绝不留此遗祸交给子孙后代！”

苻融从没见兄长如此激动，他赶紧双膝跪下：“昔日夫差不听伍子胥忠言，终致亡国；项羽未用范增之计，落得乌江自刎。天王固执己见，不听忠言，唉！自古穷兵黩武者，祸不远矣。”说着说着，苻融想起王导临终前的嘱托，难过得掉下泪来。“臣担心的还远不止于此，您来看！”

他转身走到一边，拉开了那幅帷幕，巨大的《中原江南全舆图》又出现在了面前。苻融指了指邺城、洛阳、龙城几处，最后指向长安。“我国征战数十载，降服鲜卑、羌、羯各族遗民无数，陛下皆安置于京畿要地，而我氐族子弟反被遣往远方。若以全国之力伐晋，只留太子率数万老弱留守京师，实为肘腋之患，一旦有变，宗庙社稷安在？况且正朔在江南，天不绝之！”

他见苻坚有所触动，又说：“臣之所言固然愚钝，可王景略一代英豪，陛下每每将之比作诸葛亮，他临终之言，难道天王忘了不成？”

一听到王猛的名字，苻坚大受震动……“晋国地处江南，实是华夏正统，臣死之后至少十年内，天王万不可南下；鲜卑、西羌降顺之人贼心未死，这才是大秦之仇敌，留之必为祸患，天王宜及早图之，以安关中！”王猛的临终之言又一次浮现在他脑海中。苻坚闭上了眼睛，他想起了苻丕远镇邺城之际对自己唱的那首歌谣：“阿得脂，阿得脂，伯劳舅父是仇绥，尾长翼短不能飞，远徙种人留鲜卑，一旦缓急当语谁。”还有苻丕哭泣的面庞……可是，这些又能说明什么？天道无常，王景略能料到今日大秦强盛之局面吗？

“够了！”苻坚有些失态地吼道，“所谓天道和正统，岂有常理？天下者，有德者居之，刘禅不是自称汉室宗亲吗？结果如何，还不是为魏所灭？你呀，之所以不如寡人，正在于不知变通！”说着，苻坚拂袖离去。

当晚，苻坚宿在张夫人的漪澜阁，苻诜也来给父皇请安。看着苻坚疲惫的神色，苻诜小心翼翼地走过来为父亲捶着背。

苻坚微笑着拍着儿子的脸：“阿诜越发懂得孝道了！”

“这都是母后的教导！”苻诜愉快地望着母亲，一家人沉浸在天伦之乐中。

苻坚突然问苻诜：“皇儿最近都读了什么书啊？”

苻诜连忙应道：“一直在读《左传》，颇有心得哩！”

“哦？说来听听。”暂时摆脱政事烦恼的苻坚此刻迫切希望听到最钟爱的小儿子的声音。

“《左传》上说，季梁在随国，楚国不敢觊觎；宫之奇在虞国，晋人不敢进犯。我想这大概是因为随国和虞国的国君都听从两位贤士的忠言，等到二人不被国君所信任，就有亡国之祸了。”

听到这里，苻坚脸色一沉：“皇儿到底想说什么？”

苻诜赶紧跪倒：“儿臣所言都是前车之鉴，皇叔阳平公是国家重臣，父皇手足，陛下为何不听其所言？”

苻坚坐起身，将搭在身上的被子扔在一边：“朝堂自有良臣，可知进退，国家大事岂容孺子多嘴？”苻诜吓得埋下了头。

张夫人忙替爱子解围：“是阿诜多嘴了，天王息怒，只是臣妾听说举朝都在说不可伐晋，天王宜三思啊！”

“住口！”苻坚斥责道，“你听谁说的？疆场之事，你妇人家懂得什么？”说着，苻坚站起来，快步朝外走去，“朕今日不适，你们自行安歇！”

次日，苻坚匆匆上完早朝，急召冠军将军、京兆尹慕容垂入后殿。

“道明啊，昨日在殿上，你好像有话要说。”苻坚劈头就问。

慕容垂忐忑地应道:“臣不敢说。”苻坚说:“事关大体,寡人赦你无罪!”

慕容垂一笑:“天王德比唐虞,功盖汤武,威德泽被四方,晋主偏安一隅,实乃自不量力。若我大秦不讨伐,则国威何在?臣听闻小不敌大,弱不御强,以大秦之国力,天王之神武,强兵百万,良将如云,岂能留此祸患于子孙?天王既然下定决心,就不必再广纳众言。昔日晋武帝平吴,所信者也不过张华、杜预寥寥数人。天王,此机不可失啊!”

苻坚激动地站了起来,他兴奋得直搓双手:“与我定天下者,唯慕容道明一人耳!”说着,让人赏赐他帛五百匹。

又是一年的三月三,通往兰亭的山阴道上,春色宜人。宽衣博带的男子与裙摆飘飘的女子携手并行,去赶一年一度的修禊事。年逾六旬的谢安走在此间,内心若有所失。他的身后跟着一袭白衣、面色惨淡的王献之。

兰亭之侧,早已布好祭台。王献之打开父亲生前写就的《兰亭集序》,谢安亲手上香,他徐徐走到兰亭之上,手抚栏杆,说道:“昔日曲水流觞盛景犹在,算来已近三十年了。”他脸带笑意,看着王献之,手往自己的腰际比画了一下,“子敬,那时你与我家幼度一样,才这么点儿高呢。”

王献之似笑非笑地点着头,他还沉浸在父亲去世的哀伤中。

“四年了,我现在才有机会回到会稽祭奠逸少,”谢安一声长叹,“七郎,想你几位兄长,或已外镇或闲散在彼,家室已空,我将要开府,特聘你为长史,随我回建康吧。”(在前一年冬,谢安进位卫将军、开府仪同三司,进封建昌县公)

王献之未置可否,他抬起头,只见在袅袅青烟中,谢安已站到祭台前,大声诵读起了《兰亭集序》:“永和九年,岁在癸丑,暮春之初,会于会稽山阴之兰亭,修禊事也。群贤毕至,少长咸集……”

建康琅琊王府里,喝彩声、诅咒声交错不绝,司马道子正与尚书郎王国宝在斗鸭。几局下来,司马道子的“一点青”被王国宝的鸭子赶得无处躲闪,飞出了竹城。

“好了好了,不玩儿了!”司马道子垂头丧气地招呼下人把场子撤了。王国宝跑过来腆着一副笑脸,说:“王爷若喜欢,我这只‘花肠子’就送给您,保您百战百胜!”

司马道子一脸苦笑:“唉!尚书郎大人,这乐子怕是找不到几天啰!你家岳丈奏请陛下下旨,让三公、王侯,皆要交税钱,以资军用,我这琅琊王本来就没多少油水,哪里还经得住这番折腾?可圣命已下,这些鸭子我正找人卖出去哩!”

王国宝,太原王氏子弟,其父是已故中书令王坦之。司马曜登基不久,王坦之身患重病,作为曾经的“抗桓同盟”,谢安很珍视与王坦之的这份情谊,特将次女许配给王国宝为妻。不料,王坦之去世后,王国宝自诩为谢安女婿,贪杯好赌,乐于钻营,品行逐渐为建康士人所不齿,谢安亦逐渐疏远了他。后来,他便投靠了琅琊王司马道子。今日一听司马道子这番话,王国宝在心里打起了小算盘。

晚间,王国宝借故来到乌衣巷看望岳丈。谢安正忙着处理公文,没工夫搭理他,他便在一旁候着,天南海北地与谢安神侃。谢安心下起疑,问他是否有其他事。

见时机已到,王国宝笑嘻嘻地凑上去,说:"岳父大人,小婿听说有圣旨下,让三公、王侯等皆按等级交纳税钱……"

"确有此事,怎么,贤婿应该交得不多吧?"谢安知道他爱财如命,故意这么说。王国宝厚着脸皮继续说:"琅琊王的意思……能否减免一二?"

谢安放下了笔:"这是圣命,岂容更改?况且陛下也节省了宫中使用,锦缎都换成了桑麻,琅琊王身为天子至亲,怎能因私废公?"

王国宝被噎在那儿,半晌无语。谢安加重了语气:"贤婿可知我谢家的规矩?"

"这……是什么?"

"远离皇亲,洁身自好!"

"啊……"王国宝窘得无地自容。

王国宝恨恨地离开乌衣巷,他贼心不死,又转到黄门侍郎王珣府中。王珣娶谢万之女谢道清为妻后,因巴结桓温,被谢安厌恶,劝侄女与其解除婚约,王珣一怒之下与谢安断绝往来。那王国宝认定司马道子日后必将发达,极力奉承,希望往来推荐建康名流与他,今日突遭谢安申斥,便想起了王珣,想说服他投靠司马道子。

王珣正在抚琴,听完王国宝一番话,"啪"的一声停止了弹奏:"安石虽固执,好歹也算江左贤达,先祖(王导)曾要两家世代交好,吾虽不才,却不愿做背后插刀的勾当,阁下请回!"

王国宝吃了个闭门羹,心里把谢安恨得要死,发誓要报复回来。

二二　黑云压城,太平宰相乐逍遥

南下伐晋的计划得到了慕容垂等人的支持,苻坚十分高兴,他安排官吏不断从各处调集人马,置办粮草。按照天王圣谕:关中、关东两地,民间十丁抽一;专设"羽林卫",清白人家子弟凡年满二十岁,通晓武艺,英勇果敢者,尽数纳入其中;

又令盛产良骥之地，所有马匹悉数征调军用。

为求此行平安多福，苻坚摆驾来到长安西郊五重寺降香。释道安将苻坚迎进大殿，完成一应仪式后，禅房之内，释道安坐在蒲团上，一面把着茶盏，一面偷眼观瞧，他发现苻坚虽是安然稳坐，眼神中却流露出一股亢奋之色。释道安清了清嗓子，问道："贫僧观天王面带喜色，是否觉得这茶还算中口？"

"哦？"苻坚仿佛如梦里醒来一般，"法师的茶当然很好，初入口时略带苦涩，吞咽下喉却有一股甘甜涌上，顿觉唇齿幽香，这必不是普通的茶啊。"

释道安双掌合十，微闭二目："天王圣明，这是贫僧当年从江南带过来的'婺源绿'，如今还剩下些茶末，味道却是极佳的！"

苻坚盯着茶盏，两眼放光，不住地点头："中原江南本为一家，寡人岂可坐视大好江山落入他人之手。"

释道安虽闭着眼睛，这句话却听得分外清楚，他幽幽地应道："天王坐拥中原、关中，天下三分已得其二，何须多生杀戮？我佛云：一念贪心起，百万障门开。想那江南不过弹丸之地，又多瘴气，舜帝去而不返，始皇劳而无功，实无须上劳大驾、下困民力，《诗经》上说'惠此中国，以绥四方'，天王修文德足以威慑四方哩。"

一听此说，苻坚慢慢起身，走近释道安，轻声言道："不久寡人将与法师共游吴越，千军万马以观沧海，拜舜帝于九嶷，祭大禹于会稽，岂非乐事？"说罢，大笑不止。

释道安还是摇着头，苻坚有些不高兴，他耐着性子说道："非是寡人穷兵黩武，统一南北实乃造福万民，使之永不受兵革之祸，孤家伐晋，有名有实！"

释道安嘴角微微一动，露出一丝不易察觉的哂笑，苻坚没注意到，继续说："寡人已在长安新建三座府邸，晋主可任尚书仆射，谢安为礼部尚书，桓冲为侍中，其余人等也将择优任用，余下者给钱给粮，供养终身，这，难道也算滥杀吗？"苻坚越发觉得对释道安谈国事是个错误，这个和尚不过可以讲些佛理罢了。

二人陷入了长久的沉默，苻坚也觉乏味，找个借口起驾回宫……

这日天明，招贤馆外，王嘉看着眼前这个小沙弥，摇了摇头，不认识。小沙弥赶紧递过一封书信，上写：王子年启。他拆开细看，是释道安写给他的："……从襄阳至关中已有五载，幸万民和顺，百业兴旺，我佛慈悲，欲普度中土苍生，吾之未来，非在关中，现将远行。吾闻享乐者怠于治身，躬耕者勤于辨天，公非天王至交亲信，现奉为上宾，若他日弃之不用，则大祸临头，还望早作思量……"这分明是一封辞别信，王嘉倒吸了一口凉气，忙问："法师几时走的？"

"五日前就离开了五重寺，只说出城一游，临行前告诉小僧，若五日后他不回，便将此信交给先生。"小沙弥睁着一双惊恐的眼睛，似乎在讲述一件恐怖的事。王嘉张着嘴，无言以对。

"爱卿这些天都在忙何事,除去早朝,朕遍寻不着?"台城御花园——华林园内,司马曜皱着眉问谢安。

谢安忙应道:"台城的修缮已近尾声,臣正忙于此事。"

司马曜大感意外,在他印象中,这种无为而治应该是当年王导的做派,不过,修缮台城本是自己和司马道子的主意,谢安只是在替自己办事,不便责备。他叹了口气:"关中苻坚大肆征兵,风传将要南侵,得想个法子啊。"这话是故意说给谢安听的。谢安心中明白,诺诺应声。

向晚时分,乌衣巷相府热闹了起来,门外的家人往来迎送宾客,其间虽隔着几重门,丝竹声依然清晰地传到街上,清新悦耳。谢安穿梭在宾客间,谈笑风生,好一派"太平宰相"的气度。

看看时辰已到,谢安吩咐掌灯,命人抬上大瓮的佳酿,他捻须而笑:"人生如寄耳,顷风流得意之事,殆为都尽(这是昔日谢安写与高僧支遁的书信)。昔日在东山,世人皆爱我谢家的家宴,因为总有佳人临席,想来已有三十年了。自万石(谢万)去后,我立誓十年不再赏丝竹之乐,可这……误入公门中,一去二十年……哈哈,今日吾当重拾之,特意从建康玉妆楼请到落霞、朝云二位姑娘,以助兴致!"

众宾客听到这里,脸上都露出欣喜的神色。谢石望了一眼对面就座的王献之,两人脸上都是一副无奈的表情。

少顷,酒已摆上,正厅大堂上落下三面珠帘,只留下朝门一方开着,音乐声起,娉娉婷婷飘过两位佳人,翩翩舞动,又有香烟升腾,如在云间一般。一曲舞罢,掌声四起,谢安向众宾客举起了酒杯。

正在欢饮,座中一人拱了拱手:"恕在下坏了今日雅兴,目下江南看似一片升平,只是听闻关中正厉兵秣马,不日将起兵南下,未知丞相有何打算?"谢安一瞧,是建威将军王恭,也是当今皇后的兄长。王恭的话多少也道出了在座不少人的心里话,大家齐刷刷地把目光转向谢安。

谢安放下了箸具,半眯着眼睛:"今日欢宴,不谈国事!"说着双掌连击三次,又换了一班歌姬上来,这倒把王恭闹了一个大红脸。

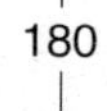

又一曲唱罢,谢安吩咐上主菜——从青溪钓得的数十尾金色鲤鱼做成的醋鱼。王恭此行正是奉了司马曜的旨意来探听相府虚实,却被谢安一阵挡回,美味在旁,哪里吃得下去,端着酒杯在那里唉声叹气。谢安只装作没看见,他笑着对王献之说道:"我奉旨监督台城修缮,不日将完工,届时还要请子敬圣手为太极殿题字呢!"

不料王献之一拱手:"今日欢宴,不谈国事!"

王献之声音极大,席上众人个个吃惊,谢安却依然面不改色,放声大笑起来。谢石怕兄长面子挂不住,举起箸,招呼众人吃鱼,方才抹过这一尴尬。

面对关中的疯狂军备，谢安丝毫不放心上，有人却坐不住了。荆州刺史、车骑将军桓冲率十万人马分兵五路北向发兵襄阳，并骚扰蜀地，企图干扰秦军。这一招果然奏效，秦军未加防备，特别是蜀中，失地连连。苻坚不得不把部分精力放在这上面，他安排姚苌驰援涪城，又让慕容垂、张蚝赶到襄阳坐镇。

汉水南岸，晋军大营的灯火清晰可见。城楼上的慕容垂焦急万分，他计点秦军人数，不满三万，桓冲目下围困襄阳的人马少说也有五万。

张蚝嚷嚷着要出城劫营，慕容垂拦住了他，只让士卒多多准备粗大的松枝与引火之物，张蚝大为不解。

一个时辰后，全数备齐，慕容垂叫过张蚝："此番就看将军的了！"

张蚝撇了撇嘴："准备些松枝作甚，莫非要火攻？"

慕容垂笑着，拉着张蚝来到垛口边，指向晋营："每人拿十支点燃的松枝，在北岸往来奔走，严禁出声，我给你五千人马！"

接了这么一道将令，张蚝百思不得其解，慕容垂是统帅，他不敢违抗，只好照办。

汉水南岸，桓冲也在密切注视着襄阳的一举一动，对于攻与不攻，他拿不定主意。这时，有偏将来报："秦军出动了！"

桓冲急忙来到岸边，果然见北岸火光闪烁，貌似有无数军马由西往东，正在赶路。他忙问："往东是去哪里？"

"可到沔阳，正是汉水下游。"

桓冲连叫："这是要抄我后路，我只当慕容垂手下不过万人，今日一看，不下五万哪，若让敌深入沔阳，我军则腹背受敌，传令三军，虚插旌旗，多增土灶，连夜撤回江陵！"

众将面面相觑，桓冲厉声叫道："违令者斩！"

慕容垂巧布疑兵，襄阳成功破围，但同时也让苻坚意识到晋军拥有一定的战斗力，不可小觑。

转眼已到晋太元八年(383)八月，秦军调拨分配已定。阳平公苻融被委以重任，封征南大将军，前锋大都督，节制骠骑将军张蚝、抚军将军苻方(苻健第五子)、冠军将军慕容垂、卫军将军梁成、平南将军慕容暐，统率二十五万步骑，由洛阳南下攻打寿阳；在这支大军南下的过程中，为切断荆州桓冲的东进救援之路，慕容垂抽出本部三万人马，绕道襄阳，进驻郧城，正好截住荆州军的来路；蜀地长年驻扎的七万余水军则在梓潼太守裴元略的率领下顺流东下，出夔关，夺占荆州、江州。其余人马皆由苻坚统率，陆续开往江南。

各路人马分拨已定，八月初八，苻坚亲自在霸城门外祭旗发兵。

太子苻宏、中山公苻佚等人直送到灞桥，苻坚催马停住，回头望了望远处的长安城，心里陡然生出一种不安。他望了望人群中，没看到释道安、王嘉，前者不辞而别，后者告假回了终南山。他问身旁的权翼："寡人一直想不明白，道安法师为何突然离去？"权翼自然是心知肚明，可发兵南下已是箭在弦上，他只好胡乱应道："化外之人，难懂，难懂！"苻坚似懂非懂地点着头。

突然，他的眼睛在人群中再一次搜索起来，似乎在找什么人，好半天，他问权翼："王子年临行前，曾做歌于我：'氐人将远徙，鲜卑入关中。'寡人好像明白了。"权翼机警地回答："慕容一族皆在军中，谅也无妨。"是不是真的"无妨"，他自己也没底。

"不对，还有一人！"苻坚反驳道。权翼惊讶地望着苻坚，他也尝试着在人群中寻那个人，依然无所得。只听苻坚压低了声音："速速将此姐弟二人软禁，没有寡人旨意，不得开释！"权翼答应一声，安排去了。

这时，姚苌率领一队亲兵赶到军前。苻坚看着已近壮年的姚苌，无比感慨："一晃二十六年了，你我虽名为君臣，实乃心腹。寡人此番南征，必要一战成功，爱卿可坐镇巴蜀，节制水军，并做各路接应。"

姚苌谦卑地应道："羌人能有今天，全赖天王圣恩，苌敢不效死命？"

苻坚露出满意的表情："爱卿言重了，寡人特加封你为龙骧将军。朕昔日亦为龙骧，曾建功立业，后来一直不肯再将此衔轻易授之于人，今日破例授予卿，不要辜负了寡人哪！"

姚苌眼珠一转，"扑通"跪倒谢恩。

姚苌刚走，权翼回来了。他无意中看到了姚苌谢恩那一幕，好奇地问苻坚，苻坚一一相告。权翼不觉皱起了眉头："君无戏言。天王轻易授姚苌为龙骧将军，让他建功立业，此不祥之兆啊！"

苻坚也有些后悔，但是口谕已下，不能更改，心头不觉一阵烦闷。

南征大军缓缓开拔，度支尚书朱序骑在马上，面色沉重。他不时从怀里掏出一方小小的卷帛观看，那是随军出征的天王御妹朱清鹂写给他的字条："莫如归去。"但是如何"归"？他至今没想好。"丞相、幼度，你们可准备好了？"朱序在内心喊道。

征伐大军出了潼关，苻坚回首西望，只见大道之上，前后千里，旌旗、战鼓连绵不绝；再看东面，渡口处黄河奔流，战船千艘，正蓄势待发。苻坚手握湛卢剑，高声喊道："有此威猛之师，当克日成功！"

此时，慕容垂的人马抵达了洛阳，他辞别苻融，率本部人马，准备南下郧城。

此次出征，两个侄儿慕容楷、慕容绍皆随军而行。出发前，慕容楷、慕容绍来到大营，二人双双跪下："叔父还记得邺城之约否？"

慕容垂一愣，随即扶起二人："我如何不记得？当年被可足浑氏和慕容评逼得好苦，历尽艰辛，方保全此身，我立誓要恢复大燕。"

"时机就在眼前！"慕容楷上前一步，"天王正在兴头上，骄横至极，我们好容易摆脱阳平公,正好借机行事。”慕容垂思索着,突然,他亮出手腕,拔出佩刀:“有二位贤侄在,可助我成功!”说着,割腕滴血。

慕容楷、慕容绍也拔刀出鞘,一脸庄重地回应:“兴我大燕,万死不辞!”

建康东南有一处土山,搭建成一座幽静安逸的园子。谢玄牵着马正在门首转悠。“这分明就是会稽东山嘛!”他不觉自语道。看着这门廊的装饰、那块匾额,还有上面精巧的阁楼,谢玄惊讶不已。

谢玄是从京口赶回来的。由于秦晋开战在即,两国交往中断,朱清鹂流落长安,被苻坚认为御妹,朱序被封为度支尚书这些事,谢玄一概不知,他认定妻子已在上洛殉国,朱序也死于非命,这让他一直沉浸在哀伤和无奈之中。淮南大捷后,便常年驻守广陵和京口,他怕回到建康,回到乌衣巷,再度勾起对朱氏兄妹的思念。关中发兵的消息传来,武将的天性让谢玄再也坐不住了,将兵权暂时托付给诸葛侃,他与刘牢之急急赶往建康。到了乌衣巷,才得知谢安去了“东山”。

眼前这座“东山”与会稽东山如此相似,谢玄又回忆起了昔日与朱清鹂晨练的场景,但斯人已逝……他不敢再往下想。

谢安亲热地为侄儿介绍自己这座“东山墅”,带着他走了个遍,谢玄却提不起丝毫兴致。“幼度,你看我这‘小东山’比会稽如何啊?”

“实不怎么样!”

“哦?哈哈,看来你眼光颇高啊,来来来,去那边走走……”谢安有些不服气。

“唉!”谢玄拉开了谢安的胳膊,“八月初八,苻坚已从灞上出发,百万兵马,延绵千里,江北州郡一夜数惊,丞相大人竟不知吗?”他对叔父的充耳不闻很是不满。

“此等小事,何足挂齿?”谢安收起笑容,淡淡回应,“吾早已成竹在胸。”

二三 纹枰论道,谢安巧布三路兵

小东山上也有一座兰亭,小巧精致,只容得下一张石桌和几只石凳,这是谢安因思念王羲之让人仿会稽兰亭而修建的。

谢安、谢玄叔侄面对面分坐石桌两边。二人布开棋局,谢安执白先行,落子谢玄近身处的左侧星位,谢玄执黑正要落往谢安那一方的右侧星位,被谢安一把拉住。“且慢!”谢玄满脸狐疑。谢安笑吟吟地说道:“你我许久未曾对弈,今日就这样对上一局,无甚乐趣,莫若赌赛。”

谢玄摇了摇头,依旧将子落到星位上:“三叔还忘不了那年东山赢去我的紫罗香囊?”

谢安忍不住笑了:“你若不说,我倒忘了,若不赢下你,如何出得了一个东兴县侯?这赌赛之事,我最是擅长,你若不服,今日便赢回来!”

“赌什么?”谢玄问道。

谢安揪着胡须一思量:“嗯,就赌这座刚建成的东山墅,你若赢了,我转赠于你;你若输了,今日在这里就要全听我的了!”

谢玄也笑了:“若说对弈,你我叔侄往日也有过数十遭,每每赢的都是小侄。三叔真个舍得这座华墅?”

谢安拿起白子又迅速落下一处星位:“子非鱼,安知鱼之乐?”

谢玄见状,便不再多嘴,二人一来一往,黑白交错,于无声处纵横捭阖。

二三十手下来,谢玄顿觉力不从心,每处落子似乎总被谢安提前想到,整个形势越发不妙。若说谢玄的棋艺本来是胜过谢安的,不料今日头脑里总是走神,以致屡屡出错,被谢安抓住机会,步步紧逼。谢玄额头上不觉滴下汗来。

谢安一挑眼皮,偷眼看着谢玄,嘴角一扬,“啪”,一子落下,直接屠掉黑子位于棋盘中路的一条大龙。

看着谢安心满意足地捡起十来颗黑子,谢玄狠狠地敲打着额头。他想着扳回来,无奈心头越急,越是乱了方寸,东一片、西一片,不一会儿,白子对黑子已成包围之势。谢玄只好投子认负。

谢安并未收手:“我见你不服,也罢,我二人加赛一局,做个三番棋!”说着,也不管谢玄愿不愿意,他自顾自地落子走开。此时的谢玄方寸大乱,很快又输掉了第二盘棋。他一推棋盘,拱手言道:“幼度棋艺不济,愿赌服输,悉听尊便!”

谢安忍住笑,唤来谢福:“幼度今日赌赛输棋,按照赌约,在东山墅中,他得听我的。传下去,三日之内,严禁任何人谈及兵事,违者以家法论处;若是外人有违犯,遂逐出大门。”

谢福有些发懵:“丞相,这是何意啊?”“休要多问,写成告示,贴于门外!”谢福唯唯退下。谢玄吃惊地望着谢安。

少顷,谢安笑吟吟地来到谢玄身前:“贤侄可知今日为何连连输棋?”

谢玄气恼地扭过头去:“不知道!”

谢安慢慢说道:“对弈如用兵,须知‘方圆动静’,棋盘为方,棋子为圆,棋活为动,棋死为静。静者,思绪如死水。为何思绪如死水?因你别有他念。对弈之时,我观你心神不定,面有焦躁,定是为外事所扰,以致思绪凝固,落子便如腐臭之水,焉能不输?”

谢玄叹服道:“小小几颗棋子,原来有大奥妙,小侄今日受教了,只是……”他想起谢安宣布禁言一事,话到嘴边又咽了回去。

“切勿着急。”谢安故作神秘地应道。

深夜的琅琊府,有人还在窃窃私语。

长着一副俏丽面容的王国宝,嘴角撇向一旁,眯着眼睛对司马道子说着什么。司马道子本就皱着的额头,陷得更深了。

“谢安石居然没瞧出他女婿是个吃里爬外的货色?”他嘲笑地看着王国宝。王国宝一惊,随即又露出谦卑的表情:“小臣不过做了自己该做的事,大义灭亲嘛。”

“嗯!”司马道子对着铜镜修理着自己上唇的两片髭须,“大敌当前,只私养歌姬一条,便足以让他罢相,更何况称病不出,也有违圣恩哪。”

王国宝接口道:“唉! 身为首相,如此不检点,纵然身为女婿,我也不敢不报。”

次日夜里,谢安突然被司马曜紧急招入台城,在通往寝殿的路上,谢安问内侍:“不知陛下唤我何事?”

这个内侍姓黄,平素里是个本分之人,对谢安十分尊重,他略知道一些内情,便压低声音道:“早朝之后,琅琊王单独与陛下谈了一会儿,老奴无意间听到了丞相名讳,只怕今儿这事,与此有关哪!”谢安放慢了脚步,心头涌上一丝不安。

寝殿之内,司马曜一身睡袍,很焦急的样子。他急急扶起了还在行礼的谢安,让他坐下。

“陛下深夜唤老臣进宫,为了何事?”谢安问道。

“啊,也没什么事,就是数日不曾在朝堂上见着丞相,听闻贵体欠安,本想差人去乌衣巷探病,却说人在小东山,内侍到了那里,回报说门首贴着告示:禁谈兵事。啊,不瞒丞相,寡人倒是正为兵事焦虑呢……”司马曜边说,边警觉地看着谢安,末了,还紧张地吞了一口唾沫。

这个动作不大,却被谢安瞧个正着。谢安赶紧叩头:“老臣有罪,此等时刻不能出来为陛下分忧。只是军机大事,实在不想让他人知晓。”

“看来寡人在丞相眼中也是外人啰?”司马曜有些不高兴。谢安再施一礼:“臣绝非此意,闲居小东山,正是为了思索一个万全之策,如今已十成八九,届时必将见于天颜,陛下切勿担忧。”

对于谢安处理国政的才干,司马曜是一百个放心,看谢安胸有成竹的样子,皇帝松了口气。他又想起先前司马道子的话:“听闻丞相在小东山上,歌舞轻盈悦耳,宾客往来如梭,好雅兴啊! 这台城之中,寡人已是数月不闻声色了!”

一听这话,谢安的背脊顿时凉了,这是皇帝在问责:既居相位,就当为国筹谋,耽于酒色,还做什么丞相?

必是司马道子说了什么! 谢安是心思通透之人,他正了正衣冠,应道:“臣正有一事启奏陛下,安石今年六十有三,每日劳于政事,日渐疲乏,心力不济,恳请陛下再选能臣,安石甘愿让贤,也好安享晚景!"

司马曜没想到谢安会来突然辞官,心里说:"好啊,我这才责备几句,你就要罢官,大敌压境,你一走了之,寡人指望谁去?"相比他那位只知清谈、庸懦不堪的父亲,司马曜精明了许多,他换了一副笑脸,轻轻扶起谢安:"丞相何故如此?你若罢相,这大晋江山将拱手献与他人了,方才只是随便一说,卿不必多疑,寡人还要赏赐你十名歌姬呢!哈哈!来人哪,唤后宫雷总管来……"

后半夜的小东山上,突然起了一阵凉风,难以入眠的谢安索性披衣下床,步入白云轩中。他点燃蜡烛,走到窗前,任夜风拂面,内心掀起一股波澜。对于御敌,他心如磐石,但是皇帝的那番话,着实让他伤怀,还有什么比皇帝的猜忌更可怕呢?

"安石不肯出,将如苍生何?"王羲之说着话,走进了房内。"逸少,你原来在这里!"谢安叫出了声,再一看,房内并无一人。

谢安缓步走到几案前,铺好纸,提笔蘸墨,挥笔写下"镇之以静,群情自安"八个字。这正是王导当年用以自勉之语。

"今日让尔等来,正是为了解决你们心中的疑惑!"谢安神情严肃地看着坐在厅内的十几个人。这些披挂整齐之人,都是晋国当下有名的战将。

"一月前,氐贼苻坚发兵关中,起百万倾国之兵,声震中外。然在我看来,不过散沙枯树一般。试想:苻坚平定中原后,将其氐族子弟遣往四方,关中一带目下皆为鲜卑、羯、羌诸辈,心口不一,况慕容垂、姚苌必不是真心助秦,这正可为我所用,此其一也。秦军虽分兵而来,目标却只在寿阳—淮水一线,为何?西有桓车骑的荆州兵,东有广陵的北府兵,苻坚是吃过苦头的,他认准寿阳是我之软肋,势必竭力攻取。兵法云:我可以往,彼可以来者,为交地。寿阳,正是交地,所谓'交地无绝',我军若以逸待劳,机动应战,可胜之,此其二也。秦军远来,不服水土,时近秋冬,粮草将是大患,其必求速战,届时可巧做文章,此其三也。吾朝天命所归,正统不绝,又岂是蛮夷所能撼动?就算寿阳有失,我还有大江天堑,可做殊死一战,此其四也。敌有此四败,吾将与各位并力!"

经过一夜的复盘,谢安确认自己的计划可保无虞,便召集各路将佐次日晚间来小东山议事。

一番分析之后,房间里先前还有些沉重的气氛瞬间活跃起来,众人脸上露出振奋之色,个个跃跃欲试。

"谢石,吾已奏明圣上,封你为征虏将军、征讨大都督,节制各部水军约一万人,由长江入淝水,救助寿阳。龙骧将军胡彬为前部先锋!""得令!"

"西中郎将、豫州刺史桓伊,令你从历阳发兵两万,走陆路,与谢石在寿阳会齐。”“得令！”

“冠军将军、徐州刺史谢玄，令你为前锋都督，率五万精锐北府兵出广陵，经盱眙，入淮南，你这一路最远，需要提防秦军先头部队！鹰扬将军、广陵相刘牢之为前锋副都督，协理军务！”“得令、得令！”

“除留少量人马驻守广陵并拱卫建康，其余北府诸将，诸葛侃、何谦、田洛、孙无终、高衡、刘轨……皆随军出征！”

“得令！”

谢琰在一旁看了半天，见没他什么事，心有不甘，因他尚不是北府兵的正式将领，只能驻守广陵。他忍不住大喊起来：“末将愿当前驱！”

众将见是丞相之子，一时倒不好多言。

谢安脸色一沉：“诸将各有任命，汝当镇守广陵，不可违背！”

谢琰连忙跪倒：“瑗度自幼饱读诗书，又得父亲教诲，虽愚笨，也知报国，如今强敌在彼，山河震动，愿以七尺之躯效命疆场，望丞相恩准！”

众将一见，落得做个顺水人情，纷纷替谢琰说话。谢安看了看谢石、谢玄，二人皆点头示意。

“辅国将军谢琰，令你随冠军将军一路，为中军参谋，务要协助主将！”

“是！”谢琰兴奋地接过任命。

派将已毕，谢安吩咐端上酒，众人皆满上一杯。谢安举起酒：“这是陛下钦赐御酒。江南安危，在此一战。望各位协力作战，不负皇恩！”

每个人的脸上都写着沉着与坚定，小东山上响起了慷慨激昂的声音。

荆州江陵城，桓冲正紧张地部署着防务。慕容垂虽只有三万人，却好似钉子一般牢牢地钉在郧城，让左近的桓冲好不心烦。他还惦记着建康的消息，派出使者给谢安送信，打算遣荆襄精壮三千人护卫台城。

这一日，使者回来了。“谢安石如何回应，几时可往建康？”桓冲顾不得让他行礼，劈头就问。

那人吞吞吐吐：“丞相念主公忠心，在陛下面前极力美言，陛下让加送犒军之物，随后将送来……”

“哎，我问你发兵拱卫台城一事！还有，谢安石如何安排御敌？”桓冲一把揪住使者的脖领。那人一吓，反倒一口气说了出来：“丞相说咱们这点人马还是留在荆州对付秦军用，台城守卫足以御敌。征虏将军谢石、冠军将军谢玄、广陵相刘牢之等率八万人已赶赴淮南。”

“啊？”桓冲瞠目结舌愣在那里，直到使者的“啊呀呀”叫疼不止，他才松开手。桓冲哭丧着脸摇头不已：“谢安石，你好一个风神秀彻的气度啊！不知兵略，耽于游乐，让一帮小辈上阵。大势已去！吾辈将左衽矣！”手下都望着他，弄不懂主将为何如此悲观。

此刻,秦军先锋部队正由苻融统领,昼夜兼程,杀奔寿阳。守将徐元喜听到探马送来的消息,僵在了座位上。诸将连声呼唤才让他回过神来:"还有二十里?唉!这……这是何处的神人啊……昨天不是还在颍上吗?"徐元喜叫苦不迭,他预感到寿阳要守不住了。

只两天工夫,秦军就攻下了寿阳。秦军甲士将五花大绑的徐元喜押了过来,正和苻融打了个照面。一看官诰印信,苻融的嘴角露出一丝轻蔑的笑意:"平虏将军?哼,谁是虏,不一定哪,押下去!"垂头丧气的徐元喜被带走了。

一旁的张蚝很奇怪:"大将军为何不杀了他?"

"非是我不杀,是天王有好生之德,临行之前下了一道手谕,俘获晋国将吏,一概不杀,以示我大秦宽大为怀。"

走在寿阳城楼上,苻融用手拍打着垛口:"没想到,只用了两天就拿下淮南第一隘口,晋人果真是不堪一击!也许……"他回头看了看张蚝、慕容玮,"也许天王是对的,投鞭于江,足断其流!"苻融正在逐步放弃自己原先的立场。

"某愿乘胜进军,直捣建康!"一个雄浑的声音响起,苻融一看,正是猛将梁成。

"将军勇气可嘉,可是方才探马来报,晋将胡彬已占据硖石,此招可谓高明,正好扼住我从淮水进军的道路,需打通这条线啊!"

"某请一支将令,夺占硖石!"梁成唯恐功劳被别人抢去。

"好,我给你五万人马,率王咏、王显诸将,连夜出发。"梁成得令要走,苻融又叫住了他,"且慢!"他让人打开地图,手指硖石的位置,"用不着强攻,谢玄的五万余人也在赶往淮南的路上,必经这里!"他又指了指硖石以东的洛口,"此城以西有一洛涧,据守在此,则可拦截谢玄西进援军,胡彬若退,汝亦可与我合击之,此分割而食之策!"

苻融伸开五指,压住地图上硖石—洛涧区域,两眼放光。

"切记,谢玄、刘牢之皆为南朝名将,不可轻敌。"苻融叮嘱道。

梁成一笑:"末将守在洛涧,就是一只蝼蚁也休想过去,谢安亲自来,我也生擒了他,何况谢玄、刘牢之此等小辈!"

正在淮南大路上的谢玄得知寿阳失守的消息,好不着急,传令道:"加速进兵!"自己也挥动了马鞭。

谢石的水军、桓伊的人马已逼近寿阳,一场大战在所难免。

二四　夜袭洛涧，晋兵先胜一筹

野牛坪，在洛涧以东二十五里，谢玄、刘牢之率领五万北府兵已在此驻扎三日。

得知据守洛涧的秦军主将是梁成，北府兵诸将都有些胆怯。数年前，梁成曾随彭超征战淮南，只因杀法骁勇，不少人都吃过亏。

从大营最高的瞭望塔台上望出去，洛涧由南到北，缓缓注入淮水，远处模糊不清的地方大概就是秦军大营。谢玄朝远处张望了一阵，告诉传令官："全营坚守，有擅自出战者，军法从事！"

走下塔台，身后的谢琰忍不住问道："想那梁成也不过五万人马，与我军人数相当，应乘我军士气正旺与之一战，或可吸引秦军大队人马赶到洛涧，从而解硖石之围。幼度兄为何在此按兵不动？"

谢玄一面吩咐小卒拿过自己的擎天戟，一面应道："行军作战最忌逞一时之强，我军士气固然旺盛，却难比秦军。苻融闪击寿阳，将胡彬的人马分割在硖石。如今又先我一步据守洛涧，挡我去路，可谓势如破竹，不可与之硬拼，只宜慢慢消磨锐气而后动；况且，胡龙骧是五千水军，北人不习水战，苻融未必吃得下他。"谢琰略有所悟地点点头。

谢玄提戟在手，亮出架势，舞得虎虎生风。

中军帐边的一块平地，士卒们正围成一圈，热火朝天地看着什么，里面传来一阵阵的喝彩声。

"大胆，军中怎可如此喧哗！"谢琰虎着脸喝道，众士卒扭回头一看是中军参谋，再看边上是前锋都督，连忙让开一条路。谢玄好奇地走进去，却见两个光着上身的士卒正立在那里，颇为尴尬。

"尔等赤裸上身在此作甚？"

二人迟疑了一阵，其中一个瘦的应道："回都督的话，因近日无战事，小人怕闲得懒了，便拉着同伴在这里相扑，一时未分胜负，兄弟们都来围观喝彩，不想惊动了都督，望恕罪！"

"哦？"谢玄走到近前，饶有兴致地打量着这个瘦削的士兵，并不像其他兵卒那样胆怯，反而与他对视着，心下已有三分喜爱，问："你叫什么名字？"

"程虎！"

谢玄点一点头。他将披风解了下来，又摘去头盔："程虎，我与你比试一场如何？”

“哎呀呀，小人有几个脑袋，敢与都督比试，您还是饶了我吧！”程虎苦着脸跪下了。

“哎，不妨不妨，点到即止。你是觉得本都督不经你这一摔？”说着，谢玄丁字步站立，左手搭在身后，伸出右手，亮出相扑的架势。程虎无奈，只好应招。

两人同时举起胳膊，搭在彼此肩头，四只肩膀同时用力。“哎！”如两尊铁塔一般矗在那里……

约莫有半盏茶的工夫，谢玄身上冒了汗，看上去瘦弱的程虎却越发精神，眉头一立，双腿一蹬地，紧接着双手同时用力，谢玄有些吃不消了。

周围懂相扑的人瞧出了门道，都替谢玄捏了把汗。有几个和程虎熟识的，也为程虎担心：“在当兵的里面，你是相扑高手，可是这次的对手居然是前锋都督！二虎子，怎么这么不开眼啊！”

就在谢玄快要撑不住的时候，程虎猛地加了一把力，整个身子朝着谢玄压过来，无意间露出了肋下。就在电光火石间，谢玄伸出右手两指，直戳程虎软肋，轻轻一划拉，程虎觉得一阵酥痒，双手松开了。谢玄忙伸出左脚，同时用右脚去划拉程虎的脚，程虎欲往左边跨步躲过，正好被谢玄的左脚绊了一个趔趄。谢玄就势抓住程虎的腰部，轻轻往下一按，程虎站立不稳，“咕咚”一下趴在了地上。四下一片喝彩声。

程虎站起身，纳头便拜：“都督神威，小人开眼了！”

谢玄忙扶起他：“是把好手！你需教你的兄弟们多练练相扑！”

紧接着，谢玄吩咐：每日操演之外，各营都要安排士卒练习举石锁、跳横杆、掷石块、相扑……他叮嘱各个营寨的头目，记下士卒每一次的成绩。

硖石山，胡彬困守半月，眼看粮草将近，苻融又日日派人到山下骚扰，晋军渐渐支持不住。

这一日，胡彬正在帐中望着地图出神，传来一阵嘈杂声，帐门一开，十来个士卒走了进来。“找龙骧将军评评理，不让我们吃饱饭，如何守营？”

胡彬严厉地瞧着他们，这伙人不敢闹了，站在原地嘀嘀咕咕。

“何事吵闹，嗯？”胡彬提高了嗓门。其中一个胆子大的站了出来。“将军容禀，我等吃皇粮都是为了拼命，这个狗才他……”，他从一群人中揪出了衣冠不整的掌粮官，“他故意克扣军粮，就吃这个！”说着，他将手里一直端着的半碗小米饭递到胡彬跟前。

“唉！将军，冤枉啊，我有下情……”

“胡扯，分明是徇私，留着自家吃饱，今日定与你在将军面前说道！”那个士卒不依不饶。

胡彬连忙喊道:“住手!把他交给我处理,尔等不可鲁莽,先退下!”众士卒不敢违抗,悻悻离去。

在营门口看到闹事的士卒去远了,胡彬背着身问道:“你老实告诉我,还有多少?”

“仅剩三日食用,卑职为了能吃得久些,才想此下策,望将军恕罪。”

“把我的口粮都分下去吧!”胡彬淡淡地说。

“哎呀,不行啊,您是一军之主,怎可饿肚子……”

“立刻执行,再有违令,我定斩不饶!”胡彬严厉无比。

掌粮官无奈,领命正要离去:“等等!”胡彬叫住了他,“去准备十来筐沙土放在山隘口,我自有用处!”

午饭刚过,苻融正打算让在山前骂阵的士兵回营歇息,忽然得报:“硖石山上的晋军正在喊话!”

苻融一惊,抓起宝剑,徒步跑到营门口。果真看到山顶上正有十几个晋军忙个不停,把筐里的黄色颗粒扬起,往山下乱撒。

“苻融小辈听着,我山上粮草充足,你就是与我们耗上二十年也不怕。”一个将官正在高喊,喊罢,哈哈大笑。

由于隔得远,苻融认定晋军扬起的黄色颗粒是玉米,他恼羞成怒:“去告诉胡彬,让他不要猖狂,三日之内我必取他首级。”秦军士兵呐喊着要往上冲,苻融连忙喝住:“不必强攻,明日我断他水源!”

黄昏时分,一队秦军将一个身着便服的人推进大帐。苻融踱到此人近前,仔细打量。“你是什么人?”他突然问道。

“我乃本地樵夫,因两军交战,折了本钱,想回淮阴老家……”说着,眼睛飞快地瞥了苻融一下。

苻融却视而不见,他围着俘虏转起了圈,一圈、两圈、三圈……突然他一把摁住那人的胳膊:“休要哄我,你是胡彬派出的探子!”

“啊?”那人下意识地去摸头上的帽子,却被苻融一把将手抓住,打掉他的帽子,摘下发簪,从头发里掏出了叠到极小的一卷纸。抖开一看,正是胡彬给已赶到寿阳的征讨大都督谢石的求救信。

苻融一气读完,心下大喜,忙吩咐将人押下。手下将研好的墨端上,苻融飞快地写着什么。

距离寿阳六百里开外的项城,大秦天王苻坚率三万羽林卫驻扎于此,后续大队人马正在缓慢行进中。他将苻融送来的书信翻来覆去读了数遍,心里激动不已。

"'吾弟势如破竹,寿阳已在我手,谢石虽到寿阳,却不敢交战;谢玄则远在洛涧,有梁成的兵马牵制他。'这么说,吾弟在寿阳有二十万之众,足以击败晋军?"苻坚自言自语。

突然,他猛地一推帐内的兵刃架:"寡人当亲往!"

一队队,一排排,一行行,一列列,看着眼前这些二十往上、三十往下的棒小伙儿,苻坚不住地称赞:"有此虎狼之师,何愁晋人不灭?"

权翼皱起了眉头,他走过来对苻坚说:"天王,是否再等一等?阳平公尚未与晋人交兵,未知他们的虚实呀!"

"前番在淮南,谢玄挫我数万大军,桓冲又数犯襄阳,虚实已尽知。谢玄的北府兵不是还在洛涧吗?我若先破寿阳和硖石的两股晋军,北府兵必闻风丧胆!"苻坚不屑地挥了挥手。

"苻"字大旗在十月的北风中招展,望着羽林卫雄赳赳地走过身前,苻坚神情豪迈。

这时,只听"噌"的一声,吓了苻坚一跳。他一低头,发现腰间佩戴的湛卢剑,不知什么时候被拔出,露了半截在外面,寒光熠熠……

权翼见状,连忙跪倒在苻坚马前:"天王,湛卢乃是古之名剑,最是通灵,今无故出鞘,只怕此行不利,望收回成命!"

瞬间,苻坚又恢复了一国之君的豪迈本色,他一抖缰绳:"欲夺天下,岂畏一剑?公不必多疑,速速起身,随我赶往寿阳。传令下去,任何人不得擅自透露寡人行踪,否则全家问斩!"

野牛坪北府兵的大营,谢玄正检查着士兵们的装备。他一眼看到了全身披挂整齐的程虎,笑吟吟地走了过去:"怎么样,准备好了吗?"

"没问题,都督,您看!"程虎拍了拍腰间的一个口袋。

"这是何物?"

"这是家传的硫黄球,只需掷出击中外物,即可燃烧!"说着,程虎掏出一颗小的,顺手扔在一颗小树干上,"嘶啦"一声,火光耀眼。

谢玄大为惊异:"甚好,甚好,混战之中,火箭太费事,就靠此物了!"

这时,刘牢之走了过来,叉手行礼:"都督,北府兵五千弟兄整装待命,还有何吩咐?"

"道坚!"谢玄拍了拍刘牢之的胳膊,"我与你们同去!"

"那怎么使得?你是主将,岂能轻易冲锋陷阵?你还是坐镇大营……"

谢玄制止刘牢之继续往下说:"我们从广陵发兵到此,已是两月有余,连苻坚、苻融长什么样也没见过,倘若几日后就要决战,这心,都是悬着的。再者,我在此处休整半月，为的就是一鼓作气。我料梁成想不到我们会突然出兵，更想不到我会亲自去。他可是关中名将，倘若一战成功，足可振我军士气。就这么定了！”

按照安排，何谦、孙无终暂掌兵符，田洛、刘轨、诸葛侃等将随五千奇袭部队出发。

由于是夜袭，战马全都去掉了銮铃，蹄子都用布帛裹了起来，平日里扛的大旗也收好。五千人马迅速向西移动。

走了一程后，谢玄猛然看见谢琰也在队中，他本该受命守营。谢玄有些生气，叫住他正要发作，谢琰忙捂住他的嘴，低声讨饶：“都督，你就放过我吧，这正是我谢家男儿一显身手的时候。这样吧，这功劳我也不要了，只求能击退秦人！”

谢玄无奈也无暇多言，叮嘱谢琰在交战后，需不离自己左右。

晋军走得很快，二十五里的路，半个时辰多一点儿，洛涧已在眼前。此时正值十月下旬，乌云遮住了月光，对岸乌黑一片。谢玄吩咐大家原地歇息。

又等了约一盏茶的工夫，下弦月穿透云层，慢慢挂在夜空之中，一丝清冷的光辉轻轻地洒向秦军的营垒。

谢玄来到刘牢之身边，低声说：“看来，只有乘着月色渡河了，幸好是枯水期，动作要快，弄出声响也不要停。你率五百人走前面！”刘牢之点点头。

“程虎！”谢玄喊了一声。程虎机敏地从后面闪出：“在！”

“你跟着鹰扬将军打前阵，靠近秦人大营则立即点火！”

“是！”

“刘轨、诸葛侃，你们一左一右，护卫中军侧翼；其余人等随我在中军！”

诸将都把胳膊伸到了一起，这是北府兵在每次战前形成的传统。

刘牢之的先头部队动作很快，前队一百人到达洛涧东岸后，立即开始强渡。这一百人都是精挑细选出来的，由刘牢之亲自统领，涉水而过，竟没有一丝声音，不一刻便登上洛涧西岸。后队士卒一见，有些兴奋，加快了速度，双脚划过水面，发出“哗啦哗啦”的声音，初时极弱，随着渡河人数的增加，声音越发明显，惊动了巡营的秦军。

“什么声音？”“好像有人在河里……”“不好了，是晋人！”“快报告将军……弟兄们，快起来……”秦营瞬间乱了起来，有不少士卒冲到了营门口，有的甚至张弓搭箭。

刘牢之正伏在马上指挥后面的人马，一见这个情况，明白得迅速行动。他一看程虎，程虎会意，催马直冲到秦营门口。由于速度极快，营内的秦军都吓住了，手里的刀枪来不及做出反应，程虎已把数十颗硫黄球拿在手中，他一抖手腕，“啪啪啪”就是三颗，分别击中一个士卒、一面大旗和帐篷一角，瞬间燃了起来。

秦军没见过这种引火之物，惊慌失措，大声呼救，所有人都忙着救火，无暇顾及程虎。这倒便宜了他，他一路走过去，不断向营内投掷硫黄球，击中即燃，碰上就烧，火球借着风势，不大一会儿，秦营的一半帐篷都着了，火光映红了洛涧。

这时，刘牢之的五百人已全数渡过洛涧，他大刀一举，众军一声呐喊，挑掉营外的鹿角，径直杀了进去。以刘牢之为首，五百人似下山猛虎，逢人便砍，见旗就烧，憋了半月的劲儿，一股脑儿释放出来，秦军未战先怯，弃甲丢戈，狼奔豕突。

晋军杀到中军，梁成方才披挂上马，他使劲揉着眼睛，看着夜色火光中，一员紫脸的大将杀了过来。"你是何人？"他壮着胆子问道。

紫脸将军已到跟前，一抬锯齿砍山刀："彭城刘牢之在此！"

真如晴天霹雳一般，梁成一直认为北府兵还在二十五里以外的地方，怎么今夜突然出现在面前？他没时间多想，举刀招架。

要说梁成的武艺，受邓羌亲传，本不在刘牢之之下。但仓促应战，更兼晋军来势凶猛，逐渐难以招架。旁边一声呐喊，副将王咏、梁云一齐朝着刘牢之杀来。刘牢之毫无惧色，力敌三将。

这时，前营又是一阵大乱，秦军被赶得四处乱窜。有人在哀号："了不得了，晋军太多了！"喊杀声中，谢玄领着大队人马杀进了中军。梁成瞧见又来了一个白脸的，猜出是谢玄，更慌了，手一软，被刘牢之抓住空隙，用力将他的刀磕掉，梁成赶紧打马向旁边窜去。边上的梁云一愣神，被刘牢之反手一刀砍翻落马。

王咏不认得谢玄，他见斗不过刘牢之，转身来战谢玄；谢玄举戟招架，不下三个回合，就将王咏刺倒。这时，一旁的谢琰拉开了弓，手臂一抬，一支雕翎呼啸而出，不偏不倚，射在正往前飞奔的梁成后肩，他应声落马，刘牢之赶上，就势一刀，直接斩下人头……

洛涧一战，北府兵战果辉煌，全歼五万秦军，斩杀梁成、王咏等十员上将。

谢玄、刘牢之马不停歇，率领大队人马杀奔寿阳。

寿阳城内，苻坚正与众将饮着酒。大秦天王兴致勃勃，端起一盅就要满饮。报事的兵卒风一样奔了进来："报天王，军情急报，洛涧一战，我军不敌，梁成、王咏等十位将军阵亡！"

"哐啷"，苻坚手中的酒盅摔在了地上，苻融赶紧喝退兵卒。再看苻坚，脸色惨白，一语不发。

"臣有罪，擅自出兵洛涧，致使损兵折将。"苻融跪倒在地。

好一会儿，苻坚站起身来，抖了抖皇袍，让兄弟平身。"胜败乃兵家常事，梁成素来自大，也是自取其祸。传寡人旨意，阵亡将士家属要一一厚恤。"他很快恢复了平静。

"寡人想乘晋军立足未稳，一举渡过淝水，打他个措手不及。阳平公以为如何？"苻坚看着苻融。

“先发制人，出奇制胜，晋人现在必沉浸于洛涧之胜，未必加以防范。”苻融点头赞同。

“天王，不可！”一个声音高叫着，有人站了出来。十多双眼睛齐刷刷循声望去，却是度支尚书朱序。

“哦，有何不可？”苻坚感到很奇怪。

“天王，我军战将千员、甲士百万，自发兵以来，如入无人之境。晋军兵不过数万，将只谢玄、刘牢之，两下交锋，犹如猛虎吞噬羔羊，志在必得。然天王向来以仁义治国，一旦渡淝水，势必一场血战，死者无数，岂不与天王好生之德相违？依臣愚见，莫如暂缓进兵，派人到晋营说以利害，若能一语罢干戈，实乃两全其美；若其不降，我仁至义尽，再发兵也是实至名归。”

“嗯！”苻坚连连点头，“此乃金石之言。也罢，寡人就先派人去晋营。”

“天王，机不可失。若先去说降，晋人必然有了防备，再要出奇兵，就难了！”苻融惊讶兄长的想法变得太快。

苻坚把手一挥：“哎，先礼后兵乃上国用兵之道。寡人定中原、平西凉，都是以道御之，无往不利。”

权翼也说：“阳平公之言甚是。晋人此番迎战，上下齐心，岂能因几句话就动了降顺之念，此计不可行！”

苻坚不耐烦地说：“就是渡过淝水，诸卿能保证必胜？梁成就是前车之鉴，我意已决，不必多言！”

他又看了看朱序：“度支尚书，你原是江南人士，就去晋营走一遭如何？你是明白寡人的意思的。”苻坚认准了朱序。

朱序的脑海中就势闪过一个念头，他赶紧出班跪倒：“臣愿往！”

深夜，中军帐内，苻坚还在看书，相比他的父辈以及同时代的慕容暐、张天锡，他无论从性格还是喜好上，几乎不像是一位异族君王。

随军内侍把做好的夜膳端了进来，苻坚头也不抬，只是让他放在桌上。

半晌，苻坚觉得有些不对，他用眼角余光发现桌上并没有盘碗，再一抬头，发现一只明晃晃的短剑正对着自己的咽喉，面前站着一脸冷漠的朱清鹂！

“御妹，你这是做什么？”苻坚一时摸不着头脑。“住口！你在我大晋的土地上肆虐，兄妹之情已断！我今夜就要带上你的人头回晋营请功！”

苻坚没有发作，他慢慢放下书卷：“你不会杀我的，若要动手，在长安有的是机会，你是要寡人让你兄妹南归吧？”清鹂一时倒不知如何作答了。

苻坚继续说：“寡人素以仁义待人，你们要回就回吧，我知你丈夫正是谢玄，我绝不阻拦！”清鹂惊讶地看着苻坚，攥着短剑的手心全是汗，抖个不停。

“唉！若是真能死在你手里，夫复何憾？”苻坚闭上了眼睛……

天快亮了，苻坚亲自送清鹂出营，他望着地平线上泛出的红霞，心里微微有些激动，他指着天边快要露出脸的太阳对清鹂说："你看，我大秦就如这冉冉升起的太阳，谢玄他们，输定了！"

二五　欲擒故纵，焦灼的八公山

淝水以东五里地，晋军大营扎得如铁桶一般。晋营东北方向就是八公山，谢石、桓伊、谢玄的三支人马先后在此处会齐，共计五万余兵马。

中军帐内，征讨大都督谢石用怀疑的目光瞧着朱序，他手里握着一支令箭，头朝下，有节奏地敲击着帅案。左右的桓伊、刘牢之、谢琰等人冷眼旁观，他们都打算从朱序脸上看出点什么。站在正中的朱序，穿着一身扎眼的戎服，一脸平静，他的咽喉处抵着一柄剑，拿剑的人是谢玄。

谢玄似笑非笑："这身衣服倒是挺合身，大秦天王定是赐予你高官厚禄吧？"

"度支尚书。"朱序不动声色地应道。

"哦？哈哈哈……"边上的刘牢之发出一阵大笑，"我只道是大将军，原来是管钱粮的！"有几位也跟着笑了起来。

谢玄没有笑："朱次伦，论起来咱们还是连襟，这北府兵统领一职或许本该是你，我一向待你如长兄，没想到你竟投靠戎夷，掉过头来攻我大晋，真是知人知面不知心哪！"说着，谢玄收回剑锋，一剑扎进边上的灯柱。"襄阳一战，你孤立无援，坚守一年，我原以为是条汉子，可你最后……"谢玄声色俱厉，手指着朱序，他又想起了朱清鹂，激动得说不出话。

"幼度，你听我把话说完。"朱序的目光有些哀伤，"早在去襄阳之前，我就对自己的命运了然于胸。丞相曾说，若干年后南北必有一战，时晋弱而秦强，若硬碰，晋必败无疑，何况江南升平日久，上下皆不晓军机，对秦人一无所知，若有一个'暗间'在秦，或许可有助破敌……可有些事还是……后来，我听说我娘在襄阳失陷后投了汉江，清鹂为了救我坠入山崖……我以为自己一无所有了，仅有……江南，仅有东山……尚在心中，我忍辱偷生正是为了今日……"说到这里，一股不被理解的悲怆和委屈涌上心头，朱序哽咽难言。

帐内诸人有所动容，谢玄握紧的拳头也松开了。

这时，甲士闯入账内，结结巴巴地说："都督，辕门外一女子一路打进来，说要见您，她还叫嚷着冠军将军的名讳……"话音未落，一个俏丽的黄色身影闪入帐中。

“清鹂！”所有人异口同声地叫出了声，谢玄更是瞪大了眼睛。

“你还活着？”他紧跑几步拉住了音容渺茫数年的妻子，声音打着战。

“你放开！”朱清鹂瞪起了眼睛，一甩衣袖，“我当大晋的男人都是慷慨人杰，却不料如此小肚鸡肠。我兄妹身陷贼手数载，无人问津也倒罢了，反将我们视作细作、叛逆，是何道理？兄长，我们还是走吧！”

她这一番话就像一盆冷水，瞬间让帐内大部分人清醒过来。朱序没有理会妹妹，他上前取下谢玄插在灯柱上的剑，轻轻递了过去。谢玄迟疑地接过剑，慢慢入鞘。“唉！”他半跪于地……

久别重逢的寒暄后，晋营内又恢复了热火朝天的气氛。谢玄与清鹂相顾无言，各自琢磨着如何让对方先开口。

朱序饮了口茶，对谢石说：“苻坚自恃兵多，并不将寿阳城外的八万晋军放在眼里，已亲率八千人前来督战。”

谢石脸色大变：“你是说苻坚正在寿阳城内？”

“正是。”

“如此，我军怕是难以迎敌。”谢石坐立不安起来，诸将议论纷纷，脸上皆露出胆怯之色。

朱序环顾一眼：“诸位莫慌，所谓骄兵必败。苻坚自平定西凉后便目中无人，主将轻赴前敌，乃兵家大忌。目下应乘着贼兵尚未集结完毕，在淝水之滨与之决战，秦人能征惯战者皆在寿阳，凭我北府将士神威，或可一战；若等秦军百万之众尽数到来，单是声势便已吓煞人，如何应战？”

谢石点了点头，很快又摇了摇头。朱序有些着急，他朝着谢玄使了个眼色。

朱序刚才所言谢玄都听见了，但他并没有说话。

朱序无奈，站起身，一拱手：“苻坚本想乘势渡过淝水，与晋军决战。我知道此人极好脸面，便再三劝阻他先礼后兵，为江南争取时间。诸位，次伦之心，始终向南，朝夕不改，若大都督决意渡淝水破敌，我兄妹愿做内应，生擒苻坚！”朱清鹂也站了起来。时辰已到，兄妹二人准备返回寿阳。

为防军情泄露，谢石只让谢玄送朱氏兄妹出营。

辕门之外，三人皆无言语，恰如东山离别之日的情形。谢玄知道朱序有些失落，忙着安慰他：“大都督身负重任，又兼营内人多嘴杂，不便多说，次伦兄放心，我必说服他进军！”

朱序叹了口气，手扶着谢玄的肩膀：“我实在不愿意丢掉这个机会，苻坚之狂妄到了极点，又有鲜卑人、羌人在其后方，秦人已是外强中干，此刻出兵，晋军胜算极大。”

谢玄点着头，他看着清鹂，摘下了挂在自己颈上的一颗琥珀：“这是我回东山时寻得的,赠予贤妻。若能破贼,你我夫妻团圆,同回东山!”说着,亲手为清鹂戴上。四目相对,此刻无语胜千言。他们双手相握,却不能享受一个亲热的拥抱,一旁的朱序唏嘘不已。

大帐之中,诸将正争得面红耳赤。

“朱序突然造访,说愿做内应,此事蹊跷,不可不防。”刘牢之扯着大嗓门正在和其他人说着,他看着谢玄走了进来,忙说:“幼度,我可不是驳你面子,虽然他是你大舅哥,可疏不间亲哪,这正是苻坚的狡诈之处!”谢玄眉头一皱,脸上微微有些发烫,刘牢之知趣地闭上了嘴。

谢石正背着手站在地图前,他头也不回地问:“幼度,你觉得朱序的话是真还是假?”

谢玄定了定心神,努力让自己从刚才激动的心绪中走出,他没直接回答谢石的话。“大都督,我等奉着圣命来到寿阳,为着何来?”

“自然是击退秦人,保我河山!”谢石斩钉截铁。

“既是如此,则前敌所有调遣皆为破敌。秦军号称百万,数十倍于我军,一路无碍,声威浩大,此敌之最大优势;但洛涧一战,我北府将士以五千破五万,斩敌上将,士气正旺,此我之最大优势。敌之优势即我之劣势,我之优势即敌之劣势。眼下会战寿阳,正应以我之优势攻敌之劣势,洛涧之役,敌优势已破,我优势强劲,正宜渡淝水一战而定。若苻坚果真在寿阳,他亦希望速战速决。据末将所知,秦人补给线过长,后方不稳,他是绝不会拖下去的!”

谢玄是北府兵的统领,又是目下这支晋军中官阶仅次于谢石的人,他的一番话,让众人心服口服。

谢石愤然拔剑在手:“我意已决,诸将回营整顿兵马,伺机强渡淝水,会战寿阳,生擒苻坚,违令者,有如此案!”说罢,一剑砍下帅案一角。

寿阳城东门,时值黄昏。苻坚正与苻融信步走在马道之上。

“朱序说晋营有了争执,有的愿降,有的要战,真是咄咄怪事啊!”苻坚说道。

“天王的意思是……”苻融应声道。

“若人心不齐,何以能在洛涧损我五万大兵?若人心齐,为何不渡过淝水与我一战?”

“您是说他们在做戏给朱序看?”

苻坚瞧了苻融一眼:“吾弟长进不少哇!”

“若如此,我来日亲率一支人马去东岸探听虚实。”

苻坚正凝望着淝水东岸的八公山,夜幕将下,山色犹如墨染一般。秋风刮过山麓,寒意阵阵。

“不可！”苻坚叫了起来，“你看八公山上，这些晋军，个个强健，切不可小觑啊。谢玄能把膏粱子弟练成虎豹之师，真将才也！”

苻融很奇怪，他揉了揉眼睛，才看清对岸八公山上哪里有晋兵，分明是随风摆动的林木，他不禁笑出了声：“天王太累了，还是早点回去休息吧。”

“唉！真劲敌也，吾弟不可大意……”苻坚一边往回走，一边喃喃自语。

在邺城的慕容垂，收到了苻坚的亲笔书信，这已是第二封，信中让他火速前往寿阳助战，措辞颇为严厉。

他把信递给了慕容楷和慕容绍，等两个侄儿看完，他问：“你们以为如何？”

慕容楷微微一笑：“其实叔父心中早已有了打算，何不说出来？”

“莫不是按兵不动？”慕容绍小心地说了一句。

慕容垂看了看二人，放声大笑。“天王求胜心切，亲率八千羽林卫赶往寿阳督战，此正犯了兵家大忌。据我推断，半月之内，晋人必大获全胜，或许等不到我们赶往寿阳，此战就已结束。”

“正是如此，纵然见得天王，我等贻误军机是死罪；见不得天王，我等亦非北府兵敌手，多半是个死，莫若坐观成败。”慕容楷回应道。

“若天王失手，我是否立即倒反关中？”慕容绍急急问道。

“不可操之过急，你我家眷皆在长安，需想个万全之策。”慕容垂有些担心。

慕容楷伸出一个指头：“为今之计，我连夜回长安，暗里接出老小，匿在军中，届时可伺机而动。”

“需不露马脚，早去早回！”慕容垂拍了拍侄儿的肩头，他仿佛又看到了兄长慕容恪当年的英姿。

自朱序、谢玄在成都除掉司马勋后，受制于桓温专权，晋国无暇再顾及西部益州、梁州一线。十数年间，尽被秦人所得。姚苌坐镇此间，总督西路出川水军。自受封龙骧将军，姚苌内心那颗复仇的种子又开始萌发。他掌控着西线的一应给养，在得知秦军兵败洛涧后，心下暗喜，私下传令停发了水军的粮草供应。裴元略统领水军刚出三峡，因粮草接济不上，只好停滞不前。

慕容垂、姚苌的这些动作看似神不知鬼不觉，却被太子苻宏暗地探知。

早年秦相王猛曾为太子太傅，他对慕容垂、姚苌等异族降将极为排斥，苻宏耳濡目染，对他们自然无甚好感。苻坚发兵南侵，满朝皆言不可，唯慕容垂等辈竭力赞成，苻宏便心存芥蒂，暗暗安排心腹跟在军中，随时通禀。眼看二人反心已露，苻宏欲召二人回长安治罪，不过他并没有派遣使者传太子口谕，他想起了一个人……

在软禁了两个多月后,慕容冲终于见到了关中的日头。他走出囚室,迎面站着太子苻宏。苻宏冷冷地看着他:“慕容冲,若不是我,你怕再难见天日!”

慕容冲咬了咬牙,跪了下去:“多谢太子殿下,只是我姐姐……”

“眼下只要你一人出来就可以了!”苻宏打断了他的话,“当然,放你出来是有代价的,你能否为我办一件事?”

慕容冲松了口气:“愿听殿下吩咐……”

三日之后,刚解除监禁的慕容冲摇身一变,成为骠骑将军,暂驻在潼关隘口,他的任务是严厉盘查慕容一族的人,一有遇到立即逮捕。第三天头上,慕容冲果真就遇上了乔装改扮的慕容楷,当即擒住。

潼关帅府之内,慕容楷威武不屈,慕容冲没多说话,只让人将堂兄关押收监。又隔了两日,他放了慕容楷,让他前往长安。慕容楷惊讶地看着他。

“这很简单,你我是同宗,何苦要替他人卖命?兄长日后见了叔父,就告诉他,我慕容冲必要占据关中,还望念及同宗之谊,放过此地!”慕容冲冷冷地说道。

此时在建康台城,上下一片欢悦,洛涧的胜利让一直担惊受怕的司马曜终于把心放了下来,他一高兴,传旨犒赏三军。

司马曜用满意的目光扫向群臣,没发现谢安。正待询问,掌朝太监呈上奏章,正是谢安所写,大意如下:臣年老多病,不日将归居林下,望陛下授琅琊王“录尚书六条事”,协理政务。

司马曜想了多时,才在奏章上批了一个“可”字。

入夜时分,小东山上白云轩内,谢安正自顾自地下着棋。一阵风起,吹开了轩窗,谢安觉得周身发冷,他正要叫家人替他拿一件袍子过来,突然觉得有人在身后为他搭上了一件单衣,扭身一看,正是夫人刘娥。

“夫君已不比当年,要注意身子。”夫人抿嘴一笑。

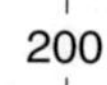

“哦,夫人怎知我不如当年?”谢安有些夸张地站了起来,做了几个伸腿蹬脚的动作,倒还利索。“如何?”

“好了,我说不过你,早些休息吧。”

谢安却不急,他在棋盘上拿起一颗黑棋,问夫人:“这几日,外面可有什么议论?”

“别的倒没说什么,就是世人都在纳闷夫君为何奏请让琅琊王录尚书六条事,他年纪尚幼,怕是不堪此任。”

“哦?那夫人觉得我为何要这样做?”

“军国大事,妾身怎好多嘴?”

“内室之中，出则你口，入则我耳，无妨！”

刘娥走过来，拾起一颗白子：“依妾愚见，夫君定是在仿效张子房，乐不忘忧，在其位而知山林之乐。”

谢安笑了。“这么多年了，夫人总是能一语中的。”他拉住了夫人的手。

“张子房倒是功成身退，难道夫君已算定石奴、幼度他们会……”夫人有些迟疑。

“我可什么都没说啊！”谢安一脸严肃地瞧着夫人。一阵短暂的尴尬，夫妻二人大笑起来，同时将手中的棋子掷入棋篓。

洛涧之败已过去半个月，寿阳的秦军未能再有行动。虽然苻坚亲临前敌，极大地鼓舞了士气，但隔着淝水的晋军按兵不动，这让苻坚一时想不出更好的办法。

这一日，有军卒入帐禀报：“晋营派人下书来了。”苻坚一愣，看了看坐在两旁的诸将，大家都猜不透晋营此时派人下书用意何在。

苻坚皱了皱眉，挥手让晋使觐见。

随着脚步声走入一人，约莫在四十岁上下，身高七尺挂零，身形匀称，面白如玉，颌下微髯，身着无甲戎服，腰下佩剑，举手投足不似一般使者。

苻坚暗自称奇，他有心吓唬吓唬对方，对着苻融一使眼色，苻融一拍桌案：“大胆晋使，见了大秦天王，为何不跪？”

那人“哼”了一声：“正统者，江南也。吾朝称帝数十载，算起来，天王还是晋室御赐亲封的呢。”

听得此言，帐内诸将全都变了脸色，纷纷拔剑出鞘，对准了来人。那人丝毫不惧。

“住手，都把刀剑收回去！”苻坚知道祖父苻洪、伯父苻健的确受过晋的册封，来人说得在理。

“阁下勿怪，我帐下诸将久不临阵，都有些心焦啊！”苻坚语带双关。

“我正是为了此事而来。”说着，晋使递上书帛。苻坚展开细看：“君悬军深入，临淝水扎营，此乃持久之计，非欲速战者也。若向后移营，让出开阔之处，使我军渡过淝水，以决胜负，方为王者之道。”

苻坚把书帛递给苻融，他再一次打量着晋使，越发觉得这人不同寻常。

“敢问阁下大名？”苻坚试探着问道。

“陈郡谢玄！”

这几个字一出口，秦营炸开了锅。诸将不由得暗暗竖起了大拇指，身为主将，竟亲自到敌营下书，这得有多大的胆识？

苻坚也大为震动，他站起来，面带钦佩之情：“没想到竟是闻名天下的谢幼度，真是相见不相识啊！”

谢玄爽朗一笑:“大秦天王威名在外,今日一见也是名不虚传。信已送到。予取予夺,悉听尊便;来日交锋,你我便要决个高下了!”他拱了拱手。

“且慢!”苻坚招呼人端上两碗酒,邀谢玄同饮,“这酒非为其他,实敬将军胆识!”谢玄也不推辞,接过来一饮而尽。

晋军要求秦军退兵,在淝水西岸让出一片开阔地以便双方决战。这个要求让秦营上下十分警惕,大家一致认为晋军士气正旺,若让其渡河,无异于如虎添翼,再想要攻击便不好办了。

苻坚捋着胡须,未置可否。末座的朱序意识到这是谢玄“欲擒故纵”之计,正话反说,激秦军退兵。晋军只有八万人,秦军光是驻扎在寿阳的就有二十余万,若以淝水为界,兵对兵,将对将,晋军必败。此时只有出奇制胜,一旦渡过淝水,晋军将有机会如韩信一般背水一战,胜率极大。但是秦人如何能够自动退兵呢?

这时,苻坚把目光投到了朱序身上:“度支尚书,你与谢石、谢玄本是旧相识,又去晋营下过书,你意如何?”

来不及多想了,朱序拱手言道:“天王岂不闻晋重耳退避三舍破楚成王之事?”

“哈哈,好你个朱次伦,说到我心里去了。自我大秦南下以来,一路无碍,怎奈洛涧略有松懈,被晋人侥幸得手;今日我就让出淝水西岸,再与之一决高低,让这帮蛮子输得心服口服!”苻坚大气地说。

二六　秦兵败亦！淝水雄兵起苍黄

天快亮了,差不多一夜未眠的苻坚翻了几次身,还是从榻上坐了起来。他慢慢走出大帐,登上寿阳东门城楼,远处的八公山依旧笼罩在墨色之中,再远一点的地平线上,太白星撕破了黑暗的帷帐。憧憬起即将到来的大战,苻坚有些激动,不住地叩打着门楼上的柱子。

他感觉到身后有一个呼吸的声音,舒缓而轻柔,是一个女人!

“天王都准备好了?”苻坚一怔,听出是朱清鹂。他有些紧张,带点戒备地慢慢扭过头去,正与朱清鹂清澈而惆怅的目光相对。

苻坚意识到自己想多了,感觉有些好笑,点了点头:“你也是一夜未睡?”

“今日就要血流成河,清鹂自恨报国无门,如何能安睡?”

“其实我早该猜到,你与朱序从晋营回来后,心就不在这边了,不,也许你们的

心从来就没有跟着我。”苻坚无奈地仰起头。

“那您为何……”朱清鹂很惊讶。

“寡人怎可因几人之故而放弃万姓归心？我要让你们，还有那些认定江南是正统的人看看，从此天下，风向变了！”苻坚越说越激动，他高举着双手，面向苍穹，大声高呼，“苻坚要创建亘古第一盛世，恢复始皇帝昔日荣光！”

“可我听说，鲜卑人、羌人，都不大听从号令，天王可用之兵尽数在淮南了。”朱清鹂试探着说。

其实，苻坚已知道慕容冲被太子私下放出、姚苌停发西路水军粮草等事，可这属于军机，换作往常，他必要治罪朱清鹂。今天，他异常平静：“癣疥之疾，何足道哉？我大秦将士踏平江南之际，寡人要让那些人跪在我面前求饶！”看着苻坚近乎偏执的举动，朱清鹂苦笑着摇摇头。

苻坚深情地望着她：“你的确不似一般江南女子，倒有些像我们关中的婆姨，可惜我苻坚不能拥有你，你走吧，我不为难你，去看看谢玄是如何失败的！”

朱清鹂感到苻坚的心已不可挽回，但是她却不愿就这样离去，迟迟站在原地。

苻坚解下腰间的湛卢剑，双手递到她手中：“湛卢，湛卢，物归其主。这支剑本属江南，寡人却用他征战半生，也算遂了心意。今日赠给你，权当我这个兄长赠送给御妹的分别之礼！”

清鹂迟疑着接过湛卢剑，她深施一礼：“清鹂谢天王数年来的照顾，若此生有年，绝不与天王为敌！”

苻坚扶起了她：“我何尝不想天下休兵，万民安逸，但是你看……”他指了指城下正在整装的秦兵，“或许有朝一日，我将与谢安石同游东山，哈哈……”

天边的晨曦荡漾开来，淝水东岸的晋军大营，上至战将，下至士卒列队完毕，八万健儿，人人脸上都写着刚毅、奋勇，江南安危，在此一战。

“天意在晋，此战必胜！”谢玄站在辕门口，看着面前一个个精神饱满的将士，“为防秦军铁骑冲击，可让士卒卸除重铠，轻装渡河，只用长盾遮体，上得岸后，不必歇息，直接应战。倘若秦军在我军渡河时不发动攻势，则我可打他个出其不意；最坏的打算是，我军渡河过半，秦军发动突然袭击……”谢玄欲言又止。

“你是说需要有人掩护侧翼？”谢石接口道。

“正是！洛涧一战后，我让胡彬留在硖石就是为了拱卫侧翼，现胡彬的五千水军已赶到八公山下，可随时攻击寿阳北门，抄敌后路，缓解我大军正面压力。而淝水上游还需安排一军，抢先渡河，以作声援。”谢玄要把各个环节都考虑到。

“某愿往！”说话的是桓伊，“进兵至此，寸功未立，愿领此任！”

“好，公肯去，我无忧矣。”谢玄满意地点点头。“桓叔夏（桓伊表字）率本部人马立刻赶往淝水上游十里处渡河，到对岸后派人送信，大军再行出发。出发之时，刘牢之与我率一万人做先锋，诸葛侃、孙无终都督后队，大都督率众将为中军，各路需密切配合，相互帮协，以防秦军突然袭击！”派将完毕，众人肃然，所有人都在等待着出兵那一刻。

约莫过了一个时辰，日头完全跳出了地平线，谢玄正在辕门口翘首以盼。只见南边淝水上游的方向正有一人骑马奔来，随着距离的拉近，他看出来人穿的是晋军号衣。

谢玄急急迎上前去，那人把马带住，拱手道：“桓伊将军的人马已在上游望月渡全数渡过淝水，现正赶往寿阳南门。”

“好！”谢玄一拍手掌，催马回到辕门的大旗之下，拔出太阿剑，“兄弟们，赶走夷族，保我河山，就在今日，需人人奋勇，个个争先，有退缩不前者，军法从事！”

“诺！诺！诺！”三军齐声发出雷鸣般的吼叫。谢玄挥剑向前，前锋部队出发了。

淝水岸边，谢玄一望对岸，秦军正有条不紊地往寿阳城方向撤退——原来，秦军并非完全囤积在寿阳城中，在城外淝水西岸大约方圆十里的范围内扎有五座大营，精锐将士皆在此，与城内相互呼应。今日苻坚主动让出这块地，将大军全数撤往寿阳城下。

由于之前并未透露消息，大多数秦军还蒙在鼓里，人们议论纷纷，有的说“怎么往回撤了，这仗不打了吗”；有的说“这一定是天王的计策，等着晋人渡河，半渡而击之”；有的士卒根本就不想上阵，索性把刀枪扔了，嘻嘻哈哈，一路小跑往后退。

这个时候，晋军的先头部队由谢玄和刘牢之领着，渡过了淝水。十一月末的淝水虽已进入枯水期，最深处也只能达到肚脐以下，但冰冷侵骨，幸好谢玄事先安排众人在腿肚子上涂上黄酒，用手使劲揉出热度，再缚以加厚的布帛，足以保暖。

大家都不说话，只听得脚下“哗哗哗”蹚水之声，以及一片急促的呼吸声。

站在对岸远处战车上的苻融有点坐不住了，他发现晋军先头部队差不多都已下了淝水，且速度极快，而秦军仍在慢吞吞地往后撤，他忙对苻坚说：“天王，乘晋军半渡，立马掉转身杀过去，可获全胜啊！”

苻坚没去看苻融，他抬眼瞧着前方，对着苻融一摆手：“说好的让出东岸，寡人岂能食言？”苻融一时语塞。

就这么一会儿工夫，晋军的中军也已大面积地走入淝水中，偶尔遇到激流，士卒们有些忙乱，但晋军的整体队形仍保持完好。苻融的脸上淌下了汗。

谢玄、刘牢之到达西岸，他们紧张地安排士卒列队，严阵以待。刘牢之留了个心眼儿，他让五百盾牌手在前方布阵，作为屏障，防备秦军铁骑的突然冲击。

又过了一会儿,晋军中军大约过了一半,谢玄再瞧前方,秦军仍在乱纷纷地往回撤,队伍杂乱,旗号不整,夹杂着喧哗之声。

"时机已到!"谢玄叫了一声,拔剑在手,高喊,"三军听着,杀敌的时候到了,与我冲!"

差不多同时,晋军的盾牌手两两往旁一闪,蓄势待发多时的数队骑兵呼啸而出,以极快的速度冲向秦军。

刘牢之、谢玄先后上马,招呼第二队、第三队骑兵跟上,接着是成批成批的步兵,如浪潮一般,从淝水之滨涌向散乱的秦军。

秦军被这突如其来的冲击吓蒙了,掉在后面的人一个个呆若木鸡,来不及举起刀枪,就成了晋军的活靶子。还在往回撤的秦军清醒了过来,急匆匆转回身招架,但心慌意乱,哪里抵挡得住,很快便被冲散。

后队有失,前队也被冲击,刚撤到寿阳城下的秦军不明就里,听到淝水那边的叫喊声,也开始乱了起来。站在车上指挥的苻坚一时没弄明白怎么回事,只是一个劲儿地喝令"后退者斩",他让张蚝等人前往打探。

苻融比较清醒,情知大事不好,赶紧跳上坐骑,率领一队精锐往前敌迎去。

忽然,一个声音从身后传来:"秦兵败了,秦兵败了,快逃啊,快逃啊!"无比高亢嘹亮,又是如此熟悉。苻融、苻坚同时扭头观看,却见阵角处闪过一骑马,马上之人正在来回叫喊。这一声喊如炸雷一般,大多数秦军士兵不知道前方发生了什么事,听闻是己方败了,所有人慌作一团,甚至有不少人直接扔掉兵器,脱去铠甲,往后就跑。

"朱序,你这贼子,竟敢蛊惑军心!"苻融认出了这个喊话的人,"来人,与我速速拿下!"几个亲兵往上就闯,无奈队伍已乱,众士卒横七竖八一阵乱跑,反倒替朱序解了围。

朱序见状,喊得更起劲了,苻融见状,正想用箭射,这时,张蚝从前方败了下来。"阳平公,晋军势大,是否先撤?"苻融大怒:"胡说!与我全力顶住,死也要死在这里!"他也顾不得朱序,策马往张蚝来的方向奔去。

此刻,晋军已全数杀过淝水,一个个如出林乳虎,手中兵器舞动,如砍瓜切菜一般砸过来。秦军虽多,心气已散,难以招架。

远远的,谢玄瞧见苻坚正在战车上,连忙大叫:"程虎何在?"程虎应声而出,"瞧见前方没有?战车之上,那就是苻坚,与我放火,烧!"

程虎二话不说,一催战马,快如闪电,奔到离苻坚一箭之地,秦军正在厮杀,谁也无心拦他。等苻坚看见他时,已然晚了,程虎一声冷笑,掏出五颗硫黄球,一扬手,全数扔向战车,立时烈焰飞腾。

苻坚"哎呀"一声,跌下战车。程虎大喜,上前就要动手,被近处的几个羽林卫拦住,苻坚在左右的帮扶下,上得一匹马,往后就败。

这时，苻融又杀了回来，他奔到近前，喝退众将，抡起大刀直取程虎，程虎赶忙举枪招架。

谢玄、刘牢之杀入中军，专挑秦军将领断杀，还特别留意身着皇袍之人。杀了一阵，秦军彻底放弃了抵抗，全数往下溃败。谢玄忙喝令弓箭手放箭，一阵雕翎射过，中箭落马者无数。“不要放走苻坚！杀贼兵！”到处都喊的是一个声音。

苻坚头戴冲天冠，目标太大，侧后方总有晋军尾随追击，情急之下，他一把扯掉王冠，却不料一分神，一支雕翎射中了左臂，疼得他差点摔下马来。后面十来个晋军骑兵立马围了过来。这时，响起了一个清脆的声音：“众军散开，看义阳朱清鹂捉拿苻坚！”

说话间，一骑白马杀到苻坚近前，马上一员女将，全身披挂，英姿勃发，正是朱清鹂！她举起长剑，迎着苻坚就是一击。苻坚一闭眼，当初没杀了这个妮子！

不料，朱清鹂这一剑是虚的，直接砍向一侧，她一探身，凑近苻坚：“我说过，永不与你为敌！”

这一次，苻坚反应极快，一夹马肚子，蹿出老远。朱清鹂叫唤一声，又在后面胡乱追起来，她并没有走直线，而是左跑一阵，右跑一阵，把身后的晋军挡了下来，直接放了苻坚一条生路。

再说苻融，与程虎杀作一团，因对手力大，一时难分胜负。有败军从身旁跑过，喊一声“天王被困”，苻融心急如焚，大吼一声，使了个虚招，放程虎进招。程虎信以为真，一枪刺空，苻融就势回手一刀，将他斩落马下。接着，头也不回地去寻找苻坚。

追了一阵，苻融猛然看到一个熟悉的声影——朱清鹂，她正紧紧追赶着一人——披头散发，浑身污浊，苻融哪里认得出这是苻坚！瞧见朱清鹂手中的湛卢剑，他一惊：“莫非……”

“义阳郡主，天王的剑怎么在你手里？”

他这话来得突兀，朱清鹂也听得囫囵，愣在了那里。苻融认定兄长死在她手，大怒：“好贱人，吃里爬外！”他抡圆大刀朝着朱清鹂就劈了过去。清鹂一时慌了神，用剑去格，“噌——”湛卢剑脱手而出，人也经不住苻融这般气力，直直跌落马下。苻融上前一刀插入了她的胸膛。可怜多情忠贞奇女子，竟惨死在两军阵中。

这一幕，正好被随后赶来的谢玄看到。他在混战中遇到朱序，知晓朱清鹂也在阵上，十分担心，与朱序四处寻找，不料在这里看到了香魂玉碎。

“清鹂！”谢玄痛苦地闭上了眼睛。“小心！”朱序一声断喝。谢玄忙睁开眼，发现苻融已到跟前，他来不及多想，抬起手中擎天戟直接扔向苻融，苻融侧身躲过，不料那边一箭射到，正中他的前胸。苻融捂住了伤口，在马上晃荡了两下。谢玄亮出太阿剑，剑锋挥过，苻融身首异处。

谢玄抬眼望去，却见一位少年将军正握着弓站在十步开外，自己却不认识。

朱序赶了过来,介绍说:“此乃已故襄阳都护李伯护之子李宸。”谢玄忙拱手致谢,却觉得一阵眩晕,摔落马下,众人忙将其扶起,不停地捶打前胸后背,谢玄才清醒过来。

这时,几个士卒抬过朱清鹂的尸体,谢玄一把抱住,痛不欲生。

“清鹂也算为国捐躯,贤弟万万不可辜负了她!”朱序说着,将太阿剑和湛卢剑双双递还谢玄。

谢玄抽泣着接剑在手,他跨上浑红马,一声大叫:“杀尽秦兵!”直吼得地动山摇。

……

风刮过淮南平原,凄凄惨惨。硝烟弥漫之中,到处都是秦兵的尸体、丢弃的刀枪和旗鼓。在淝水入淮处,河水变成了红色,尸体堆积在河道中,一时难以流动。

在一个山冈上,苻坚勒住了坐骑,回望远处淝水中的悲惨景象,难过地低下了头。衣冠不整的权翼赶了上来,用战栗的声音告诉他:“阳平公,他……他……阵亡了……”

“知道了!”苻坚的回答异常镇定,“投鞭于江,即断其流……哈哈,真是一个笑话!分明是尸横满江,血流成河,哈哈……”他疯魔似的大笑不止。众人都不解地望着他。

忽然,苻坚收住了笑声:“听,什么声音?”他用手指指向身后的半空之中,大家似乎又听到了追兵的喊杀声。“晋人追上来了,快快护驾!”苻坚急忙用手捂面,一抖缰绳,往前飞奔。众将没了主意,只好跟了上去。

“天王,天王,不必担心,不是追兵,是它在叫!”跑了一阵,左右强行牵住了苻坚的马。苻坚慢慢抬起头,顺着众人所指,发现头顶上正有几只白鹤掠过,齐齐朝南飞去,口里整齐地发出“呜呜呜”的鸣叫。

苻坚呆呆地望着白鹤,喃喃自语:“天不佑我,时运尽矣!天哪,天哪……”一代枭雄忍不住痛哭起来。

建康小东山之上,秋意正浓,几株枫树烁烁满园,飞丹流霞,道不尽的俏丽景致。香烟缭绕之中,谢安正在白云轩里与建威将军王恭专心对弈。

老迈的谢福推门而入,语调含混不清:“丞相,寿阳有书信到来。”谢安不为所动,只是伸出左手接过信,眼睛依然瞧着棋盘。

一听“寿阳”二字,王恭两眼直勾勾地盯着谢安的左手。谢安一抬头,正好与他对视。

“嗯,这……书信,来自前线?”王恭心里忐忑不已,猜不出其中写了什么,他根本不敢去想晋军会获胜,却又一个劲儿地想着一千种“万一的可能”。谢安笑了笑,拆开了信。王恭的心都提到了嗓子眼。

不料，谢安只瞅了一眼，竟将书信随手放下："唔，该你走了吧？"

王恭一头雾水："安石公，这信……到底说些什么呢？"

"哦，你说这信啊？也没什么，孩儿们已在淝水破敌。"轻描淡写一句话带过。

"什么！胜了？"王恭"呼"地站了起来，手中棋子也掉在地上，"这是天大的喜讯啊，哎呀，你还坐得住，我……我这就告辞！"他也来不及施礼，拔腿就往外跑。

"哎，你还没走棋呢！"谢安有些不满地叫道，王恭却头也不回地跑掉了。

好半天，谢安慢慢站了起来，拾掇了棋盘，关上了窗户，迈步走出白云轩。迎面一阵风吹过，谢安忍不住笑了，突然脚下一绊，差点摔倒，谢安一看，原来是木屐前齿正好别在门槛上，折了。

这一次，谢安开怀大笑起来。

秦军大队人马已退入淮北境内，计点人马，苻融统领的前队二十五万人马以及后续赶到的十余万人马已折之七八。

苻坚的伤口已不见疼，王猛和苻融的音容笑貌却交替出现在他脑海中，折磨得他痛苦不堪。

"天王，淮北父老特来进献御膳。"权翼把他从回忆里拉回到现实中。苻坚看到眼前有几位白发苍苍的老者，头顶盘碗，跪在马前，为首一个高声叫道："听闻天王过境，小民等特用自家耕种稻谷熬煮饭食，并宰杀肥牛一只，献于天王！"

苻坚忙下马将老人扶起："坚在位二十余年，无恩德于淮北父老，今日却待我如赤子，真正惭愧。来人，赏赐他们麻布十匹，丝绵十斤！"

"哎！"老人制止了苻坚，"小民怎敢？自天王来到淮北，小民家乡再无战乱，得逢太平，天王可是我等的再生父母啊！既是敬奉父母，何谈赏赐？只愿天王励精图治，早日一统华夏！"

一番话说得苻坚热泪盈眶，他转身跪在地上，举头望天："苻坚啊苻坚，你还有何面目去见关中父老？"

这一日，败退的秦军将近洛阳，前面闪出一片树林。苻坚正要传令停下歇息，忽听得一声响亮的呼哨，树林深处闪出一队人马，有百余骑，个个盔明甲亮，威风凛凛，一杆"慕容"大旗在风中招展，为首一将，英气逼人，只见他翻身下马叩拜于地："臣北中郎将慕容楷奉京兆尹、冠军将军慕容垂之命特来迎接天王。"苻坚愕然。

原来，自慕容楷在潼关被慕容冲放走后，他立即潜入长安接出一家老小，赶到汝南与慕容垂会齐。这时，淝水大败的消息传来，慕容家族的人忙聚在一起商议对策。

"叔父，这是苻坚送上门来，我大燕复兴在此一举！"慕容楷急不可耐。

“是啊，苻坚兵败淮南，回关中必走汝南，我们就在那儿将其杀掉，或是夺占长安，或是号令中原，足以压制群雄。”慕容垂最钟爱的儿子慕容宝也说。

慕容垂摇了摇头：“尔等之言皆有道理，不过昔日我在邺城不为可足浑氏所容，亡命关中，苻坚待我如上宾，后来王猛屡次加害于我，难以自明，也是苻坚还我清白，此等恩德我不可不报！”

官拜奋威将军的慕容垂幼弟慕容德几步走到跟前：“兄长错了，岂不闻成汤、周武乘乱起兵而得天下，韩信优柔寡断错失良机？如今苻坚在前敌一败涂地，人心不齐，我等有三万精兵，足可制他，当断不断，反受其乱呀！”

“若氐人时运到头，则自有灭他之人，君子不乘人之危！况且，关中虽好，非我故土，我意在中原，诸君不必说了！”慕容垂正色对众人说。

二七　徒劳无功，谢安进退两难

简陋的中军帐内，铜质的兵符端端正正地摆在苻坚面前的几案上，慕容垂恭敬地跪在下面。

“道明，你我义属君臣，情堪手足，何须如此？”苻坚起身扶起慕容垂。

“我军新败，士气不振，此去长安尚远，臣手下这三万人未曾临前敌，军威严整，足可保天王回关中。”说到这里，慕容垂又一次施礼，“慕容垂愿执鞭坠镫，相随左右！”

“难得你一番苦心，真忠臣也！”苻坚拍了拍慕容垂的肩头。

第二天，在慕容垂的护卫下，苻坚重新立起“大秦天王”的大旗，向洛阳进发。一路聚集残兵败将，五日之内已有十万人来投，自淝水惨败后如惊弓之鸟的苻坚这才慢慢放下心来。

石头城外是宽阔的长江江面，谢安陪着琅琊王司马道子，率文武朝臣早早迎候在码头，等待凯旋的北府兵将士。

辰时刚过，东北方向的天际线上出现了一条白色的“波浪”，整齐划一。片刻之后，“波浪”越发明显，原来是一张张巨大的船帆，数十条战船正踏浪而来——正是从京口归来的北府兵。

不一会儿，战船靠岸，以谢石、谢玄为首，数十位盔甲鲜明的战将，气昂昂立在船头，一齐向岸上叉手行礼。

谢安见着己家的“兰芝玉树”，脸上露出笑容，挥手致意。

众将来到岸上，齐声高喊："见过丞相！"

一旁的司马道子脸色大变，他深吸一口气，像是在拼命压制自己内心的情绪，很快又恢复了一张笑嘻嘻的面孔，在一旁安静地看着。

谢安也觉察到有点不妥，赶紧一侧身，对着司马道子做了一个邀请的动作："琅琊王奉陛下旨意在石头城恭候诸位将军多时！"诸将都不是傻子，连忙集体行大礼参拜。司马道子得意扬扬地摸了摸光洁的下巴，把右手微微一抬："各位将军辛苦了，小王奉圣命先行到此迎候，陛下已在台城为大家准备好了庆功宴！"

站在第二排的刘牢之瞟了一眼司马道子，嘴里"哼"了一声。司马道子没注意，谢安却看到了，他担心司马道子的举动会进一步惹恼这帮武将，赶紧招呼内侍端上御酒，每人一杯。

众将举杯，齐声高喊："谢陛下！谢丞相！"

司马道子手里端着酒杯，没有喝，他抬起头，出神地望着空中飘动着的十数面"谢"字大旗……

台城太极殿里，铜钟石磬响起，雄浑悠扬，凯旋诸将叩拜在地，山呼万岁。司马曜高高就座，眼神呆滞，一语不发。

"陛下，该叫'平身'了。"司马道子小声提醒着他。

司马曜这才回过神来："哦，众卿平身！"

按惯例，前方将士凯旋，首先应是论功行赏，接下来才是设庆功宴。

可司马曜对诸将草草称赞一番后，竟宣布"庆功宴始"。酒宴开始没多久，司马曜推说身体有恙，让丞相谢安代为敬酒，自己退往了后殿。

来到后殿，司马道子和王国宝凑到了皇帝跟前。

"哎，淮南一战，众将皆是大功，究竟该如何封赏？你二人倒是替朕拿个主意啊！"司马曜像找着救星似的问二人。

司马道子不以为然地一抬手："陛下，封赏是大事，不宜草率，不妨先放一放，目下还有更重要的事要做呢。"

"还有更重要的事？"司马曜糊涂了，"北府众将都是一夫之勇，大功不赏，万一闹将起来，如何是好？"

司马道子似笑非笑地望着王国宝，王国宝像一只哈巴狗似的匍匐于地："陛下，北府差不多都是谢家的人，他们一个个位高权重，若要再行嘉奖，怕是要引发其他人不服，谢相素来宽厚，必不会为没有封赏而心存不满。"

司马曜打量着王国宝："寡人没记错的话，谢相是你的岳丈吧？你为何如此说话？"王国宝一时接不上话，尴尬万分。

"国宝心里只有陛下和朝廷，虽说至亲，该直言的也要直言，这是不徇私情哪！"司马道子忙替他解围。

司马曜点点头："也罢，那封赏之事就暂且放一放。"

夜晚的乌衣巷已许久没有这般热闹了，在结束了台城的御宴后，家宴又拉开了帷幕。谢安、谢石、谢玄、谢琰，两代人没有拘束，席地而坐，大盅饮酒，朱序、刘牢之、桓伊、诸葛侃等人也应邀列席。

谢琰已有几分醉意，他端着酒走向谢玄，说话有些不利索："诸位，淝水首功当推幼度兄，若没有他在洛涧当机立断，打下秦军锐气，我等哪里敢在八公山下抢渡淝水？来来来……"

"哎，我何德何能？全耐三军用命，诸将奋勇，大都督稳坐中军，运筹帷幄，他才是首功呢！"谢玄笑着指了指叔父谢石。谢石又指了指刘牢之，刘牢之连连摆手，他一侧身拉起了朱序："要没有次伦兄送信，我们怎知苻坚就在寿阳？要没有他做内应，我们怎能这么占据上风？他才是首功！"众人大笑。

朱序连忙起身："诸位谬奖了！想我朱序本是戴罪之身，此番能做个内应，无非是将功折罪。依我说，丞相运筹帷幄之中，决胜千里之外，居功至伟，我等需敬他一杯才是！"大家连连称是，对着谢安一齐端起酒杯。

此刻的谢安却是一脸严肃："淝水大捷，勇赖三军，我不过安坐庙堂，静候佳音，只是……我不得不给诸位泼一盆冷水啊！"闻听此言，在场众人面面相觑。

谢安放下酒杯，接着说道："古语说，月盈则亏，水满则溢。北府健儿此番扬名立威，诚然值得庆贺，只是无数双眼睛都盯着你们，这其中难免有嫉贤妒能者。'福兮祸之所倚'，伍子胥、文种的故事，不可忘记啊！"

此话一出，大家的一团高兴瞬间化为乌有，刚才无拘无束的劲头儿消失得一干二净，每个人心里都升腾起一股悲凉之气。

谢安见状，怕冷了众人的心，忙招呼家人重新置换了酒席。他拍了拍手："是老夫多嘴了，诸位将军不必挂在心上。今夕正良辰，痛饮须尽欢。我已命人去请'月满楼'的花魁，以佳人、歌舞、羌助酒兴。稍等片刻！"众将这才恢复了稍许兴致。

司马曜没有封赏在淝水之战中立有大功的谢家人，却对外姓人格外看重，过了半个月，即加封朱序为龙骧将军，由于襄阳失陷有责，不便恢复他梁州刺史的职位，只是任命其为琅琊内史，暂往荆州，做车骑将军桓冲的副手；另一个受封的是投降过来的前凉国主张天锡，他被封为散骑常侍。

朝野对此议论很大，不断有人替谢家说话。无奈之下，司马曜才勉强封谢石为尚书令，谢玄为前将军，不过谢玄坚决推辞了这一职位。

小长干琵琶亭，谢玄、朱序正在话别，朱序要前往襄阳，将梁州刺史部的一应事务交割出去，然后再赴荆州。

大战结束已两个月,除去欢宴那几天,其余时间,谢玄就几乎没有过笑脸,清鹂的死对他打击太大,分别多年的夫妻本可一同凯旋,不料却成永诀。亲如兄长的朱序也要外任,让谢玄更加愁闷。

"丞相有北伐之意,我数日后就启程前往广陵,会同刘牢之,共议起兵大计,余者则无牵挂。"谢玄话里带着苦涩。

朱序明白,此刻无论用何种语言安慰谢玄都不合适。"按照那日你我的计议,清鹂就葬在了八公山下,我取回了她旧日的衣衫,原说带回东山,没想到你我都要外任。"

"你交给我吧,我就把清鹂的衣衫带在身边,来日再让它入土为安。"谢玄言道。

"这样也好!"朱序端起了酒杯,递到谢玄手上,"你我兄弟永不忘东山之情!"

拜别谢玄后,朱序来到乌衣巷,他要单独向谢安辞行。

刚一落座,谢安递给他一封书信,打开一看,开头一句写着"安石公在上,冲临终顿首","车骑将军他……"朱序惊讶地望着谢安。谢安摆摆手,示意他继续往下看。原来,桓冲已于五日前病亡,临终绝笔,竟是略带些谦卑的托孤之词——将桓温之子桓玄托付给谢安,希望谢安早晚看护。

眼看桓家最后一根柱石倒塌,从此谯郡再无豪士,朱序唏嘘不已。

次日早朝,台城内外齐为桓冲举哀,司马曜下诏,追赠桓冲为太尉,谥号宣穆。谢安又上表保举桓冲之侄桓石民接任荆州刺史,另一侄儿桓石虔为豫州刺史,原先的豫州刺史桓伊改任江州刺史……满朝一片惊讶,大家原以为空出的荆州刺史一职非谢玄莫属,没想到谢安却把这个职位直接让给了桓家的人。

"谢安石腹有良谋,心似大海,真乃一代人杰!"朱序一边叹息,一边登上了即将西去的船。朱序没有想到的是,这竟是他最后一次踏上建康的土地。

苻坚一路收拾残部,各路将领携军粮器械纷纷来投,连一度丢失在淝水的仪仗也寻了回来。这一日行到渑池,正值中午,三军正在埋锅造饭。慕容垂走入中军帐。

苻坚亲热地拉住慕容垂:"道明啊,这些天多亏你将一应军旅之事拾掇妥帖,寡人现在恨不得一脚踏入长安城,把牢里的囚犯都放出来,全数投到江南,踏平建康!"

"天王保重龙体,愿先休养生息,与民兴利,君子报仇,十年未晚哪!"

"这道理寡人何尝不懂?只是一想起阳平公、王景略,朕这心里就……哎,对了,卿到此有什么事吗?"

"臣听说自淮南兵败消息一传开,幽并一带人心惶惶,道明身为龙城人,熟知幽并风物,愿替天王走一遭,带着诏书安抚各部,天王则可放心回关中!"慕容垂说道，“顺便也回去拜谒祖先陵墓。”

“嗯，我也得知丁零人正在中山作乱，长乐公在邺城怕是孤掌难鸣，卿此去可先到邺城，与长乐公约为掎角，平了丁零之乱，借此声威，幽并各地可传檄而定。朕准奏！”苻坚来不及多想，痛快地答应了。他让人写了一道诏书，当场加封慕容垂为北路安抚使，率领本部三万人即刻北上。

慕容垂接过诏书转身出帐，正与外出归来的权翼撞了个满怀。慕容垂吃了一惊，急急致歉离去。

权翼心下狐疑，他入帐中问苻坚：“冠军将军为何走得如此匆忙？”

“我让他北上讨伐丁零人，即刻出发。”苻坚不以为意。

“哎呀，天王，放其他人走也不能放了慕容垂啊！此人如苍鹰，饥饿之时投奔于我，目下饱食就将高飞，此时正当拴紧绳索，看紧牢笼，怎能替他打开枷锁，任其飞走啊？我看他必不能归！”

权翼一番话，点醒了苻坚，他痴呆呆坐在榻上，喃喃自语：“你说得对，你说得对！来人！”

有传令官入帐请示，苻坚挥了挥手，又让他退下。“罢了，令出朕口，怎好出尔反尔？若上苍真要灭我大秦，我就是召回慕容垂又能怎么样？”

权翼苦谏再三，苻坚才令骁骑将军石越率三千人前往邺城相助苻丕。

权翼回到驻地，反复思量，觉得慕容垂不死，始终是一个祸害，于是，他派人请来了将军毛当。

渑池往北渡过黄河便是邺城地界，慕容垂北归心切，将大队人马留在了渑池，只领着亲信宗族子弟匆匆赶路，两个侄儿慕容楷、慕容绍紧紧相随。

渑池北门外已搭起一座浮桥，一队人马正向此赶来，为首一人头戴鲜卑族标志性的毡帽，青纱蒙面，腰悬佩刀，胯下一匹青鬃马。

看看将近浮桥，一行人带住了马，慕容楷催马向前。“差不多了，他们也该到孟津了，咱们做做样子，抄小路赶过去。”为首那人并不说话，只是点点头，招呼大家继续向浮桥进发。

看看还有五十米的距离，道路两侧是两人来高的芦苇荡，一阵风吹过，哧哧作响。青鬃马上的蒙面人警觉地勒住了缰绳。差不多同一时刻，两旁的芦苇荡中窜出数十条黑衣黑裤的汉子，各执刀枪，将慕容楷一行围住。领头的黑衣人看不清脸面，他压低声音叫道：“非是我等狠心，留下慕容垂，我大秦便不得安宁！”说着，晃了晃手中明晃晃的刀。

为首那人不慌不忙，一把扯下青纱，露出一张满是胡须的面孔，一脸冷笑。慕容楷在一旁喝道：“尔等是什么人，胆敢截杀冠军将军？我等可是奉召北上的！”领头的刺客也不搭理慕容楷，向后一挥手，身后五六个人呼啦一声围了过来。

正在这时,青鬃马一声长啸,前蹄直立,众人吓了一跳。再看时,马上之人变了模样,他手里握着一把胡须,放声大笑,说话却是细声细气的女人腔调:“你们这帮狼心狗肺的东西,若不是我家吴王接应,你们早被晋人杀尽了,如今却恩将仇报,不怕死的尽管过来!”话音未落,青鬃马后数支雕翎射了过来,冲在前面的五六个黑衣人中箭倒地。

蒙面人见状,举刀过头顶,身后众人一拥而上,这边厢,慕容楷、慕容绍也率人迎上前来,两家混战在一处。那骑青鬃马的女子也亮剑相迎。

斗了好一阵,双方均有死伤,慕容楷对着蒙面人卖个破绽,打了一声呼哨,招呼众人后撤。大家齐齐掉转马头,朝着芦苇荡旁的小路往孟津方向奔去。

那女子落在最后,她一面催马往前,一面暗里抽出弓来,搭上一支箭,猛一回头,对着蒙面人射去,不偏不倚,正中那人前额。“回去给苻坚老儿送个信,吴王殿下已渡过黄河,望他遵守前约,莫要伤了和气!”说罢,哈哈大笑。

蒙面人并没有立即死去,他趴在地上忍住剧痛从额头上拔出箭,搭上自己的弓,艰难地支起身子,用尽全力向那女子后心射去。女子没有防备,立时中箭,栽落马下。蒙面人看了一看,嘴角露出笑意。瞬间,他双眼一瞪,一命呜呼。

等到慕容楷、慕容绍赶回来时,才发现女子已经不行了,二人扶起她,连声大叫:“叔母,叔母!”

女子睁开了眼睛,看了看他俩,断断续续地说道:“转告吴王,紫玉……不能再……侍奉他了……我要去找……姐姐了……”说罢,气绝身亡。

孟津渡口,慕容垂在等待段紫玉、慕容楷等人归来。

夕阳西下,晚霞投在河面上,说不出是妩媚还是惆怅。一行人从渑池方向疾驰而来,慕容垂没有急切地迎上去,只是安静地看着他们由远及近。

走到近处,他清楚地看到写在慕容楷、慕容绍脸上的悲痛,在他们身后的一匹马上,驮着一具女人的尸体。

所有人都没说话。慕容垂慢慢走上前,轻轻将尸体抱下马,走到黄河边,放在了一条木筏上。

不知是谁在木筏上撒上了紫色的鸢尾花,段紫玉安详地躺在上面,没有痛苦。在最后一丝斜阳的抚慰下,慕容垂点燃了木筏,任它向下游漂去,这个五十八岁的男人淌下了眼泪……

广陵城下,北府兵在八个月后再度集结,皇帝下了诏书:兵分两路北伐,东路由谢玄节制,桓石虔率豫州诸路军马协同出征,刘牢之为先锋,五万人马杀向兖州腹地;西路则由荆州刺史桓石民统领,攻占已经空虚的洛阳。

谢玄、刘牢之并行走在队伍前面,两位北府兵的领军人物将携手完成他们人生中最后的篇章。

北伐进展顺利，北府兵接连收复兖州、青州大部。大秦长乐公苻丕在慕容垂的逼迫下，困守邺城，他见形势不妙，派人给谢玄送来书信，声称愿意归顺。

捷报传回建康，司马曜大喜，连声称："昔日与秦划淮河为界之旧事，当一去不复返！"同时，他又不顾谢安的反对，让谢玄节制徐兖青司冀幽并七州军事，并强行授予谢安太保之职。

第四卷　夕阳天远

二八 邺城乱局，朱序血染五桥泽

青溪在即将汇入秦淮河的时候，放缓了速度，形成一大片沙洲，在沙洲一侧，矗立着东府城。按照古时城垣构建的说法，东府城起着卫城的作用——拱卫建康外城的东侧屏障。

天交初更，东府城内的琅琊王府，微弱的灯光下，两个身影正不安地纠结在一起。

“谢安本是当朝首相，加假黄钺，如今又拜太保；谢玄节制七州军事，啧啧……这架势就连当年的王导、桓温也难以企及。”王国宝谄媚的声音中带着几丝酸气。

“唔……眼下正该他谢家露脸，陛下听我等之言，淝水大捷的赏赐倒是一笔带过，可谢玄出兵北伐，节节胜利，再不例行嘉奖，就说不过去了。”司马道子无奈地说。

“谢家有功不假，可功劳再大也不能压着皇室啊，眼下陛下在朝内靠着谁？还不是琅琊王，您可不能示弱啊！”王国宝试探着说。

“依你之意……”

“首先嘛，得绝了谢家叔侄靠北伐以赚取名头的念想；其次，嘿嘿……得让陛下对谢安有所怀疑……”王国宝压低了声音，把嘴附在司马道子耳边。

乘着关中、中原大乱，晋荆州刺史桓石民不费一兵一卒袭占了洛阳，这时，朝廷发来诏书，召桓石民回建康另有任命，留下朱序屯驻洛阳，封豫州刺史。而慕容垂在北渡黄河后，也巧妙地摆脱了苻丕的控制，与盘踞中山的丁零族结盟，反过来围攻邺城。晋北伐都督谢玄此时已深入到冀州腹地，前部先锋刘牢之逼近邺城南面的枋头。

黄昏时分，邺城内外全城戒严，苻丕与石越结束了城楼上的巡视，走上大街。

“这几日，慕容老儿的攻势稍减，昨日又忽然撤围而去，不过听说晋人已到枋头了，真是不容我歇口气啊。”苻丕早已没有了当年在襄阳的青涩，远镇邺城，独当一面，让他成熟了许多，颌下也有了浓密的胡须。

石越皱着眉头，显得忧心忡忡：“晋人虽然来势汹汹，依末将看，并不为虑；倒是慕容垂，此人一向狡诈，看似可以绝杀的一步棋也要留着半手，需提防他。”

“对了，他这么慌忙地撤围，莫不是龙城有事？”

“我只听说是丁零人不满封赏，在后面乱了起来。”

“哦？这可是帮了我的大忙啊，何不乘此机会在后掩杀，彻底除掉这个祸患？”苻丕手握剑柄，踌躇满志地望着城外。

“不可！慕容垂退兵事出有因，且军容不乱，必定早有安排，只怕我军进不得身前就中了他的埋伏。”石越阻止道。

“难道就坐等慕容垂收拾了丁零人，与晋人合兵一处再来取我邺城？”苻丕焦躁起来。

“那倒不是，末将的意思是，与其等他半路截杀我，莫如我于半路截杀他……”老谋深算的石越猛地用鞭子抽向道旁的一株柏树……

邺城往北三百里是列人，其间有一段山路，荆棘难行。慕容垂带着兵马离开邺城后，走了一天一夜，方才来到此处。

在前面开路的慕容楷急急地来到慕容垂近前：“此处地形复杂，我军赶路疲惫，若是遇到伏兵，只怕要束手就擒……”

慕容垂用手制止他继续说下去：“我鲜卑子孙自有神灵庇佑，若有伏兵，我有何惧？过了列人，就是中山，一鼓作气，去惩罚那些贪得无厌的丁零人吧！”慕容楷一时想不明白，但见叔父如此镇定，心里也逐渐平静了下来。

又走过一段路，山道渐宽，慕容垂知道，列人快到了。正在这时，前面喊杀声起，在山路尽头的平旷之地上瞬间就聚集了数百人，高举着“秦”字、“苻”字大旗。为首一将，威猛异常，身着乌金甲，正是石越。慕容楷知道石越是秦军中数一数二的悍将，有些慌张，赶紧报告后队的慕容垂。

慕容垂不慌不忙，催马向前。他似乎早已料到有伏兵，哈哈一笑，老远就对着石越拱手行礼：“石将军为何挡我去路？”

石越一声冷笑：“冠军将军，你很会演戏啊，以安抚旧部为名，行谋逆叛乱之实，丁零人背约？哈哈，这是报应不爽，还不下马受缚。”

慕容垂一捋马缰绳：“我本是鲜卑子孙，暂居关中，深受天王大恩，他素知我有复国大计，并不阻拦；可到邺城后，长乐公处处为难，还让人监视我，我一怒之下杀掉其人，并派人转告长乐公和天王，邺城本是我大燕国都，理应收回。我实不想秦燕两家为敌，眼下天气转暖，我欲回龙城筹集粮草，望石将军通融。”

“住口，好一张利嘴！天王和长乐公几时同意你收回邺城？你看到晋人来了，丁零人也背盟了，想翻脸不认账？休想！”石越端起了大刀。

慕容垂脸色一沉：“既然将军执意要拦路，那可小心伤到手！”说着，慕容垂打了一声响亮的呼哨，在秦军的侧翼，出现两彪人马，将石越围住。双方也不答话，混战在一处。

原来，慕容垂在撤兵时早有准备，提前让慕容德和三子慕容农赶到列人郊外设伏接应，石越只想到了此地是慕容垂回中山的必经之地，没料到被他捷足先登。

一场混战，乱军之中，石越被慕容农一刀斩于马下，秦军大溃。鲜卑军马得胜后，并不停歇，连夜进兵，又在中山城外大破丁零人。这时，慕容垂的另两个儿子慕容宝、慕容麟也从龙城、辽西一线带来了鲜卑各部的联名劝进书。

384 年三月，慕容垂在中山宣布大燕复国，改元燕元，自称燕王、大将军。随即准备挥师南下，复攻邺城。

邺城的苻丕闻听石越被杀，慕容垂称王的消息，惊恐万状，不得已再次备下书信礼物，派人前往晋营，表示愿献出邺城，举族归降。

枋头晋军大营内一片欢悦，刘牢之又扯开了他的大嗓门："这真是天赐良机，苻丕肯将邺城拱手相让，我们也可省些气力。一旦占了邺城，北可觊觎幽并，西则虎视关中，再与洛阳连成一片，若桓元子再世，怕也要嫉妒死了！"众将一阵大笑。

谢玄也露出了久违的笑容："现在看来，苻丕是穷途末路了，寄望关中来救，远水不解近渴。想弃城，又觉不舍；要战，北有慕容垂，南有我军。只是我担心进邺城容易，守邺城难啊！"

"都督的意思是慕容垂尚在？"谢琰接口道。

"正是！你们来看，黄河以北，太行以东，秦人就剩下邺城一地。"谢玄指着桌案上的地图，众人围了过来，"其余都是鲜卑人的势力，就连邺城，也早被慕容垂视作口中之食，苻丕想把它作为归顺我们的大礼，慕容垂能轻易答应吗？这分明是苻丕在借刀杀人！"谢玄说。

众将都作起了难，慕容垂的战斗力虽未亲身体验，却早有耳闻，绝非苻丕、石越之辈可比。"难道就眼睁睁看着到口的肉飞了？"刘牢之焦急万分。

谢玄看了大家一眼："邺城，肯定要取，但不是这样取，我已写信让朱序从洛阳出兵掩护我北府兵侧翼。龙骧将军？"

"在！"刘牢之应声答道。

"你率两万人马，五日后进兵邺城！"

"啊？为何要五日后，鲜卑人也正赶往邺城，那时岂不要大战一场？"

"苻丕知我允其归降，心里一块石头落了地，就是遇上慕容垂，也会竭力死守邺城，我不急于进邺城，等到他两家战在一处，可坐收渔利。"谢玄道出了自己的想法。众将恍然大悟。

苻坚回到了长安，痛下罪己诏，亲往太庙向祖宗谢罪，并大赦天下，释放了一批宫女和奴婢，宫中的一应开支大幅削减，皇城的修缮也暂停了下来。

不料，一个月不到，北地长史慕容泓就私自逃亡关东，准备投奔慕容垂。苻坚知道这个消息后，大发雷霆，把所有在长安的慕容家族的人聚集在了一处。

"寡人算明白了，你们慕容氏的人都是一个德行，忘恩负义，狼心狗肺，慕容垂在中山反了，慕容泓不远千里去投奔，你们是不是想把这长安也给闹腾起来？”苻坚望着这群人，心情压抑到极点。

新兴侯慕容暐扑地跪倒：“臣等怎敢？冠军将军之事，委实不知啊，臣从淮南回关中，一直侍奉天王左右！”

旁边其他人也跟着跪了下去，只有慕容冲看着自己卑微的同宗，一脸的不屑。

苻坚注意到了慕容冲，他发现这个阴柔、孤独的年轻人已长成了大人，俊秀依然，只是眉目间射出一股杀气，昔日的懵懂和迷茫，已化为阴险和狠毒。苻坚倒吸了一口凉气：“凤凰，你为何在潼关私自放走慕容楷？”

“同宗之情，不能忘怀。”慕容冲木然答道。

“你为了同宗之情，就把这些年与寡人的情义都忘得一干二净了吗？慕容楷现在正在中山助你叔叔慕容垂，围住了长乐公，这就是你的同宗之情！”苻坚提高了嗓门，震得太极殿内嗡嗡作响，所有人大气都不敢出一下。

“鲜卑人是上天的恩宠，理应得到眷顾。”慕容冲语气平淡。

“好，我让你得到眷顾，来人，拖下去，给我抽打八十鞭！”苻坚一声大喝，两旁的武士奔上前来，摁住了慕容冲。

慕容冲一阵大笑，苻坚越发恼怒：“快快拖下去，唉！我真后悔当初没有听王景略之言，将你们这帮白奴一并杀掉。”慕容暐一伙只吓得磕头如捣蒜。

大殿之外，慕容冲被剥去了上衣，双手被捆在木桩上，露出健美的身躯，两旁武士拿着鞭子迟迟不动手。苻坚走过来，抢过鞭子：“你们敢抗旨吗？好，我让你们看看，该怎么打！”说着，抡圆了就是一下，“啪”的一声，慕容冲白皙的后背上出现了一道血槽，他一声不吭。苻坚又抽了一鞭子，慕容冲扭过头来，他盯着苻坚：“天王，鲜卑人是杀不尽的，哈哈……”苻坚抽过了第三鞭，正好击中慕容冲的眼角，鲜血顺着伤口渗了出来。“啊……”慕容冲好像终于感觉到痛了，一声撕心裂肺的大叫，彻底击碎了二人之间那段情感，也唤醒了他身为鲜卑人内心的那种荣誉感。

“给我狠狠地打，否则以同罪论处！”整个皇宫中响彻着苻坚发疯似的吼声。

数日后的一天清晨，一封紧急公文被送到了苻坚的寝殿。他预感到将有大事，来不及更衣，急急打开观瞧：骠骑将军慕容冲已于三日前反出长安，在蒲坂渡河去了河东，与慕容泓合兵一处，转而杀向潼关。

苻坚浑身战栗，他扭回头，看着身后发髻凌乱、无所适从的慕容嫣，把书帛扔给了她。“你的好兄弟，你自己看看吧！”

慕容嫣胆战心惊地看完，“扑通”一声滚落榻下，她两眼含泪，以头点地：“臣妾罪该万死，情愿为骠骑将军顶罪！”说着，竟“嘤嘤”地哭了起来。

苻坚的心软了下来，他搀起慕容嫣，爱怜地替她把头发顺开。“美人依旧，可惜江山残破。”苻坚叹息道。

慕容冲来势凶猛，潼关几度易手，告急文书如雪片一般送往长安。苻坚急忙加封第四子巨鹿公苻睿为都督诸州军事、大将军司隶校尉，龙骧将军姚苌为副将，率兵五万驰援潼关。

按照姚苌的建议，鲜卑人来势凶猛，应避其锋芒，以逸待劳。苻睿刚愎自用，轻率出击，在潼关前与慕容冲展开一场血战，士卒阵亡过半，自己也死在乱军之中。

姚苌杀开一条血路，聚拢残兵退到了华阴。这时，苻坚的诏书到了，使者是权翼。

“将军，接旨吧！”权翼并没有当众宣读，而是直接把诏书塞给了姚苌。姚苌狐疑着打开一看，原来苻坚为苻睿阵亡一事大动肝火，指责姚苌辅佐不利，限他三日内夺回潼关，否则格杀勿论。

姚苌手捧诏书，整个人瘫坐在榻上。“仆射大人，这是要了我的命了。巨鹿公不听忠言，强要进兵，以致身亡，若不是我于后抵挡，五万人马怕是要全军覆没了。天王他怎能不问青红皂白？望大人为我做主哇！”面对苻坚和慕容冲的双重压制，姚苌快要崩溃了。

“唉！我何尝没为你说话！你也知道，自天王从淮南回长安，整个人都变了，对待下人，轻则鞭责，重责杀头，慕容冲就是被逼反的啊！”权翼摇着头。

“仆射大人，昔日您曾辅佐我兄长姚襄，也算我家旧交，您就忍心看到我死无葬身之地吗？我求求您了。”说着，姚苌跪了下去。

权翼将他扶起：“事到如今，将军只有北上雍州，收拾羌族旧部，伺机而动，才是正理啊！”

姚苌大喜，连声道谢。送走权翼后，他传令手下一万多亲兵，全数换上羌兵服色。部将递过换下来的“苻”字大旗，姚苌抽出佩刀，连旗带杆劈为两段。他举起刀，高叫道：“苻坚无道，逼我赴死，我羌族男儿当拼死一搏，复我景明帝（姚襄）昔日荣光！”众军群情激奋，声震原野。

慕容垂二打邺城，遭到苻丕的殊死抵抗，鏖战多日，双方都无法再进一步。这时，燕军的探子已探明晋将刘牢之从枋头北上的消息，忙报与慕容垂。

慕容家族诸将聚集在一起议论纷纷，世子慕容宝白着一张脸，望着父亲：“秦晋联手，刘牢之又勇冠三军，我军势单力薄，只怕不是对手。”

慕容楷、慕容农、慕容德也露出担忧的神色。慕容垂把手背在身后，一脸轻松：“我鲜卑子孙最是骁勇善战，一个苻丕和刘牢之就把你们吓成这样？兵法云：兵不厌诈。晋军虽勇，未必知道我们的底细，苻丕已是惊弓之鸟，况且秦晋两家先前是仇敌，是否真心接纳对方，还得两说。既然刘牢之要来邺城，我们索性送个人情，主动撤出，以成秦晋之好！”

“兄长，我们费了好大力气，眼看就要拿下邺城，如今却要白送给晋人，这……”慕容德表示不解，他想争辩，却见慕容垂对着他轻轻摇了摇头。

正如慕容垂所料，晋军虽说接纳了苻丕的投降，却并不信任他，刘牢之赶到邺城，正值慕容垂撤围，苻丕派人出城劳军。

刘牢之皱着眉头看着数十车佳酿、肥羊，说：“苻丕小儿，日子过得不错啊，怎么一直叫嚷守不住呢？回去告诉你们长乐公，不，现在归顺了大晋，正式官衔还没下来，转告苻将军，好好把守，我灭了慕容垂再回邺城！”说罢，不容劳军官吏答话，直接奔北门去了。

此刻，慕容垂把全军驻扎在了邺城城北五十里处，按照他的安排，全军要再后撤五十里，沿路将旗帜衣甲丢弃，任晋军拾捡。为了把戏演足，慕容楷、慕容农率两千士卒断后，假意与晋军厮杀一阵，再往下败。就这样，双方一连三战，燕军三战三败，晋军已远离邺城两百里。

刘牢之听过探子的禀报，摸着自己紫色的脸膛，“嘿嘿”笑了起来：“都督也太高看慕容垂了，老匹夫一个，能有多大作为？”

副将何谦问道：“是否告知苻丕，分路追击？”

“败军之将，丧气！”刘牢之白了何谦一眼，“前面是什么所在？”

“五桥泽。”

“好，突过去，一举拿下慕容垂！”刘牢之抬起了砍山刀。

不过这一次，刘牢之错了。北府兵走到五桥泽后就不能再进一步了，因为鲜卑人留下了比前几次更多的辎重，士卒们疯狂地抢在一起，甚至大打出手。刘牢之第一次看到北府兵乱了秩序，如多日未曾进食的饥民，他有点不知所措。

何谦策马赶来：“此处地势险要，左右皆是密林，万一有伏兵……”

“不好！”刘牢之猛然醒悟，他赶紧招呼部下，“扔掉这些东西，违令者斩，前队变后队，撤回邺城！”

话音未落，就听见四周如炸雷一般，鲜卑人从四个方向一齐杀出，瞬间将北府兵斩成数截，枪挑箭射，死伤无数。刘牢之奋力拼杀，直杀了半个时辰，还没冲出去。

“可惜我不听忠言，要死在这里！”他不禁叹道。

忽听外围一阵大乱，燕军自动让开了一条路，一支人马杀到了近前，为首一人，正是豫州刺史朱序。

“次伦，快来助我！”刘牢之慌忙高呼。

朱序率领这支从洛阳赶来的人马，一直在谢玄的侧翼，刘牢之出发后，他也随之北上，作为接应。刘牢之未进邺城，他为防不测，也跟到了五桥泽，正好赶来解围。

朱序拍马抡刀，招呼刘牢之从西南角冲出去，自己则冲至五桥泽腹地，解救何谦等人。杀了好一阵，也找寻不到，有几个伤兵告诉他何谦早已战死。朱序一阵悲惶，放眼望去，却见眼前横着一条干涸的河流，对岸土岗上立着一队人马，“慕容”大旗下有一人金盔金甲，骑着青鬃马。朱序在长安多年，认得这是慕容垂，他自语道：“可恨慕容老儿用诡计败我，今日正好杀过去，就算不能取他性命，好歹也拿掉他的大旗，以雪此恨！”

想到这儿，朱序招呼五十名骑兵，列开战斗队形，他一催坐骑，往前就闯：“慕容老儿，拿命来！”他本想直接渡河，杀到对岸。殊不知这条河虽已干枯，前半月却下了连绵雨，天一放晴，成了一汪淤泥，面上一层薄薄的沙土，骗了无数人的眼睛。

朱序哪里知道，未加提防，五十一骑连人带马都陷在淤泥之内。对岸鲜卑士兵一见，齐齐张弓放箭，任凭你有三头六臂，也被射成了刺猬。可叹朱序一代名将，淝水一役立下奇功，竟死在这里。

刘牢之败走邺城，苻丕翻脸不认人，拒放他入城，刘牢之不得不撤回枋头。谢玄见士气已挫，只好退兵陈郡，北伐陷于瘫痪之中。

二九　鸟尽弓藏，谢安罢官明心志

又到岁尾年初，建康城沉浸在一片祥和欢乐之中。一场久违的大胜，让江南士人把心又重新装回肚子里，他们拾起昔日的鼓瑟钟鼎、杯盏盘碟，清谈作乐、吟风弄月。无论台城内外，还是秦淮坊间，都流露着同一种心绪：太平盛世，醉在今夕。只是，曾经风光无限的豪门大族，如琅琊王家、颍川庾家、谯国桓家、山阳郗家、会稽顾家、吴兴沈家……一个个都如雨打浮萍一般露出衰败景象。只有陈郡谢家是个例外，一门三侯，官居极品，手握重兵。

将近黄昏，乌衣巷相府大门外依然人流如织，车辇、肩舆往来不息，身着华丽衣裳的宾客，这个才拜别出门，那个又登门而来，相府的下人们忙了一天，连午饭也没顾得吃，此刻已是精神困顿，勉力应酬。

如今的谢安，大多数的时间都待在乌衣巷和小东山，与各路友人欢宴唱酬。王羲之故去后，与谢安相善者不过孙绰、王恭、王献之寥寥数人，孙绰年长谢安六岁，虽年过古稀，依然精神矍铄，才思不减昔日兰亭会时；王恭是当今皇后的内兄，极受司马曜器重，却与当权的司马道子不和，因此常与谢安往来；王献之在谢安的提携下，已官拜中书令，他自然也是谢府常客。

这一日，谢安招呼王恭、王献之两人在后堂，从午后一直饮到掌灯，彼此都有些醉了。谢安晃荡着身体，从墙角的一只木匣里取出一把鹅毛扇，乐呵呵地扇了起来。

王献之晃着脑袋问："时已隆冬，丞相还觉得炎热吗？"

谢安慢慢地把鹅毛扇拿到身前："子敬，你怎的忘了，这是你父当年在山阴赠我的，上面还有他为我题写的'风神秀彻'四个字呢。"说着，他把鹅毛扇递给了王献之。

王献之把扇子接在手里看了看，刹那间，父亲的音容浮现在眼前，他不免有些伤感。

谢安自知有些失口，便独自斟满一杯酒，向着王恭一举。

王恭并不还礼，只朝谢安一拱手："酒已够了，在下还有一两句话要对丞相说呢。丞相雅量高致，让人心生敬意，只是这场面似乎过于华丽，恐怕连台城……"后面半句王恭没往下说。

谢安闷不作声，他拿起鹅毛扇，连扇数扇。

王献之的情绪稳定了下来，他听到了王恭刚才的一番话，同样用期待的眼神注视着谢安。

沉默了片刻，谢安才用一种低沉的声音说："良田美宅吾之所愿，笙歌欢宴吾之所爱，吾生平最好此道，正值晚景，怎堪枯坐？"

王恭、王献之以为他要讲出一番道理来，正洗耳恭听，不料却听到这样一句近似赖皮的话，大为失望。谢安见二人一脸的无奈，哈哈大笑。

午后，台城的偏殿，司马曜用完膳，无暇休息，他等待着司马道子为他延请的经学大师前来授课。

少顷，内侍搀进一个白发苍苍、手拄拐杖的老者，还未行礼参拜，先咳嗽了好一阵。司马曜一皱眉，示意免礼赐座。

"陛下，这就是韩康伯先生，琅琊王说老先生讲解《诗经》，丝丝入扣、妙趣横生，故而……"司马曜不耐烦地打断了内侍的话："既如此，那就请先生开始吧。"说着，直接拿起了桌上的竹简。

韩康伯不用书简，只是用手捋了捋花白的胡须，用沙哑的口音念道："诗三百，华章无数，不知陛下有无喜爱之篇？"

司马曜面无表情："寡人请先生来，就是要择优而教，先生可便宜行事。"

"陛下好学，此乃社稷之福。也罢，老朽先从《小雅》讲起。'雅'本是朝廷乐歌，分为大雅与小雅，共计百零五篇。老朽今日先讲《节南山》：'节彼南山，维石岩岩。赫赫师尹，民具尔瞻。忧心如惔，不敢戏谈。国既卒斩，何用不监。'"韩康伯一气诵读完，咳嗽不止。

“陛下可知其中含义？”司马曜有些反感地看着他。“朕不知，正要老先生教我。”

“此乃劝诫为君者宜自强。所谓‘师尹’，就是指西周幽王驾前的重臣太师和史尹，此二人权势熏天，却不思辅佐君王治国，反生叛逆之心。后世君王当深以为戒。”

听到这里，司马曜似有所悟，却见韩康伯又自言自语道：“天子者，聪慧明达之主也，怎可轻易受制权臣佞臣？”这话说得很随意，像是他自己在感慨，但是司马曜却以为是说给他听的，忙说：“寡人主政经年，并未见我朝有佞臣？”他的声音有些不自信。

“未必吧？诸谢在朝，车马不歇，与王莽何异？”韩康伯嘿嘿一笑。

这话在司马曜听来，字字如钢针，直插入他的心上。

“先生不必说了，今日先生辛苦，请先下去休息吧。”司马曜一抬手，内侍扶起了韩康伯，老头颤巍巍地拱了下手，缓缓离去。

司马曜心中烦闷，让司马道子陪着，前往华林园一游。这华林园本是南渡之前洛阳的皇家园林，占地千顷，其间草木如茵，流水淙淙，更有各种珍禽异兽穿梭其间，极受皇室子弟钟爱。南渡之后，迫于财力，司马睿一直未能重温园林胜景。苏峻之乱毁掉大半个宫城，王导重筑新宫台城，顺带再修了一座华林园。尽管面积不如洛阳华林园，却加入了不少江南景观，别有一番味道。

走在幽径之中，司马曜随口问司马道子：“卿可曾读过《诗经·小雅》的《节南山》？”

“不才略知一二。”司马道子赶紧应道。

“今日韩康伯为寡人讲授此篇，似有所指，思之再三，又拿不定主意。”

“陛下不妨说来，臣愿为主分忧！”司马道子向前一步，一躬到底。

“你觉得太保会有二心吗？”司马曜低声问道。

“陛下何出此言？”司马道子惊出一身冷汗。

“寡人思桓温旧事，有些担心哪。”司马曜随手扯下一枝柳条，拿在手中把玩，“寡人就如这柳条，貌似好看，可随时都有被人摘取的危险。”他的话语带双关。

“陛下圣明，臣不敢说太保有二心，只是谢家权势太重，朝堂之上一半人都是他的耳目爪牙，长此以往，于君王不利啊！”司马道子小心地说道，“而且，臣还听说，当年桓元子欲废海西公，立先帝，太保曾竭力阻止，说什么先帝一直懦懦无能，难堪重任。”

“哦，他果真这样说过？”司马曜脸色变得很难看。

"臣不敢乱言，著作郎①处应有记载，陛下若不信，可调来一阅。"

司马曜沉默半晌，好半天才开口："唉，是时候了！"说罢，手一抖，柳枝早已折成数段，扑簌簌掉在了地上。

五日之后，司马曜下诏：念谢安年事已高，故免去尚书仆射的职务，保留太保一职。

突如其来的变故让谢家诸人面面相觑，唯独谢安面不改色，含笑接过了圣旨。

潼关一战，慕容冲大破秦兵，声威日盛，很快，他在部将的拥护下，杀掉慕容泓，自称中山王、皇太弟，大置百官，兵锋直指长安。

此时的苻坚感到无比孤独：苻丕困在邺城，为慕容垂所逼，生死未卜；雍州陇西一线，姚苌风头正劲，先头部队几度逼近长安西北重镇新平；眼前慕容冲又大兵压境。

苻坚从招贤馆内请来王嘉，让他替自己占卜吉凶。自释道安离去后，王嘉便深居简出，得知苻坚兵败淝水，也无动于衷。焦头烂额的苻坚终于还是想起了他。

看着苻坚焦急的神情，王嘉沉默不语，只是快步走到大殿之外，拉过一匹马，翻身骑上，又整了整衣冠，催马慢慢朝东行去。走了数百步，又策马而回，并随手脱掉外衣，摘下帽子径直来到大殿门前，跳下马，盘腿坐于地上。

苻坚看了个莫名其妙，连声追问："敢问先生，寡人国运如何？"

王嘉不动声色地应道："未央。"

苻坚心中正在疑惑，忽见内侍引来了气喘吁吁的太子苻宏："不好了，慕容冲连败我军，现已过了灞上！"苻坚呆住了，口里直叫着："未央，未央……"

长安，霸城门城楼上，苻坚望着一队队军容严整的鲜卑骑兵列在城下，心里阵阵难过。他忍不住问一旁的权翼："这些白奴都是从哪里冒出来的？何其强悍！"权翼也是心乱如麻，正想着如何安慰苻坚，忽见鲜卑骑兵队列中冲出一匹白龙驹，上面端坐一人，鲜卑武士打扮，英武彪悍，正是慕容冲！

苻坚用手把住垛口，将头伸在外面，高叫道："来者可是凤凰？"

慕容冲一见苻坚，火往上撞："呔，大秦天王，你已穷途末路，还不早降？"

若是换作平常，苻坚早就发作了，今日大敌当前，他只得摁下怒火："凤凰，你总算肯来见寡人了，寡人这些天总梦到昔日你从邺城归来时，还是翩翩少年，如今都长大成人了。"

"我没工夫听你叙旧！"慕容冲手指苻坚。

"啊，凤凰，且听寡人说完。寡人与卿相知多年，并无他物相赠，这里有一件珍

① 魏晋时期专管修史的官员。

藏多年的锦袍，现赠予卿，望你多多保重。”说着，手向后一招，内侍将一件绿色的锦袍举过头顶，好让城下的慕容冲瞧见。

慕容冲根本不屑看：“住口，孤家现在是大燕皇太弟，奉旨特来取关中，识相的速速献出长安。”

苻坚心如刀绞，他举起了双手：“天哪，寡人不明白，爱卿为何如此不念旧情？你放暗箭害了王丞相，伤了中山公苻侁，我都没有怪罪于你，只当你年幼无知，可你……”苻坚指着慕容冲，说不出话来。

慕容冲一阵冷笑，他摘下头盔，露出一侧的眼睛，上面被鞭挞的伤痕清晰可见。“不念旧情的恰恰是你！你举起鞭子的时候，哪里还有一点旧日恩义？如今孤家心存天下，岂会受你的小恩小惠？也罢，只要你自缚出城，我便宽恕你，如若不然，我要血洗长安城！”说罢，慕容冲打了声呼哨，鲜卑骑兵一齐张弓搭箭，对准了城楼上的人。

不得已，苻坚退下城楼，从马道走下城时，整个人忽然瘫坐了下去，权翼连忙扶住他。苻坚此时满脸是泪：“只恨寡人不听阳平公、王景略之言，让白奴猖獗至此，自作孽，不可活啊！”

慕容冲来势凶猛，秦军在长安内外还有十余万人马，恶战几日，互相占不到便宜。慕容冲暂且退到了华阴。

在五桥泽击败刘牢之后，慕容垂重新集结人马，第三度围住邺城。这时，慕容冲自称皇太弟，兵进关中的消息传来，邺城的慕容诸将欲奉慕容垂即皇帝位。

“慕容冲既已为皇太弟，可见他眼里还有殿下您，何不顺水推舟，也好了却族人的一桩心愿？”慕容德一直是兄长的支持者，慕容宝、慕容楷等人也是极力赞同。

“不然！新兴侯（慕容暐）尚在长安，他才是我大燕昔日的皇帝，怎可僭越？”慕容垂摆着手，“诸位不必多言，我们眼下只有一个任务，夺回邺城！”

尽管如此，慕容垂还是以长辈的名义给慕容冲写了一封书信，告诫他一旦攻入长安，勿杀戮，勿抢掠，勿动苻氏一族。

话分两头，谢玄派人盛殓了朱序的尸身，就在陈郡搭起了灵棚，他亲自守灵。

夜阑之际，谢玄多饮了几杯酒，脑海中浮现出昔日东山欢悦的场景……

“到襄阳直面氐人，这也是我的夙愿，相比统率新军，我不过是拣了件容易的事。”朱序的声音又在耳畔响起……

“次伦之心，始终向南，朝夕不改。若大都督决意渡淝水破敌，我兄妹愿做内应，生擒苻坚！”淝水之滨，朱序坚定地说……

“次伦兄，你可以预料到一切，可为何料不到自己的命运呢？”谢玄越想越伤心，他深悔不该让刘牢之贸然前进，以致朱序深入敌境接应，中了埋伏……他拔出太阿剑，就在朱序灵前舞了起来。

次日，谢玄上了一表，自贬三级，愿主动解去北伐大都督一职。数日后，建康有了回书：只问罪刘牢之一人，余者不究，谢玄暂退彭城，待秋后再行进兵。

谢玄大为惊异，圣命难违，他只好摆酒为刘牢之送行。

“胜败兵家常事，此次兵败责任在我，你回建康，只是例行公事，我要将军情如实上奏，太保那儿想必也会周全于你！”谢玄安慰着刘牢之。

“哈，幼度，你当我是什么人？将军临阵，非死即伤。唉！自打我十八岁从军，无时无刻不把脑袋拴在裤腰带上。能结识你们这帮好兄弟，能待在北府兵里，能跟着太保打垮苻坚那小子，心愿已足，就是杀了我，又有何憾？”刘牢之粗着嗓门，激动地说，“只是，可惜了朱次伦，是我害了他……还有何谦、北府兵的老兄弟……”刘牢之用他那只大手抹着眼角。

谢玄站起身，用力击打着刘牢之结实的后背。田泓、程虎、朱清鹏，这些年阵亡的人一一在眼前划过，“或许，这是北府兵的最后一次了……”此刻的谢玄，无限失落。

出人意料的是，刘牢之解到建康后并未获罪，反在司马道子的保举下升任龙骧将军，驻扎京口，拱卫建康。

旨意一下，谢安既替刘牢之高兴，头脑里又异常清醒：这是皇帝为打压谢家的分化瓦解之策。

走下台城的台阶，谢安深深舒出一口气：“谢安石啊，是你回东山的时候了！”

三〇　归去来兮，谢安隐退广陵

三月初三，太极殿的西堂，传出了清丽温婉的乐曲。

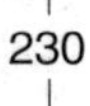

“是古曲《幽兰》？”深通音律的桓伊此刻正走在御道上，闻听此曲，不由得踏着节奏，加快了脚步。淝水大捷后，桓伊任江州刺史，又因功拜护军将军，一年多的时间，一直待在寻阳任上。

384 年的上巳节，皇帝破天荒地免去了一应节俗，改在台城宴请群臣，这在南渡之后算是头一遭。受邀的皆是朝廷重臣，桓伊虽任职外地，却因在淝水的功劳，也受邀出席。

盛宴开启，司马曜满面春风走下台阶，对着左右就座的文武，举起了杯：“这上巳节风俗，古已有之，无非是祓除畔浴、曲水流觞，寡人从幼年时年年如此，不胜其烦。今年咱们换一换，那些玩意儿都停一停，你我君臣欢饮一处，多点丝竹之声，恰与这春光相伴,诸卿以为如何?"

"啪啪啪……"坐在前面的司马道子、后边一排的王国宝,带头鼓起掌来,连声称"妙"。其他人无奈,只好跟着拍起来。谢安坐在司马道子边上,看上去似乎苍老了许多,背有些佝偻,他没有任何举动,只是安静地坐着。

宴会进入中段,起初拘谨、尴尬的气氛已被各种轻松的话题与美妙的音乐舞蹈冲淡,饮宴者都有些迷糊。桓伊素来酒量大,此刻还比较清醒,性情耿直的他没有去给司马道子敬酒。他关切地瞧着谢安,谢安也正朝他这边望,桓伊心里一热,端起酒杯,谢安一笑,对他摇了摇头。

"护军将军,久闻阁下善抚筝,今日盛会,何不弹奏一曲,以助雅兴?"司马道子不知什么时候注意到了沉默着的桓伊,转过脸对他说。周围瞬间静了下来。司马曜放下酒杯,嘿嘿一乐:"朕在东宫时,就知爱卿精通音律,今日正好恭听。"

桓伊心里一阵不快,却又无法推托,只好起身行礼:"臣来得匆忙,未曾备有筝。"

"这有何难?来人,去取贵妃的玉筝来!"原来司马曜的宠姬张艳华也爱抚筝,并保有一筝,名曰"落霞",世之罕有。

不大一刻,两位内侍抬来了"落霞筝",又在边上为桓伊另备了一张桌子。桓伊推辞不过,只好坐了下来。

看来这只"落霞筝"已许久不用,上面布满了灰尘,桓伊用衣袖轻轻拂去。再看此筝,一幅金黄的面板,弦柱遍体通红,与同为红色的前后岳山互为一体,与傍晚时分天边落日余晖相仿。桓伊轻抚琴面,连连点头,在调试了一番琴弦后,他朝司马曜点了点头。

这时,司马道子轻轻拍了拍手,几名装扮素雅的舞姬款款步入殿内,排列成一个扇形。

桓伊无暇端详眼前美人,只见他卷袖抬腕,微闭双目,轻触琴弦,玲珑之声如水珠一般倾泻而出,舞姬随之翩翩起舞,现场的人都屏住了呼吸。

前奏之后,桓伊和着乐声开唱,众人听得真切:

"为君既不易,为臣良独难。忠信事不显,乃有见疑患。周公佐成王,金縢功不刊。推心辅王政,二叔反流言。待罪居东国,泣涕常流连。"

只唱得如泣如诉,吐尽衷肠,在座的人就是不识音律,也为歌词的意境打动,一个个叹息不已。特别是谢安,如酒醉一般,如痴似呆,双眼蒙眬,眼泪扑簌簌掉下来,直湿了胸前一大片衣襟。

桓伊演奏的曲目出自三国曹植的诗作《怨歌行》,诉说了周公受武王临终之托,千辛万苦辅佐成王,反被管叔、蔡叔猜忌的典故。桓伊今日唱此曲,意在借古讽今,为谢安遭受到的排挤鸣不平。

听着歌词,司马道子只觉得头皮一阵发麻,心里暗骂桓伊多事,又不好埋怨,只好耐着性子听他唱完。

一曲已毕，殿上响起一片掌声。

此刻，御座上的司马曜内心像打翻了五味瓶。对皇权的渴望让他一度听从司马道子之言，对谢安大力排斥，罢去其尚书仆射一职。可时隔一年，建康上下仍对谢安念念不忘，司马曜就算再无人情味，也不能不为所动。他明白：若没有谢安，自己此刻也许早就成了苻坚的阶下囚。司马曜轻轻咳嗽一声，引起了司马道子的注意。

将近初更，宴席散场，臣僚各自回府。谢安摇摇晃晃地来到桓伊近前，深施一礼："叔夏雅乐，真乃仙境之声，岂是凡夫所能体会！"

桓伊忙扶住谢安，他苦笑道："叔夏只唱出心中所想，但求问心无愧。丞相珍重！"

谢安好久没有这么痛快地饮酒了，直喝得大醉，睡到次日午后才起身。洗漱完毕，谢安正在品茗，家人来报："圣旨下！"

宫中内侍手捧御旨直接来到了正厅，此人姓裴，谢安认识。只见他笑意盈盈地说："安石公，好事啊，陛下要重新任命你为尚书仆射了！"

见谢安还心存疑虑，裴内侍索性朗声读起圣旨来。果然，司马曜经过一夜的权衡，在与司马道子计议后，恢复了谢安的相权。

谢安明白，司马道子在感受了一番丞相的风光后，面对需要担负的责任望而却步。表面看，这是司马道子让贤，谢安将重掌朝纲，不过司马道子依然是录尚书六条事，有权过问朝政，换句话说：谢安得处处与司马道子商量，得到他的同意。

想到这里，谢安一阵难受，觉得心头有口气往上冲，直逼脑门，顿时一阵眩晕，倒在了地上……

夜色深沉，小东山白云轩内，谢安正伏案疾书，他打算写一份请辞表，表示自己无意朝中之事，自请外任，出镇广陵，都督北伐之事。

写着写着，谢安突然发现亲人大多不在身边了：谢玄、谢琰驻守彭城，谢道韫跟着王凝之在江州任上；五弟谢石，目下正忙于在江南各地督促兴修乡校；只有夫人刘娥尚在身边。昔日乌衣巷的天伦之乐已不复存在。

春夜的风拂过窗台，带着一丝凉意，谢安的身体一阵剧烈颤抖，他咳嗽不已，吐在盂中，却见血丝萦绕……

谢安主动请辞尚书仆射，正合了昏君佞臣之意。在司马道子的提醒下，司马曜装模作样几次拒绝谢安的请辞，眼看谢安去意已决，司马曜也不再虚以应付，直接大笔一挥：准！

随着谢安外镇广陵，晋军北伐暂告一段落，谢玄回兵驻扎彭城，休养生息，与接替朱序镇守洛阳的桓石民互为掎角，等待更好的出兵时机。其实每个人都清楚，台城对北伐并无多大兴趣。

在经历了数场大战后，邺城成了一块谁也不想碰的“禁区”。

慕容垂数次围攻邺城未果，只好暂缓攻势；苻丕在闻听晋军兵败五桥泽后，马上翻脸，把晋使尽数赶回；远在彭城的谢玄得知苻丕出尔反尔，愤怒不已，可仓促之间实在难以北顾。

到了五月，幽、冀二州发生饥荒，邺城存粮本就不多，又兼战乱，竟发生了人吃人的惨剧。苻丕把战马杀掉数百匹，也仅能供城中军民勉强充饥。这时，有人从关中带来消息：慕容冲兵围长安，危在旦夕！

苻丕心急如焚，决计西入函谷勤王。不过，他也有私心：夺储！他贵为长子，却是庶出，地位不如太子苻宏，他想：此时若能解得长安之围，定能讨得父王欢心，太子之位也就近了一步。不过，事情的发展并未如他所愿，这是后话。

再说关中，慕容冲想一口气拿下长安，无奈秦军困兽犹斗。苻坚亲自上阵，在华阴俘虏了一万多鲜卑士卒，他一怒之下，下令全部活埋。随军出征的慕容暐看到同族子弟被押往刑场一路上的哀号，心惊胆战，回到长安就病倒了。

慕容冲反出长安后，留在长安的鲜卑慕容氏还有二十来人，原先，苻坚对他们还算优待，如今则严令禁止慕容一族聚集一处，只规定清河郡主慕容嫣一人可前往各处探视。

这晚，慕容嫣前来看望慕容暐，见兄长并无病容，只是躺在榻上长吁短叹，心下疑惑。慕容暐叹息说：“原想我一族人可以在关中安享残生，不料天王翻脸无情，这都怪凤凰那个畜生……”他猛然想起慕容嫣与慕容冲是亲兄妹，感情最好，怕引起她的不快，闭口不再说了。慕容嫣只得报以苦涩的一笑。

“哦，对了，郡主常在天王周围，可知他有何打算？”

“自凤凰去后，天王虽不曾加罪于我，恩宠已大不如前，已许久不到我宫中了，怎知他心里的想法？”慕容嫣叹着气，“哦，对了，今日我出宫时，听到两个内侍在议论，说冯翊郡有两万担粮车正运进长安，天王很高兴。”

“唔？”慕容暐若有所思，两眼直瞪瞪地盯着地上，不再言语。慕容嫣以为他感到劳累，便告辞而去。

见慕容嫣已走，慕容暐赶紧披衣下床，在桌案上铺好纸，匆匆写起来。

且说慕容冲闻听被俘士卒被坑杀的消息，恨得咬牙切齿，他率领全部人马，就在平川旷野之上，全都赤裸出上身。慕容冲抬起健壮的胳膊，握成拳头，向着众军大喊：“杀进长安，鸡犬不留！”

一时间,最愤怒的呼喊几乎要将大地掀个底朝天。

这时,一员部将急急赶了过来,递过一封书信,慕容冲看完,撕了个粉碎,他拂了拂掠过眼前的头发,一阵大笑:"这一次,我要让苻坚老儿把他吐的东西再吃回去!"

午后,苻坚在偏殿与左将军窦冲、领军将军杨定、权翼、王嘉等人商议军情。

"寡人这两日总觉得心神不定,眼皮也跳个不停,不知主何吉凶?"苻坚抛出了自己的疑惑。众人闻言,把目光都投向了王嘉。王嘉刚想回话,有内侍慌里慌张进来禀报:"启禀天王,逆臣姚苌自称大单于、万年秦王,率军从西北方向杀向长安,先锋已近龙首原!"

太极殿上顿时乱成一团,众臣群情激愤,纷纷要求先灭了姚苌,再来收拾慕容冲。

苻坚想起昔日授姚苌为"龙骧将军"的往事,恼火不已,他传令让窦冲统两万人马出征,前往龙首原抵御姚苌,自己将一路随军。

"陛下,未可轻动!"刚才一直没说话的王嘉突然叫道。苻坚回头望着他,目里满是不解。"椎芦作蘧蒢,不成文章。会天大雨,不得杀羊!"王嘉说出一句让人莫名其妙的话。

苻坚琢磨了一阵,未能明白其中含义,想再问时,王嘉已起身离去。

"会天大雨,不得杀羊。"苻坚反复念叨这两句,他隐约觉得有些不妙,却又说不出哪里不对劲。

最终,苻坚还是去了龙首原。

两军阵前,两位国主见面,分外眼红,苻坚手指姚苌痛骂:"贼子,寡人哪里亏待了你,你也敢北面称尊,称什么万年秦王?悔我未听权翼之言,早些杀了你!"

姚苌没有了昔日的卑贱之态,他朝着苻坚一拱手:"某并非忘恩负义,实则迫于无奈。我手下的羌族子民一直怀念故土,总想拥有自己的牛羊和草甸,我是他们的主人,天王说我该怎么办?再说……"姚苌的脸色变得严肃起来,"昔日天王杀掉我兄姚襄,羌族子民不敢忘怀啊!"

"住口!"苻坚不想再听下去了,慕容垂、慕容冲、姚苌……自己这么多年竟养了一群白眼狼!他不敢再想下去了,拔出长剑,指挥士卒杀将过去。

双方在龙首原下一场恶战,姚苌大败,退到原上死守。

杨定、窦冲诸将纷纷请令,杀上龙首原,生擒姚苌。苻坚不屑地一笑:"姚苌庸才,困守孤原,就是有百万之众,也被他断送了性命。寡人成全他,传令三军,断绝原上所有水源,我要看着他活活渴死!"

这时正是春末,关中接连数十日无雨,井中早已干涸,又被断了水源,羌兵一个个只渴得唇干嘴裂。姚苌无法,让士卒掘地凿井,哪知掘了数丈,也不见一滴水流出。

姚苌只好分遣两支人马，从南北两路冲下龙首原，突围寻求水源。苻坚早料到姚苌会有这招，事先安排好强弓硬弩堵在几条下山的路径上，见到冲下来的羌兵，就是一阵乱箭，没被射死的都被抓了俘虏。

被俘的羌兵被押到龙首原下。苻坚传令往山上喊话："如有投降者，免去罪过，遣送还乡；如有顽抗者，以此为例！"苻坚做了一个手势，秦军刽子手举起了鬼头刀，齐刷刷地落了下去，霎时，龙首原下血流成河……

天将傍晚，姚苌吩咐在大营前摆下香案，他跪拜于地，神色悲凉："九重天上的神灵啊，我羌人究竟做错了什么，被这样赶来赶去，无立锥之地，眼看今日就要困死在龙首原？您若有知，赐我甘霖，杀尽氐人；若神灵不佑，姚苌宁愿一死，也要保全众位兄弟！"

闻听此言，羌兵将士纷纷跪倒，祈求神灵降雨。

天色已晚，秦军停止了喊话，各自回营歇息。苻坚心烦意乱，坐在帐中，吩咐内侍摆上酒，自个儿喝了起来。

将近三更，苻坚醉意十足，正准备趴在几案上睡一会儿。突然，他觉得帐篷顶上有响动，再仔细听，居然是"滴滴答答"的雨滴落在了帐篷上，他最担心的事还是发生了！

苻坚呆呆地站在帐外，雨越下越大，浇透了他的身躯："会天大雨，不得杀羊。"他想起了王嘉在临行前对他说的这句话。"老天爷呀，你当真不怜惜苻坚吗？要让这帮贼子挨个儿在我身上捅刀子？"苻坚痛苦地跪在地上，任斗大的雨滴浇湿了皇袍。

窦冲心急火燎地赶了过来："快扶陛下回去歇息！"几个内侍冲出来，强行把苻坚拖了回去。

龙首原上，姚苌望着这漫天甘霖，欣喜若狂，他大声招呼着部下，所有人都把双手举过头顶，望着东边跪了下去："苍天庇佑，此番誓要杀进长安！"姚苌不顾浑身已湿透，立起身，把佩刀举在空中。

突如其来的大雨改变了一切，黎明时分，姚苌奋力反击，反败为胜，秦军大败，往长安方向撤退。

苻坚刚回到长安，又一个坏消息传来：冯翊三十来处坞堡联合为长安筹集的粮草，被慕容冲在半道上给截了。

这个消息无异于晴天霹雳，苻坚知道缺粮对长安城而言意味着什么，一个月之后，城里的仓库就要空了！

"不可能！"苻坚突然意识到，冯翊坞堡送粮是自己私下安排的事，身边主要将佐大臣皆不知情,慕容冲是如何知道的?莫非宫中出了内奸?

苻坚忙传令在后宫彻查此事。不消一个时辰,当日在宫中值守的内侍、宫女都被押送到苻坚面前。

一阵询问之后,苻坚没有得到自己想要的结果,一怒之下,他抢过禁军手中的鞭子,准备挨个儿鞭笞内侍和宫女。

慕容嫣站在中间,听着众人的苦苦哀号,心如刀绞。突然,她发疯似的扑向前,跪在了苻坚脚下:"陛下,放过他们,将我治罪吧!"

苻坚愣住了,他一把扯起慕容嫣,瞳孔里快要喷出火来:"贱人,你也来欺寡人吗?"

听完慕容嫣的讲述,苻坚快要发疯了,他一面传旨下令找出那两个私下议论军机的内侍,就地斩首,一面唤人召慕容暐进宫。

慕容暐不知就里入得宫来,苻坚二话不说,吩咐将其绑上:"白奴,忘恩负义的贱种,今日我就让你们断子绝孙!"慕容暐意识到不妙,正要开口分辩,却瞧见了在苻坚身旁哆哆嗦嗦的慕容嫣,他全明白了:"哈哈哈,痛快!清河郡主,你总算可以保住自己的性命了,可你不要忘了,你永远是鲜卑人的子孙!"慕容暐一时忘记了害怕,大笑不止。苻坚不等他笑声停住,抽出剑来,扎入了他的心窝……

失去理智的苻坚开始在长安城内大肆搜捕鲜卑人,无论男女老幼,全都杀掉。

当噩耗传到阿房——慕容冲的驻地,面对号啕大哭的部下,慕容冲不悲反喜:"哭什么?此乃天意!天意要我慕容冲复国!"

他快步走到营垒之外,登上一块土坡,摘掉头盔,任由发髻在风中飘散:"复国!我慕容冲就是大燕国的天子了,什么皇太弟?我是皇帝!哈哈哈,吴王,你要后悔的!"

慕容冲称帝后,又一次进逼长安外城。

苻坚正在布置守城事宜,慕容嫣来到殿上,跪倒于地,双眼无神:"臣妾愿往阵前劝说叛逆慕容冲退兵,以还我鲜卑子民清白,望陛下恩准。"苻坚漠然地看着她,露出无所谓的表情。

灞桥畔,慕容嫣终于见到了朝思暮想的弟弟。

"畜生,你还有何面目见我?"慕容嫣怒斥着眼前这个身着金盔金甲的"陌生人"。

慕容冲甩镫下马,直愣愣地跪在了慕容嫣马前:"姐姐,你别回去了,随我一道杀入长安,看我宰了苻坚,为咱鲜卑人报仇!"

慕容嫣看着弟弟,笑了,笑得如此凄惨:"我有何脸面再回到邺城,回到族人中间?一个为了苟活而委身敌酋的女人……哈哈……但是,你也别忘了,若大秦天王当年动了杀心,你、我,还有吴王……

“灭国之恨,凤凰时刻牢记于心,为此,我屈身于这个老匹夫十数年!”慕容冲想起自己的屈辱,双眼通红,“鲜卑的子孙自有上苍庇佑,任何人都动不了我们!”

“住口,你是说我在甘心侍奉那个老男人吗?”慕容嫣斥责道。

慕容冲不再说话,他埋下了头。

“也许你是对的！可我说过,我不可能再跟着你回去了,我的身子,我的心,终究要留在长安,再也回不去了……凤凰,你好自为之吧!”慕容嫣笑着掉转了马头。

慕容冲觉得话不对劲,赶紧冲上前抓住了慕容嫣那匹马的缰绳,却见一把明晃晃的匕首正握在她手中,但是另一端已刺入前心,鲜血染红了慕容嫣的前胸。

“姐姐!”慕容冲一把将慕容嫣抱下马来,撕心裂肺地大吼着。

“轰隆隆”,一声炸雷响过,关中平原的雨季如期而至……

三一　西望长安,五将山前泪断肠

大雨连绵下了一整天,黄昏时分,瓜洲渡往北的大道上,一行人正冒雨向前赶路,脚下的泥泞使得他们放慢了脚步。

中间一辆车上坐着谢安,他披着一件薄氅,身子在凉风中微微有些发抖。自从一个月前在小东山晕倒后,他这是第一次出门——外镇广陵。谢安辞去了朝廷中的一切职务,只保留太保这一虚衔,琅琊王司马道子加扬州刺史、录尚书事,权比丞相。

没有了闲言碎语,也没有了每日烦琐的应酬,广陵,会是一个安稳的所在吗?抑或是自己最后的归宿?

“安石叔!”王献之的话打断了谢安的思绪。身为中书令的他,因看不惯司马道子与王国宝这类奸佞之徒,几次欲辞官。正好谢安外任,他便借机称病随行同往广陵。

“前面道路不堪,有几辆车的轮子陷进了泥里,家人们正在拾野草铺路。”王献之坐在马上,身上裹着雨披。

“梅雨初来,是我疏忽了,就让大家搭上帐篷,原地休息,再让丫鬟熬上两锅姜汤,每个人都喝一点。”谢安说道。

王献之答应一声,催马欲往队伍前面走,谢安突然想起了王献之目下的身份,不便事事亲为,连忙叫住他:“子敬,无须你去。谢德、谢贵,你二人速去张罗帐篷,预备姜汤!”

坐在帐篷里，雨势渐弱，但是风还是没有停歇，谢安不由得裹紧了大氅。他看着旁边端着一碗姜汤的王献之，说："子敬，你既已为中书令，何苦还跟着老朽外任受苦？你完全可以回东山嘛。"

"东山？自从父亲故去后，兄弟们各奔东西，我回到那里，仿佛是到了一个陌生的地方，还不如跟着安石叔，一路也好有个照应。"王献之一阵苦笑。

一说到东山，谢安的脸上便写满了惆怅，东山于他而言，更像是人生的一个起点，也许更是一个终点。与王献之对东山的淡薄不同，他是如此希望能早日回去。

就这样沉默了一阵，谢安站起身，慢慢走向帐篷门边，他看着直通远方的那条大道，喃喃自语："到了广陵，离海也就近了吧？"

"广陵往东是海陵，海陵再往东可到扶海洲，那里就能够看到大海了。"王献之接口道。

"到时你可愿陪我回东山？"谢安神秘地问。

"安石叔不去广陵了？"

"广陵自是要去的，我放心不下幼度他们在彭城。到了广陵，待我安排好彭城之事，就从海路南下，直下会稽。你看如何？"

"这个……只怕海上风浪太大，您这身体……"王献之一时语塞。

"子敬，你父应该告诉过你，我此生最大的愿望就是泛舟于海上，长啸于碧波。可惜一直未能实现，今番正好遂了我心愿！"

谈到这个话题，谢安精神了许多，已增添了一层霜的胡须仿佛也有了生气，轻轻在风中飘洒。

天晴了，快落山的太阳重新露出了光辉，大家纷纷走出帐篷，欣赏着大自然最朴素的景致。这时，一个眉清目秀的小孩儿跑着过来，拉住了谢安的大氅。谢安爱怜地拍着他的脸蛋："混儿，累了吗？"

"不累，祖父大人，我们几时可以到广陵啊？我要看北府兵习武！"

"哦，小小年纪也晓得北府兵，哈哈！"谢安惊喜不已。

"嗯，是爹爹去彭城前告诉我的，他说北府兵个个威武，是我大晋豪杰。"小孩一本正经地回答。

"唔，好孩子！"谢安一把抱起他，"快了，一个时辰之内，我们就到广陵，谢德、谢贵，招呼大家，起身赶路！"

小孩兴奋地拍起了巴掌，眼里流露出无限憧憬。他叫谢混，是谢琰的小儿子、谢安之孙，日后的"江左风华第一人"。

取得了龙首原大捷，姚苌并没有长驱直入，进占长安外城，而是转而撤回到了西北方向的新平。一个重要的原因是：慕容冲正在从东南、东北两个方向对长安进行着疯狂的进攻。在慕容冲眼里，除了自己，他最爱的人就是姐姐慕容嫣。眼见慕容嫣在马前自尽,他悲痛欲绝,将满腔怒火发泄到氐人身上,除了将囚禁在营中的数百战俘尽数斩杀后,他发誓要踏平长安。在这个关头,姚苌高明地选择了按兵不动。

经过几次拼杀,鲜卑军马渡过了灞河,推进到灞上,然而凶悍的秦军又在浐河边上摆开铁桶阵,让慕容冲不能再前进一步。左将军窦冲、领军将军杨定身先士卒,率军反击,鲜卑军招架不住,只好撤回了灞水以东。

苻坚亲率一队人马赶到了灞上,他对慕容冲的情感此刻已转化为一种变态的仇恨。对这个曾经忠于自己、把身体和心都交给他的鲜卑男子,苻坚绝不可能让他取代自己,成为关中,甚至天下之主。

苻坚指挥着秦军用强弩射杀正在撤往灞水东岸的鲜卑士兵。"别放过一个,给我往骑白马的身上射!"他太想把慕容冲一顿乱箭射死了。霎时间,箭如飞蝗,呼啸而下,灞水被染成了红色,水浅之处几近断流。

灞水西岸留下了无数鲜卑军的尸体,苻坚带着人在死人堆里寻找着慕容冲。"白奴贱种,我誓要生吃你肉!"苻坚披头散发,一路疾行,他提着刀,拼命砍向插在焦黄土地上残破的鲜卑军旗和刀枪,活像一个疯子。

尽管在长安外围的一系列交手中,秦军尚能占据上风,然而鲜卑军人数众多,又充分利用了关中平原的地理优势,慕容冲撤下步兵,调出精锐的骑兵,往返冲杀,搅得秦军疲惫不堪,再加上粮草不继,长安的处境越发艰险。

苻坚望着硕大的地图,发现长安周围若干据点、要塞几乎全部陷入鲜卑人之手,他一下子呆坐在榻上。

一旁的杨定说出了自己的担心:借着浐、灞二水之险,慕容冲的骑兵不太可能打通长安东南方向的这条路;倒是东北面的骊山,一旦守不住,燕军就可长驱直达渭滨,渭水在长安东北处水流平缓,极易突破。

"既如此,可让平原公苻晖率三万人驻守骊山,让窦冲撤去灞水东岸的营垒,直接驻守灞上!"苻坚传令道。

杨定本是驸马都尉,因机敏过人,被石越看上,亲授武功。随着邓羌、石越的阵亡,张蚝又远在河东,关中虎将仅剩杨定一人,因此被苻坚倚为股肱。他建议守骊山,原意是想亲自前往,不料苻坚却让自己的儿子担此重任。杨定有些不痛快,他忙说:"平原公文武全才,然此番交兵不比往常,白奴悍勇,更兼骊山至关重要,臣愿协助平原公!"

苻坚摇了摇手:"爱卿有更重要的事要做……"

杨定惊异地望着他。

"护卫京师!"苻坚不容分辩地说出这几个字,杨定顿时泄了气。

新平的姚苌,接到了鲜卑人送来的一封书信,是慕容冲亲笔所写,大意是说:

"眼下长安唾手可得,君在西,我在东,两家都耗费了人力物力,怕进入长安后引起混乱,撕破脸皮,大家都不好看,能否有个折中的办法?"

姚苌不动声色地读完信,叫使者先去休息。他让手下谋士、武将依次传阅这封信。众人愤怒不已,纷纷指责慕容冲仗势欺人:"陛下,看来这白奴也不是什么好货,依我看,不如这次顺带也把他们给收拾了!"

听到这话,姚苌大笑起来:"慕容冲好大的胃口,只怕他吞不下整个关中吧?也罢,看在我们多年同殿称臣的份上,我让一步,传令三军,城破之时,不得随意进入长安,一切皆让鲜卑人先行!"

大家疑心听错了,七嘴八舌地吵吵着,一定要先吃掉慕容冲。姚苌一拍桌案:"诸位,我之所以礼让慕容冲三分,理由有三:其一,鲜卑骑兵无敌,如今聚集在关中者,不下十万,羌兵无必胜的把握。其二,慕容与苻家有血海深仇,入城之后势必一场屠戮,我们何必去惹一身膻?其三,鲜卑人根在龙城,就算慕容冲想在关中称帝,手下未必会和他一条心,且慕容垂远在邺城,声威浩大,那才是他们最终的去处。"这个五十多岁的羌族汉子用威严的目光注视着所有的人,让人不敢相信他就是那个在龙首原上狼狈求雨的人,"所以,我们现在唯一要做的就是——等待!"

姚苌与慕容冲立下了君子协定,等于将长安让给了鲜卑人。慕容冲也不含糊,率军猛攻骊山。果如杨定所料,苻晖难以招架,五战五败,骊山弃守。

太极殿上,苻坚瞧着这个盔甲不整的儿子,又是难过又是生气,他拉长了脸:"寡人诸子之中,数你武略最强,却拿不下一个白奴竖子,要你何用?"

苻晖一脸茫然,踉踉跄跄站起,转身走向殿外,才到门边,他突然拔出了佩剑,大叫道:"这是天意啊,坚入五将久长得!"说完,自刎身亡。

苻坚要阻止已经来不及了,悲痛之余传令厚葬。

这时,又有人来报,领军将军杨定已奔骊山投了慕容冲。苻坚勃然大怒:"身为驸马,叛国投敌,还有脸面与我出谋划策?"他让人找来女儿安阳公主,一顿训斥。公主禁不起这等责骂,愤而自刎。

一天之内失去两位至亲,苻坚痛苦不堪。他让臣僚们都散去,他需要一个人安静地待会儿。

坐在太极殿的阶梯上,苻坚两眼无神地注视着殿外。这时,一个身影出现在他身边:"天王,帝出五将久长得,千万,千万。"

苻坚听出是王嘉,他惨然一笑:"先生已许久不出一策,今日说什么'久长得',莫非……"他猛然想起苻晖自尽前也说过一句"坚入五将久长得",这话是什么意思?是否有所暗示?

"山人所言出自数年前在终南山上得到的一本谶书《古符传贾录》,此书甚是灵验,平原公的那句话,出自目下长安孩童都在传唱的一首歌谣。”

“久长得,五将山……”苻坚神经质似的反复念叨着这几个字,“寡人明白了!”

有了童谣和谶书的暗示,苻坚决计做最后一搏——他要离开长安,去五将山避祸。

当他把这一打算告知臣下时,所有人都表示不妥。窦冲说道:“眼下长乐公正南下勤王,其余各处兵马也都在赶往关中的路上;就算避祸,也要找一座有粮有兵、有险可守的城池,天王何必一定要去五将山那样一个偏僻的去处?”

权翼也劝阻道:“五将山形如囚室,进出道路只有一条,可躲一时,却并非长久之计,况且离新平不远,还需提防姚苌……”

“姚苌小儿,龙首原侥幸获胜,寡人有天庇佑,到了五将山,还可联络陇上人马,为长安供给粮草。爱卿不必多言,可保太子坚守长安。寡人去后,多则三月,少则三十日,必统大军回援!”苻坚显得踌躇满志。

看着苻坚几近走火入魔的样子,权翼没再说话。

重峦叠嶂的五将山的确是夏日纳凉的好去处,却注定不是消灾躲祸的地方。苻坚万万没想到,在自己离开长安后不久,权翼就到新平归降了姚苌,不但给他指明了攻打长安的路径,也顺带告诉他了苻坚的去向。

姚苌当然不会放过这个机会,统帅五万人马直奔五将山。

七月入伏,山外一片酷热,五将山中却是凉爽宜人。苻坚带着中山公苻诜、安平公主、溧阳公主以及张夫人,正围坐在溪流边吃着西瓜。

自淝水大败后,苻坚对苻诜这个儿子格外高看。尽管苻宏是太子,苻丕又握有重兵,但在苻坚看来,天下局势未定,百年之后能继承皇位的人还难以确立。他甚至做了最坏的打算:将苻诜带在身边,一旦自己有个闪失,便可让他顺利登基。

不过,在残酷的现实面前,十来岁的孩子哪里会有退敌之策?苻坚期盼着儿子能像劝诫自己勿兴兵江南一样,灵光一现出谋划策,可他等来的却是姚苌的追兵。

“父王,我们何时能回长安,太子和权大人能击退白奴吗?”

“快了,不过不是太子他们击退白奴,而是我们要杀回去击退白奴!”苻坚自信地说道,张夫人在一旁温情地瞧着父子俩,内心却是无比的恐惧。

突然,山林中响起一阵嘈杂的鸟叫,悲凉且凄惨,两位公主吓得缩作一团,依偎在张夫人身边。苻诜站了起来,指着飞过头顶的黑压压一片乌鸦,说:“有人入山了!”苻坚愣在了那里。

话音刚落,一名士卒急匆匆赶来禀报:“羌兵来了!”

片刻工夫,三千禁卫军或死或降,仅剩十余人护卫在苻坚周围。两位公主吓得大哭,张夫人明白大势已去,安静地搂住两个女儿站在一棵大松树下。

苻坚拉着苻佚的手,慢慢爬上了一道山梁。他扯下自己的披风,铺在地上,端然稳坐,苻佚不明就里,也学着父亲的样,坐在旁边……

从五将山回新平,宝林寺是必经之地,由于天色已晚,姚苌传令就在寺内暂住一宿。

吃罢晚饭,姚苌来到禅堂之内。苻坚正端坐蒲团上,面色平静。姚苌屈膝半跪:"天王在上,小臣姚苌失礼了。"

苻坚没拿正眼瞧姚苌,他顺了顺有些褶皱的龙袍,又拍了拍脚上的泥土:"阁下如今是万年秦王,何必行此大礼?"

姚苌尴尬一笑:"在天王面前,在下永远是臣子。"

"永远?"苻坚歪着头打量起姚苌。不到一年的时间,这个羌人竟也显出了老态,大概是为皇帝位而操的心吧,苻坚心里想着,满是不屑。

"既如此,你把我带到这深山古刹,是何道理?岂有这样对待君上的?"

姚苌慢慢站了起来,走到苻坚近前,躬身道:"古语云,'天行有常,不为尧存,不为桀亡'。纵然天王是一代明君,怎奈气数至此,恐怕也得让贤。"

苻坚正拿着几案上的一个精致的黑釉鸡首壶赏玩,一听姚苌这样说,不禁了然于胸:"寡人执掌江山近三十载,不敢说功盖秦皇汉武,却也是万邦归心、百姓和顺。人非圣贤,孰能无过?寡人自知过错甚多,既然天命不在我,自当礼让,只是不知贤君在哪里?"

姚苌以为这是苻坚在示弱,赶紧言道:"苌不才,愿替天王寻访贤君,只请天王将传国玉玺传与我,也好日后转交贤君。"

这话说得极为露骨,苻坚不怒反笑:"唉!玉玺是小事,只是可惜啊。"

"啊?"姚苌以为玉玺没在苻坚手里,大为失望,"可惜什么?"

"可惜寡人当年看走了眼,没在三原将羌人灭族,还封你做龙骧将军!"

"这……旧事还提它作甚?"姚苌站了起来,终于露出了凶相,"我只问玉玺何在?"

"小小羌奴也配问玉玺?就是有,寡人也不会给你这个狼子野心之徒。五胡之数,焉有你辈的位置?尔不思报国,威逼天子,这才是不遵天命!玉玺已被寡人送往江南,那才是正朔。姚苌,你永远也别想得到它!"苻坚说着,用力将手中的鸡首壶掷向姚苌。姚苌躲得慢了一点,额头上擦破了皮,鲜血直流。他恼羞成怒,招呼卫士进来将苻坚架到耳房去。"与我好生看管!"

苻坚果真把大秦的玉玺送往建康了吗?其实这是在诈姚苌。苻坚离开长安之时曾私下叮嘱太子苻宏:若不能守,则投奔晋室,献上玉玺,请求他们发兵相助。苻坚换了一种说法,就是为了断绝姚苌的心思。

回到自己房内，姚苌找来权翼，告诉他玉玺讨要失败。“眼见此人留着无用，我若杀了他，又怕天下笑我不义，毕竟当初他没杀我。”

权翼捻着胡须，皱起了眉头：“陛下与慕容冲约定不入长安，不就是为了握住大秦天王这块宝吗？”

“可他一口咬定没有玉玺，宝贝也成了破砖。”姚苌不解。

“其实陛下拿住大秦天王，已是赢了。他若肯给玉玺，我们还可奉他为天子，做汉献帝；他既不肯给，那就杀了他，让他做楚怀王。”

“先生的意思是假借其名，号令天下？”

“人死了，谁还关心那些话是不是出自他的口里，况且天下大概都知道苻坚在陛下手中，就是不杀他，他也难逃鲜卑人的掌心。与其成全他人，不如自我成全！”权翼压低了声音。

听着这番话，姚苌握紧了拳头。

次日正午，苻坚见许久还没送上饭食，有些不安，他走到耳房门口，叫守卫带自己去看一看苻佻和两位公主。守卫支支吾吾，不肯放行，苻坚正欲自行前往，却见权翼带着一队甲士走入了耳房外的天井里。权翼也不回避苻坚的目光：“奉陛下圣谕，请大秦天王前往藏经阁一叙。”

苻坚“哼”了一声：“仆射大人，你尚未晋爵吗？”看着权翼尴尬的脸色，苻坚大笑起来。

权翼定了定神：“若天王当初听我之言，何至有今日？别忘了，我也是羌人！”

闻听此言，苻坚心如刀绞，想当年三原一战斩杀姚襄，身为参军的权翼与姚苌一齐归顺自己，世道轮回，没想到今日自己落到了他们手里。苻坚叹了口气，跟着权翼走向藏经阁。

外间里，苻佻、两位公主和张夫人正等着他，一家人牵着手，从容往前走去。

走着走着，苻坚发现路不对，已经出了宝林寺，进入了一片松林：“权大人，你要将寡人带往何处？”

权翼转过身，对着苻坚施了一礼：“奉旨请天王归天！”

苻佻头一个叫了起来：“昧了良心的东西，你忘了天王是如何待你的？”他举起拳头就要奔向权翼。

“住手，也是各为其主。想不到我苻坚竟死在这里！”苻坚无助地仰起头。

“父皇，难道就这样任他们摆布？我来护驾，您和母后、两位姐姐，快走……啊！”苻佻觉得心口一凉，一种无力感瞬间穿透全身，“父皇……这是为……什么？”他呻吟着倒在了地上。

苻坚握着短剑的手在颤抖，上面沾满了鲜血：“事到如今，不如父皇成全了你的孝道。”苻坚哽咽着说。

苻坚猛一转身，两位公主吓得尖叫不已，“扑通”跪下了：“父皇，不要啊！”

张夫人也跪下了：“陛下，两位公主何罪之有啊？请将他们交于妾身，定不负圣恩！”

苻坚站住了脚步，他扔掉短剑，点点头。

张夫人拉起两位公主，重新对着苻坚行了跪拜大礼，然后一齐走向另一侧的林中。

不多时，甲士回来禀报：“夫人、公主业已自行了断。”

苻坚长出了一口气，他迈步走向松林深处。这时，乌云又盖在了头顶，一声闷雷响过，大雨哗啦啦地下了起来……

苻坚既死，姚苌为了掩人耳目，只说他是抱病而亡，追谥为“壮烈天王”。

在鲜卑军的猛攻下，苻宏放弃了长安，奔入益州，投降了晋人。

慕容冲终于杀入长安。他变态地报复着长安百姓，大肆劫掠，失尽了人心，半月后即被同宗兄弟慕容永杀死。

已到达晋阳的苻丕闻听长安陷落，一面为父亲举哀，同时假称收到遗诏，忙不迭地登基称帝。

慕容垂进入了邺城，走在故国都城的御街上，他没有丝毫喜悦感。

望着大殿桌案上摆放的苻坚的灵位，慕容垂潸然泪下，他传令举国致哀，祭拜三日。“从今日起，与姚苌并羌人势不两立！”他下了这么一道口谕。

至此，北方又陷入了长久的征战中，河东的苻丕、关东的慕容垂、河西鲜卑部落的乞伏国仁、奉命征西域屯聚凉州的大秦旧将吕光、蠢蠢欲动的鲜卑拓跋部，再加上姚苌、慕容永……一个新的时代拉开了帷幕。

借着鲜卑人内部的重重矛盾，姚苌乘势袭占长安，赶走慕容永，正式建国号为“秦”，历史上称苻健所建的秦国为“前秦”，姚苌的秦国为“后秦”。

太极殿上，又一次摆上了丰盛的宴席，在座的朝臣有许多曾在前朝为官，他们彼此对望着，发现一切似乎都未曾改变，唯一改变的是御座上的那个人。

酒至半酣，姚苌睁着一双醉眼看着众文武：“寡人与诸位爱卿昔日都是苻坚的臣子啊，可如今，呵呵，你们却成了我的臣子，诸位尚觉耻乎？”

众人面面相觑，其中一人赶紧趴在了地上：“陛下贵为天子，上天以您为子皆引以为傲，臣等又何耻之有呢？”

姚苌狂妄地大笑起来。

王嘉坐在席中，心静如水。姚苌并没有杀他，他知道苻坚曾想让王嘉做国师，被其拒绝，他想着，大概苻坚一死，王嘉会有所动摇，说不定会答应成为自己的国师。

不料王嘉铁了心，一连三月不开口。姚苌有些不耐烦了。

恰在这时，远在陇西枹罕的秦宗室苻登起兵东进，讨伐姚苌。双方正在陈仓相持不下。今天，姚苌乘着酒兴，问王嘉："先生可否为寡人占上一卦，可否杀了苻登而主天下？"

王嘉还是那副温暾水的样子，点了点头："略得之。"

"啪！"姚苌一拍桌案，他感到自己的权威被冒犯了，"能杀就杀，何为'略得'？来人，推出去，斩！"

未等他把话说完，王嘉径自站了起来，神色平静地走出了大殿……

王嘉被斩第二日，有人来报"王嘉的尸体、头颅不翼而飞"，姚苌惊得目瞪口呆。

终南山下，又多了一座新坟，坟前祭奠之物十分独特，竟是两捧茶叶。坟前坐着一人，光头，看似出家的僧人，却是一副农夫打扮。

只见他抓起一把茶叶，撒在了坟上，嘴里念叨道："子年兄，道安虽离你而去，可这新采摘的终南苦茶却一直不曾离开你哟。"

三二　独啸长风，独忆东山不可得

广陵西南是江都县，有一条修筑于春秋时的旧河道——中渎水（又名邗沟），由东南—西北绕城而过。在流出江都后不久，中渎水又向东北而去，因水流不断冲击着岸边的沙土，这里逐渐形成一道宽阔的土丘，名曰步丘。

谢安到达广陵后，并没有在城内居住，而是选择在步丘建了一座新城，每日只与王献之等人，带着孙儿谢混，或在宅中吟诗清谈，或出新城一游。

这日午后，谢安同王献之，带着两位家人逛到城北，正赏玩至武广湖畔，倾盆大雨不期而至，不到一刻，路面上积水漫延，眼看已不能行走，一行人只好借一家农舍避雨。

谢安细看这家宅院，屋内陈设极为简单朴素，不过墙角堆放的十来条钉耙吸引了他。这家主人有六十来岁，背微驼，身体却很硬朗，谢安很好奇："老丈，我看你家人丁不过数人，下地耕作何需准备这许多钉耙？"

"这位老先生有所不知，我们这儿叫灵隐村，常患涝灾。中渎水自村边流过，周遭又有大小湖泊，东北面是艾菱湖、星荡湖、荇丝湖、渌湖，西南有洪洋湖、武广湖。广陵一带夏秋多雨，不消数日，家里几亩地就变成了水塘。这些耙子旱季用来耕作，雨季则用来疏通河道和田里的淤泥。”说着，老汉又转到里间，扯开半张布帘，露出了一只独木舟的尾部，“若是难以疏通，全家就干脆划上小舟，迁往高处。”老汉黝黑的脸上露出无奈的神色。

谢安、王献之不约而同地向他投来同情的目光。

王献之对耙子产生了兴趣，过来向老汉讨教，谢安则凝神注视着院外，好一会儿，他开口道：“这雨比先前小了些，老丈可否陪我出去走走？”

老汉略一迟疑，便领着谢安、王献之出了门。走到大道上，谢安放眼望去，暗暗吃惊，若这雨连续下上一天，他站的这块地方就会被完全淹没。他拉过王献之说道：“昔日吴王夫差为称霸中原，调集民夫在此地挖出邗沟，打通淮水与长江，也算是一桩造福于民的事，他却没想到江南多雨，一旦河道不畅，则殃及两岸。我今到此，不能不问啊。”

“安石叔的意思是……”

“你来看！”谢安紧跑几步，指向西边的武广湖，“我已观察多时，新城四周的湖泊，皆呈西高东低状，以武广湖为例，地势高而湖水深，若不是连绵数月的大雨，辄受旱灾；而东边的艾菱、星荡诸湖，则是地势低而湖水浅，休说数月，一日的大雨则必遭内涝。”谢安对新城一带的地理已是了如指掌。

“为今之计，不如就在此处沿南北向筑一道宽阔的湖埭，将各湖出入水口拦截，若西面湖水不够，则开东面入口引东面湖水而灌，从此，埭西无旱，埭东无涝，一举两得！”

王献之连连点头称是。谢安又拉过老汉，给他详细讲述自己的想法，说到高兴处，还往前紧跑几步。头上的纶巾尚未干透，袍服掉在地上又溅起了泥污，谢安全然不顾。

望着谢安像个孩子似的手舞足蹈，王献之隐约明白了他外任广陵的用意。

半个多月后，一道斜跨中渎水、宽十余丈的湖埭筑成，其间还专门设有供舟船通过的栅门，四乡八里的百姓扶老携幼前来观看，争相在岸边、埭上走上一走，欢声笑语连成一片。

新城北门楼上，谢安、王献之正对坐饮酒，望着这一幕，谢安也是喜不自禁，露出了久违的笑容。

王献之举起酒杯：“安石叔在朝治理国政军务，在野闻听民间疾苦，小侄虽身为中书令，自愧不及啊！”

“呵呵……”谢安笑道，“民心者二字，不可失啊！只是……”他欲言又止。“对了，那日你说广陵离东海很近，我欲造一艘大船，出海一游。”

“好便是好，可小侄实在是担心安石叔这身体……”王献之有些迟疑。

“唉！王逸少若在，是绝不会这样说的。”谢安叹了一口气。

提到关系最好的朋友和至亲，谢安与王献之同时都陷入了沉默。

半个月过去了，船已造好，谢安邀请广陵贤达，兴致勃勃地带着船来到海陵扶海洲（扶海洲原是长江入东海处的一块沙洲，魏晋时逐渐与大陆相连，中间的水道已可轻松涉过）。

有生之年，谢安第一次看到了海。蓝天之上点缀着白云朵朵，碧波之间荡漾着点点船帆。谢安激动不已，捋着胡须翘首远望海天之际。

雇来的民夫将船拖下了海，前来询问是否登船。

“你们谁来掌舵？”谢安饶有兴致地问。

一人应声而出：“李牧之为大人效劳！”说话的是一个三十来岁的汉子，肤色黝黑，看样子常年在海上奔波。谢安满意地点点头，示意众人准备登船。

“大人，按照海陵的惯例，新船出海，是要为船题个名的，这样吉利。”李牧之言道。随行之人纷纷赞同：“安石公，你就题一个吧。”这时，已有下人将笔墨纸张准备好。谢安不便推辞，拿起了笔。

“我生平虽有出海心，却不似诸公这般常怀远行之志。汪洋一杯酒，莫如桑梓一盏茶。就叫‘望东山’吧。”

王献之应道：“似安石叔这等风轻云淡，能有几人？”大家又是一阵感慨。

上了船，谢安忙不迭地叫李牧之升帆，王献之劝道：“时过正午，只怕午后风浪突起，莫如隔一日趁早出发。”

“哎，今日就是吉日，眼下风缓且浪轻，我等就在近海一游，有何不可？”谢安坚持要出海。

王献之无法，只好吩咐人准备了一些酒菜吃食送到船上来。

一切准备停当。李牧之在船首一声吆喝，船工们一起发力拉起硕大的船帆，船桨齐动，“望东山”慢慢驶离岸边。

酒席摆开，谢安坐在正中，与众人欣赏海景，开怀畅饮。

渐渐地，海风挟带着碧蓝的海水拍打过来，卷起阵阵轻微的腥味，船开始颠簸起来。谢安兴致勃勃，索性站在船头，迎风而立。他无意中注意到了海中的几处沙洲，说：“李牧之，这海里怎么还有这许多沙洲？”

“大人！”站在船帆横档上的李牧之大声说，“这些沙洲与扶海洲一样，原先都是漂在海里，后来便与陆地相连，都有个名儿，您看，近处的这块叫薛家沙，那边的是金字沙，南边那块最大的叫勿南沙。”

“南边？那要到会稽，岂不要往勿南沙那边去？”谢安问。

“正是！”

“好，速速转舵，往南而去！”谢安兴奋地拍着手。

李牧之摸不清怎么回事，有些迟疑地望着下面的王献之。王献之明白这是谢安思乡心切，忙劝道：“从海路回会稽，只怕要七八日呢，我等未作准备，还是改日再走吧。”

"无妨，沿路靠岸再准备不迟。李牧之，走吧！"谢安固执地摇摇手。

李牧之只好转舵向南。

船又走了数里，风浪渐大，李牧之有些担心，向下大喊："大人，海上这风浪说来就来，在下以为今日实不宜远航，还是回去吧。"

谢安假装没听见，他端着酒杯，面向大海，伸开了双臂："相与欣佳节，率尔同褰裳。薄云罗阳景，微风翼轻航。醇醑陶丹府，兀若游羲唐。万殊混一理，安复觉彭殇。"

王献之兴奋地应道："这是安石叔那年在兰亭所作，颇有义理啊！"

"子敬，当年作此诗，我以为足可衬兰亭佳景，今日到了海上，才知海之壮丽，任谁能比？"一个浪头打过，船颠簸得更厉害了，李牧之招呼船工转向，准备回扶海洲。

"万殊混一理，安复觉彭殇！"谢安高声反复吟唱着这两句，突然，他拼尽全力发出一声长啸："啊……"这声音辽远而震撼，穿透了波涛，也穿透了时空。

大浪再度袭来，船身摇晃着，谢安晕倒在了船头……

司马曜接到了谢安的上书，心里很是作难。就资历而言，谢安依然是朝廷重臣，应马上接回建康休养；可他离开建康不满三月，自己的根基还未扎牢……

司马曜向司马道子询问，司马道子笑道："陛下此时允许谢安回京，足以彰显恩宠，然后再御驾亲往乌衣巷探病，给他加些恩赏，断了他回朝掌权的心，不过臣料想这一次，谢安石怕是真的不行了。"

数日后，谢安在夫人刘娥、王献之等人的陪伴下，走在了从广陵返回建康的路上。

车里，谢安躺在临时铺设的榻上，刘娥在一旁边抹眼泪边嗔怪道："明知身体有恙，偏要学少年心性驾船出海，真是不可理喻。"

谢安不语，只是轻轻拉着夫人的手，嘴角微微露出笑来。

渡过大江，建康就在眼前。谢安挣扎着起身，坐到车门处，凝神遥望着岸边的新亭，他想起了十三年前奉先帝遗诏回建康阻止桓温篡位的往事，荏苒之间，故人大多已入土，只剩下自己。

"太岁在西，新亭会那年我曾梦见随车驾前行，见一白鸡，便停了下来，不多不少，正好十三里，如今已过去十三年，我怕是不行了……"他幽幽地说。

一旁的刘娥和王献之静静听着，不发一言，心情压抑到了极点。

夕阳西下，小东山上，谢安披衣站在白云轩里，手扶窗棂，向北望去，正可以望见富贵山先帝陵寝的方向。

四十多年前的那个元宵节，谢安、王羲之、谢万、谢石、孙绰……一群风华正茂的青年漫步秦淮河畔赏灯，遇着几位身着各色斗篷的姑娘，其中的"紫色斗篷"气质优雅又最漂亮，正是日后的夫人刘娥；王羲之、孙绰与姑娘们开着玩笑；王羲之偷偷摘去刘娥的香包……往事历历在目。

四十多年后的今天，谢安手上依然握着那枚已褪色的香包，可是，他们……

"逸少、兴公、万石，莫急莫急……"谢安喃喃自语着。

"鲜冰玉凝，遇阳则消。素雪珠丽，洁不崇朝。膏以朗煎，兰由芳凋。哲人悟之，和任不摽。"谢安高声朗诵起来，声音洪亮、气壮云霄……

晋太元十年(385)八月二十二，谢安在建康病逝，终年六十六岁。

太极殿上，司马曜喝退了所有的内侍，自己一个人独坐在御座上，他手里握着一份奏章，那是谢安的遗书……他想起自己幼年登基，多亏谢安的鼎力扶持，延请名士为自己授课、淝水之战大破苻坚，保住半壁江山；到头来却被自己逼走，垂死之际才得以返回建康……思绪万千之际，司马曜不觉动了真情，放声痛哭起来。随即传旨：朝堂之上拜祭谢安三日，赐棺木一具，朝服一套，钱百万，布千匹，蜡五百斤与谢家。

在中书令王献之、太子詹事王恭等人的再三恳请下，司马曜同意为淝水之战论功行赏：谢安追封为庐陵郡公，追赠太傅，谥"文靖"，规格与王导、桓温同；谢石以兴平县伯进封南康郡公；谢玄以东兴县侯进封康乐县公；谢琰加封望蔡县公；桓伊封永脩县侯。

悲痛之余，司马曜清醒地意识到谢安的死为自己去掉了一块心病，于是，任命琅琊王司马道子都督诸州军事，将相权收归皇族。

乌衣巷谢宅，一片哀声，举家挂孝。夫人刘娥带着孙儿谢混、谢澹，谢朗之子谢重，候在灵前对吊祭者答礼。谢道韫、王凝之夫妇远在江州，一时不能赶回；谢石久病难以出门；谢玄、谢琰镇守彭城未敢轻动；谢安的好友中，孙绰已在去年病逝，剩下王献之、王恭都来到乌衣巷为谢安守灵。

正当众人沉浸在悲痛中时，忽听见大门外有人高喊："安石公，你慢些走，王元琳到了！"众人抬眼看去，只见一人身着白衣白帽，手提招魂幡，一路蹒跚着奔了进来，正是刚升为侍中的王珣——昔日谢安为侄女谢道清挑选的丈夫(因王珣阿谀桓温，谢安反感至极，劝道清与其解除婚约，王珣一直不满谢安)。

再看王珣，直哭得凄惨万状，几次欲扑向灵柩，被王献之劝下。王珣且哭且言："公生前教诲，元琳已然醒悟，可惜公已不复在，元琳日后有难，将问何人?"闻着莫不流泪。一旁的刘夫人听着听着，想起了先前夭亡的女儿谢道媛，只可惜嫁给了王国宝，可谓所托非人，不禁泪水涟涟，打湿了衣衫。

彭城的北府兵军营，将士们穿白戴孝，大帐正中间放上了谢安的灵位。谢

玄坐在一旁,若有所思。谢琰匆匆进来,递给他一封书信,谢玄看毕,轻轻叹了口气。

“陛下还是不同意幼度兄辞官?”谢琰问。

谢玄点点头:“不妨事,我再写一表,陈明苦衷,叔父故去,我心乱如麻,实不能料理军务。”

“这已是第五道表了,看来在陛下眼中,我谢家就应该保卫疆土。”谢琰说着,走到灵前,为父亲添了三炷香,他跪倒在地,呜咽起来。

谢玄扶起谢琰:“你还是同我一道回建康吧,北府兵军务暂交道坚(刘牢之)料理。”谢琰勉强收住了眼泪。

夜幕深沉,灯下,谢玄挥笔写道:“臣以常人,才不佐世,忽蒙殊遇,不复自量,遂从戎政,驱驰十载,不辞鸣镝之险。天祚大晋,王威屡举,实由陛下神武英断,无思不服。而雰雾尚翳,六合未朗,遗黎涂炭,巢窟宜除,复命臣荷戈前驱,董司戎首。冀仰凭皇威,宇宙宁一,陛下致太平之化,庸臣以尘露报恩,然后从亡叔臣安退身东山,以道养寿。”

司马曜面对谢玄的请辞,深感意外,他原想只给谢玄三个月时间回建康奔丧。可经不住谢玄的再三陈情以及司马道子屡进谗言,在谢玄连上了十一道表后,他终于下令解除谢玄一切职务,只保留康乐县公的爵位,授散骑常侍、会稽内史,允许他在料理完谢安的丧事后回东山养病。

半月之后,谢安入葬建康小东山。谢玄、谢琰陪着刘夫人,带着谢混等小辈一道离开了乌衣巷。谢石病体初愈,暂留建康。

东山之麓,剡溪之畔,风景如画,一身便服的谢玄立在岸边,背后山上露出阁楼一角,正是白云轩。

“大人,按照您的吩咐,图纸已绘好。”匠人递给他了一张图纸。谢玄轻轻摊开,细细观看:“不错,就按照画的来建,完工之后重重有赏!”谢玄兴奋地卷起了图纸。

“大人,您得为这座宅院取个名字。”

“这个我早已想好,此地是始宁县地界,就叫‘始宁墅’。”谢玄迈步走向水边,“嗯,这里景色极佳,又正当渡口,莫如再在此处筑一楼,足慰平生,叫‘桐亭楼’如何?”

“大人才思敏捷,好名字啊!”匠人一个劲儿地溜须。

谢玄出神地回望着东山老宅的方向,心里放下了一切。

三三　风流已逝，雨打风吹成一梦

春日的剡溪，下过一场雨，正是一年中最美的时候。空气中隐隐裹着泥土最本真的腥味，刺激着每一个细胞，让人觉得浑身通透。春的枝丫翘首以待，迎接风的洗礼，风却不屑眷顾它们。它穿过层层新绿，轻轻抚向水面，捋起一层层带有韵律的褶皱。水面上偶尔划过一只渔船，慢悠悠地将这褶皱扩大，两只鸬鹚"扑通"、"扑通"直入水中，其中一只很快又窜到了船上，一张嘴，一条大鱼掉在了船板上。船夫放下摇橹，欢喜地拾起鱼，扔进筐。

就这样年复一年，大约是青山绿水见惯了这样的安逸，偏要带来新的气象。

在剡溪快要流经东山的时候，突然向东拐了个弯儿，在这个弯儿的最深处，出现了一处宅院，气势、外观与周围的房屋大相径庭，尤其在靠近水边的位置，还立着一座精巧的二层小楼。二楼伸出一片天台，上面坐着一位玄色衣衫的人，落下长线，悠然垂钓。此人年纪不大，面色白净，下颌留着整齐的三缕短须，仪表不俗。细细瞧来，他的目光虽是聚焦在水面，却有些凌乱，整个身子也微微有些发颤。

过了好一会儿，楼阁上的钓者突然叫了起来："不好！"只见他右手扯住鱼竿，左手拉住渔线，正使劲朝上拽，身子也随之往前倾斜。瞬间，他的身体直立起来，继而往后微仰，双脚呈丁字站立，右手的竿举过了头顶，左手向上拉伸，成了一条直线。一眨眼的工夫，他开始用双手扯起鱼线来，一条大鱼露出水面。

"好呀，多时不见，幼度兄躲到这里当上了垂纶妙手，在山水之间享清福！"背后不知何时站了一人，钓者回头看时，又惊又喜，也顾不得手里的鱼，任由它滑落在地板上。"哎呀，贤弟几时来的，为何也不事先告知我，可曾见过叔母？"

"我若事先通禀，哪里见得到你钓上大鱼？此鱼今晚可入菜？"正说着，却见地上的鱼在扑腾了几下后又重新窜入水中，二人尴尬相望，哈哈大笑。

钓鱼人是谢玄，他以会稽内史的身份回东山养病已近一年，来访者则是从建康赶来的王献之。

晚间，谢玄安排厨子做了几道山阴名菜款待王献之，二人就在白日钓鱼的楼阁上开怀畅饮。

要说谢玄这病，一半是身上，一半却是心头。自淝水大捷，皇帝对立有大功的谢家产生了排斥心理，司马道子等人又屡进谗言，逼不得已，谢安外任广陵以求避祸，不料身染重病，刚回到建康便离世。谢玄回京奔丧，看透了这一切，铁了心要回东山隐居。回来后，又难以割舍自己辛苦创建的北府兵以及北伐大计，苦闷郁积，诱发了旧时顽疾，身体便时好时坏。

今日一见故人，谢玄又想起往事，不觉得多贪了几杯，有了几分醉意："今日甚是可惜，不能让子敬吃到新鲜的剡溪鱼，只有将我亲手腌渍的鱼鲊奉上！"

王献之用箸夹过一只鱼鲊，咬上一口，顿觉鲜美异常："了不得，这小小鱼鲊都如此美味，可知这鲜活的剡溪鱼当是人间极品了，幼度兄好口福啊！"

谢玄微微一笑："令尊在日还写过一道《裹鲊贴》，我还记得：'裹鲊味佳，今致君，所须可示，勿难。'对也不对？"

王献之也笑了。他见谢玄又起身去拿酒盅，忙伸手拦住他："兄长难道真的就这样寄情山水，无心大事？"他话锋一转。

谢玄的手刚握住酒盅的把手，他扭头瞧着王献之，反问："所以子敬此来并非为了探望我？"说着，也不容王献之回答，转身回到了座位上，脸上笑意全无。

王献之颇为尴尬，但还是很镇定："自太傅故去，琅琊王在朝中一手遮天，任人唯亲，怎奈有陛下撑腰，忠直之士敢怒不敢言。谁知他竟要将北府兵统领一职授予王国宝那个庸才，陛下欲恩准，我与王孝伯（王恭）据理力争，好歹说服陛下同意让幼度兄出山。兄长，快接旨吧！"说着，从袖中掏出了圣旨。

谢玄坐着没动，王献之再三催促，他慢慢站了起来，却朝相反方向走去。"你我二人幼年相交，尽管不常相聚，但子敬应该知道我的心意。"谢玄反身指了指胸口，"已如死灰。"

王献之有些急了，他一把抓住谢玄的衣襟："你难道就坐视北府兵数万将士落在王国宝手中沦为土灰？"这话触痛了谢玄，他答不上话来。王献之见缝插针，"我还记得兰亭会时，曲水流觞，酒杯到了你跟前，你作不出诗，我替你满饮了一杯，今日难道就不能为我解一次难？"

谢玄怎会忘了这件事？他看着王献之着急的样子，忍俊不禁："好，我就替子敬解一解难，瑗度（谢琰）尚在东山，他也是从北府兵出来的，又是太傅之子，无论才干，还是声望，足可替我，我这就带你去找他！"说着，拉上王献之就走。

在谢玄的执意要求下，王献之只好与谢琰一道回建康复命。最终，谢琰被授予征虏将军，赶往京口，与刘牢之共掌北府兵。

刘牢之一度为谢玄的隐退而伤感，这日见回来的人是谢琰，倒也高兴，二人本是共患难的兄弟，彼此知根知底，于是计议就在京口、吴兴等地征兵屯粮，乘着中原各路豪强火并之际，再度北伐。

无奈如今司马道子为首辅，见有谢家的人回到北府兵，千方百计阻挠。谢琰、刘牢之费了九牛二虎之力才征募到两万余壮丁，皆是流民之后。

广陵校军场上，刘牢之大步流星走向点将台，他不时扭过头对谢琰说："这也不行,那也要管,都似这等贪生怕死,何时才能收复东都?”

谢琰叹了口气:“这也是幼度不肯回来的原因啊!”

“听说他身体不太好,究竟有无大碍?”刘牢之关切地问。

谢琰正想着如何回答,忽然被一阵喝彩声打断了思绪。原来在校场一角,一群新近入伍的士卒正在觔。二人好奇,走了过去,却见围在当中有两人正赤裸上身,以头抵头,以手抓手,看样子相持不下,左边一人体形魁梧,身高在八尺上下,右边那人身体有些瘦弱,看样子已处下风。不料右边那人在相持了一阵后,突然一松手,身体往下猛坠,左边那汉子过于投入,用力过猛,身子收不住,往前扑了下去,右边那人转到了他的身后,攀住了腰身,用力一扯,左边那汉子摔倒在地。

“好样的,寄奴!”四周传来了喝彩声。刘牢之也不禁暗暗叫好,他故意板起一副面孔:“休要继续胡闹,本将军马上点兵!”众人赶忙穿好衣服散去。

将台之下,入伍的新兵整齐地站立着,接受刘牢之和谢琰的检阅。

走到第三排最边上,刘牢之看见一张熟悉的面孔,正是方才觔获胜的那个士卒,也就二十出头,有些瘦弱,肤色发红,双眼圆睁,活力十足。

刘牢之点点头,问:“姓名、籍贯?”

“刘裕,字寄奴,彭城绥舆里人,前汉楚王刘交之后!”

“哦,你是汉室宗亲?”刘牢之惊讶地望着他,“出列!”

刘裕愣住了,以为自己报家门得罪了长官。

“从今后,你就跟着我,做贴身侍卫!”刘牢之说。

“是!”刘裕兴奋地叫道。这一年,他二十三岁。

王献之回到建康不久就染上了病,多方用药也不见好转,只好向司马曜告病,回到了会稽。

此时,王家昆仲仅有五爷王徽之尚在会稽,其余大多已辞世,原先最不受待见的二爷王凝之反而官拜江州刺史,步步高升。

王徽之生性诙谐,不容于官宦,早早就返乡隐居。他与王献之关系最好,一见七弟病重返乡,时常亲到床前照料。

也是兄弟情深,在王徽之的精心照料下,王献之的病略有好转,已能够端坐在榻上抚琴。王徽之欢喜不禁,手端杯酒,合着节拍,翩翩舞动……

转眼已是初冬,第一场雪如约而至,雪花纷纷落在剡溪上,却不曾结冰,远远望上去正如一条玉带。

雪住之时已是初更天,一轮圆月爬上天际。

王徽之正难以入眠,一见屋外有这等景致,欣喜不已,连忙叫上家人备船。

“五爷,这么晚了,您这是要去哪儿?”

“顺着剡溪走，去找戴安道[①]！”王徽之看也不看他一眼，匆匆换上斗篷。

“这都定更了，戴公怕是早已安歇，还是明天……”

“胡说，戴安道生性风流，初雪逢晚晴，白练绕青山，如此美景，他焉能无动于衷？哈哈！”王徽之边说边推开了大门。

说来也怪，虽说大雪初晴，屋外却不太冷。王徽之深吸一口气，张开双臂，在月下奔跑起来。“哎呀呀，清冷澄澈，这正是月宫仙境啊，说不定戴安道正在家门口迎接我呢！”

两个家人随着王徽之上了船。他猛然想起王献之还卧病在床，赶紧叫其中一个家人：“你就不必去了，七爷还需要人照顾，我明早便回，若七爷问起我，就说我出去踏雪了。”说着，高叫一声“快开船”，那小船就似箭一般，划破了平静的剡溪，朝中流而去。

船行溪上，顶上是皎皎明月，底下是轻缓的溪流，王徽之兴致高昂，一把摘掉斗篷的头套，解开头巾，大声诵读起来：“杖策招隐士，荒涂横古今。岩穴无结构，丘中有鸣琴。白雪停阴冈，丹葩曜阳林。石泉漱琼瑶，纤鳞或浮沉。非必丝与竹，山水有清音。何事待啸歌，灌木自悲吟……”（左思《招隐》）诵完一首，大笑不止。

此时，王宅之内，王献之挣扎着坐起，他推开窗，正瞧见天空中的明月，整个人顿时哆嗦起来……

天色将明，剡溪之上起了一场大雾，与岸边乱石上松枝头的积雪混在一处，别有一番韵味。王徽之慵懒地坐在船头，手里端着半杯早已冷却的酒。

“停船！”王徽之突然叫道。

“五爷，前面就是戴安道的宅子了，等会儿小人先去叫门。”家人搓着快冻僵的手，表情复杂地望着王徽之。

“不必了！掉转船头，原路返回！”王徽之说道。

“啊？”家人疑心自己听错了，“近在咫尺，咱们就这样回去了？赶了大半夜的路，五爷，您何必……”

“我本乘兴而来，此刻兴致全无，何必一定要见戴安道呢？”王徽之站在船头，面无表情。

船回山阴王宅，王徽之推门而入：“子敬，你猜我去……”却见屋内空无一人，收拾得整整齐齐。他有些惊慌，忙跑到正厅，却见一身素衣的王献之躺在榻上，边上是一口上好的柏木灵柩。

“哎呀，子敬，你怎么了？”王徽之发疯似的扑了过去。家人连忙拉住，抽泣着说：“七爷半夜时分故去了……”

“是我害了子敬啊，偏要去寻什么戴安道，若待在家，子敬就不会……”王徽

① 戴安道，即戴逵，魏晋著名画家、音乐家，终生不仕。

之不觉哭昏在地，几个家人忙上前扶起，一阵呼唤，王徽之才回过气来。

王献之的遗体已被盛殓。王徽之呆坐祭台旁，默然无语。坐了一会儿，他起身又走入了王献之生前居住的那间屋子，坐在那只古琴旁边，他想调弦，不料几次校音都带有难听的杂音。

无奈，王徽之将双手压在了琴弦上。突然，他举起琴，“咣”地摔在了地上：“子敬子敬，人琴俱亡！”王徽之大哭起来，“人琴俱亡啊，子敬！”

……

会稽往东数百里就是大海，可在岸边遥望望翁洲（今舟山岛）。谢玄带着十岁的侄子谢混和三岁的孙子谢灵运（其父谢瑍早夭）来到了海边。他站立在高耸的礁石上，海风吹过面庞，飘洒的鬓发依稀可见根根银丝。

两个小孩在礁石的缝隙中插上了三份香烛，然后规规矩矩地跪着。谢玄拿出了太阿剑和湛卢剑，双手捧着，慢慢走到香烛近前，喃喃自语：“叔父、次伦兄、清鹂，我们又见面了……”说着，他也跪了下去……

潮头越来越高，谢玄立起身，依然捧着太阿和湛卢，剑迎着涨上来的潮水往礁石边缘处走去。

“叔父，涨潮了，我们还是回去吧。”谢混叫着。“爷爷，爷爷，我要回东山。”谢灵运稚嫩的童声也传了过来。谢玄没有理睬孩子们，他继续往前走，衣服下摆已被海水浸泡。走到礁石尽头，面前就是无边的汪洋，谢玄突然向前一用力，将两只剑投向了无边的深蓝之中……

太元十三年（388）正月，谢玄在会稽病逝，时年四十六岁，后被追赠车骑将军，谥号“献武”。康乐县公的爵位由谢灵运袭承。

不久，谢石病故。

东晋王朝的权柄在历经了琅琊王氏、颍川庾氏、谯国桓氏、陈郡谢氏之后，终于回到了司马家族手中。不过物极必反，皇帝司马曜一意孤行，专宠琅琊王司马道子、骠骑大将军司马元显父子，此二人贪赃枉法，敛聚钱财，祸害朝纲，终于导致了内斗。

台城华林园中，正值七夕佳节，司马曜醉醺醺地拥着张贵妃：“慌什么？再陪朕喝两杯。”

“陛下，臣妾已不胜酒力，再说，万一要是已经怀上龙种了……这酒还是……”张贵妃撒起了娇。

“哼！”司马曜把酒杯用力放在案上，“汝敢抗旨？”

“臣妾不敢，陛下恕罪！”张贵妃慌忙跪下。

“年初之时，有星孛（彗星）现于江南，术士说这是不祥之兆，朕还不信，果然，一个小小的妃子都敢不听朕的话!”张贵妃微微抬起头,见司马曜面带凶光,吓得瑟瑟发抖。

“想来你已年过三十,朕当废你,后宫佳丽无数,替你者大有人在!”说着,司马曜端起酒杯,一饮而尽,狂笑不已。

张贵妃双眼发直,整个人瘫软在地……

三更时分,台城徽音殿内,四周寂静无声,偶尔传来男子轻轻的鼾声,他正在熟睡之中。

一个黑影摸索着靠近榻前,慢慢地掀开了巨大的被褥,接着,猛地压到了他的头上。

被褥下响起了“呜呜”的怪叫声,他想挣扎,却被这个黑影用尽全身气力压制着,难以动弹。不一会儿,下面没了动静。

黑影哆哆嗦嗦地扯掉被褥,下面露出司马曜那张扭曲的脸……

太元二十一年(386)七月,司马曜被张贵妃所弑,享年三十五岁,谥号孝武。太子司马德宗一月后即位。司马道子被封为太傅,王国宝任尚书左仆射。

新君即位,官家更加横征暴敛,吴郡、会稽尤甚,一时民怨沸腾。散落在翁洲上的五斗米教徒乘机起兵作乱,他们推孙恩为谋主,杀奔会稽。

会稽郡衙门的厢房里香烟缭绕,靠墙的神龛上供着“张天师道陵”的长生牌位,面前放着瓜果等祭品,蒲团上正跪着一人,披头散发匍匐于地,口里念叨个不停:“乾元阴覆,玄运无偏。造化发育,万物资焉。东西南北,任意安然。云行雨施,变化不测。吾奉天师急急如律令!”

一位副将推门而入,衣甲不整,气喘吁吁:“内史大人,孙恩叛军登岸后已攻破了鄮县,快到上虞了,陈都尉正安排城外百姓往城中迁徙,他请示大人,为今之计如何?”

这位内史大人徐徐抬起头:“胡言乱语!孙恩本是五斗米教的信徒,说起来还与我是教友,何至于反叛?定是尔等贪功诬陷于他!”

副将哭笑不得,正待辩解,内史一招手,喝令:“退下!”

这位内史大人正是王凝之,他于六年前从江州任上迁到会稽。琅琊王家本是五斗米教的忠实信徒,王凝之尤其痴迷,早在江州时,他就在府中设了天师牌位,日日祷告。来到会稽后,发现此地民众多是五斗米教徒,便经常以天师的名义聚众作法事。他与孙恩素不相识,只是耳闻有这么个人,追随者众多。孙恩造反,他自然是不愿相信的。

拜过了天师,王凝之心里舒坦,晚饭时,胃口大开,忙着叫婢女斟酒。夫人谢道韫坐在一旁,连箸也不动一下。

“夫人,你这是怎么了,莫非身体有恙?”王凝之颇为好奇。

谢道韫木然地瞧着丈夫，轻轻叹了口气："孙恩造反，会稽尽人皆知，夫君为何不信？"

王凝之停止了咀嚼，他拍了拍自己那张昏黄的脸，嘿嘿一笑，转身去了内室。不一会儿，他一脸得意地走了出来："我方才已将此事告知天师，天师只说'蠡贼耳'，借助一二鬼兵就能降服，等贼人到时他自会相助。不妨事，夫人，咱们继续吃饭！"

面对如此昏聩的丈夫，谢道韫做了最坏的打算，她一面将家人组织起来操演，一面又在城里募集了数百年轻力壮者，协助晋军守城。

五日之后，孙恩叛军来到会稽城外。王凝之把天师牌位摆在了会稽城楼上，仗剑念咒。焚化后的灵符残渣在空中飞舞，王凝之舞起了手中的剑。有人高呼道："了不得了，长生人(五斗米教徒)杀进来了！"

"哐啷啷……"王凝之手中的剑掉在了地上。

伴随着喊杀声和兵器的碰撞声，"晋"字大旗被砍断，会稽陷落了……

"长生人"见人就杀，见屋就烧，整座城陷入恐怖之中。

王凝之顾不得家人，一路狂奔到南门，却被孙恩截住，他转身想奔进小巷，又被城内的乱军逼了出来，挤向城墙底下。

"天师庇佑，急急如律令……尔等既是同教中人，为何……"话音未落，孙恩向左右一使眼色，乱刀齐下。

会稽内史府，显然经历过一场血战，护院的家人尽数阵亡，王家老幼几无幸免，到处都是死尸，腥臭的鲜血四处飞溅。

后花园门口，谢道韫怀抱一个小孩，倚在石门边上，她的右手还提着一柄沾着血的长剑。

"尔等自称尊天师命行事，何故滥杀无辜？好吧，就我一个老妇人，你们谁来动手？"这句话吓住了众"长生人"，谁都没有上前。

这时，人群一分，孙恩走上前来。谢道韫一看此人面相，三缕长髯，温文尔雅，与起兵作乱的五斗米暴徒截然不同。她猜出这是孙恩，惨然一笑："皇室昏庸，奸佞当道，将军起兵本应与民谋福，攻会稽，目的是诛尽世族大家，今先夫、小儿均亡，此婴孩是我外甥，与王家无关，望将军留他一命，将我杀了抵罪！"

"长生人"纷纷拔出刀剑。"慢！"孙恩抬起了手，做出一个制止的手势，"你走吧，限你今日之内离开会稽！"

"将军，她可是谢安的侄女谢道韫，论起来也是陈郡谢家之人，留不得啊！"

孙恩紧咬双唇，面对这样一个刚烈的奇女子，他的内心有些动摇。"快走！"他高喊道。

会稽之后，吴兴、义兴、吴郡相继沦陷，"长生人"每到一处就屠尽大族，大族蓄养的佃客和奴婢纷纷投效"长生人",掉过头来对昔日的主人拔刀相向。

万般无奈之下,执掌大权的司马元显胁迫新登基的司马德宗派出了精锐的北府兵,谢琰、刘牢之率领人马出征。

看看已到吴郡,刘牢之、谢琰将要兵分两路。军情紧急,二人就在马上道别。就像当年在淮南前线那样,二人各自拔出佩剑,叠在一起,腾出的左手紧紧握住……

北府兵和叛军在吴兴郊外激战,刘牢之被身为数倍于己的"长生人"围住,形势危急。这时,一匹浑红马从外面破围而入,当先一人手持长枪,大喊:"将军莫慌,刘裕在此!"枪起处,"长生人"纷纷落马。

刘牢之松了一口气,大叫道:"寄奴,快助我解围!"见到援兵,他也来了精神,挥动砍山刀,如砍瓜切菜一般杀透重围,不减当年之勇。

回到吴兴城,已是黄昏,刘牢之直接扯掉半幅早被鲜血浸透的战袍,他拍了拍刘裕的肩头:"今日若没有参军,我命休矣!"刘裕谦逊地一笑。

一个小校慌慌张张地跑进门来:"征虏将军、望蔡公谢琰已在会稽阵亡。"

刘牢之只觉得双眼一沉,往后就倒,众将赶忙扶住。刘牢之被搀扶着坐在一块大石上,呆呆地望着天边……

在北府兵的疯狂反攻下,孙恩兵败,投海自尽。

一波未平,一波又起,一直对司马道子父子心怀不满的桓温之子、荆州刺史桓玄以"清君侧"为名起兵作乱。刘牢之奉命转战江州,兵败降了桓玄,不意他首鼠两端,又暗中联系建康,被桓玄得知后,软禁在军中。

元兴元年(402),桓玄杀入建康,自称楚帝,并废掉司马德宗,杀掉司马道子父子。他顾及刘牢之的威名,只将其废为庶人。

新亭之上,摆着一桌酒席,刘牢之趴在桌边,一脸倦容。"我活了五十岁,什么大风大浪没见过,没想到一世名声栽到了桓玄小儿手里。"他望着对面坐着的刘裕,几乎是用恳求的语气在问:"寄奴啊,天下之大,难道竟无我刘牢之的立锥之地吗?"

刘裕将头别过一边,不忍再看这位昔日名将的落寞:"只愿将军卸去衣甲,做一农夫!"他小声地说。

"做一农夫?好哇,好哇,这世上有多少人还做不了呢,谢安石,他不是也没做到吗?"说着,他发狂地笑着,快步走向亭外。

"可是,北府兵的将士们,你们能答应吗?"刘牢之高喊着,他纵身一跃,跳入滚滚大江中……

尾 声

若干年后，风景秀丽的剡溪之畔，始宁墅又一次焕发了生机。

初秋的清晨，清脆柔美的读书声从桐亭楼上传来，每个路过的村民都要好奇地朝里张望一下。他们惊讶的是：授课的老师竟是一位面容慈祥的老太太，众弟子也尽是尚未出阁的女子。

新任会稽太守刘柳此刻正站在门外，他偷眼观瞧，只见堂屋之内，一位老太太坐在榻上，双目低垂，黑白相间的长发一丝不苟地盘在头上，上面还插着两枚金色的步摇，端庄沉稳。座下六位少女正低声吟道："峨峨东岳高，秀极冲青天。岩中间虚宇，寂寞幽以玄。非工非复匠，云构发自然。器象尔何物，遂令我屡迁。逝将宅斯宇，可以尽天年。"

刘柳恭敬地整理着衣冠，躬身走到堂屋一角，静候课闭。

"那是何人在那儿啊？"老太太开口问道。

"会稽太守刘柳特来拜望内史夫人！"

老太太缓缓起身，众女弟子赶紧退在一旁。老太太问道："民妇何德，敢劳太守亲来？"她施礼道。

刘柳忙欠身还礼："孙恩授首，兵祸已熄，下官特送内史大人、望蔡公灵柩回东山。"

……

又是一个冬天来临了，一向宁静温暖的剡溪，竟飘起了鹅毛大雪。

一身黑衣的谢道韫来到了剡溪边，她的身后跟着十六岁的英俊少年谢灵运，他即将返回建康乌衣巷，正式承袭康乐县公的爵位，开始他浪漫而悲情的一生。

朔风阵阵，卷起片片雪花，发出阵阵呼啸。这漫天的悲鸣让老妇谢道韫想起了四十年前，也是这样一个季节，天真活泼的她脱口而出"未若柳絮因风起"，满座称奇，谢安一拍桌案："妙啊，道韫堪称咏絮之才！"

可是，东山上的兰芝玉树，你们都去了何方？

晋义熙五年(409)，谢道韫郁郁而终。

十一年后，北府兵行伍出身的刘裕取代了司马家族，建立新政权，国号为宋。